Dea Trier Mørch · Winterkinder

W0296218

„Ein Kind zur Welt zu bringen, das ist wie eine Reise in ein fremdes Land. Das war es, was ich fühlte, als ich meine drei Kinder im Abstand von wenigen Jahren bekam. Aber es ist ein Land, das sich von allen anderen unterscheidet, weil man nie dorthin zurückkehren kann. Da ich befürchtete, daß dieses Land für immer verschwinden könnte, schrieb und illustrierte ich meinen Roman ‚Winterkinder'."
Dea Trier Mørch stellt in ihrem Buch eine Gruppe von Frauen vor, die sich um die Jahreswende 1974/75 in der Spezialabteilung einer Kopenhagener Geburtsklinik befinden. Die Empfindungen der Mütter während dieser Zeit und der Vorgang der Geburt werden ebenso geschildert wie das Leben der Frauen außerhalb der abgeschirmten Welt der Klinik, das von ihrem unterschiedlichen sozialen Status geprägt ist.

Die Autorin erhielt für „Winterkinder", die in Dänemark in kurzer Zeit zum Bestseller wurden, den Goldenen Lorbeer des Buchhändlerklubs. Das Buch wurde verfilmt und in verschiedene Sprachen übertragen.

Dea Trier Mørch

WINTERKINDER

Mit 15 Linolschnitten
der Autorin

VEB Hinstorff Verlag Rostock

Ein Dankeschön den Frauen, die mir durch Gespräche,
Briefe und Korrekturlesen
so liebevoll bei diesem Buch behilflich waren:
Anne-Mette, Charlotte, Dejte, Gudrun, Hannah, Ibi, Jane,
Jytte, Kirsten, Lotte, Randi, Susie.

Originaltitel: Vinterbørn
Übersetzung aus dem Dänischen von Udo Birckholz

Herrn MR Professor Dr. sc. med. Seidenschnur
danken wir für fachliche Ratschläge und Hinweise

ISBN 3-356-00209-0

© Dea Trier Mørch 1976
© VEB Hinstorff Verlag Rostock 1979

1. Auflage 1988. Lizenz-Nr. 391/240/71/88
Printed in the German Democratic Republic
Umschlag: Dea Trier Mørch
Herstellung: Druckerei Neues Deutschland, Berlin
Bestell-Nr. 522 916 7

00600

Montag, den 16. Dezember

Die kühle, unpersönliche Krankenhausnacht – das ist das Schlimmste. Es ist so schwer, sie durchzustehen. Sie ist so lang.

Was tagsüber weiß war, ist nachts schwarz und umgekehrt. Die Krankenhausnacht ist ein Negativ, das hartnäckig an der Netzhaut der Patienten haftet.

Leise Seufzer. Körper, die sich im Schlaf unruhig hin- und herdrehen. Eine blaue Lampe blinkt. Eine Patientin hat an der Schnur neben dem Kopfende gezogen. Lautlos schwebt die Nachtschwester herein, um nachzuschauen, was es gibt.

Gegen Morgen, wenn alle endlich in tiefen Schlaf gesunken sind, wird die Tür aufgerissen, und eine muntere Stimme sagt: „Guten Morgen, Mädchen. Es ist sechs Uhr."

Die Frauen drehen sich mürrisch in den Betten um, heben ihre zerzausten Köpfe von den zusammengedrückten Kissen, blicken einander an und lassen sich wieder in das warme Nest zurücksinken.

Zwei Hebammenschülerinnen kommen ins Zimmer. Sie sind umsichtig. Knipsen nicht das grelle Deckenlicht an, sondern nur die kleinen Bettlampen.

Die erste verteilt Thermometer und mißt den Blutdruck. Die zweite sagt: „Darf ich mal hören?"

Vorsichtig schlägt sie die Bettdecke zur Seite und setzt das kühle Holzstethoskop auf einen warmen, schlaftrunkenen Bauch, legt das Ohr ans Rohr, läßt es los und lauscht dem schwachen „Bup-Bup" vom Herzen des Kindes.

Dann blickt sie auf die Uhr, sagt danke, deckt die Patientin sorgfältig zu und huscht zum nächsten Bett.

Die Hilfsschwester taucht als schwarze Silhouette in der Tür auf. „Holt eure Uringläser aus dem Spülraum."

Dieser ewige Umgang mit Urin ist etwas, woran sich die neuen Patientinnen am schwersten gewöhnen. Alles ist wichtig: Farbe, Geruch, Menge – nicht ein einziger Tropfen darf verschüttet werden.

Die Frauen suchen das niedrige Magazin auf, wo die saubere Wäsche liegt, Hemden, Unterhosen, Handtücher, Laken, Stecklaken und

Bettbezüge. Dort wiegen sie sich und schreiben das Gewicht auf einen Bogen Papier. Er liegt auf dem Rand der Badewanne, die nie benutzt wird. Schwangere dürfen in den letzten Monaten vor der Entbindung kein Wannenbad nehmen.

An der Wand hängt ein neuer Pelzmantel. Er ist aus vielen verschiedenfarbenen Stücken genäht und gehört der jungen Krankenschwester, die morgens die Nachtwache ablöst.

Die Patientinnen dürfen wieder ins Bett und bis acht Uhr schlafen, falls sie es nicht vorziehen, aufzubleiben und eine Dusche zu nehmen.

Das erste Frühstück ist die beste Mahlzeit des Tages. Es wird stets um die gleiche Zeit serviert, und dennoch ist es, als müßte man eine Ewigkeit darauf warten. Sicher deshalb, weil man so hungrig ist. Es ist immer lange her, seit man das letztemal gegessen hat.

Ein kleiner, blitzender Aluminiumwagen wird langsam durch den Flur geschoben. Die Patientinnen kommen aus den Zimmern, sie tragen ihre Morgenmäntel. Gestreifte, geblümte, karierte. Rote, gelbe, blaue. Schwarze und weiße. Sie gruppieren sich um den kleinen Tisch mit dampfendem Tee und Kaffee. Da gibt es Brotsuppe, Joghurt und Eier. Roggenbrot und Weißbrot. Knäckebrot, Käse und Butter. Gelbe Orangenmarmelade und rote Erdbeerkonfitüre.

Die Patientinnen gehen zwischen den Zimmern und dem Flur hin und her. Sie tragen braune, lackierte Holztabletts und versorgen sich reichlich.

Die Eier werden immer zu lange gekocht. Sie sind kalt, der Dotter ist hellgelb und das Eiklar hellblau.

Das sind nicht die großen, soliden Landeier Sorte A, die Olivia von zu Hause gewöhnt ist.

Olivia ist auf Diät gesetzt. Sie ist zuckerkrank und darf nur 1500 Kalorien pro Tag zu sich nehmen. Als sie ihren Sonderteller bekommen hat, ruft sie aus: „Also, Käse kann ich nicht ver-tra-gen!“

„Dann laß ihn doch liegen“, sagt Linda.

„Denkt dran, wir müssen elf Millionen einsparen“, sagt die Hilfsschwester. „Achtet auf eure Gläser. Die müssen 'ne Weile halten.“

Die Schwester geht zusammen mit einer schwarzhaarigen Hilfsschwester von Zimmer zu Zimmer. Vorsichtig und doch in großer Eile schütteln sie die Kissen auf und wenden die Bettdecken.

Anschließend erscheint die andere Hilfsschwester und verteilt saubere Wäsche und Handtücher.

In Zimmer o läßt die Schwester mit forschem Knall die Jalousie hoch. „Na, wie habt ihr geschlafen?"

„Danke, herrlich", antwortet Gertrude.

„Belämmert", sagt die kleine Linda, „der dumme Rücken tut mir so verteufelt weh."

„Und wie ist es mit dir, Olsen?"

Olivia sitzt breit und gutgelaunt in ihrem Bett am Fenster. „Ich gehe sonst immer jeden Montag spielen. Und Holger jeden Mittwoch."

„Spielen? Was denn?" fragt die Schwester.

„Banko, dieses Glücksspiel."

„So?"

„Ich setze immer zwanzig Kronen."

„So."

Olivia nimmt ihr Strickzeug aus der Schublade des Nachttischs. „Jetzt liege ich bald sechs Wochen hier."

„Na, dann kann es ja nicht mehr lange dauern."

„Schaust du mal nach, was mit meinen Östrogenen ist?"

„Du weißt genau, daß ich das nicht darf."

„Der Doktor hat gemeint, meine Östrogene hätten sich in letzter Zeit gut herausgemacht."

„Um so weniger Grund, daß ich in die Krankengeschichte schaue." Die Schwester trägt das Tablett aus dem Zimmer.

Es dämmert. Das Krankenhaus erwacht. Das Krankenhaus ist ein Ameisenhaufen. Ein Bienenstock. Ein kollektiv geschaffenes Produkt. Ein großer, lebender Organismus. Die Summe der Menschen, die sich dort täglich einzufinden haben. Die Summe der Patienten, die dort für kürzere oder längere Zeit liegen müssen. Eine Summe von Gebäuden, Inventar und Instrumenten. Von Auffassungen, die sich dort herausbilden und kursieren. Eine Summe von politischen Beschlüssen, denen das Krankenhaus unterworfen ist.

Das Krankenhaus erwacht und beginnt zu leben.

Um halb neun erhebt sich die bleiche Wintersonne über die Dächer. Sie wirft ihre Strahlen flach in die Zimmer, auf die Betten.

Von der Straße dringt das Motorengeräusch der Autos herein.

Eine kleine, magere Frau zieht einen großen Kioskwagen durch den Flur, er ist voll beladen mit Zeitungen und Zeitschriften, Frauenillustrierten und Herrenmagazinen, Romanzeitungen, Zeichenserien, Horoskopblättern, Witzzeitungen, Rätselzeitungen und Pornoblättern. Man kann aber auch Obst, Zigaretten, Streichhölzer, Seife, Parfüm, Rasierwasser und viele andere nette Dinge kaufen, die den Patienten das Leben angenehmer machen.

Olivia steigt schwerfällig aus dem Bett, einen Zehnkronenschein in der Hand.

„Nanu, Olivia, ich denke, du darfst keine Apfelsinen essen?"

„Aber wenn doch meine Augen so schlecht geworden sind."

„Ein ‚Romanblad' und ein ‚Ekstrabladet' für mich", sagt Linda, „ein Päckchen Zigaretten, Marke ‚Cecil', und eine Tüte von den ‚Sorte Pudler'-Lakritzen."

„Für mich eine Tageszeitung, die ‚Berlingske'", verlangt Gertrude, „und die Zeitschrift für besseres Wohnen – ‚Bo bedre'. Danke."

Olivia schleppt sich wieder zum Bett, zwei gelbe Apfelsinen und die Zeitschrift „Dansk Familieblad" im Arm.

Linda lehnt sich gegen das hochgestellte Kopfende ihres Betts, das „Ekstrabladet" vor sich auf der Decke ausgebreitet.

„Arbeitslosigkeit, Arbeitslosigkeit! Man kann bald keine Zeitung mehr aufschlagen, ohne daß einem sofort ins Auge springt, daß wieder eine Fabrik zugemacht wird."

„Nein, stellt euch vor! Prinz Charles verlobt sich mit Caroline von Monaco."

Man hört zufriedenes Seufzen und Schmatzen sowie das Knistern von frisch bedruckten Zeitungsseiten, die in den drei Betten von Zimmer o umgeblättert werden.

Das vierte Bett ist leer. Es hat einen hellblauen Plastüberzug.

Visite. Die Patientinnen sitzen kerzengerade da, das Haar gescheitelt, die Zehennägel lackiert.

Der Oberarzt biegt in Zimmer o, gefolgt von der Stationsschwester, einer Vollschwester, zwei Hebammenschülerinnen und einer Hilfsschwester.

Langsam und ruhig schreitet er von Bett zu Bett, schaut lange in jede Krankengeschichte – viel länger, als die jungen Ärzte es tun – und stellt leise Fragen: „Na, wie geht es, Frau Erichsen?"

„Danke, ausgezeichnet“, antwortet Gertrude.

„Sieht ja auch gut aus. Wir sollten Frau Erichsen am Donnerstag untersuchen.“

Die Schwester notiert es.

„Und wie ist es mit Ihnen, Frau Linda Larsen?“

Linda bekommt kein Wort heraus. Tränen stehen ihr in den Augen.

„Frau Larsen hat Rückenschmerzen – seit einem Verkehrsunfall vor ein paar Jahren“, sagt die Stationsschwester.

„Vielleicht sollten wir es einmal mit Massage versuchen?“ Der Oberarzt blickt in die Krankengeschichte. „Tasten wir einmal den Leib ab.“

Die Schwester tritt ans Bett und legt die Hände flach auf Lindas Bauch.

„Darf ich zu Weihnachten nach Hause?“ flüstert Linda.

„Das ist nicht ausgeschlossen“, antwortet der Oberarzt.

„Darf ich mit meinem Mann zusammen sein?“

„Davon würde ich Ihnen entschieden abraten.“

Linda zieht die Decke bis ans Kinn.

„Na, und wie sieht es hier aus?“ Der Oberarzt steht vor Olivias Bett und wirft einen Blick auf die Tafel über ihrem Kopf, wo man das halb verwischte Wort „Diabetes“ lesen kann.

„Ich kann manchmal schlecht sehen.“

„Der Augenarzt wird sich darum kümmern.“

„Herr Doktor, ich ..., ich möchte den Kaiserschnitt keinesfalls am achtundzwanzigsten, da geht mein Mann nämlich wieder Banko spielen, und ...“

„So, so.“

„Über dreihundert Gewinne sind drin.“ Olivia schaut die Stationsschwester flehend an.

Der Oberarzt ist im Begriff, das Zimmer zu verlassen.

„Ich möchte den Kaiserschnitt so furchtbar gern am neunundzwanzigsten“, ruft Olivia, „da wäre mein Schwiegervater nämlich siebzig geworden. Meine Schwägerin hat schon ein halbes Schwein in der Tiefkühltruhe.“

„Na, das klingt ja verheißungsvoll.“ Leise geht die Tür zu.

„Uff, wie gemein von ihm, daß er mir nicht erlaubt, mit Allan zu schlafen“, beklagt sich Linda, dem Weinen nahe.

„Dem Oberarzt ist es doch völlig egal, was du zu Hause tust“, sagt Gertrude. „Du liegst ja nicht seinetwegen hier.“

„Aber dieses eine Mal hätte er es mir gestatten können. Er hat ja keine Ahnung, was es heißt, mit Allan verheiratet zu sein.“

„Du mußt bestimmt zur gynäkologischen Untersuchung“, wendet sich Olivia an Gertrude und kneift die Augen zusammen. „Paß bloß auf, daß der Doktor nicht so grob ist. Der ist nämlich dafür bekannt, daß er harte Hände hat, sage ich dir.“

Nach der Visite versammelt sich das medizinische Personal in dem kleinen Schwesternzimmer.

Die Patientinnen schleichen, die Uringläser in der Hand, über den Flur und schielen verstohlen nach den Gestalten, die sich hinter der Glasscheibe abzeichnen. Es ist wie in einem Stummfilm. Einige trinken Kaffee und essen Kuchen, die Stationsschwester erstattet Bericht und schaut dem Oberarzt auf den Mund. Die Schwester sitzt auf einem Stuhl, den Kopf gesenkt, und trägt etwas auf einer kleinen, farbigen Karte ein, die in einer Mappe mit Plastfächern liegt. Der Oberarzt beschreibt mit beiden Händen einen Kreis in der Luft. Die Stationsschwester nickt. Ihre Tasse stockt in der Mitte zwischen Lippen und Untertasse.

Es ist, als würde auf diesen Vormittagskonferenzen das Schicksal der Patientinnen entschieden. Sitzen die weißen Gestalten nicht da und legen fest, was mit wem geschehen soll? Wer entlassen werden kann, wem eine Schnittentbindung zu machen ist, wer auf herkömmliche Weise vaginal erlöst wird und wer seine Ungeduld absolut bezähmen und sich darauf einstellen muß, noch eine Ewigkeit auf der SCHWANGERENSTATION zu liegen.

Um zwölf Uhr werden dampfende Teller in die Zimmer gebracht und auf die Nachttische verteilt.

„Du, Gertrude, machst du dir was aus Fisch?“

„Ich liebe Fisch.“

„Also, ich kann Fisch nicht ver-tra-gen. Bei uns zu Hause gibt es nie welchen. Keine Fischfilets und keine Fischfrikadellen, nichts, was auch nur irgendwie mit diesen kalten Tieren zu tun hat. Ich rühre meine Portion nicht an, auf keinen Fall.“ Olivia sitzt im Bett – den breiten Rücken gebeugt – und starrt auf den gekochten Dorsch, die gelben Kartoffeln und die Schale mit Rohkost. Sie ist froh, daß wenigstens etwas Frisches dabei ist, sonst würde sie gar nichts in den Magen bekommen.

Gertrude pult behutsam die Gräten aus ihrem Fisch, legt sie eine nach der anderen auf den Tellerrand und schneidet die Kartoffeln in gleich große Stücke.

Alles was ordentlich ist, bereitet ihr Behagen. Ein entgräteter Fisch. Eine zusammengefaltete Serviette mit scharfem Rand. Ein angespitzter Bleistift. Ordnung. Symmetrie. So muß es sein.

Nachdem sie gegessen hat, stellt sie das Geschirr säuberlich aufs Tablett, schwenkt die Beine aus dem Bett, schiebt die Füße in kleine rosafarbene Pantoffeln mit Pelzbesatz und bringt sodann leichten Schritts, den Rücken gerade, ihr Geschirr auf den Flur.

Der Mittagsschlaf ist leicht und flimmert wie weiße, im Wind an der Leine flatternde Laken. Die Frauen liegen auf dem Rücken oder auf der Seite und schlummern, ihre Atemzüge sind kaum zu hören.

Die langstieligen gelben und mattroten Tulpen mit den grünen, durchscheinenden Blättern senken die Köpfe und strecken die Blätter von sich, als dösten sie in den Vasen.

Es ist angenehmer, am Tage zu schlafen, als nachts. Man fühlt sich geborgener. Die bedrückenden Gedanken gleiten in der ruhigen, schönen Mittagsstunde von einem ab.

Die großen Leiber entspannen sich. Jeder dieser Bäuche ist wie ein kleiner Binnensee mit Fischen, die im Wasser zappeln. Weiche Stöße hin und wieder. Kleine Hände oder Füße, die sich bewegen.

Der Leib einer Frau ist ein Erdball. Ein Universum mit Sternennebeln, Monden und Planeten. Mit Häuten und Hüllen. Der Leib einer Frau ist eine Trommel. Oder eine schwerfällige Kuh auf der Weide. Oder ein großer, birnenförmiger Muskel. Der Leib einer Frau ist ein Rätsel.

Als die Tür aufgeht, herrscht noch Mittagsruhe. Es ist Besuchszeit. Die Patientinnen von Zimmer 0 haben ausnahmsweise einmal verschlafen.

Drei dunkel gekleidete Besucher gleiten herein und schauen nach Gertrude, die sich aufrichtet und sagt: „Entschuldigt, ich konnte mir nicht einmal die Haare kämmen."

Die Ankömmlinge – eine ältere Dame, ein weißhaariger Herr und ein jüngerer Mann – legen ihre Pelze und Schals behutsam über das

Fußende des leeren Betts am Waschbecken. Dann leihen sie sich einen Stuhl von Olivia und gruppieren sich um Gertrude.

Sie wickeln Blumensträuße aus, richtige, der Jahreszeit und der Situation angemessene Blumen. Sie sprechen leise, um die anderen beiden Patientinnen nicht zu stören, die keinen Besuch haben.

Die ältere Dame überreicht Gertrude ein kleines Buch, und Linda hört sie flüstern: „Du mußt es selbst aufschneiden, Trude."

„Danke, Mutter."

„Sollen wir uns nicht erkundigen, ob du ein Einzelzimmer bekommen kannst?" flüstert der weißhaarige Herr.

„Trude hat doch wohl nichts dagegen, hier zu liegen, nicht wahr, Trude?" flüstert der junge Mann, der sich seinen karierten Schal über die Schulter geworfen hat und Gertrudes Hand hält.

Der da darf bestimmt! denkt Linda und dreht sich dem Fenster zu. Sie zündet sich eine Zigarette an und schlägt ihre Romanzeitung auf. Die erste Geschichte heißt *„Unter den Sternen – Place of many stars"*. Nach einem tiefen Zug an der Zigarette beginnt sie zu lesen: *„Sie müssen verrückt sein!" sagte der Tankwärter zu Kerry, während er den Tank ihres roten Sportwagens mit Benzin füllte. „Total verrückt! Das schaffen Sie nie!" Kerry Cowper kreuzte die Arme und lächelte ihm – einen entschlossenen Ausdruck in den blauen Augen – zu, dann warf sie mit einer trotzigen Kopfbewegung ihr langes, helles Haar zurück. „Warum nicht?" erwiderte sie mit einem fragenden Unterton. „Ich bin nicht die erste, die Australien mit dem Auto durchquert ..."*

„Wir gehen jetzt, Trude, dann könnt ihr noch ein bißchen unter euch sein", flüstert Gertrudes Mutter und zieht ihren Mann am Ärmel. „Komm, Georg!"

Die beiden winken zum Abschied.

„Du hast aber einen hübschen Mann", sagt Olivia zu Gertrude.

„Findest du?"

„Was ist er?"

„Diplomingenieur."

Das bringt Kullerchen, denkt Linda.

„Und der Alte da, war das dein Vater?"

Gertrude nickt.

„Geht er arbeiten, oder was tut er?"

„Er ist Bürochef im Handelsministerium."

In der Stunde des Sonnenuntergangs kommt die Schwester ins Zimmer, gefolgt von einer langhaarigen, mürrischen jungen Frau mit Peruanermütze und abgetragenem Schafspelz. Die Schwester weist sie ein, sie zeigt ihr den Schrank und sagt laut: „Das hier ist Marie Hansen, und hier liegen Frau Olsen, Frau Larsen und Frau Erichsen."

Dann schreibt sie „Abgang" auf die Tafel und entschwindet.

Die Neue zieht sich langsam und umständlich aus.

Sie legt sich ausgestreckt aufs Bett, die Hände unter dem Kopf, und blickt zur Decke. Es ist offensichtlich, daß sie keine Lust hat, den Mund aufzumachen.

Von den Fenstern der Schwangerenstation aus kann man die Sonne niedergehen sehen, eine Feuerkugel an einem wasserroten Himmel, die größer und größer wird, während sie sich der Erde nähert, immer tiefer sinkt, sich für einen Augenblick auf den Hausdächern ausruht und die Form eines Eies annimmt und sodann völlig verschwindet.

Wo die Sonne untergeht, hinterläßt sie einen blutigen Streifen am Himmel, er gleicht einem Verband, einem Stück Gaze, das langsam alles Licht aufsaugt.

Für einen Augenblick treten alle Farben deutlicher hervor – das Gelb der Busse wird noch gelber, die Verkehrs- und Ladenschilder im Tagensvej leuchten wie von selbst –, bis das blaue Dunkel endgültig aus den Nebenstraßen und Hauseingängen kriecht und aus den Kellerhälsen heraufsteigt.

Es ist nicht leicht, sich daran zu gewöhnen, daß das Abendbrot bereits um siebzehn Uhr serviert wird. Das ergibt sich aus dem Rhythmus des gesamten Krankenhauses.

Die letzte Mahlzeit des Tages besteht immer aus belegten Broten, für jede Patientin sind vier Stück berechnet. Aber man kann mehr bekommen, wenn man möchte.

Olivia schaut erschrocken auf ihren Diabetikerteller und sagt: „Gott im Himmel, ich dachte, das ist Aal – den kann ich nämlich nicht runterkriegen."

Gertrude trinkt nur Buttermilch. Sie achtet auf ihre Figur. Man kann ihr fast nicht ansehen, daß sie im neunten Monat ist.

Die Neue holt sich einen Apfelmost. Sie sieht ein wenig unnahbar aus. Hustet und putzt sich die Nase und hat infolge der Erkältung aufgesprungene Lippen.

„Denkt dran“, ruft die kleine, rundliche Hilfsschwester, „bringt eure Gläser aus dem Zimmer mit. Die müssen hier immer wieder benutzt werden!“

„Ja, ja, ist schon gut!“ Olivia klopft der Hilfsschwester auf die Schulter. „Und wo hast du meinen Rohkostteller versteckt?“

Die neue Patientin, Marie Hansen, steht am Ende des langen Flurs und versucht sich zu orientieren. Durch das Fenster sieht sie auf das Baugelände des Krankenhauses hinab, auf Kräne und Bauwagen.

Durchsichtig, violett und mit scharfen Konturen steht der Neumond schräg über den Dächern. Er schaut auf die blinkende Stadt.

Marie dreht sich um und blickt den langen, niedrigen Flur entlang. Er ist still und dunkel. An den Wänden stehen Schränke, fahrbare Tische und übereinandergestapelte Stühle.

Gleich links von Marie liegt ihr Zimmer, Nummer 0. Dann folgen Nummer 1, 2, 3, 4 und 5 – mehr gibt es nicht.

Gegenüber von Zimmer 0 befinden sich die Toilette und der Duschraum. Danach kommen die kleine, blitzsaubere Küche und das Schwesternzimmer mit der großen Glasscheibe zum Flur.

Marie tippt gegen die Scheibe und macht die Hebamme, die sich eben über eine Krankengeschichte gebeugt hat, mit einer Kopfbewegung auf sich aufmerksam.

„Ja?“

„Ich habe solchen Hustenreiz. Könnte ich bei Ihnen was dagegen kriegen?“

Die Hebamme nimmt einen Schlüssel, der an einer Kette an ihrem Gürtel hängt,und öffnet einen Medizinschrank an der Wand. Eine kleine Lampe flammt auf und beleuchtet die schmalen Regale mit den braunen Gläsern und Flaschen.

Nachdem Marie einen Schluck Hustensaft getrunken hat, wischt sie sich mit dem Handrücken den Mund ab und stellt das leere Glas hin. „Wie viele Patientinnen liegen hier?“

„Im Augenblick wohl etwa zwanzig“, antwortet die Hebamme und mustert sie. „In welchem Monat bist du eigentlich?“

„Im siebenten. Sieht aus, als wäre ich schon weiter, nicht?“

Hinter dem Schwesternzimmer liegt das Behandlungszimmer mit

den mattierten Scheiben. Und wohin gelangt man durch die Schwingtür mit dem Bullauge? überlegt Marie. Sicher in den Spülraum.

Dann folgen das Magazin und noch eine Toilette.

Das letzte Zimmer auf der rechten Seite – ganz vorn bei der Haupttür – ist ein kleiner Aufenthaltsraum.

Marie schaut hinein.

Dort sitzen vier junge Frauen vor dem Fernseher, stricken, rauchen, essen Schokolade und fallen sich gegenseitig ins Wort.

„Ja, aber fragst du denn überhaupt?"

„Nein, ich habe Angst, daß man mich für dumm hält."

„Ach was, die antworten doch gern. Soll ich dir helfen, dir ein paar Fragen zurechtzulegen?"

Gegen neunzehn Uhr geht die Haupttür am Ende des Flurs auf. Besucher in dunkler Winterkleidung – darunter auch Kinder – strömen herein und verteilen sich auf die Zimmer. Die Hilfsschwester ist vollauf beschäftigt, Vasen für die Blumen herbeizuschaffen, die sie mitbringen.

Eine Frau mit scharfgeschnittenen Gesichtszügen, starker Brille und in einem straffsitzenden Kostüm öffnet die Tür zu Zimmer 0. Sie bleibt am Handwaschbecken stehen und läßt den Blick über die Gesichter der Patientinnen gleiten.

„Hej, Mutter!"

„Guten Tag, Linda."

„Hast du wirklich Zeit gefunden herzukommen?"

Das Kostüm setzt sich auf den Stuhl neben Lindas Bett. Schweigen breitet sich aus. Es dauert ein wenig zu lange, und Linda glättet die Bettdecke mit ihrer knochigen Hand, bemüht, einen Gesprächsstoff zu finden. Sie möchte so gern freundlich sein, doch es ist schwer, den Anfang zu machen.

„Hier hast du ein paar Äpfel", sagt Lindas Mutter und schaut durch die starken Brillengläser an ihrer Tochter vorbei zur Wand.

„Wie geht es Vater?"

„Recht gut."

„Und Anker?"

„Ich habe schon eine Weile nichts von ihm gehört."

Wie immer, wenn Linda mit der Mutter zusammen ist, erfaßt sie eine qualvolle Spannung, ein Verlangen nach etwas, das ihr nicht gewährt wird.

Gertrudes Mann stürmt ins Zimmer, daß sein karierter Schal flattert. Er beugt sich über Gertrude und flüstert ihr etwas zu.

„Hahaha, das ist doch nicht möglich!“

„Doch, weiß Gott, und du hättest mal sehen sollen ...“

Er hat eine Hand auf Gertrudes Schulter gelegt, in der anderen hält er einen Katalog von einer Teppichfirma. „Wie findest du den?“

„Nun ja, aber was ist mit dem Speisezimmer?“

Ein Mädchen in einem langhaarigen Afghanerpelz hat sich am oberen Ende von Maries Bettrand niedergelassen und beugt sich über sie. Die beiden stecken die Köpfe zusammen und tuscheln. Man könnte sie für Schwestern halten, so sehr ähneln sie einander.

Nur Olivia hat – wie üblich – keinen Besuch. Sie tut, als berührte sie das nicht, und strickt, die Nadeln dicht vor den Augen. Obwohl sie die Nachttischlampe so gedreht hat, als wollte sie sich selbst einem Verhör dritten Grades aussetzen, verliert sie eine Masche und murmelt: „Teufel auch!“

In jeden Nachttisch ist ein Radio eingebaut. Man kann jedoch nur dann einer Sendung lauschen, wenn man einen kleinen Kopfhörer ans Ohr hält, der an einer Leitung befestigt ist. Marie probiert aus, wie der Apparat funktioniert. Sie findet Programm I, läßt sich auf das Kissen zurücksinken, hält den Kopfhörer ans Ohr und schließt die Augen. *„... um Vietnams Reis geht weiter“*, ertönt es aus dem Empfänger. *„Der Nationalen Befreiungsfront Südvietnams, FNL, gelang es vor kurzem, die vierte Bezirkshauptstadt Südvietnams binnen einer Woche zu erobern. Die in letzter Zeit erfolgte Einnahme zahlreicher Städte durch die FNL ist Teil einer Offensive mit dem Ziel, alle Stützpunkte zu vernichten, die Saigon bisher als Ausgangsbasen für seine Angriffe auf befreite Gebiete benutzt hat. Die Kämpfe finden vor allem im Mekong-Delta statt, wo die Grenzen zwischen den von der Provisorischen Regierung Südvietnams und von der Saigon-Regierung beherrschten Gebieten sehr fließend sind. Gleichzeitig hat die Reisernte ...“*.

„Jetzt kriegst du deinen kleinen Piekser.“ Die Hebamme steht an Olivias Bett, die Insulinspritze erhoben.

Olivia lächelt, daß ihre schlechten Zähne zu sehen sind, legt die Handarbeit beiseite und verläßt das Bett. Sie kreuzt die Arme und hebt das Krankenhaushemd hoch. Die Hebamme setzt die Kanüle an und sticht in das weiße Fleisch. Gertrude schaudert und wendet sich ab.

„So, nun geht es wieder ein Weilchen, Olsen."

„Ach, würdest du mal bei mir fühlen, Rasmussen? Bitte, tu es doch."

„Na ja, schön. Aufs Bett mit dir."

Die Hebamme beugt sich über Olivia, legt die Hände um ihren Leib, drückt hier und da vorsichtig zu, läßt die Finger sanft und dennoch fest um den großen Muskel gleiten. „Hier befinden sich die unteren Extremitäten", sagt sie. „Tja, das Kleine dürfte knapp über sechs Pfund wiegen. Auf jeden Fall geht es ihm gut."

Die Patientinnen lieben es, wenn die Hebammen ihren Leib befühlen.

„Stell dir vor, am Sonntag kommt Holger", sagt Olivia und zieht das Hemd zurecht. „Ich bin vielleicht froh, unbeschreiblich froh. Man verkümmert richtig, wenn man ihn vierzehn Tage lang nicht zu Gesicht kriegt."

„Was ist dein Mann von Beruf?"

„Arbeiter. Er geht schon fast anderthalb Jahre stempeln. Zuletzt war er auf einer Obstplantage beschäftigt, auf der Skelskør Frugtplantage, aber dann konnten die ihn da plötzlich nicht mehr gebrauchen. Nun ist er zu Hause und paßt auf unseren Jungen auf."

Olivia weist stolz auf ein Stella-Nova-Bild in einem antik wirkenden Plastrahmen. Es zeigt einen kleinen, blondlockigen Jungen, der einen Teddy im Arm hält.

„Wir haben ja meine Invalidenrente, aber die reicht nicht hin und nicht her. Schon gar nicht, wenn man dafür sorgen will, daß der Kleine es auch ein bißchen gut hat."

„Aber mit einer Invalidenrente und der Arbeitslosenunterstützung müßte man doch wahrhaftig hinkommen", unterbricht Gertrude sie und legt die Haarbürste aus der Hand.

„Holger hat einen schlimmen Rücken. Den hat er sich vor ein paar Jahren geholt, als er andauernd Säcke schleppen mußte. Er ist in Skelskør in Behandlung, und ... und das Haus, in dem wir wohnen, ist auch nicht gerade billig."

„Trotzdem", erklärt Gertrude unangefochten.

Plötzlich nehmen die anderen einen Anflug von Wut in Olivias sonst so gutmütigem Gesicht wahr.

„Denke ja nicht, daß es uns Spaß macht, auf öffentliche Unterstützung angewiesen zu sein“, sagt sie. „Wir würden lieber darauf verzichten.“

„Wieso? Ist das was, worüber man sich schämen muß?“ fragt Marie. Zum erstenmal hören die Patientinnen von Zimmer o sie etwas sagen.

„Der Fehler ist, daß es uns zu gut geht“, behauptet Gertrude und entfernt mehrere lange blonde Haare aus der Bürste. „Es gibt allerdings viele, die nicht arbeiten mögen.“ Sie schlägt mit den Fingerspitzen auf ihre Zeitung, als wollte sie kundtun, daß es dort schwarz auf weiß stünde.

„Ich wurde gefeuert, als sich herausstellte, daß ich schwanger bin“, wirft Linda mit dünner Stimme ein. „Dabei war ich eine tüchtige Kraft. Ich habe im Kontor einer riesigen Firma gearbeitet.“

„Wie alt bist du eigentlich?“ will Gertrude wissen.

„Ich werde einundzwanzig.“

„Herrgott, und da hattest du es so eilig, dir ein Kind anzuschaffen?“

„Ja, es ist, als hätte ich an nichts anderes mehr denken können, seit ich letzten Herbst einen Abort hatte.“

Linda verschanzt sich hinter ihrer Romanzeitung. *„Als sie an einem Sonnabendvormittag darauf gewartet hatte, daß Don zu ihr in die Wohnung kommen und ihr sagen würde, er habe die Flugtickets gekauft, war statt seiner Willi mit einem Brief erschienen. Darin hatte Don ihr in wenigen, empörenden Sätzen fast lax erklärt, er fühle sich noch nicht reif für die Ehe ...“*

In der Nacht stürmt es. Wolkenfetzen treiben am Neumond vorüber. Der Wind zerrt an den Fenstern, läßt Leitungen gegen die Scheiben des Krankenhauses klatschen und bläst seinen eiskalten Atem unterhalb der Türen über den Fußboden. Die Dunkelheit pfeift und stiebt durch die Schwangerenstation. Durch den Gang zur Station für Risikogeburten. Die Böen prallen gegen die Scheiben wie verirrte Vögel.

Linda wimmert im Schlaf.

Eine Ambulanz schickt ihr schrill anschwellendes Heulen durch die Nacht und hält dann irgendwo weit unten.

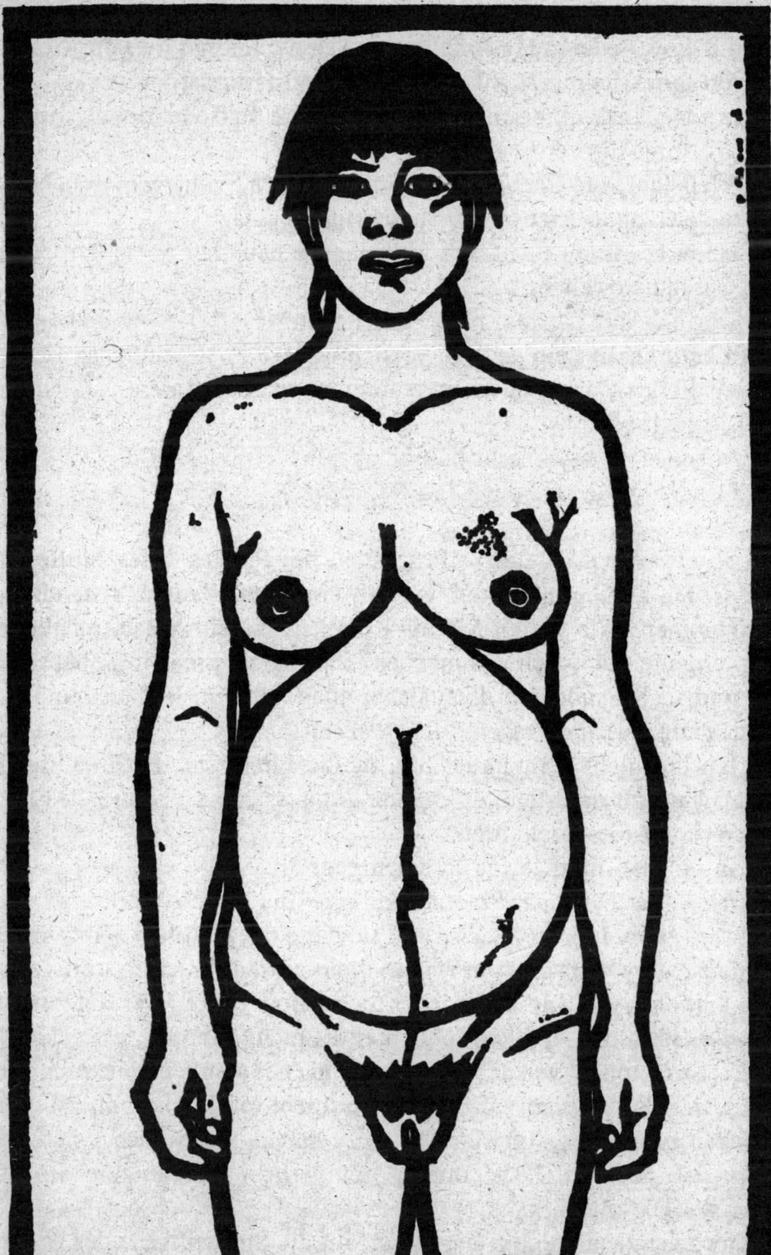
DEA·76

Marie kann nicht schlafen. Sie hustet, und es fällt ihr schwer zu atmen. Diese verdammten Erkältungen! Drei-, viermal im Jahr wird sie so von ihnen heimgesucht, daß sie fix und fertig ist.

Ihre Gedanken kreisen unablässig um die Episode, die an diesem Tag zu ihrer Einweisung geführt hat.

„Vielleicht sind Sie einen Monat weiter, als Sie berechnet haben", hatte der blonde Arzt in der Sprechstunde gesagt.

„Nein, bestimmt nicht. Ich weiß ganz genau, daß es erst am zehnten Februar soweit ist."

„Darf ich mir das mal näher anschauen?"

Er hatte ihren Leib befühlt, vorsichtig. Dann betrachtete er die Ultraschallbilder, die soeben aufgenommen worden waren. „Da ist zuviel Fruchtwasser."

„Mir geht es auch nicht besonders gut."

„Das kann Sie und das Kind belasten."

„Wieso?"

„So etwas hemmt unter Umständen die Funktion des Mutterkuchens. Ich glaube nicht, daß wir mit einer ambulanten Behandlung auskommen. Wir sollten Sie ins Krankenhaus einweisen, möglichst schon heute. Läßt sich das machen? Ich meine, Sie sind ja berufstätig und ... Sie möchten doch sicher auch noch nach Hause und Ihrem Mann Bescheid sagen, nicht wahr?"

„Ich bin nicht verheiratet, und meine Eltern wohnen in Jütland. Aber ich muß natürlich auf meiner Arbeitsstelle sagen, was los ist."

„Wo sind Sie beschäftigt?"

„In einem Kindergarten in der Innenstadt."

Hemmt die Funktion des Mutterkuchens. Bei diesen Worten war ihr schwarz geworden vor Augen, und sie hatte das Gefühl gehabt, in die Tiefe zu stürzen. Dabei war sie auf ihren dicken Bauch so stolz gewesen, obwohl es ihr hin und wieder nicht gut gegangen war. Jetzt hatte sie die Gewißheit, daß tatsächlich etwas nicht stimmte.

Hier im Dunkel versucht sie die unangenehmen Gedanken zu verdrängen. Sie legt sich auf die Seite, schiebt die Decke hinter ihrem Rücken zusammen, um eine Stütze zu haben, und wünscht sich nur eins: daß der Schlaf sie umfängt, emporhebt und auf ein großes, graues Meer entführt.

Doch gerade als sie im Begriff ist, auf die Spiegelfläche des Nichts hinauszugleiten, schreckt sie jäh wieder hoch und ist sofort hellwach.

Hemmt die Funktion des Mutterkuchens. Der Mutterkuchen ist ja lebensnotwendig für das Kind! Sie knipst die Bettlampe an und lauscht dem Rauschen des Windes. Wenn sie nur eine Uhr hätte! Es muß etwa vier Uhr morgens sein. Zu spät, um noch etwas vom Schlaf zu haben, und zu früh, um aufzustehen. Es ist die grausame, nächtliche Stunde zwischen dem Gestern und dem Heute.

Plötzlich richtet sich Linda auf, wie eine Scheintote im Grab, breitet die Arme mit den zu langen Hemdärmeln aus und sagt: „O nein, nein, nein."

Dienstag, den 17. Dezember

Zimmer 0 ist quadratisch und hell. Die Wände sind grau, die Decke ist weiß. Durch die Jalousie kann man auf niedrigere und ältere Gebäude hinabschauen. Sie gehören zu dem Militärkrankenhaus mit seinen roten Mauern und dem roten Ziegeldach.

Marie blickt sich im Zimmer um. Die Betten am Fenster sind für die große Olivia und die kleine Linda. Neben Linda liegt Gertrude mit dem blonden Feenhaar. Seitlich von Gertrudes Bett befindet sich ein Kleiderschrank und neben dem von Marie ein Waschbecken.

An der Wand über Olivias Bett hängt eine Kodak-Colour-Fotografie, auf der zwei niedliche hellgraue Kätzchen zu sehen sind. Sie erwekken den Eindruck, als wäre das ganze Leben ein Zuckerschlecken.

Sonst gibt es keine Bilder im Zimmer, außer denen, die auf den Nachttischen der Patientinnen stehen.

„Du mußt zum Augenarzt, Frau Olsen!"

Die Krankenschwester öffnet die Schranktür und holt Olivias braunen Mantel sowie die braunen Schnürschuhe.

„Hier hast du einen Zettel. Da steht drauf, wo du hin sollst. Du brauchst nur zur Haupttreppe zu gehen. Von da fährst du mit dem Fahrstuhl zur Augenabteilung hinunter."

Die große Olivia steht leicht vorgebeugt mitten im Zimmer. Ihre langen, weißen Beine finden in den braunen Schuhen einen soliden Halt, wie zwei junge Bäume in Holzkästen. Sie hebt einen Finger und zeigt auf Linda. „Und wenn der Kioskwagen kommt, kaufst du also das für mich, sonst sterbe ich."

Linda winkt ihr mit der Romanzeitung zu.

Baska scheuert wie wild die Fußböden. Der Aufwischlappen ist schon zerschlissen. Unglaublich, wie man sich abmühen muß, um die Böden so sauber zu halten, wie es sich für ein Krankenhaus gehört.

Baska trägt einen kurzärmligen grünen Nylonkittel und Latschen. Ihr Mund ist dunkelrot, und die Konturen sind stark nachgezogen. Ab und zu bleibt sie stehen, die Arme auf dem Schrubber, und schaut gedankenverloren aus dem Fenster. Ihr Blick ist auf Unendlich eingestellt.

„Baska! Baska!" hört man es rufen.

Die Patientinnen mögen sie und versuchen oft, ein wenig mit ihr zu plaudern. Manchmal macht sie private Einkäufe für sie.

„Baska, wie lange ist es her, seit du aus Polen weg bist?"

„Was?"

„Wie lange bist du schon in Dänemark?"

„Sechs Jahre."

„Du mußt wirklich ein guter Patriot sein – so wie du an deiner Muttersprache festhälst."

„Was?"

„Genau."

Linda liegt flach im Bett und hält sich mit ausgestreckten Armen die Romanzeitung vor das Gesicht. Sie liest soeben den letzten Absatz von *Unter den Sternen* und spürt dabei ein wonnevolles Kribbeln im Rücken. *„Kerry flüsterte: ‚Mir ist so eigenartig zumute ..., ich fühle mich so matt. Das Ganze wirkt so verrückt und unmöglich.' Rick hielt sie sanft von sich ab, so daß er ihr lange und zärtlich in die Augen schauen konnte. Dann strich er behutsam mehrere zerzauste, blonde Locken aus ihrem Gesicht und ließ den Finger liebkosend der Form ihres Ohrs folgen. Anschließend glitt seine Fingerspitze schnell ihre Nase hinab, worauf er schelmisch auf deren Spitze drückte. ‚Total verrückt', räumte er ein. ‚Aber nicht die Spur unmöglich.' Nun zog er sie wieder dicht an sich und schloß sie fest in seine Arme, während er sie lange und leidenschaftlich küßte, so daß alle ihre Zweifel an seiner oder ihrer Liebe schwanden. Sie seufzte glücklich, als er sie anlächelte, und plötzlich war ihr, als enthielte die Zukunft, die so trübe und wenig verlockend gewesen war, eine Million strahlender, leuchtender Verheißungen. Es ist, als öffnete sich der Himmel über uns, dachte Kerry, während Rick sie vor sich auf sein Pferd hob. Die Zukunft wird bestimmt eine Heimstatt mit vielen Sternen sein... ENDE."*

Linda legt das Heft beiseite und schaut an die Decke. Sie denkt an

Allan. Wenn doch sie und Allan auf einem Pferd sitzen und durch Australien reiten könnten, so wie Kerry und Rick und ...

Baska reißt sie aus ihren Träumen. Sie rückt den Nachttisch weg und nimmt die Lampenschnur hoch, weil sie den Fußboden schrubben will.

„Aber Olivia, es ist doch gar nicht gesagt, daß es so schlimm ist. Mach dir nicht soviel daraus."

Aber Olivia bringt kein Wort über die Lippen.

Die kleine Linda sitzt neben Olivia auf dem Bettrand, den mageren Arm um den breiten, gebeugten Rücken der anderen.

„Er hat aber laut und deutlich gesagt, daß meine Augen noch schlechter geworden sind."

„Denk an das Kleine, das du bald sehen wirst."

„Aber wenn ich nun das Augenlicht verliere?"

Beide schweigen und starren vor sich hin. Olivia schluchzt und wischt sich die Nase am Ärmel ab.

„Ich möchte doch so gern Holger und Kalle und das Kleine sehen können."

Linda reicht ihr eine Papierserviette. Sie ist nahe daran, ebenfalls loszuheulen. Plötzlich hat sie einen guten Einfall. „Weißt du was? Ich lese dir dein Horoskop vor, ja?"

Olivia kriecht ins Bett. „Na ja, wenn du meinst ... Ich bin Löwe."

„Dann hör her", sagt Linda aufmunternd und schlägt die Romanzeitung auf: *„Sie bersten vor Ideen, und Sie brennen darauf, sie in die Tat umzusetzen. Das ist nur gut für Sie, solange Sie es verstehen, die Dinge genau abzuwägen. Verwenden Sie nicht zuviel Geld und zuviel Zeit auf etwas, das Ihnen doch nicht den Nutzen bringt, den Sie erwarten. In dieser Woche haben Sie Glück im Spiel ...* "

„Zu blöd, daß ich nicht zum Banko kann."

„Lies das Horoskop vom Fisch, das vom Fisch!" ruft Gertrude aus ihrer Schrankecke.

„Hier ist es. Also, Gertrudes Horoskop: *„Es sieht aus, als ergäbe sich die Möglichkeit für gewisse Veränderungen im Haus ...* "

„Ja, kann schon sein."

„ ... aber achten Sie darauf, daß Sie sich nicht übernehmen. Ihre Ökonomie scheint sich stabilisiert zu haben. Versuchen Sie, diesen Stand zu halten."

„Versuchen Sie, diesen Stand zu halten. Haha! Versuchen Sie, diesen Stand zu halten!“ sagt Gertrude fröhlich.

Marie hat nicht viel von den Gesprächen der anderen mitbekommen. Sie liegt auf dem Rücken und studiert ein kleines, grünes Heft. Unten auf der Seite befindet sich eine Zeichnung. Sie stellt eine Hand dar, die eine Fabrik mit rauchendem Schornstein hochhebt. Den letzten Abschnitt muß Marie zum drittenmal lesen, weil sie ihn nicht ganz begriffen hat, und auch jetzt erfaßt sie ihn noch nicht so recht.

„Was bedeutet nun, daß die Produktionsmittel als Kapital verwendet werden? Sind Produktionsmittel und Kapital denn nicht dasselbe? Nein, das Kapital kann verschiedene Formen annehmen, und es kann auch aus Produktionsmitteln bestehen. Aber Produktionsmittel sind nicht unter allen Umständen Kapital. Unter Produktionsmitteln versteht man die Menge aller Arbeitsmittel, Gebäude, Rohstoffe usw., die der Mensch in der Produktion verwendet.“

„Liest du im Ernst das ABC der politischen Ökonomie?“ fragt Gertrude.

„Ja. Liest du im Ernst die ‚Berlingske Tidende‘?“ fragt Marie zurück.

„Du bist Kindergärtnerin, nicht? Ich weiß nicht recht, ob ich mein Kind in deinen Kindergarten bringen würde.“

Marie lächelt.

„Du bist doch wohl kein Kommunist?“ Gertrude schaut Marie erschrocken an.

„Holger ist Kommunist!“ platzt Olivia dazwischen. „Und ich stimme hin und wieder auch für die Kommunisten.“

„Was meinst du wohl, für wen Allan stimmt, seit er arbeitslos ist?“ ruft Linda drohend von ihrem Bett am Fenster herüber.

„Gott behüte!“ Gertrude preßt die Hände gegen die Wangen. „In was für ein Zimmer bin ich bloß geraten?“

Die Krankenschwester kommt mit einem großen, verschlossenen Kuvert. „Was ist denn los? Habt ihr euch über etwas aufgeregt?“

„Nein, über nichts.“

„Hier“, sagt die Krankenschwester zu Linda. „Du mußt zum ULTRASCHALL. Das ist dein Befund. Du darfst den Umschlag nicht öffnen.“

Ein bißchen Klassenkampf in der Schwangerenstation ist nicht übel, denkt Marie. Also Gertrude würde ihr Kind nicht in meinen Kindergarten bringen. Marie muß lächeln. Seit mehr als anderthalb Jahren hat man dort an der Struktur einer kollektiven Leitung gearbeitet. Einfach war das nicht. Fünf Eltern haben ihre Kinder bereits abgemeldet, und sowohl die halbtags beschäftigte Vorschulpädagogin als auch die praktische Helferin haben gekündigt. Doch am ersten Januar fangen zwei Neue an, gute Leute mit mehrjähriger Erfahrung. Hoffentlich klappt die Zusammenarbeit.

Ihre Einweisung ins Krankenhaus hat den anderen die Sache nicht gerade erleichtert. Frauen, die Kinder bekommen, sind eine erhebliche Belastung für eine kleine Arbeitsstelle. Nun muß man sechs Wochen früher als berechnet eine Vertretung beschaffen.

Seit einiger Zeit jagt dort eine Versammlung die andere. Versammlungen mit den Eltern und den Angestellten. Versammlungen mit Vorschulpädagogen von anderen Tagesstätten. Gewerkschaftsversammlungen. Nicht zu reden von den Versammlungen der Familiengruppen, in die man nun die Kindergärten eingeteilt hat, um besser auf jedes einzelne Kind eingehen zu können. In den letzten Monaten ist Marie durchschnittlich pro Woche zu vier abendlichen Versammlungen gewesen. Wenn man noch die Zeit hinzurechnet, die sie auf den Studienzirkel und die Vorlesungen über politische Ökonomie verwenden mußte, so wird deutlich, daß sie sich einfach zuviel zugemutet hat.

Sie hat sich mit ihrer Erkältung und Müdigkeit abgeplagt – und allmählich ist ihr Gesundheitszustand immer schlechter geworden.

Marie ist ledig. Die unverheiratete Mutter – das ist schon fast zur Selbstverständlichkeit geworden. Über die Hälfte der in ihrem Beruf Tätigen, die Kinder haben, sind alleinstehende Mütter oder Väter. Die Zeit ist der Ehe davongelaufen.

Das Kind, das sie erwartet, ist von einem Kollegen, von Zacharias. Er ist Grönländer, besucht das Lehrerseminar und schwingt in einem grönländischen Beat-Orchester die Trommelschlegel. Die großen Idole sind die Gruppe Sume und der neue Sänger Rasmus Lyberth.

Marie und Zacharias haben gar nicht erst versucht, zusammen in eine Bude zu ziehen. Aber sie haben davon gesprochen, eine Wohngemeinschaft ausfindig zu machen, deren Angehörige Kinder haben. Ein Kollektiv – das entspricht durchaus ihren Vorstellungen.

Das Kind war nicht eingeplant, kommt aber auch nicht ungelegen. Als Marie entdeckte, daß sie schwanger war, machte sie das sehr froh.

Achtundzwanzig Jahre – gerade das richtige Alter, um ein Kind in die Welt zu setzen.

Wenn nur nicht diese Geschichte mit dem Fruchtwasser passiert wäre.

Linda befindet sich im fünften Stock in der Abteilung für Ultraschall. Sie liegt auf einer schmalen Pritsche, ihr Leib ist mit Erdnußöl eingerieben worden. Nun wartet sie darauf, daß man ihr weh tut. Aber man tut ihr nicht weh. Sie spürt nur ein Kitzeln.

Dennoch spannt Linda jeden Muskel im Körper an und ballt die Hände zu Fäusten. Sie hat es nie gelernt, sich zu entspannen.

Ein junger Mann mit schwarzem Oberlippenbart schwenkt einen Metallarm über ihrem Bauch hin und her. Der Metallarm ist so aufgehängt wie der Bohrer im Behandlungszimmer eines Zahnarztes.

Der junge Mann blickt abwechselnd auf ihren Leib, von dem sich der Nabel wie ein kleiner Pfropfen abhebt, und auf einen Bildschirm, der vor ihm auf einem niedrigeren Tisch steht und die Größe eines Fernsehbildschirms hat.

Mit Hilfe eines Echolots werden auf den Bildschirm weiße Punkte und Striche übertragen, die sich zu einem Bild formen. Hin und wieder läßt der junge Mann den Metallarm los und macht mit einer Polaroidkamera eine Aufnahme von dem Schirmbild, wartet einen Augenblick, zieht dann mit einem Knall ein nasses Foto aus dem Apparat und reicht es über die Schulter einer jungen, blonden Frau, die bei ihm steht und zuschaut.

Die beiden unterhalten sich leise und vertraulich. Linda kann hören, daß sie von einem Urlaub über Weihnachten und Neujahr sprechen.

Das Telefon klingelt. Die Blonde nimmt den Hörer ab, lauscht, hebt den Kopf und sagt gedämpft: „Ein Anruf von der Schwangerenstation. Sie fragen an, ob wir einen Foetus mortuus feststellen können."

„Einen Foetus mortuus?"

„Ja, die Patientin hat ein steineres Gefühl im Unterleib. Die

Schwangerschaftsreaktionen sind positiv, vermutlich, weil das Plazentagewebe noch intakt ist. Hallo – ja!“

Sie wippt mit dem Fuß.

„Ob wir einen Knick in der Halswirbelsäule erkennen können? Ich glaube schon. Schickt die Patientin sofort herauf.“

Sie hängt ein und seufzt. „Herrgott!“ Ihr Blick fällt auf Linda, die mäuschenstill auf der Pritsche liegt.

Linda hat alles mit angehört, aber nicht begriffen, worum es sich bei dem Gespräch handelte. Sie starrt auf den Bildschirm, faßt sich ein Herz und fragt, ob man sehen könne, was mit ihrem Rücken sei. Das beschäftigt sie unablässig.

„Nein.“

„Kann man sehen, ob es ein Mädchen oder ein Junge wird?“

„Nein, aber man kann einigermaßen genau ermitteln, wie weit du bist. Außerdem kann man den Mutterkuchen erkennen und feststellen, wie das Kind liegt.“

„Möchtest du gern ein Bild von dem Kleinchen haben?“ fragt die Blonde. „Hier, das ist der Kopf und der Körper, man sieht es schon ganz deutlich, und das hier ist der eine Arm ...“

Als Linda kurz darauf frierend und mit steifen Beinen aus der Tür geht, den Befund in dem großen Umschlag in der Hand, kommt sie an einem jungen Paar vorbei. Beide tragen Polarjacken mit Pelzbesatz auf dem Kragen. Der Mann hat die Schulter der Frau umfaßt. Ihr Gesicht ist wie zerflossen.

„Ist das nicht ein hübscher Bursche, der da oben im Ultraschall?“ fragt Olivia.

Linda hat schon längst bemerkt, daß Olivia den Männern nachschaut.

„Ja, er ist ganz ansehnlich.“

„Na?“ Olivia kneift ein Auge zu. „Hast du es ausgehalten? Hast du nicht doch in deinen Befund geguckt?“

„Aber Olivia“, sagt Gertrude, „so etwas gehört sich doch nicht. Das wäre ja ein Vertrauensbruch.“

„Wenn ich nur ein Wort von dem verstünde, was die da reinschreiben, würde ich es tun“, erwidert Olivia.

Marie hat sich zur Abwechslung im Aufenthaltsraum niedergelassen, im Lehnstuhl, eine Zeitung auf den Knien.

Auf dem Sofa sitzt eine Patientin in einem blauen Morgenmantel. Ihre Wangen sind eingefallen, und ihr Bauch ist nicht sonderlich dick. Wenn man es nicht wüßte, würde man nicht vermuten, daß sie Zwillinge erwartet.

Neben der Frau thront ihr Mann, ein kräftiger, vierschrötiger Kerl, der – ohne es zu ahnen – von den anderen Olfert der Schreckliche genannt wird. Jedenfalls hat Linda dies Marie erzählt.

Auf einem Stuhl hockt der jüngste Sohn des Ehepaars, der fünfjährige Klein-Olfert, und spielt mit einem Gummi.

Tränen rinnen der Frau über die Wangen, aber das scheint den Mann nicht zu beeindrucken.

„Von mir aus kannst du ruhig heulen, Yvonne", knurrt er. „Ich hätte viel mehr Grund dazu. Wer zum Teufel soll deiner Meinung nach das Telefon bedienen, während du weg bist? Kannst du mir das vielleicht mal verraten?"

„Wie ist es denn mit Schwiegermutter?"

„Hat sich was! Die hat doch keine Ahnung vom Geschäft."

„Ich weiß ja, daß du es schwer hast."

„Teufel auch, und ob ich das habe! Ein so kleines Geschäft wie unsers geht einfach nicht, wenn einer von uns nicht da ist." Olfert der Schreckliche schlägt auf den Tisch, daß der Aschbecher einen Satz macht.

„Uaaah!" brüllt das Söhnlein.

Yvonne starrt mit leerem Blick vor sich hin. „Die haben gesagt, sie könnten mich nur auf meine eigene Verantwortung entlassen."

„Ja, dann übernimm doch die Verantwortung, Mensch!"

Linda und Olivia stehen im Badezimmer und bürsten einander das Haar.

„Ich habe es wirklich gehört", sagt Olivia zögernd.

„Ultraschall? Bist du sicher?" fragt Linda, eine Haarnadel im Mund. „Kann das schaden?"

„Ja, bestimmt. Es heißt, in Schweden sollen sie deshalb mit dem Ultraschall Schluß gemacht haben."

„O je, o je!" jammert Linda.

Der Vorhang um die Duschnische hängt schief. Das Badezimmer müßte renoviert werden – und es funktioniert alles nicht so, wie es soll.

Außer Yvonne befindet sich niemand mehr im Aufenthaltsraum. Ein stummes Testbild flimmert auf der Bildröhre, es ist blau und unstet.

Der Aschbecher auf dem niedrigen Sofatisch quillt von Kippen, Schokoladenpapier und zerknülltem durchsichtigem Zellophan über.

Yvonne ordnet die Kissen, macht den Fernseher aus, bleibt noch einen Moment sitzen, die Schultern bis zu den Ohren hochgezogen, und schaut vor sich hin. Ihr graut vor der Nacht, die sie nun umschließen wird.

Schließlich steht sie auf und hüllt sich fester in ihren dunkelblauen Morgenmantel. Langsam geht sie durch den langen, nachtöden Flur.

Das Schwesternzimmer ist leer, aber die Lampe brennt. Auf einem aufgeschlagenen Kreuzworträtsel liegen eine Brille und Strickzeug.

Yvonne geht zu dem großen Fenster und bleibt dort stehen, eine Hand in die Seite gestemmt, die andere auf dem Rücken; sie blickt auf das Baugelände hinab. Kräne und Gerüste liegen im Dunkel. Nur eine einsame Neonröhre beleuchtet die Dächer der Werkzeugschuppen und die Ecken eines Zauns.

Am Himmel glitzert das Sternbild des Orion zwischen den Wolken.

Mittwoch, den 18. Dezember

Die Visite hat Zimmer 2 erreicht. Dort liegt nur eine Patientin, Signe Dahl. Sie ist aus Lejre und von Beruf Keramikerin.

„Können wir mal etwas erfahren?" Der Oberarzt wendet sich der jungen Hebamme zu, die neben ihm steht und die Hände auf dem Rücken hat.

Sie tritt ans Bett und legt ihre langen, reinen Hände seitlich flach gegen den Leib der Patientin, läßt sie bis zu den Brüsten hinaufgleiten und wieder in die Ausgangsstellung zurückkehren. Dann fahren sie behutsam zur Leiste der Patientin hinab und ertasten sorgfältig den Teil des Kindes, der sich zuunterst in der Gebärmutter befindet, worauf sie sich abermals aufwärts bewegen, sehr langsam, um die anderen Teile des Kindes fühlen zu können. Schließlich wendet die Hebamme der Patientin den Rücken zu und betastet mit geschlossenen Fingern den unteren Abschnitt der Gebärmutter.

„Ich glaube, da ist nicht viel Fruchtwasser", sagt sie und schaut den Oberarzt an. „Das Gewicht beträgt wohl etwa ... 1800 Gramm?"

„Das könnte stimmen."

Die Patientin setzt sich auf. „Ich bin sehr besorgt, weil ich glaube, daß meine Östriolwerte schon monatelang zu niedrig waren, ich meine, bevor es bemerkt wurde."

„Das wäre theoretisch durchaus möglich, aber in Ihrem Fall können wir das wohl ausschließen." Der Oberarzt lächelt. „Was lesen Sie?" Er greift nach dem Buch zuoberst auf einem Stapel. „Aha, ‚Keramisk Håndbog og Dansk Lertøj'. Sie beschäftigen sich also auch hier mit dänischen Tonwaren? Sehr gut, daß Sie Ihre Zeit nicht verschwenden."

„Hej, Baska!"

„Hej, Signe!"

Die polnische Hilfskraft spricht als einzige vom Krankenhauspersonal die Patientinnen nur mit dem Vornamen an. Eigentlich ist das nicht erwünscht, obwohl es sich überall immer mehr durchsetzt. Die Patientinnen sollen mit dem Nachnamen und mit *Frau* angeredet werden, unabhängig von Alter und Familienstand.

„Ich habe das Gemüse für dich gekauft", sagt Baska und stellt einen kleinen Pappbehälter auf den Nachttisch. Unter hellrotem Seidenpapier liegen zwei Avocatos und eine Zitrone.

„Und was ist mit dem Kochsalz?"

„Hier."

„Das ist wirklich nett von dir, Baska. Vielen Dank."

Die Krankenschwester steckt den Kopf zur Tür herein. „Signe Dahl, hast du dein Wasser versehentlich in Frau Larsens Uringlas gelassen? Da stimmt nämlich etwas nicht."

„Das will ich doch nicht hoffen!" ruft Signe erschrocken aus und rafft ihren schwarzen Kimono um sich zusammen.

„Hier ist übrigens ein Brief für dich."

Das Kuvert ist groß, weiß und kreuz und quer mit Briefmarken beklebt.

„Der ist von meinen Kindern."

„Wie viele hast du?"

„Drei Mädchen im Alter von sechs, vier und zwei Jahren."

„Du meine Güte!" sagt die Schwester. „Ist das nicht ein bißchen viel für euch?"

„Nein. Aber wir hatten eigentlich auch nicht vor, uns noch mehr anzuschaffen."

„Wo wohnt ihr?"

„In Lejre. In einer alten Schule. Da haben wir unsere Werkstatt. Mein Mann und ich sind Keramiker. Früher haben wir in Kopenhagen gewohnt."

Sie öffnet das Kuvert und breitet dessen Inhalt vor sich auf der Bettdecke aus: ein etwas verunglücktes Foto mit schiefem Horizont und ein merkwürdig kleines Strickzeug von der ältesten Tochter, eine aus Papier geschnittene Figur von der mittleren und eine unverständliche Krakelzeichnung von der jüngsten. Schließlich folgt noch ein kurzer handgeschriebener Brief von ihrem Mann. Sie liest ihn zweimal, faltet ihn zusammen und legt ihn in den Nachttisch. Dann befestigt sie die kleinen Dinge ihrer Kinder mit einem Klebestreifen an der Wand, die bald wie in einem Museum mit Schaustücken übersät ist.

Wieder wird sie von ihrem schlechten Gewissen überfallen. Da liegt sie nun im Bett, und Jacob, ihr Mann, muß zu Hause zusehen, wie er mit allem fertig wird, er muß sich um die Kinder kümmern, an der Töpferscheibe sitzen, das Trocknen der Keramiken überwachen und die Öfen in Gang halten. Schließlich brauchen sie ja etwas zum Leben. Nur gut, daß er nicht in einem anderen Betrieb arbeitet und daheim bleiben kann.

Signe ist sozusagen durch ein Mißgeschick schwanger geworden.

In den ersten sieben Monaten schien alles in Ordnung zu sein. Signe fühlte sich wohl und war guter Dinge. Sie kam ihrer Arbeit nach, glasierte die Keramiken und nahm sogar gemeinsam mit Jacob eine neue Produktion in Angriff. Da sie ihre drei Töchter im Rigshospital, dem staatlichen Krankenhaus, zur Welt gebracht hatte, ging sie dort zur Kontrolluntersuchung. Sie wollte auch ihr viertes Kind im Rigshospital gebären, obwohl sie inzwischen aus Kopenhagen weggezogen war.

Aber Anfang Dezember rief man eines Tages vom Krankenhaus bei ihr an. Man habe bei einer Analyse der letzten Urinproben festgestellt, daß ihre Östriolwerte bedenklich gesunken seien. Sie solle umgehend hinkommen.

Jacob fuhr sie in die Stadt.

„Was sind Östrogene eigentlich?" fragte er im Wagen.

Sie sagte ihm, daß sie so etwas wie Hormone seien, die im Urin ausgeschieden werden, und daß sie über den Mutterkuchen Auskunft gäben. Die Werte sollten möglichst hoch sein, und ihre seien niedrig.

Im Rigshospital wurden sie zu dem diensttuenden Arzt geführt. Er sagte, einiges deute darauf hin, daß es dem Kind nicht gut gehe. Außerdem wiege es offensichtlich nicht mehr als 1200 Gramm. Man habe alles für einen Kaiserschnitt vorbereitet. Die Blutgruppe sei ja bekannt.

Signe erwiderte, daß sie sich keine Umstände machen sollten.

„Wie meinen Sie das?"

„Ich meine, Sie sollten mich nicht vorzeitig entbinden, weil es dem Kind schlecht geht und es außerdem so klein ist. Das muß die Natur ins Lot bringen."

„Aber hören Sie doch: Wenn das Kind leidet und die Gebärmutter es nicht von selbst ausstößt, ist es gewiß besser für das Kind, es durch einen operativen Eingriff zu entbinden und in den Brutkasten zu legen ..."

Signe dachte einen Augenblick nach. „Wenn Sie einen Kaiserschnitt vornehmen, möchte ich das Kind aber nicht im Brutkasten haben."

Der Arzt sah sie überrascht an. „Dadurch laufen Sie doch Gefahr, daß sich ein womöglich lebensfähiges Kind unter weitaus ungünstigeren Bedingungen abquälen muß, als es sie im Brutkasten hätte."

„Kann ich nicht selbst darüber entscheiden, was mit meinem Kind geschieht?"

„Nein." Der Arzt schüttelte den Kopf. „Sie hätten sich zu einem Schwangerschaftsabbruch entschließen können. Doch wenn das Kind geboren ist, liegt die Verantwortung bei uns."

„Und wo ist die Grenze zwischen einem Abort und einem lebensfähigen Kind?" hatte Jacob gefragt.

„Im allgemeinen liegt sie bei 1000 Gramm. Doch es gibt Fälle, daß Kinder mit noch niedrigerem Geburtsgewicht durchgekommen sind."

Als Signe sich endlich darauf eingestellt hatte, daß der Kaiserschnitt unvermeidlich war, blies man die Operation ebenso schnell wieder ab, wie man sie beschlossen hatte.

Eine neue Diagnose ergab, daß die Situation günstiger war, als man zunächst angenommen hatte. Signe solle auf die Schwangerenstation gelegt werden, hieß es, und dann werde man weiter sehen.

Bevor Jacob nach Hause fuhr, hatte er ihr die Hand gedrückt und gesagt: „Wir müssen es nehmen, wie es kommt. Denk nur an dich selbst und mach dir keine Gedanken über uns."

Von diesem Augenblick an lastete zu Hause alles auf seinen Schultern. Signe war zwar ein wenig beruhigt, weil seine Mutter in der Nähe wohnte, aber sie wußte auch, daß man ihr nicht zuviel aufbürden konnte, weil sie bald siebzig war.

Nun liegt Signe fast vierzehn Tage im Krankenhaus, und entgegen ihren Befürchtungen fühlt sie sich wohl. Es ist schön, sich zum erstenmal nach langer Zeit, nach sechs Jahren, richtig ausruhen zu können. Zu schlafen, zu dösen, zu lesen, zu duschen, das Essen serviert zu bekommen und sich um nichts kümmern zu müssen. Mit Leuten zu reden, die sie sonst nie kennengelernt hätte.

Aber sie ist Stimmungsschwankungen unterworfen. Manchmal wird sie von Unruhe und Angst erfaßt. Sie hat zwischen den Geburten nie recht Zeit gehabt, sich zu restituieren. Außerdem fühlt sie sich auch langsam zu alt. Sie ist sechsunddreißig, und es wird ihr schon sauer, mit ihren Kindern mitzuhalten. Jacob fällt das viel leichter.

Dreimal ist es gut gegangen. Kann man mehr erwarten?

Signe sieht die Mädchen vor sich, drei gesunde, wohlgestaltete, fröhliche Kinder. Sie weiß, daß mit der Anzahl der Entbindungen einer Frau das Risiko für Komplikationen während der Schwangerschaft und bei der Geburt zunimmt. Die zweite Schwangerschaft sei die günstigste, sagt man im Krankenhaus.

Ob ihr das Glasieren der Keramiken geschadet hat? Irgendwie schon. Sie und Jacob hatten dafür bisher immer die klassische Mischung benutzt: Quarz, Kaolin, Bleimennige und einen Zusatz von Eisen oder Kupferoxid. Vor einigen Jahren hatte Jacob eine Bleivergiftung. Das haben sie mit Fassung getragen. Im Juli hatte sie mehrmals bemerkt, daß ihre Fingerspitzen kalt und gefühllos wurden, ein ziemlich untrügliches Zeichen für eine beginnende Bleivergiftung.

Im Juli – da war sie noch nicht einmal im dritten Monat. Und alle wichtigen Organe bilden sich im ersten Drittel der Schwangerschaft aus.

Nun hat sie Jacob überredet, ausschließlich mit gefrittetem Material zu arbeiten, das heißt, mit einer Mischung aus Quarz und Blei, die bereits vorher verschmolzen worden ist, so daß man nicht mehr mit reinem Blei in Berührung kommt. Die damit erzeugten Glasuren sind zwar nicht so gut wie die alten, aber doch annehmbar.

Jacob! Sie vermißt ihn fürchterlich. Mehr als jeden anderen Menschen. Mehr als die Kinder. Und mehr als ihre Arbeit.

„Der ehrgeizige junge Offizier erregte die Aufmerksamkeit seiner Vorgesetzten und avancierte ungewöhnlich schnell. Er wurde nach Frankreich und Rußland geschickt und ehelichte nach seiner Rückkehr eine Hofdame von Königin Sophia. In diesen vornehmen Kreisen bewegte er sich ungezwungen und elegant, zufrieden mit seiner Umgebung und mit sich selbst. Im Laufe der Zeit kamen ihm dann auch die Worte und Sinnsprüche aus dem Propstheim zugute, die in seinem Bewußtsein haften geblieben waren."

Gertrude bemüht sich tapfer, das – gelinde gesagt – etwas derbe Gespräch der anderen Patientinnen zu überhören.

„Ja, in den vier Jahren nach unserem ersten Kind habe ich fast nicht gewagt, mit Holger zusammen zu sein", sagt Olivia. „Wenn er was von mir wollte, lag ich steif wie ein Brett da und hatte entsetzliche Angst, daß es wieder passiert."

Gertrude wendet den Blick nicht vom Buch ab.

„Hast du denn kein Pessar?" fragt Marie interessiert von ihrer Ecke beim Waschbecken her. „Das ist doch sehr praktisch. Oder man nimmt einen Gummi."

„Das haben wir vor fünf Jahren ausprobiert – und dann kriegten wir Kalle. Prompt, sage ich dir."

„Und wie ist es mit einer Spirale?"

„Nein, besten Dank. Davon kriegt man ja Krebs. Das habe ich selbst in der Zeitung gelesen."

Die Zeitungen, die Zeitungen! denkt Marie. Unglaublich, wie die alle Welt aufklären.

Linda setzt eine erfahrene Miene auf. „Und die Pille? Die ist doch super, Mensch."

„Die Pille!" Olivia geht in die Luft. „Meinst du, ich will mir eine Thrombose holen? Ich habe sowieso schon so viele Leiden." Sie beruhigt sich, seufzt, greift nach dem Strickzeug und fährt fort: „Aber Holger tut mir mächtig leid, weil er nie was Rechtes davon hatte.

Einmal habe ich das unserem Doktor erzählt, und wißt ihr, was er gesagt hat?"

„Nein."

„Kein Wort. Er hat kein einziges Wort dazu gesagt. Gab mir bloß ein Rezept für irgendwelche Nervenpillen. Aber das war doch wohl keine Hilfe, nicht? Jedenfalls nicht für Holger."

Marie betrachtet Olivia, eine Hand unter der Wange.

„Und als ich doch wieder schwanger wurde, wär ich fast gestorben, so einen Schreck habe ich gekriegt. Ich habe es erst gemerkt, als es zu spät war. Und dabei hatte ich es schon das erstemal so schwer. Herrgott, wie habe ich mich quälen müssen! Aber nun möchte ich meinen Kallemann nicht für alles Gold der Welt hergeben." Olivia lächelt dem Foto in dem antiken Plastrahmen zu, daß ihre blauen Vorderzähne sichtbar werden. „Man hat mir hier vorgeschlagen, daß ich mich sterilisieren lassen soll, wenn sie mich sowieso schon schneiden. Die meinen, danach hätte ich wieder mehr Lust." Olivia schnalzt mit der Zunge. „Das will ich auch hoffen. Schon wegen Holger."

Gertrude läuft es kalt über den Rücken.

„Die sagen, es ist auch gar nicht gut, mehr als zwei Kinder zu kriegen, wenn man zuckerkrank ist", erläutert Olivia den anderen. „Das dritte Kind kann schwächlich werden. Na, und da haben Holger und ich eben unterschrieben, daß die mich sterilisieren sollen."

„Tut das weh?" fragt Linda zaghaft.

„Die sagen: nein."

Olivia ist stolz, daß sie mit so interessanten medizinischen Details im Hinblick auf ihre Person aufwarten kann.

„Du scheinst aber auch leicht schwanger zu werden", sagt Gertrude und schaut von ihrem Buch auf. „Bei mir hat das acht Jahre gedauert."

Olivia beachtet ihre Worte nicht. „Ich bin nun doch froh, daß wir zwei Kinder haben werden", meint sie versonnen. „Wenn man zukkerkrank ist, darf man nämlich keine adoptieren."

Das Gespräch verstummt.

Gertrude schlägt wieder ihr Buch auf und liest weiter.

„Der große Sänger Achille Papin aus Paris hatte eine Woche lang in der königlichen Oper von Stockholm gesungen und dort wie an allen anderen Orten sein Publikum mitgerissen. Eines Abends hatte ihm eine Hofdame, die von einem Abenteuer mit dem großen Künstler träumte, von Norwegens

wilder und üppiger Natur erzählt. Sein romantisches Gemüt entzündete sich an ihrer Beschreibung, und als er die Heimreise nach Frankreich antrat, wählte er eine Route um die norwegische Küste. Aber er fühlte ...“

„Ist das Buch gut?“ fragt Linda, während sie einen Apfel schält.

Gertrude antwortet nicht.

„Du, Gertrude, ob das Buch gut ist!“

„Ausgezeichnet.“

„Ein Roman?“

„Es ist ‚Babettes Gastmahl‘.“

„Ich habe mal einen Roman gelesen, der war Klasse. ‚Leb ungestüm und stirb jung‘ hieß er. Den solltest du dir auch besorgen.“

Rasmussen, eine Hebamme, kommt herein und erkundigt sich, ob jemand noch etwas zur Nacht haben wolle. Sie geht mit ihrem gelben Holzstethoskop von Bett zu Bett und setzt es jeder Patientin auf den Bauch.

„Zehn-elf-elf, so schlägt das Herz deines Kindes“, sagt sie zu Gertrude. „Wie eine kleine Taschenuhr. Du bist gut in Form.“

„Was meinst du, ob die mir den Kaiserschnitt am neunundzwanzigsten machen werden?“ flötet Olivia. „Holger würde sich doch mächtig darüber freuen.“

„Darauf kann ich dir keine Antwort geben.“ Rasmussen dreht sich zu Marie um.

Marie blickt von ihrem grünen Heft auf, dankbar für die Unterbrechung, und markiert mit dem Fingernagel den Satz: *„... außerdem gibt es bestimmte Zwischengruppen, Techniker, Intellektuelle u. ä., die zwar für Lohn arbeiten, aber nach anderen Regeln als die Arbeiter entlohnt werden, und deshalb ...“* Sie legt sich hin, spürt jedoch sofort Übelkeit.

Die Hebamme bemerkt es. „Kannst du nicht auf dem Rücken liegen?“

Marie schüttelt den Kopf.

„Woher ist die Wunde an deiner Lippe?“

„Von meiner Erkältung.“ Marie faßt sich an den Mund. Vorsichtig tastet Rasmussen den geschwollenen Leib ab. „Ja, du hast wahrhaftig viel Fruchtwasser“, sagt sie leise.

„Kann man das nicht abzapfen?“ flüstert Marie.

„Nein, das würde sich doch nur wieder neu bilden. Außerdem besteht dann immer eine gewisse Gefahr, daß man dadurch die Geburt einleitet.“

„Weshalb muß ich hier still liegen?"

„Weil so der Mutterkuchen gut durchflossen und das Kind besser ernährt wird. Kannst du dir das nicht vorstellen?"

„Schadet das viele Wasser dem Kleinen nicht?"

„Überhaupt nicht. Das Fruchtwasser kann dem Kind auf keinen Fall schaden, ob es nun viel oder wenig ist." Die Hebamme hebt den Kopf. „Ich höre keine Herztöne. Da muß ich das Doppergerät holen."

Die Herztöne! Marie schrickt zusammen.

Die Hebamme kommt mit einem kleinen Apparat zurück, den sie auf den prallen Leib der Patientin legt.

Auf einmal hört es sich an, als drehte jemand an einem alten Radio. Ein Rauschen erfüllt das Zimmer, wie von einem Sternnebel.

„Das sind die Darmbewegungen", konstatiert Rasmussen nüchtern. „Aber achte einmal auf das weiche, blasebalgähnliche Geräusch im Takt mit deinem Puls – das ist der Uterinaton. Da – und nun kannst du auch das Herz hören. Es arbeitet wie eine kleine Lokomotive, nicht wahr?"

Freude erfüllt Marie. Sie muß husten, daß ihr die Tränen in die Augen treten. Dieses leichte „Bup-Bup-Bup" stammt also von ihrem Kind in dem Ozean dort drinnen. Es lebt. Sein Herz pocht.

Rørby und Rasmussen sind auf der Station ein Begriff wie die berühmten Paare der Sechstagerennen von einst. Beide treffen jeden Tag um fünfzehn Uhr ein und bleiben bis um dreiundzwanzig Uhr; dann werden sie von der Nachtwache abgelöst. Sie arbeiten vierzehn Tage lang hintereinander, darauf haben sie vierzehn Tage frei.

Rørby ist Hilfsschwester und Rasmussen Hebamme. Alles was die Patientinnen das medizinische Personal vom Tagesdienst nicht zu fragen wagen, auch im Hinblick auf die Untersuchungen, denen sie sich unterziehen mußten, sprudeln sie abends heraus, wenn die beiden da sind.

Rørby und Rasmussen lassen sich Zeit für Gespräche. Sie haben Humor und hänseln die Patientinnen hin und wieder, bis alle lachen müssen. Da jede der beiden zwei Kinder hat, können sie sich gut in die nagenden, bohrenden Gedanken hineinversetzen, mit denen sich die Patientinnen herumschlagen. Sie verstehen die schwangeren Frauen. Sie sprechen ihre Sprache. Außerdem sind sie frei von Sentimentalität.

Nachdem Rørby und Rasmussen hart und effektiv gearbeitet haben, um alles und alle für die Nacht säuberlich herzurichten, verlassen sie gegen dreiundzwanzig Uhr die Station. Dort wird es dann fast ein bißchen grau und öde, weil sofort die anonyme Krankenhausatmosphäre in die Räume dringt und sich auf die Betten legt.

Bevor Signe die Augen zumacht, muß sie daran denken, wie sehr ihr das Krankenhaus eigentlich zusagt. Ihr gefällt tatsächlich alles. Das Essen, das sich so sehr von dem unterscheidet, was sie gewöhnt ist. Die Temperatur in ihrem Zimmer, die weit höher ist als zu Hause. Das Personal und die anderen Patientinnen, von denen jede ihre eigene, interessante Lebensgeschichte hat, gleichgültig, ob sie nun in Skelskør oder in Kopenhagen handelt.

Seit sie erwachsen ist, hat sie ununterbrochen die Hände geregt, etwas geplant, sich zielstrebig von einem Punkt zum anderen bewegt. Sie war immer in Eile. Deshalb bereitet es ihr jetzt besonderes Behagen, Zeit zu haben, sich einmal nicht um andere kümmern zu müssen, sondern sich auf sich selbst besinnen zu können.

Sie genießt die Stille und schaut lange ins Dunkel.

Donnerstag, den 19. Dezember

Karen-Margarethe hat in dem Behandlungszimmer mit den mattierten Scheiben auf dem gynäkologischen Stuhl Platz genommen. Ihr großblumiger Morgenmantel hängt über der Lehne. Auf dem kleinen Tisch an der Seite sieht sie ein Speculum, eine Pinzette, ein Glas mit Tampons und eine Sprühflasche.

Sie hat sich zurückgelehnt. Ihre gespreizten Beine mit den weißen Krankenhausstrümpfen werden von Bügeln hochgehalten. Der Oberarzt streift sich die Gummihandschuhe über. Man hört das Schnippen des elastischen Materials. Die Krankenschwester legt ihre kühle, weiße Hand auf den Bauch der Patientin.

Der Oberarzt schaut zur Decke und führt den behandschuhten Zeige- und Mittelfinger in ihre Vagina ein. Er befühlt die Gebärmutter und den Gebärmuttermund, während er mit der anderen Hand von außen ihren Bauch abtastet. Mit sanftem Druck nach unten und innen erspürt er die Lage ihres Kindes.

Karen-Margarethe versucht sich zu entspannen. Sie richtet den Blick in die Ferne und läßt alle Glieder erschlaffen. Atmet völlig ruhig. Spürt die Hand des Oberarztes tief in sich und nimmt zu ihrer Überraschung ein angenehmes, heißes Prickeln wahr, das irgendwo zwischen Herz und Gebärmutter aufglüht.

Der Oberarzt spricht leise mit der Schwester. Sie notiert etwas auf einer Karte.

„Ja, danke. Sie können aufstehen.“

Er zieht die Handschuhe aus und blättert in der eng geschriebenen Krankengeschichte. „Sie sind einundvierzig. Und ihr Mann?“

„Zweiundfünfzig.“

„Es handelt sich um ihre erste Geburt. Sind Sie schon einmal schwanger gewesen? Nein, wie ich sehe, waren Sie das nicht.“

„Wir haben schon nicht mehr geglaubt, daß es doch noch etwas wird“, flüstert sie. „Wir sind beide so glücklich.“

„Haben Sie Kopfschmerzen oder Schwindelgefühl?“

„ Ja, hin und wieder wird mir schwindlig.“

„Sehen Sie zuweilen alles wie durch einen Dunstschleier?“

„Nein, aber manchmal habe ich so bohrende Kopfschmerzen.“

„Wir werden schon auf Sie Obacht geben.“

Er lächelt der Patientin mit seinen braunen Augen zu. Sie lächelt dankbar zurück.

Seit dem Augenblick, da Karen-Margarethe Gewißheit hatte, daß sie schwanger war, dachte sie Tag für Tag unablässig an das Wesen, das in ihrem Leib wuchs. Wie es wohl beschaffen sein mochte. Wie es aussah. Ob es ihm gut ging.

Sie war glücklich. Ihre Kräfte nahmen zu, und sie konnte viel mehr im Geschäft bewältigen als sonst. Ihr Bauch war groß und stramm. Der Arzt befühlte ihn und war zufrieden. Der Blutdruck lag ein wenig an der oberen Grenze, aber die Werte waren normal. Der Urin war normal. Kein Wasser im Körper. Nur hin und wieder ein bißchen Kopfschmerzen. Alles wurde als völlig normal registriert.

Wie herrlich, zu wissen, daß alles einen normalen Verlauf nahm!

Doch dann schwollen ihre Füße an – und ein paar Tage später auch die Beine. Der Blutdruck stieg, und im Urin zeigte sich Eiweiß. Plötzlich wuchs das Interesse für sie erheblich. Ob sie Migräne habe? Ja, hin und wieder.

Sie wurde auf die Schwangerenstation gelegt, und auf die Tafel über ihrem Bett schrieb man „Praeklampsie", schwangerschaftsbedingte Stoffwechselstörung.

Doch Karen-Margarethe blieb völlig ruhig. Nichts konnte sie in ihrer Freude und Erwartung erschüttern. Man würde ihr schon helfen. Alles würde gut abgehen.

„Wenn es dir nichts ausmacht, wäre ich gern bei der Geburt dabei", hatte ihr Mann gesagt.

„Ist das dein Ernst?"

„Aber ja. Die Entscheidung liegt natürlich bei dir."

„Ich würde dich schrecklich gern dabei haben", sagte sie. „Das wäre herrlich. Außerdem würde es mir sehr helfen. Es wäre schön für mich, wenn du von der ersten Sekunde an alles miterleben würdest."

Karen-Margarethe legt ihren großblumigen Morgenmantel über die Lehne des Stuhls am Ende ihres Bettes. Sie schaut zu ihrer Nachbarin hinüber, zu der siebzehnjährigen Connie aus Hundested.

Connie schläft. Die Decke ist im Begriff, auf den Fußboden zu gleiten. Karen-Margarethe zieht sie vorsichtig zurecht.

„Hier", die Krankenschwester steckt den Kopf zur Tür herein, „du mußt dein Phenemal nehmen, fünfzig Milligramm."

Ein schwerer, großer Bücherkarren knarrt den Flur entlang. An der Stange vorn zieht ein junger, hochgewachsener Mann mit hellem Vollbart, hinten schiebt eine ältere Dame mit Brille und in einem weißen Kittel.

Der Karren hält vor dem großen Fenster und Zimmer o.

„Brauchen Sie hier etwas zum Lesen?"

„Danke, ich habe", sagt Linda und legt ihre Hand blitzschnell auf die Romanzeitungen, aus Furcht, man würde ihr irgendein sterbenslangweiliges Buch aufschwatzen.

„Und Sie?"

„Ich kann die Buchstaben nicht richtig erkennen", erwidert Olivia, die ihr Strickzeug dicht vor die zusammengekniffenen Augen hält.

„Haben Sie etwas über schmerzarme Geburt?" fragt Marie.

„Ja, hier ist etwas. Es heißt ‚Obstetrische Psycho-Prophylaxe'. Das Buch hat sogar eine Hebamme hier aus dem Krankenhaus geschrieben." Die Bibliothekarin reicht ihr ein kleines dünnes Buch in blauem Plasteeinband.

DEA·76

„Kann das auch ein gewöhnlicher Sterblicher begreifen?"

„Haben Sie etwas von Karen Blixen?" fragt Gertrude.

Die Tür steht offen, so daß man hören kann, wie der junge Mann draußen auf dem Flur Bücher an das Personal ausleiht.

„Wie wäre es mit Agatha Christie? Oder mit Maria Lang? Na, dann ist aber Sjöwall und Wahlöö bestimmt das richtige."

Die ältere Bibliothekarin wendet sich zum Gehen.

„Sagen Sie bitte, was lesen die Leute eigentlich, wenn sie im Krankenhaus liegen?" fragt Marie. „Das hätte ich zu gern gewußt."

„Tja, was sie lesen ... Am liebsten nicht so anspruchsvolle Lektüre, sondern Bücher, die man an einem Tag oder an zwei Tagen durch hat. Vorwiegend mögen die Patienten Spannendes. Tatsachenberichte über den zweiten Weltkrieg, die von Spionen oder U-Boot-Einsätzen handeln, oder Sabotage- und Schmugglergeschichten. Ja, oder Krimis und humoristische Bücher. Memoiren werden auch gern genommen. Viele lieben weibliche Autoren. Ja, und dann natürlich Strickmodenhefte und Bücher über Wohnungseinrichtungen."

„Wie ist es mit modernen Problembüchern?"

„Die Leute lesen keine modernen Problembücher. Solche Lektüre steht hier keiner durch. Die einzigen, die zu so was greifen, sind die Patienten in der psychiatrischen Abteilung."

„Wie soll dein Kind heißen?" fragt die kleine Connie.

„Es wird einen wirklich hübschen Namen bekommen", antwortet Karen-Margarethe verträumt, „einen sehr hübschen: Brian oder Benny."

„Woher willst du denn wissen, daß es ein Junge wird?"

„Es wird ein Junge, das hat man schon festgestellt. Die haben eine Chromosomenanalyse aus dem Fruchtwasser gemacht und gefragt, ob wir das Geschlecht des Kindes erfahren wollen."

„Und wieso haben die das gemacht?"

„Weil man an der Zusammensetzung der Chromosomen erkennen kann, ob das Kind mongoloid wird. Die Gefahr besteht nämlich bei älteren Schwangeren."

„Warum das?" fragt die kleine Connie und legt die Hand unter die Wange. Sie weiß nicht recht, was mongoloid bedeutet und was Chromosomen sind. Ebensogut hätte Karen-Margarethe auch sagen können, man müsse die Mongoloidzusammensetzung untersuchen, um zu ermitteln, ob das Kind chromosom sei. Aber das macht weiter nichts. Connie unterhält sich gern mit Karen-Margarethe. Es ist das erste Mal in ihrem Leben, daß sie als Erwachsene behandelt wird.

„Das hängt gewiß damit zusammen, daß die Eier der Frauen altern, während sich der Samen des Mannes jedesmal neu bildet", sagt Karen-Margarethe. „Außerdem gibt es wohl auch mit dem Mutterkuchen Probleme, wenn man nicht mehr die jüngste ist. Aber weißt du, ich bin sehr dankbar, daß man hier so gut auf uns aufpaßt. Eigentlich ist es unwichtig, was einem fehlt – die werden schon damit fertig. Es ist, als wäre man auf Mallorca, findest du nicht auch?"

Connie nickt energisch, obwohl sie noch nie auf Mallorca gewesen ist. Sie ist fest entschlossen, Karen-Margarethe in allem beizupflichten.

Als man Connie einwies, wurde ihr eingeschärft, sie dürfe sich nicht rühren. Man maß die Stärke ihrer Wehen, hängte Connie vierundzwanzig Stunden lang an den Tropf und gab ihr eine Spritze, die zur Reifung der Lungen des Kindes beitragen sollte. Dann wurde für zwei Tage das Fußende ihres Bettes erhöht, und sie erhielt nur flüssige Nahrung, damit die Darmbewegungen nicht die empfindliche Gebärmutter reizten.

Sie durfte nicht einmal aufs WC, sondern mußte jedesmal eine Hilfsschwester rufen. Es fiel ihr besonders schwer, sich an das Bekken zu gewöhnen und daran, von anderen mit lauwarmem Wasser und Seife gewaschen und bei alledem noch gefragt zu werden, ob das Wasser nicht zu kalt oder zu heiß sei.

Nachdem man sie vom Tropf genommen hatte, gab man ihr viermal am Tage Pillen, um die Wehen zum Stillstand zu bringen.

Nach und nach kam ihre Gebärmutter soweit zur Ruhe, daß sie aufstehen und selbst in den Waschraum gehen konnte.

Aber so recht begreift Connie das Interesse nicht, das man ihr entgegenbringt. Macht es wirklich etwas aus, ob das Kind einen oder zwei Monate zu früh geboren wird? Dann kommt es eben in den Brutkasten.

Die Sonne strahlt ins Zimmer. Connie blickt in die klare, dünne Dezemberluft hinaus. Man hat ihr gesagt, daß sie zu Weihnachten nach Hause könne.

Sie öffnet eine Nummer von „Se og Hør“ – „Sieh und höre“. Zufällig kommt ihr der Satz vor Augen: *„Wenn man Wintersport treibt, ist es sehr wichtig, sich gegen die Sonne zu schützen. Sollten Sie also einen Skiurlaub planen, brauchen Sie eine Creme mit hohem Schutzfaktor, weil der Schnee die Wirkung der Sonne verstärkt und ...“*

Connie muß gähnen. Die Lider werden ihr schwer. Schutzfaktor, Chromosomen, mongoloid und Mallorca. Sie legt sich hin und zieht die Decke über die Ohren.

Marie nickt Karen-Margarethe zu, als sie an der offenen Tür vorbeigeht. Sie trägt ihren weißen Morgenmantel und die Plastsandalen und ist unterwegs zur Haupttreppe, zu dem riesigen Schacht, der durch die Steinpyramide führt.

Die Fahrstühle sausen auf- und abwärts. Tragen werden von einer Station zur anderen gerollt. Ärzte, Krankenschwestern und Hebammen hasten die Stufen hinunter. Sie sind immer in Eile.

Die Geräusche im Treppenhaus sind kalt und hart. Die Patienten fühlen sich im Stich gelassen, wenn sie sich ab und zu einmal hierher begeben. In der Regel tun sie es nur, um in der Zelle unten neben der großen Ausgangstür zu telefonieren.

Die Ausgangstür geht auf und zu. Alle Besucher sehen unwirklich und irgendwie ausgestopft aus, wenn sie in ihren dunklen Wintersachen aus der Kälte hereinkommen. Sie legen eine Hand aufs Geländer, bleiben stehen und schauen suchend mit einem um Entschuldigung bittenden und sich selbst fast verleugnenden Gesichtsausdruck umher.

Marie reiht sich in die Schlange vor der Telefonzelle ein. Sie will ihre Schwester Eva und Zacharias anrufen. Die beiden sollen ihr helfen, alles abzusagen, wozu sie sich für die nächsten Wochen verpflichtet hatte. Sie wird wohl erst wieder aus dem Krankenhaus kommen, wenn sie ihr Kind geboren hat. Dem muß sie ins Auge sehen.

Ein eisiger Wind braust heran und schlägt den wartenden Patienten sein kaltes Laken um die bloßen Beine.

„Ich darf nach Hause“, sagt Gertrude freudestrahlend, als Marie wieder ins Zimmer tritt.

„Du Glückspilz!“ ruft Linda aus.

Gertrude leert die Nachttischschublade und entnimmt dem Schrank eine Ledertasche. Sorgsam legt sie all ihre Sachen in sie hinein, eins nach dem anderen.

„Wollt ihr meine Tulpen haben? Es wäre doch ein Jammer, sie wegzuwerfen. Und hier – meine Zeitungen lege ich aufs Fensterbrett."

„Deine Bücher aus der Bibliothek bringe ich zurück", sagt Marie.

Es klopft, und Gertrudes Mann steckt verlegen den Kopf ins Zimmer. „Bist du fertig?"

Sie nickt. Er legt sich ihren Mantel über die Schulter und nimmt ihre Tasche. Mit der freien Hand öffnet er ihr die Tür. „Viel Glück für euch alle, und vielen Dank. Vielleicht sehen wir uns auf der Wöchnerinnenstation." Gertrude verläßt das Zimmer, gefolgt von ihrem Mann.

Wenn man doch auch so einen galanten Mann hätte, denkt Linda, das wäre Klasse. Einen, der einem die Tasche trägt, die Tür aufmacht und charmant und rücksichtsvoll ist. Allan lernt das nie, und wenn er sich auf den Kopf stellt.

Während Teller mit gekochter Ochsenbrust, gestobten Erbsen und Petersilie verteilt werden, macht die schwarzhaarige Hilfsschwester im Eiltempo Gertrudes verlassenes Bett. Das alte Bettzeug kommt in einen Beutel, und zum Schluß wird das Bett mit einem blauen, durchsichtigen Stück Plast überzogen, ja fast verplombt.

„Gott im Himmel, bei uns ist heute wieder was los", ruft die Hilfsschwester aus und faßt sich an die Stirn. „Aber so ist es immer kurz vor Weihnachten. Aus lauter Durchgedrehtheit und Stress kommen die Frauen reihenweise nieder."

Karen-Margarethe erhält neben der üblichen Kost pro Tag zwei Eier zusätzlich, aber es fällt ihr schwer, sie herunterzubekommen. Besonders, weil sie auf Salz verzichten muß. Auf der Schwangerenstation gibt es kein Salz, und Karen-Margarethe würde es sich nicht im Traum einfallen lassen, das Reglement zu umgehen.

Connie ißt gierig. Außerdem hat sie auch Salz in der Schublade. Ein Stück Roastbeef hebt sie bis zum Schluß auf. Es ist lange her, seit sie etwas so Gutes auf der Zunge hatte. Das letztemal war es im Frühjahr gewesen, als ihr kleiner Bruder konfirmiert wurde.

Sie zerbricht sich nicht den Kopf darüber, wie es sein wird, wenn sie ein Kind hat. Man kriegt es eben. Erst ist es klein, und dann wächst es heran. Ob man nun dies oder jenes tut, spielt kaum eine Rolle – groß wird es ja doch.

Die Alten zu Hause hatten zuerst mächtig getobt, als sie ihnen erzählte, sie sei schwanger. Der Vater war hin- und hergerannt und hatte gebrüllt, der Apfel falle nicht weit vom Stamm. Doch schließlich hatte die Mutter gesagt: „Verflixt noch mal, eins mehr oder weniger – das spielt nun auch keine Rolle mehr. Aber dreh so was nicht noch mal, Connie! Schreib es dir hinter die Ohren!"

„Wollt ihr heute abend in die Röhre schauen, Mädchen?"

Rasmussen steht mitten im Zimmer o, das Holzstethoskop unter dem Arm.

„Wir gehen ja meistens in den Aufenthaltsraum", sagt Linda.

„Aber heute will ich euch helfen, euren eigenen Fernseher in Betrieb zu setzen."

Freudig nehmen sie das Angebot an. Rasmussen müht sich mit Betten, Tischen und Stühlen, mit Verlängerungsschnüren und Steckkontakten ab.

Die Betten werden so gedreht – und das ist das schwierigste von allem –, daß jede Patientin so bequem wie möglich liegt und so gut wie möglich sieht.

„Mach dir meinetwegen nicht so viele Umstände, Rasmussen", sagt Olivia, „ich kann sowieso nicht mehr richtig sehen."

Der Fernseher wird eingeschaltet. Das Bild flimmert, wackelt, nimmt Konturen an und füllt schließlich den Schirm aus.

„Darf ich mich zu euch setzen?" Signe betritt das Zimmer, eine Kanne heißen Tee in der Hand. „Möchte jemand etwas?"

Rasmussen schiebt ihr den großen Lehnstuhl zurecht.

Marie entnimmt ihrem Nachttisch eine Flasche „Jubilaeums Akvavit".

Linda bietet Lakritz und Zigaretten an. Sie und Signe rauchen wie die Schlote und werden beide gleich stark von schlechtem Gewissen geplagt.

Das Beste am Fernsehen ist, daß es zum Reden anregt. Wenn die Mattscheibe strahlt, kann man gewissermaßen besser denken. Man bekommt einen Einfall nach dem anderen. Man gerät in Plauderstimmung.

„Du, Rasmussen, was tat man eigentlich früher, als man den Frauen beim Gebären noch nicht so helfen konnte? Ich meine, als man noch nicht imstande war, sie so zu schneiden und zu nähen wie heutzutage?“ fragt Signe.

„Tja“, antwortet die Hebamme, die sich an den Schrank lehnt, „was tat man da? Die Frauen lagen im Bett, bis alles wieder von selbst zusammengewachsen war, krumm und schief. Ihr könnt mir glauben, unsere Urgroßmütter sahen unten herum nicht sehr gut aus.“

„O je!“ Linda faßt sich an die Wangen.

„Aber früher war man auch viel länger im Kindbett als heute“, fährt Rasmussen fort. „Im siebzehnten Jahrhundert rechnete man mit einem Kindbett von vierzig Tagen. Diese Zeit sollte den vierzig Wochen der Schwangerschaft entsprechen.“

Sie dreht die Übertragung der Finanzdebatte ein wenig leiser.

„In diesen vierzig Tagen waren die Frau und das Kind unrein. Das Kind war ein Heide, bis es getauft wurde. Und die Frau, bis die Kirche sie wieder annahm.“

Das Grauen des Mittelalters beginnt seine Kalkmalerei an die Wände hinter den Betten zu pinseln.

Marie läßt kein Auge von Rasmussen.

„Kennt ihr übrigens das hier?

‚Vierzig Wochen, das ist gewiß,
so lange ging Marie mit Jesum Christ.‘“

„Kennst du noch mehr solche Sachen, Rasmussen?“

„Ja, noch einen Vers:

‚Mutter Maria – leih mir die Schlüssel deine,
damit ich kann öffnen die Lenden meine.‘“

„Daran werde ich denken, wenn ich soweit bin“, sagt Marie. „Vielleicht hilft es.“

„Das hilft jedesmal.“

„Aber was tat man eigentlich, wenn das Kind nicht kommen wollte?“ fragt Signe.

Rasmussen schlägt sich mit dem Holzstethoskop auf die offene Handfläche. „Nun, dann mußte man alle Knoten lösen. Erst die bei der Gebärenden selbst – ihre Haarbänder und die Schleifen an ihrer Kleidung. Anschließend wurde alles andere im Kindbettzimmer gelöst oder geöffnet, Knoten, Gürtel, Spangen. Ja, und dann zog man die Schubladen heraus und öffnete die Schranktüren."

Linda kriecht halbwegs unter die Decke.

Olivia hebt ihre Strickarbeit dicht vor die Augen. „Ich bin wahrhaftig froh, daß man mir einen Kaiserschnitt macht."

„Und wenn das nicht half, kamen die Fenster an die Reihe. Auf damit!"

„Muß ja entsetzlich gezogen haben."

„Natürlich. Aber wenn das Kind absolut nicht heraus wollte – werdet nicht nervös, bei uns hier werden wir mit so was im Handumdrehen fertig – also, wenn das Kind zum Beispiel eine falsche Lage hatte, so wurde der Herr des Hauses angewiesen, irgendein aus mehreren Teilen zusammengesetztes Gerät in Stücke zu hacken, einen Pflug oder einen Schlitten. Das half manchmal."

Marie zündet auf ihrem Tisch eine Kerze an. Rasmussens Schatten zeichnet sich an der Wand ab.

„Soll ich aufhören?" fragt sie.

„Nicht doch", erwidert Signe, „das ist, als sähe man einen Thriller auf dem Bildschirm."

„Sowie das Kind dann geboren war", fährt Rasmussen fort, „beeilte man sich, alles im Kindbettzimmer wieder zu binden und zu schließen. Das konnte nicht schnell genug gehen, weil man nicht riskieren wollte, daß das Kind vertauscht würde."

„Vertauscht?" fragt Linda.

„Ja, wenn sich nämlich herausstellte, daß mit dem Neugeborenen etwas nicht in Ordnung war, dann war man überzeugt, daß es sich nur um einen Wechselbalg handeln konnte."

„Was müssen die damals für eine Angst gehabt haben zu gebären", sagt Marie, die Hand im Haar.

„Ja. Aber dagegen gab es auch ein Mittel, obwohl es sehr gefährlich war. Wenn ein Mädchen sicher sein wollte, leicht und ohne Schmerzen zu gebären, mußte es heimlich um Mitternacht nackt durch einen magischen Baum kriechen. Das war ein Baum, dessen Zweige so zusammengewachsen waren, daß sie eine Höhle bildeten. Danach konnte die Betreffende mit einer leichten Geburt rechnen. Doch der Preis war hoch, denn ihr Kind wurde entweder ein Werwolf oder ein Alp. Solche Alpe treffen wir noch bis zum heutigen Tag an, nämlich, wenn wir einen Alptraum haben."

Die alte Furcht der Frauen vor der Niederkunft füllt das Zimmer o aus. Ein Schauder erfaßt die Patientinnen. Aber die Gemeinschaft wärmt und schützt, ebenso wie sie das im Mittelalter tat.

„Du meine Güte, ist es wirklich schon halb zehn?“ ruft Rasmussen. „Nun muß ich aber wieder an die Arbeit.“

Signe stellt den Fernseher lauter. Dann schenkt sie allen, die möchten, Schnaps und Tee ein. Anschließend sinken oder lehnen sich die Patientinnen zurück, um sich den schwedischen Film „Meine Schwester – meine Geliebte“ aus dem Jahr 1966 anzusehen.

Freitag, den 20. Dezember

In Zimmer o wird eine Trage vor Gertrudes leeres Bett gefahren.

Eine schwere, dunkle Gestalt rollt sich unendlich vorsichtig von der Trage auf die Matratze. Der Krankenpfleger legt einen Mantel und eine Tasche ans Fußende des Bettes und stellt ein Paar Pantoffeln auf den Fußboden.

Die Frau hat schwarzes, im Nacken zu einem Knoten geflochtenes Haar. Ihre Haut ist goldgetönt, die Brauen sind sehr kräftig und die Wangen rot. Sie ist klein und hat beträchtliches Übergewicht.

Offenkundig handelt es sich um eine echte Gastarbeiterfrau. Sie ist robust, demütig und ängstlich bestrebt, keine Aufmerksamkeit zu erregen.

Lange herrscht Stille im Zimmer. Sie wird erst gebrochen, als die Krankenschwester hereinkommt, die Insulinspritze hoch erhoben.

„Was ist mit meinem Blutzucker?“ fragt Olivia.

„Deine Insulindosis wird geändert, aber überlaß das ruhig uns.“ Die Krankenschwester stellt sich der Neuen vor.

Olivia läßt das Hemd auf ihre langen, nackten Schenkel hinabfallen und nimmt ihren Mut zusammen. „Bist du Italienerin?“ fragt sie die Fremde.

Keine Antwort.

„Roma? Also nicht. Kommst du aus Jugoslawien?“

Wieder keine Antwort.

Olivia kramt in ihrem Gedächtnis, um Europas Geographie dem Vergessen zu entreißen. „Dann aus Griechenland?“

„Wie ist es mit Afrika?“ fragt Linda und setzt sich jäh auf. „Das ist doch sicher eine Araberin?“

„Nein, nein, Türke, ich Türke“, sprudelt die kleine Fremde hervor und lächelt breit. Endlich hat sie die Frage verstanden.

„Do you speak english?“ Linda hält den Kopf schräg.

„Sprechen Sie deutsch?“ ruft Marie aus ihrer Ecke und schließt das kleine, grüne Heft.

Die Türkin schüttelt den Kopf.

„Parlez-vous français?“

„Bißchen dänisch, kleines bißchen dänisch“, antwortet die Türkin, wird rot und hält Daumen und Zeigefinger, etwa zwei Zentimeter voneinander entfernt, vor das eine Auge, um anzuzeigen, wie wenig Dänisch es sei.

Die Tür geht auf, und ein Tablett mit weißen Plasttassen wird hereingetragen.

„Tee für Linda.“

„Hier Kaffee“, sagt Olivia.

„Du wolltest Schokolade, nicht?“ Die Hilfsschwester nickt zu Maries Bett hinüber. „Und was möchte unser Mütterlein hier? Tag, und willkommen.“ Sie reicht der Türkin die Hand.

„Pst, du da, die Neue – wohnst du in Kopenhagen?“ fragt Olivia, die Kaffeetasse in der Hand.

„Nein. Næstved. Mann arbeiten in fein-fein Fabrik.“

„Wieviel verdient er in der Stunde?“

„Aber Olivia!“ Die Hilfsschwester ist ärgerlich.

„Man wird doch wohl noch fragen dürfen. Was kriegt er in der Stunde, dein Mann? Wieviel Kronen?“ Olivia streckt die Hand aus und reibt den Daumen an Zeige- und Mittelfinger. Diese Sprache versteht die Türkin.

„Sechzehn Kronen“, antwortet sie treuherzig.

„Ha!“ ruft die Hilfsschwester aus, die sich nun auch nicht beherrschen kann. „Das ist mir eine schöne fein-fein Fabrik! Der Mindestlohn für Ungelernte beträgt etwa neunzehn Kronen.“

Die Frauen stricken und stricken und stricken. Ihre Nadeln senden auf einer speziellen Stricknadelfrequenz in dem nachmittagsstillen Zimmer. Nur Marie strickt nicht. Sie liegt auf der Seite, wendet den anderen den Rücken zu und versucht angestrengt, sich auf das Kapitel über Profit und Mehrwert zu konzentrieren. *„Das Verhältnis zwischen dem Mehrwert und dem variablen Kapital, oder, was dasselbe ist, zwischen dem Mehrwert und der Summe der Arbeitslöhne, wird Mehrwertrate genannt. Sie drückt gleichzeitig das Verhältnis zwischen der Mehrarbeitszeit und der notwendigen Arbeitszeit aus und kann durch den Bruch* $\frac{m}{v}$ *dargestellt werden."*

Linda geht zu Olivia. „Sieh mal, jetzt muß ich mit dem Ärmel anfangen. Meinst du, daß ich schon jetzt abnehmen sollte?"

Olivia, die in Handarbeiten sehr geschickt ist, zeigt ihr, was sie tun muß. Seit Olivia auf der Station liegt, hat sie schon eine Menge gestrickt. Einmal hat sie den anderen verraten, daß es ihr höchster Wunsch sei, in Skelskør einen kleinen Laden für Handarbeiten zu eröffnen. „Das ist mein Traum", hatte sie gesagt und dann geseufzt: „Aber woher soll ich das Geld dafür nehmen?"

Olivias Wolle ist grünspanfarben, Lindas meliert und die der Türkin zyklamenrot.

Marie hat die Nase tief in ihrem Heft. *„In unserem Beispiel beträgt die Mehrwertrate 100 %* $\frac{25\,000}{(25\,000)}$*. Die Mehrwertrate drückt den Ausbeutungsgrad aus ..."*

„Seht euch das an", sagt Olivia, „ist das nicht hübsch? Das wird ein Kleid für die Schlenkerpuppe, die meine Nichte zu Weihnachten kriegt."

„Schlenkerpuppe?"

„Ja. Das ist so eine, die mit Armen und Beinen schlenkern kann wie ein richtiges Kind. Sie kostet allerdings siebzig Kronen, aber ich lege mit Holger, Schwiegermutter und meiner Schwägerin zusammen."

Signe kommt herein. Sie trägt ihren schwarzen Kimono. Das kurze Haar steht nach allen Seiten hoch; offenbar hat sie es in der Nacht verlegen. „Hier", sagt sie zu Linda und schlägt zufrieden auf ein dickes Buch aus der Bibliothek, „das ist ‚Die natürliche Geburt'. Das mußt du unbedingt lesen."

„Danach habe ich kein Verlangen."

„Aber du mußt doch den Geburtsvorgang kennen."

„Mir machen sie zum Glück einen Kaiserschnitt", sagt Olivia laut und selbstsicher, „letztes Mal haben sie mir auch einen gemacht. Deshalb brauche ich nicht das mindeste darüber zu wissen.“ Sie hält sich das Kleid für die Schlenkerpuppe dicht vor die Augen und lächelt vor sich hin.

Linda blickt Signe flehend an. „Wenn ich schon mal einen Abort hatte, dann weiß ich wohl, was ich wissen muß. Willst du mich zwingen, das todlangweilige Buch zu lesen?“

„Absolut. Du mußt doch die verschiedenen Stadien der Geburt kennen: die Eröffnungsperiode, die Austreibungsperiode und die Nachgeburtsperiode. Sonst hast du doch keine Ahnung, was da geschieht.“

„Sie hat recht“, wirft Marie von ihrer Ecke her ein.

„Ich habe solche Angst, daß ich am liebsten gar nichts darüber wissen will.“

„Das mußt du aber, verflixt noch mal“, sagt Signe so resolut und entschieden, daß man glauben könnte, sie sei von Beruf Lehrerin. „Du kannst vor der Tatsache, daß du gebären wirst, nicht davonlaufen. In vielen Ländern schreien die Frauen wie wilde Tiere, einfach deshalb, weil sie denken, das muß so sein. Aber auch, weil sie Angst haben. Bei uns schreit man nicht mehr. Damit hat man vor vielen Jahren Schluß gemacht. Deshalb nämlich, weil sich die Schwangeren in Kursen auf die Geburt vorbereiten.“

Marie macht ein Eselsohr in die Seite, die mit dem Satz beginnt: *„Das Verhältnis zwischen dem Mehrwert oder dem Profit und dem Gesamtkapital, d. h., der Summe von konstantem und variablem Kapital, wird Profitrate genannt ...“*, dreht sich zu Signe um und sagt: „Möchtest du dich nicht ein bißchen hersetzen?“

Signe rafft ihren Kimono zusammen und zündet sich eine Zigarette an.

„Die sagen, ich hätte ein Hydramnion“, flüstert Marie, „das heißt zuviel Fruchtwasser. Was weißt du eigentlich über Fruchtwasser? Bildet sich das nur einmal?“

„Nein“, antwortet Signe, „soweit mir bekannt ist, bildet es sich ununterbrochen. Der Keimling saugt es auf, und auf diese Weise fließt ein Teil des Wassers wieder zur Mutter zurück.“

Marie sieht sie aufmerksam an und fährt mit dem Finger über ihre aufgesprungenen Lippen. „Was ist mit dir? Wie lange wirst du hier liegen?“

„Man schätzt, daß das Kind 1800 Gramm wiegt. Ich werde wohl erst nach Hause dürfen, wenn es 2500 Gramm schwer ist."

„Schöne, schöne Blumen. Ich finden Vase."

Die Türkin hat unerwartet Besuch bekommen.

„Sieh, Habiba. Schöne, schöne Vase."

Eine ziemlich kleine Frau in knallrotem Kostüm, mit glitzerndem Similischmuck behängt, geht auf Rohgummisohlen energisch durchs Zimmer und macht sich nützlich. Ihr Kopf ist groß und wird durch die wie Zuckerwatte aufgebauschte blonde Frisur nicht kleiner.

Sie läßt Wasser in die Vase, verteilt die Blumen mit ihren kleinen, kurzen Fingern um den Vasenrand und verrückt die Lampe auf dem Nachttisch, der neben dem Bett der Türkin steht.

„Habibas Bauch fein-fein?"

Habiba heißt sie also, denkt Marie, aber ich hätte auch zu gern gewußt, welcher Nationalität diese kleine, rührige Dame da ist. Wie die redet! Hört sich an wie Kartoffeldänisch.

„Doktormann – was sagen Doktormann?"

„Fein-fein."

Die kleine Türkin nickt, und ihr Nackenknoten nickt mit. Sie freut sich, eine so bedeutsame Mitteilung machen zu können.

„Nicht bange sein, nicht bange sein."

„Nein, nein", antwortet Habiba höflich, die überhaupt nicht daran gedacht hat, daß sie bange sein könnte.

„Teufel auch, hat doch Manchester United zwei zu null gewonnen!"

Allan sitzt an Lindas Bett, bemüht, sie aufzumuntern. Bevor er erschien, war sie sehr vergnügt gewesen, doch kaum war er zur Tür hereingekommen, da nahm ihr Gesicht einen bekümmerten Ausdruck an.

„Und dabei war ich doch wahrhaftig der Meinung, Manchester würde verlieren", sagt er und macht eine schwungvolle Handbewegung.

„Was ist mit der Stromrechnung?"

„Laß Vater nur machen. Das wird schon erledigt."

„Hast du was getrunken?" Linda zieht sich etwas von Allan zurück und schaut ihn vorwurfsvoll an.

An Maries Bett sitzt ein Bursche mit langen, schwarzen Haaren und hohen Backenknochen. Er trägt einen Anorak und einen blauen Seemannspullover, hält Maries Hand in der seinen und schaut sich lächelnd um. „Ich hoffe, du begreifst, daß das die Chance aller Zeiten ist."

Marie nickt.

„Aber weil wir den Job auf Abruf bekommen haben, sind wir nicht vorgewarnt worden. Übermorgen müssen wir los, mit dem Flugzeug. Das ganze Orchester mit allen Instrumenten, aber ohne Mikroanlage. Die übernehmen alle Kosten. Dafür bezahlen sie uns aber auch nur den Aufenthalt. Klingt doch gut, nicht wahr?"

„Aber natürlich", sagt Marie ein wenig verstimmt.

„Wir starten in Godthåb, und dann geht es weiter die Westküste entlang. Jeden Abend treten wir in einem Hotel auf. Vielleicht kommen wir auch etwas nach Süden runter, bis nach Julianshåb. Ich freue mich jedenfalls mächtig, meine Familie wiederzusehen."

„Wann werdet ihr deiner Meinung nach zurück sein?"

„Gegen Ende Januar. Das müßte aber wohl früh genug sein. Du wirst doch erst am zehnten Februar niederkommen, nicht?"

„Aber was ist mit dem Lehrerseminar?"

„Ja, das ist der wunde Punkt. Die haben da nicht viel Verständnis für die Notwendigkeit, einen speziell grönländischen Beat auf der Basis der Vaigatmusik zu entwickeln. Die pfeifen darauf. Aber ich fliege trotzdem mit, und es ist mir völlig gleich, wie die sich dazu stellen."

„Und wenn sie dich feuern?"

Zacharias zuckt die Achsel, wirft das lange, schwarze Haar zurück und lächelt Marie zu. Er ist ein paar Jahre jünger als sie. Für ihn ist das Leben noch völlig offen. „Ich habe mir bei Super Sound einen Drumset zugelegt, auf Raten, abzahlbar in drei Jahren. Einsame Spitze, sage ich dir. Nicht mal der Trommler von der Gruppe Sume hat einen besseren."

„Nun du schön heia-heia machen", sagt die Besucherin in dem roten Kostüm heiser zu der Türkin, lächelt, geht winkend und sich mehrmals um die eigene Achse drehend zur Tür und ruft von dort noch einmal: „Ich kommen bald wieder!"

Habiba sucht ihr zyklamenfarbenes Strickzeug zusammen, hält es kurze Zeit reglos in den Händen und starrt nachdenklich vor sich hin.

Olfert der Schreckliche hat seine beiden Jungen, Groß-Olfert und Klein-Olfert mitgebracht, damit sie der Mutter guten Tag sagen.

Irgendwie ist es ihnen gelungen, sich zu dritt – die anämische Mutter in der Mitte – auf das Sofa zu quetschen. Der Fernseher läuft auf vollen Touren, aber niemand hört hin.

„Ich könnte an die Decke gehen, wenn ich sehe, wie ihr hier faul rumliegt und euch aalt", sagt Olfert der Schreckliche, „und das alles auf Kosten der Steuerzahler." Er zerdrückt mit dem Zeigefinger eine Zigarette im Aschbecher. „Wir machen noch pleite, wenn du hier bleibst. Wovon zum Teufel sollen wir leben? Sag mal, hast du dir darüber Gedanken gemacht?"

Yvonne blinzelt.

„Ein kleines Geschäft wie unsers wird schnell von den großen an die Wand gedrückt. Vor allem jetzt, bei der miesen Konjunktur und der Arbeitslosigkeit. Es muß dir doch verflucht und zugenäht in den Schädel gehen, daß du hier raus mußt!" Er gibt seiner Frau einen Stoß in die Seite und schüttelt aufgebracht den Kopf.

„Dayoo!" brüllt Groß-Olfert.

„Vater, wollen wir nicht bald nach Hause?" fragt Klein-Olfert.

„Die Jungen sind doch total vernachlässigt. Siehst du das denn nicht?"

Beide Kinder sind recht dick. Sie kommen nach dem Vater und scheinen auch völlig auf seiner Seite zu stehen.

Groß-Olfert zieht Klein-Olfert am Haar.

„Hör auf, mich zu ärgern", jammert der Kleine.

„Wirst du dich mal anständig benehmen, du Lümmel?" fährt der Vater dazwischen und läßt den Großen seine Hand spüren. Dann setzt er eine klägliche Miene auf und wendet sich wieder Yvonne zu: „Ich kriege auch nichts Ordentliches zu essen. Außerdem muß der Kanarienvogel frisches Wasser haben. Und um das Meerschwein will ich mich nicht kümmern, das laß dir gesagt sein."

„Das kleine Dingelchen", sagt Yvonne. Ihr Gesicht ist ganz eingefallen.

„Aber nun werde ich dir mal was zeigen." Olfert der Schreckliche knallt eine Mitgliedskarte der Fremskridtspartiet, der Fortschrittspartei, auf den Sofatisch. „Das habe ich heute vormittag erledigt. Warte nur ab, in ein paar Jahren bin ich Parlamentsabgeordneter, da sitze ich im Folketing."

„Herrgott, wer badet denn da in Tränen? Ist das nicht die kleine Larsen?“

Von Lindas Bett her hört man unterdrücktes Schluchzen.

Die gemütliche Rørby stockt, ein Tablett voller leerer Limonadeflaschen in der Hand. „Aber nicht doch.“ Sie stellt das Tablett ab, setzt sich auf Lindas Bett und zieht der Patientin die Decke vom Gesicht. Dann beugt sie sich schnell über sie und flüstert: „Was ist dir denn über die Leber gelaufen?“

„Allan..., Allan macht mir Kummer“, schluchzt Linda. „Ich frage mich, was er wohl alles anstellt, während ich hier liege ...“

„Larsen, du Dummchen“, sagt Rørby liebevoll, „weißt du denn nicht, daß sich alle Frauen Sorgen machen, was ihre Männer wohl treiben mögen, während sie im Krankenhaus sind? Und umgekehrt ist es genauso. Wenn die Männer in stationärer Behandlung sind, zermartern sie sich ununterbrochen den Kopf, was die Frauen wohl zu Hause anstellen.“

„Aber ..., aber jedesmal, wenn er kommt, hat er was getrunken.“

„Und wem macht das was? Er vermißt dich eben. Für ihn ist es doch auch nicht leicht. Vergiß das nicht.“

„Aber er bezahlt die Rechnungen nicht“, stammelt Linda, „und ich fürchte, zu Hause geht es drunter und drüber ...“

Sie hat sicher nicht so unrecht, denkt Marie. In ihrer Zweizimmerwohnung ist bestimmt allerlei los.

„Ach was, wenn ihr hier auf der Schwangerenstation liegt, werdet ihr alle wunderlich“, brummt Rørby und erhebt sich. „Wisch dir die Tränen ab. Ich hole dir eine Tasse Tee.“

„War das ein Japaner?“ fragt Olivia.

„Wer?“

„Der hübsche Bursche, der dich besucht hat.“

„Nein, er ist Grönländer. Das Kind, das ich erwarte, ist von ihm.“

Olivia schnalzt mit der Zunge.

Marie schaut ins Dunkel, eine Hand auf dem Bauch.

Mein Kleines in deiner mütterlichen Höhle, wie geht es dir? Bin ich im Begriff, etwas Unvollkommenes auszubrüten?

Macht es denn etwas, wenn das Kind nicht so beschaffen ist, wie es sein sollte?

Ja, es macht etwas. Der Mensch will das Vollkommene schaffen.

Ein Tischler will, daß sein Tisch solide und ordentlich auf seinen vier Beinen steht. Der Maler will die Wand gleichmäßig und gut mit Farbe bedecken, ohne Schönheitsfehler. Und eine Frau will ein Kind haben, das hübsch und völlig in Ordnung ist und all das kann, was man von einem Kind erwartet. Wer will ihr das verdenken?

Sonnabend, den 21. Dezember

Ein kühler Luftzug dringt durch die Lüftungsklappe.

Karen-Margarethe steht unter der warmen Dusche und läßt das Wasser über ihren Bauch rinnen. Der schöne, runde Bauch. Es ist, als genösse es das Kleine darin, unter der Brause zu sein. Sie spürt, wie es zappelt und planscht, doch auf einmal macht es eine besonders heftige Bewegung, so daß sie leichte Seitenstiche bekommt.

Nichts, auch nicht der Gedanke an ihre sich langsam verstärkende Stoffwechselstörung, kann Karen-Margarethe entmutigen. Sie ist sich völlig sicher, daß man im Krankenhaus alles Menschenmögliche tun wird, um ihr zu helfen.

Kann sie noch mehr verlangen?

Sie summt eine Melodie, die sie im Radio gehört hat.

Karen-Margarethe empfindet diese Schwangerschaft als ein Geschenk. Sie und ihr Mann hatten schon vor vielen Jahren die Hoffnung aufgegeben, Kinder zu bekommen, und sie versuchten auch nicht, die Ursachen dafür zu ergründen. Jedes fünfte Ehepaar leidet an unfreiwilliger Kinderlosigkeit, damit mußte man sich eben abfinden.

So stellten sie sich völlig darauf ein, ihr Dasein zu zweit und mit ihrer Arbeit in dem Papierwarengeschäft zu verbringen, daß sie gemeinsam aufgebaut hatten.

Als sie merkten, daß Karen-Margarethe schwanger war, beunruhigte und verwirrte sie das zunächst. „Ich könnte doch schon selbst Großmutter sein!“ hatte Karen-Margarethe ausgerufen. „Gewiß, aber eine sehr junge“, war die höfliche Antwort des Hausarztes gewesen.

Von einem Schwangerschaftsabbruch konnte kaum noch die Rede sein, denn Karen-Margarethe war offenkundig bereits über die zwölfte Woche hinaus. Der Arzt schlug vor, die Chromosomenzusammensetzung der Leibesfrucht untersuchen zu lassen, um sicher zu sein, daß sie kein mongoloides Kind gebären werde. Laut Statistik nehme diese Gefahr zu, wenn die Mutter über achtunddreißig sei, erklärte er, besonders aber kurz vor dem Beginn des Klimakteriums.

Karen-Margarethe wurde ins St. Josephs Hospital bestellt, wo man ihr mittels einer Kanüle durch die Bauchwand Fruchtwasser entnahm.

Im Laufe von vier Wochen werde sie das Ergebnis erfahren, hieß es.

Die nun folgende Zeit war für Karen-Margarethe und ihren Mann nicht leicht. Sie zogen fast jede Möglichkeit in Betracht und drehten und wendeten sie hin und her. Schließlich einigten sie sich dahingehend, daß sie einem Schwangerschaftsabbruch nicht so ohne weiteres zustimmen würden, auch wenn sich das Kind als mongoloid erweisen sollte. In Anbetracht ihres Alters war ihnen ein geistesschwaches Kind lieber als gar keins.

Dann teilte man ihnen mit, daß die Chromosomenwerte normal seien. Ob sie wissen wollte, welches Geschlecht ihr Kind haben werde? Ja, ja, natürlich. Es werde ein Junge.

Darauf gab sich Karen-Margarethe völlig der Freude auf das glückliche Ereignis hin, das ihr und ihrem Mann bevorstand. Auch ihre Mutter war sehr froh über die Nachricht. „Ich werde schon auf den Kleinen aufpassen, wenn du arbeiten mußt“, sagte sie, „verlaß dich drauf.“

Die Mutter ist zweiundsiebzig und Rentnerin, sie hat ihr Leben lang saubergemacht. Ein kleiner Enkel, für den sie sorgen kann, kommt ihr sehr gelegen.

Karen-Margarethes Mann ist vollauf damit beschäftigt, zu Hause ein Kinderzimmer einzurichten. Er hat es selbst tapeziert und ist nun dabei, einen Wickeltisch zu bauen, dazu ein Regal, in das man die Sachen des Kleinen legen kann.

Jeden Abend besucht er Karen-Margarethe auf Zimmer 5, und es ist schwer auszumachen, wer sich von den beiden am meisten freut.

Karen-Margarethe stellt das Wasser ab, nimmt das warme Handtuch von der Heizung und schlingt es um ihren Körper. Sie zieht den Vorhang vor der Dusche zurecht, der fast von der Stange fällt. Ein kleiner Fuß oder eine Hand beult ihren Bauch schräg unter dem Nabel aus. Sie drückt mit ihrer Hand leicht dagegen, es ist, als begrüßten sie und der Kleine einander.

„Hier“, sagt Olivia, „seht euch das mal an. Ist das nicht wundervoll? ‚Die Neugeborenen des Jahres und ihr erstes Weihnachten‘.“ Sie hält das aufgeschlagene „Billedbladet“ dicht vor die blinzelnden Augen.

Die Patientinnen scharen sich um ihr Bett.

„Da, Sonja Oppenhagen. Wie schön sie ist! Und der Kleine da mit den süßen Bäckchen!“ Linda klatscht begeistert in die Hände. „Und Ulf Pilgård wird mit Frau Gitte und den beiden Jungen Mikkel und Christian Weihnachten feiern, obwohl sie erst vier Monate alt sind. Das ist doch 'ne Wucht, Mensch!“

„Da sind Peter Belli und June“, sagt Olivia und zeigt auf die beiden. „Haha, mit roten Weihnachtsmannmützen auf dem Kopf. Ist er nicht reizend, der Kleine mit dem Wuschelkopf?“

„Und Pia und Peter vom Rundfunk“, Marie stößt einen Pfiff aus: „Habt ihr gesehen?“

„Nein, hört euch das an.“ Linda stiebitzt das „Billedbladet“ aus Olivias Händen und liest laut: *„Prinzessin Benediktes frühere Hofdame, Lykke Hornemann, die jetzt mit dem Freiherrn Werner von Schwerin verheiratet ist, feiert in diesem Jahr mit drei Kindern auf dem schönen Skarhult Södergaard auf Schonen Weihnachten. Martin ist fünfeinhalb, Carl Johan dreieinhalb, und die kleine Sofia wird am achtundzwanzigsten Januar ein Jahr alt.“*

„Hoppla, darf ich mal sehen?“ ruft Marie aus. „Vivi Flindts Jüngste soll Vanessa heißen.“

„Vanessa“, Olivia läßt den Namen auf der Zunge zergehen, „Vanessa, tja.“

Linda beugt sich über die Zeitung. „Ja, und William Rosenberg, der mit Pusles Mutter verheiratet war, also mit Jeanne Darville, er –“

„Sie ist verteufelt streng.“

„... hat eine neue Frau. Sie studiert an der Universität Odense Dänisch und hat eine Tochter von ihm bekommen. Sie soll Katrine heißen.“

„Guckt euch mal die Jacke an, die sie da anhat“, sagt Olivia und kneift die Augen zusammen. „Die sieht doch der ähnlich, die ich gerade stricke, wie? Ist das nicht genau dasselbe Modell?“

„Mein Gott, wenn man mit seinem Kind ins ‚Billedbladet‘ käme“, entfährt es Linda. Ihre Augen strahlen, und sie stellt sich schon das „Billedbladet“ zum nächsten Weihnachtsfest vor. Im Mittelteil ist eine Farbaufnahme von ihr und Allan – beide mit roten Zipfelmützen auf dem Kopf – und einem kleinen, rundlichen Kind. Die Bildunterschrift lautet: *„Wir pflegen unseren Weihnachtsurlaub auf Teneriffa zu verbringen', sagt die Büroangestellte Linda Larsen. ‚Aber in diesem Jahr bleiben wir zu Hause, des Kindes wegen. Doch das wird auch sehr gemütlich. Wir bekommen Besuch von unseren Verwandten, so daß wir sieben Personen sein werden, die sich um Gans und Reis à l'amande und einen richtig altmodischen Weihnachtsbaum versammeln, den Allan mit Tüten, Äpfeln und –"*

Auf einmal steht die Stationsschwester mitten im Zimmer, die Hände in die Hüften gestemmt.

„Wie ich höre, kursieren hier Gerüchte, daß Ultraschall schädlich sein soll!"

Olivia sieht sie über den Rand des „Billedbladet" an.

„Stimmt das oder nicht?" fragt die Stationsschwester. „Ist euch das auch zu Ohren gekommen?"

„Ja, schon." Linda nickt.

„Ich muß diese Gerüchte entschieden zurückweisen. Daran ist absolut nichts wahr!"

„Man kann ja nie wissen."

„Nein, vielleicht nicht. Aber nun wißt ihr es also."

Das Gebäude befindet sich auf einer Anhöhe. Es war früher eine Schule. Nun ist in der Turnhalle eine keramische Werkstatt.

Signe hat Heimweh nach Lejre. Sie liegt auf dem Rücken, die Hände unter dem Kopf, und starrt zur Decke hinauf. Anfangs war sie sehr froh gewesen, ein Einzelzimmer zu bekommen, jetzt aber gefällt es ihr nicht mehr. Sie möchte lieber nach Zimmer 0, wenn dort ein Bett frei werden sollte.

In Gedanken macht sie einen Spaziergang um ihr Haus.

Jahrein, jahraus wiederholt sich das gleiche. Zunächst ist der Boden kahl und geborsten, und die Bäume rundherum sind schwarz. Dann beginnt es zu blühen. Erst die Obstbäume, dann bricht der Flieder auf, und die Kastanien zünden ihre Kerzen an. Weißdorn, Rotdorn und Holunder folgen. Am Ende schließt sich der Garten, wird für den Rest des Sommers dicht und undurchsichtig.

Abends sieht man durch die Fenster der Werkstatt das zarte Himmelslicht, mal hellrot, mal hellgelb. Auch nachdem die Sonne längst untergegangen ist, bleibt es dort oben hängen. Baumstämme und Blattwerk zeichnen sich als tiefviolette Silhouetten vor den Scheiben ab.

Signe und Jacob haben oft Lust, einen Nachtspaziergang zu machen. Aber sie tun es nie. Es könnte ja eins der Kinder erwachen, nach ihnen rufen und die Geschwister aus dem Schlaf reißen!

Die Kinder engen ihre Welt in jeder Beziehung ein.

„Wenn morgen nur keine Gäste kommen", sagt Jacob oft, bevor er sich schlafen legt, „wenn wir nur etwas zustande bringen, unter uns sein können und mit niemandem zu reden brauchen." Wenn man nur allein bleibt mit den Kindern und lange am Mittagstisch sitzen kann.

„Manche verbringen ihre ganze Schwangerschaft bei uns und dürfen nicht mal aus dem Bett", sagt die Nachtschwester zu Marie. „Kannst du dir das vorstellen? Sie liegen hier auf Station faktisch von dem Tag an, da ihre Schwangerschaft festgestellt worden ist, und sie verlassen uns erst wieder, wenn sie geboren haben. Ab und zu kriegen sie natürlich einen Krankenhauskoller. Aber diese Frauen sind stark, o ja." Die Nachtschwester stochert mit einer Stricknadel in ihrem grauen Haar. „Ich kann dir von einer Frau erzählen, die neunmal abortiert hat. Ja, neunmal! Als sie das zehntemal schwanger wurde, hat man sie hier auf Station gelegt. Achteinhalb Monate lang."

„War ihr Kind nicht schwach und kränklich?"

„Nicht die Spur. Den Krankenhausaufenthalt der Mütter kann man den Kleinen überhaupt nicht anmerken. Sie bekam das reizendste Mädchen, das man sich vorstellen kann. Hier, das ist die Kleine."

Die Nachtschwester tippt mit der Stricknadel auf ein Farbfoto, das am Schwarzen Brett befestigt ist. Es zeigt ein großes, rundliches Kind mit einer Klapper in der Hand. Darunter steht: „Frohe Weihnachten", in den großen Lettern der Fotohandlung.

„Das war das Erstgeborene der Frau. Damals war sie vierzig. So stark kann das Verlangen nach einem Kind sein." Die Nachtschwester lächelt. „Und weißt du was? Vor einem Monat kriegte sie einen Jungen. Wie findest du das?"

„Ich finde, daß sie einen tüchtigen Mann haben muß."

„So ist es. Er ist Lokomotivführer und hat sie hervorragend unterstützt. Sonst wäre so was nicht möglich."

Marie schaut vor sich hin. Sie hat ein schlechtes Gewissen, weil sie die Zeit der Nachtschwester mit Beschlag belegt. Aber es ist so schön, sich mit jemandem unterhalten zu können. Sie faßt sich ein Herz und redet weiter. „Aber könnte man nicht verzweifeln, wenn man daran denkt, was die Frauen früher durchmachen mußten? Wenn man sich das viele Leid vor Augen hält, das mit Schwangerschaft und Geburt verbunden war? Welchen Preis mußten sie dafür bezahlen. Und für viele Frauen ist es noch immer so."

„Ja, zu der Auffassung kann man schon kommen, wenn man die Patientinnen hier sieht. Aber vergiß nicht: das hier ist eine Spezialabteilung, Kindchen. Gewöhnlich hat Schwangerschaft nichts mit Krankheit zu tun. Ganz und gar nicht."

„Ich muß trotzdem immer wieder an die denken, die im Kindbett gestorben sind oder sich einen Schaden fürs Leben geholt haben. Oder die mit ansehen mußten, wie ihr Neugeborenes starb. Hat man es überhaupt zu würdigen gewußt, was diese Frauen auf sich genommen haben?"

Die Nachtschwester hält den Kopf schräg wie ein Vogel und schaut Marie scharf an.

„Und was ist mit solchen Fällen wie Bauchhöhlenschwangerschaft? Oder wenn das Kind eine Steißlage hat? Oder wenn sich das Kind die Nabelschnur um den Hals wickelt ..." Marie starrt mit weit aufgerissenen Augen vor sich hin. „Und gibt es nicht noch immer Geburtskrämpfe, und Kinder, deren Blut Antikörper bildet oder deren Mütter Röteln während der Schwangerschaft hatten, gibt es nicht gespaltene Gaumen und Sauerstoffmangel und Kinder mit Klumpfuß und ... Warum ist eine Schwangerschaft mit so vielen Risiken behaftet? Und warum werden diese so sehr bagatellisiert, auf allen Ebenen? Welchen Zweck verfolgt man damit? Das ist es, was ich nicht begreife!"

Die Nachtschwester schaltet ihr Transistorradio ein.

„Komm zu dir. Du grübelst zuviel über solche Dinge. Selbst auf dieser Station, wo die schwierigsten Fälle liegen, haben wir siebenundneunzig Prozent normale Geburten."

Gott sei Dank, denkt Marie, die Nacht ist bald vorüber.

Sonntag, den 22. Dezember

Es ist der vierte Adventsonntag. Überall im Krankenhaus stehen kleine, flaschengrüne Weihnachstbäume mit Engelshaar, roten und weißen Herzen, Tüten, Goldsternen und farbigen Glaskugeln.

Olivia war schon früh auf den Beinen. Schon vor dem Frühstück hat sie das Bad aufgesucht, sich das Haar gewaschen und auf Lockenwickler gedreht. Dann hat sie sich mit Bodylotion eingerieben, frische Wäsche angezogen und die Nägel geschnitten.

Anschließend hat sie ihren Nachttisch aufgeräumt, das Bett geglättet, den braunen Mantel aus dem Schrank genommen, ihn ausgebürstet und wieder zurückgehängt.

Sie erwartet Besuch. Holger, ihr Mann, will kommen, obwohl es von Skelskør bis zum Krankenhaus sehr weit ist. Er wird bald da sein, so wie sie es bei seinem letzten Besuch vor vierzehn Tagen vereinbart hatten.

Genau zwölf Minuten vor zwölf steht Holger in der Tür. Ein kleiner, netter Mann mit schwarzem Haar, einem länglichen, blassen Gesicht und großen Zähnen. Er trägt einen braunen Anzug und einen Schlips. Über dem Arm hat er einen dünnen, braunen Regenmantel. Er lächelt verlegen.

Olivia wird rot. Erfreut und verwirrt, als wäre sein Besuch eine Überraschung, legt sie die grünspanfarbene Handarbeit beiseite, berührt mit den Fingerspitzen ihr feines, gelocktes Haar und schwenkt dann langsam die Beine aus dem Bett.

Die beiden begrüßen sich ein wenig steif. Olivia geht zum Schrank, nimmt den Mantel und die braunen Schnürschuhe heraus.

Fertig angezogen und strahlend steht sie mitten im Raum. Wie eine Königin ihren Prinzgemahl, führt Olivia ihren Holger aus dem Zimmer und über den Flur. Langsam und gemessen gehen sie durch die Station, und Olivia nickt in Richtung der rechts und links offenstehenden Türen.

Endlich ist es soweit – sie werden in der neuen Caféteria für Patienten, die in dem hohen Wolkenkratzer am Blegdamsvej eröffnet wurde, frühstücken. Von den Fenstern ihrer Station aus kann man das Gebäude sehen.

Ich hätte zu gern gewußt, wie die Männer ihre Frauen sehen, wenn sie langsam anschwellen, immer dicker und unförmiger werden, und immer ungenierter, denkt Marie. Dieses ewige Gerede über den Unterleib und Symptome von diesem und jenem, das muß doch ein höchst merkwürdiges Erlebnis sein.

Mit welchen Augen mag dieser Holger seine Olivia bctrachten, die seit Monaten an ihrem großen Ei brütet, schwach und lächelnd? Faßt er ihre Schwangerschaft als eine Krankheit auf? Als etwas, woran er schuld ist, weil er sie dick gemacht hat? Ist er stolz, oder hat er ein flaues Gefühl? Schwer zu sagen.

Doch es ist offensichtlich, daß er sie, so gut er kann, beschützt, während sie im Nest liegt und brütet. So verhalten sich wohl die meisten Männer. Es gibt ja etwas, das man Arterhaltungsinstinkt nennt.

Männer wie Olfert der Schreckliche würden allerdings am liebsten die Eier hinauswerfen, um selbst mehr Platz zu haben.

Allan und Linda sitzen Seite an Seite auf dem Bett. Sie haben sich die Decke über die Schultern gelegt, damit niemand sieht, daß sie einander umarmen.

„Was ist mit der LP, die er sich geliehen hat?“ flüstert Linda.

„Ach, er hat sich schon so viel ausgeliehen, seit du weg bist.“

„Wann bekommen wir das zurück?“

„Wenn er nüchtern geworden ist, meinst du nicht? Haha!“

„Wieviel habt ihr gestern getrunken?“

„War das nicht ein halber Kasten?“ Allan hat die unangenehme Eigenschaft, jede Frage mit einer Gegenfrage zu beantworten.

„Wann sind die anderen gegangen?“

„War das nicht gegen drei Uhr?“

„Hast du an die Miete gedacht?“

„Nein! Wie gut, daß du daran erinnerst!“

Linda schweigt und blickt zwischen den dunklen Streifen der Jalousie in den kreideweißen Dezembernachmittag hinaus, weiß wie das Zimmer, weiß wie das Bett.

Jeden Tag hofft sie, daß Allan kommt, und jeden Tag spürt sie, wie sehr es ihn belastet, daß sie im Krankenhaus liegt und daß er einen so verdammt weiten Weg mit dem Bus zurücklegen muß, um sie zu besuchen. Und jedesmal, wenn er ins Krankenzimmer tritt, spürt sie eine Mischung von Eifersucht, Angst, Enttäuschung und Ärger. Er ist nicht wie die Männer, von denen sie in Bildzeitungen und Illustrierten liest. Alles andere als das! Er ist derber, nicht so rücksichtsvoll, er trinkt, und er sagt nicht, daß er sie liebe.

Im tiefsten Innern weiß sie genau, daß das Kind, das sie erwartet, für den zweiundzwanzigjährigen werdenden Vater nicht die mindeste Bedeutung hat. Er hatte es auch nicht haben wollen, dachte aber: von mir aus, wenn Linda so versessen darauf ist.

Linda rechnet damit, daß sich alles ändern wird, wenn das Kind erst einmal da ist. Dann wird sie selbst eine richtige Frau sein, die ihr reizendes kleines Kind auf dem Arm trägt, das alle mögen. Und Allan wird wachsen, verantwortungsbewußter, umsichtiger und arbeitsamer werden. Linda hofft, daß sich um dieses Kind jene Atmosphäre von Liebe und Geborgenheit entwickeln wird, die sie noch nie in ihrem Leben kennengelernt hat. Ihre Schmerzen, ihr Rückenleiden und ihre Unsicherheit, alles wird sich ihrer Meinung nach gewissermaßen verflüchtigen, wenn sie erst das kleine Geschöpf im Arm hält.

Allan schaut auf ihre dünnen Beine, die in Hausschuhen stecken, legt die Hand auf ihr Knie und drückt es freundschaftlich. „Ich hab doch wahrhaftig die Tür im Küchenschrank repariert", sagt er. Linda nickt.

Allan denkt nach. Was könnte er ihr bloß Interessantes erzählen? „Du", sagt er, „mein Onkel in Vrå bei Hjørring hat Bescheid gekriegt, daß man nach dem fünfzehnten Februar keine Arbeit mehr für ihn hat. Die haben hundert Arbeiter und Angestellte gefeuert. Der Betrieb will die Produktion nach Roskilde verlagern –"

Linda hört nicht zu, unterbricht ihn plötzlich und flüstert: „Sieh mal, die da drüben, ganz schön aufgekratzt, was?" Sie nickt in Richtung der Türkin.

Dort hat sich eine größere Gesellschaft versammelt. Ein stämmiger Mann in einem blauen Anzug steht kerzengerade am Kopfende des Bettes. Seine Augen sind dunkel und lebhaft. Er schaut auf seine fünfjährige Tochter, die sich in den warmen Arm der Mutter gekuschelt hat und zaghaft ihren großen Bauch streichelt.

Am Fußende sitzt die mit Schmuck behängte blonde Freundin der Familie in ihrem knallroten Kostüm. Hin und wieder stößt sie kleine ermunternde Zurufe aus.

Ihre Anwesenheit bewirkt, daß die anderen es für unschicklich hal-

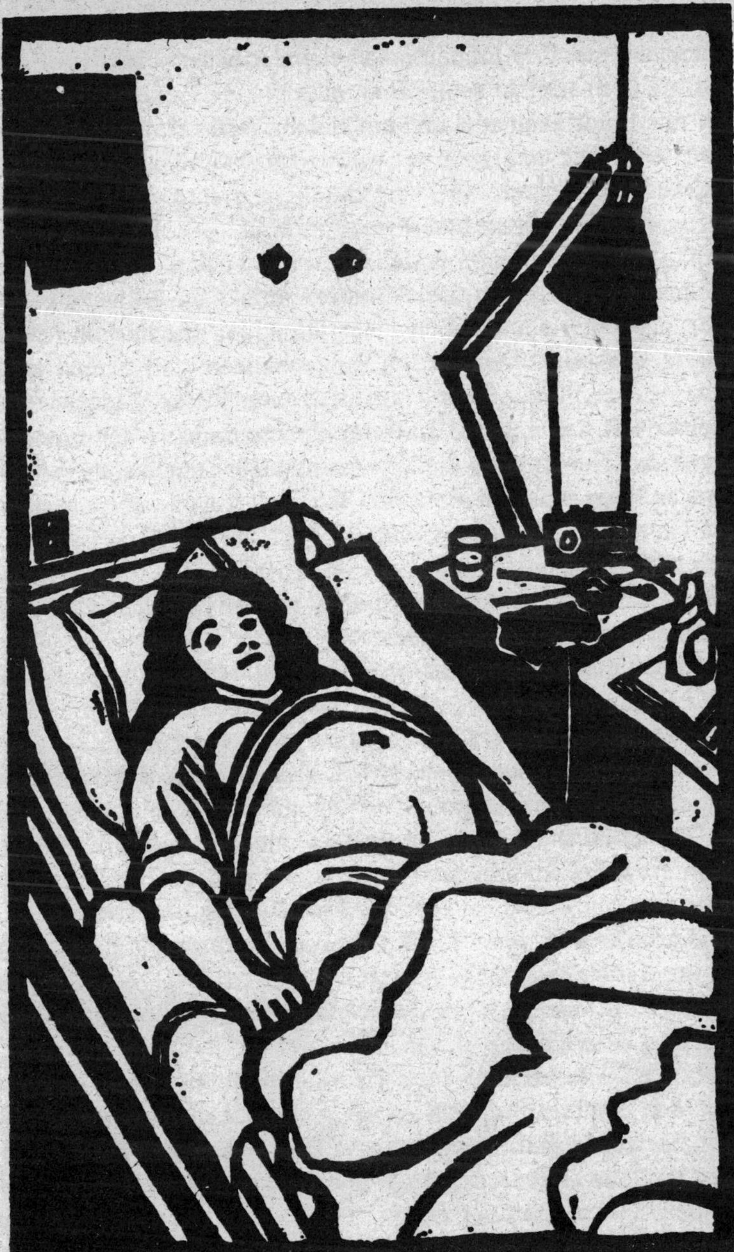

ten, türkisch zu sprechen. So müssen sie in dem Gastarbeiterjargon radebrechen, den ihre Freundin so vollendet beherrscht.

Der Mann überreicht seiner Frau eine braune Papiertüte. Sie entnimmt ihr eine Häkelnadel und ein kleines, festes Knäuel Häkelgarn und lächelt ihm dankbar zu.

Fatime, die Tochter, wird ungeduldig. Sie springt von der Matratze, kriecht unters Bett und sagt auf türkisch: „Kuckuck!" Dann arbeitet sie sich zum unteren Bettende vor und beginnt an dem Fußpedal Gymnastik zu treiben. Der Vater fordert sie auf, Ruhe zu geben, und bedeutet ihr, daß sie sich nicht schmutzig machen dürfe. Die Kleine lächelt mit ihren braunen Strahlenaugen. Auf einmal hockt die blonde Freundin auf dem Fußboden, erwischt das Mädchen, hebt es hoch und läßt es neben der Mutter niederplumpsen, der durch die unerwartete Erschütterung die Luft knapp wird. Tränen steigen ihr in die Augen. Dieser Trubel an ihrem Bett ist beinahe mehr, als sie ertragen kann.

„Ich helfen", sagt die Dänin. Ja, vielleicht gelingt es ihr, den Mann und die Frau dazu zu bewegen, miteinander ins Gespräch zu kommen. Offenbar ist das ihre Absicht.

„Du essen Schokolade, mam-mam." Sie holt einen großen Karton gefüllte Schokolade aus der Tasche und verteilt sie. Fatime stopft sich mehr in den Mund, als sie herunterschlucken kann.

Nachdem das Gespräch versiegt ist, schauen sich Habibas Mann und die Freundin der Familie im Zimmer um; sie suchen nach einem Anlaß, sich nützlich zu machen oder mit jemand anderem eine Unterhaltung zu beginnen. Offenbar ist es noch zu früh, um zu gehen.

„Wie wäre es mit einem Stück Schokolade?" fragt die Blonde und bleibt an Maries Bett stehen.

Marie kann ihre Neugier nicht bezähmen. „Woher kennt ihr euch?"

„Die haben zwei Jahre bei mir zur Miete gewohnt, in der Vendersgade. Dann sind sie nach Næestved gezogen. Habiba und Ibrahim sind die reizendsten und höflichsten Leute, die man sich denken kann. Wir Dänen könnten uns gut und gern eine Scheibe davon abschneiden."

Der Mann tritt ebenfalls an Maries Bett. „Ich bin gewesen fünf Jahre Dänemark. Frau zwei Jahre. Ich schicken Geld nach Hause in

Istanbul. Jeden Monat. Fein-fein. Drei Jahre mehr in Dänemark. Dann nach Hause Türkei." Er fährt mit der flachen Hand durch die Luft.

„Ja, und nun hoffen sie so sehr, daß sie einen Sohn bekommen." Die Blonde lächelt breit und versonnen. „Nachdem sie schon ein Mädchen haben, nicht?"

Sie wendet sich Habiba zu. „Junge fein-fein, was?"

Die kleine Türkin sitzt aufrecht im Bett, ihr Haarknoten im Nakken hat sich gelöst, und der schwarze Zopf hängt ihr über den Rükken. Sie legt die Handflächen aneinander, wendet den Blick zum Himmel und sagt flehend: „Allah, Allah!"

„Ach Gott, ja, das hätte ich beinahe vergessen. Für so was ist ja Allah zuständig, haha! Aber er könnte sich ausnahmsweise einmal von seiner freundlichen Seite zeigen."

„Zwei Kinder", sagt der Mann, der eine moderne Auffassung hat, „zwei Kinder sehr schön. Nur zwei. Ein Junge, ein Mädchen. Feinfein."

Yvonnes Sohn, Groß-Olfert, sitzt im Aufenthaltsraum, beide Beine auf dem Couchtisch. Er ist in ein Comic-Heft vertieft. Hin und wieder zieht er einen hellroten Kaugummifaden aus dem Mund, ruft „Dayoo!", wickelt ihn um den Finger und stopft ihn wieder zurück. In seiner Nähe riecht es nach Pfefferminz und einer säuerlichen Zukkermasse. Seine Lippen bewegen sich, während er liest: *„‚Es ist meine ritterliche Pflicht, das Ungeheuer zu erlegen', sagt Sir Gawain. Sie reiten in die angegebene Richtung, und plötzlich entdecken sie ein riesiges Krokodil. Sir Gawain fällt sofort seine Lanze und reitet dem Ungeheuer mutig entgegen, auch Prinz Valiant galoppiert hastig vorwärts, um ihm zu helfen. Sir Gawain wird sofort zu Boden geworfen. Im letzten Augenblick schleudert Prinz Valiant sein Wurfnetz und lenkt die Aufmerksamkeit des Ungeheuers von Sir Gawain ab."*

Olfert der Schreckliche und Yvonne sitzen Seite an Seite, ohne miteinander zu reden. Er stößt dicke Rauchwolken aus. Sie spielt mit dem Gürtel ihres Morgenmantels.

Plötzlich ruft er aus: „Das Meerschwein hat seine Jungen gefressen!"

In der Nacht hat die Türkin starke Wehen. Sie wälzt sich stöhnend im Bett. Marie kann nicht feststellen, ob sie schläft oder im halbwachen Zustand versucht, ihre Angst und ihren Schmerz zu beherrschen. Sie gleicht einem großen, angeschossenen Tier, das mit sich selbst kämpft.

Marie klingelt nach der Nachtschwester. Die blaue Lampe blinkt. Die Nachtschwester ruft die Hebamme an. Marie geht auf den Flur, um zu warten; sie kann nicht so initiativlos im Bett liegen bleiben.

Vorn an der Tür bei der Haupttreppe erscheinen zwei Engel. Zwei große, schlanke Hebammen, junge Frauen in weißen, gestärkten Kitteln, weißen Holzschuhen und Kniestrümpfen.

Lautlos betreten sie Zimmer o und gehen zum Bett der Ausländerin. Sie flüstern miteinander, schlagen die Decke zur Seite und befühlen mit ihren kühlen Händen den großen, geschwollenen Leib der Türkin. Dann messen sie den Puls, setzen das Stethoskop an, lauschen und flüstern: „Haben Sie Wehen?“

Keine Antwort.

„Haben Sie Wehen?“

„Sie weiß sicher nicht, was wir meinen.“

„Au!“

„Sieh mal, sie hat große, ödematöse Schwellungen. Tut das ‚au‘, wenn ich hier drücke?“

„Au, au“, flüstert die Türkin unglücklich.

„Und hier? Tut das ‚au‘?“

„Kannst du sehen? Sie hat ein Ekzem. Morgen muß der Hautarzt bestellt werden.“

„Sollten wir ihr nicht ein Beruhigungsmittel geben?“

Sie verabreichen ihr ein Schlafmittel. Legen die Decke vorsichtig um den schweren Körper. Löschen das Licht und verlassen leise das Zimmer.

Es ist, als hätten ihre Fürsorge und ihre kühlen Hände genügt, um Habiba zu beruhigen. Sie schiebt die Hände unter die Wange und schließt die Augen. Die weißen Engel haben ihr die Angst und das Gefühl des Alleinseins genommen. Nun kann sie schlafen. Ihr schwarzer Zopf liegt wie der Schwanz eines Kätzchens auf dem Kissen.

Einen Augenblick später hört man die ruhigen Atemzüge der Türkin, sie sind so regelmäßig und schwer wie der Wellenschlag im Bosporus.

Marie grübelt darüber nach, warum Hebammen so schön sind. Es dauert etwas, bis ihr klar wird, daß es wohl an ihrer Jugend liegt. Die beiden vorhin waren ja noch Hebammenschülerinnen. Aber ist Jugend an sich schon schön? Oder ist es das besondere Handwerk der beiden, das ihnen etwas Reines, Ätherisches verleiht?

Montag, den 23. Dezember

Der Professor geht mit seinem geordneten Gefolge von Zimmer zu Zimmer und legt fest, welche Patientinnen über Weihnachten entlassen werden dürfen.

„Vorsicht beim Festmahl", sagt er. „Denken Sie daran, keine zu kräftige Kost."

Patientinnen, die Kleinkinder haben, sollen sich nicht völlig verausgaben. Sie sollen am liebsten auf dem Sofa liegen und dafür sorgen, daß die anderen die Arbeit für sie machen. Im übrigen sind alle angehalten, sich am ersten oder zweiten Feiertag wieder auf der Station zu melden.

Vergnügt, den Rücken kerzengerade, geht der Professor an den kleinen, geschmückten Weihnachtsbäumen vorbei und betritt Zimmer o. Zunächst steuert er auf das Bett der Ausländerin zu. „Do you speak English?"

Habiba schüttelt den Kopf.

„Also nicht. Was ist mit français? Parlez vous français? Nein? Wie ist es mit Espagñol? Sprechen Sie auch nicht Deutsch? Nun ja."

Habiba lächelt mit zitternden Lippen. „Kleines bißchen Dänisch", flüstert sie fast unhörbar, hebt Daumen und Zeigefinger vor das Auge und zeigt, wie wenig es ist.

„Die Patientin ist seit zwei Jahren in Dänemark", wirft die Stationsschwester ein, „es fällt ihr schwer, sich zu verständigen, aber die anderen im Zimmer helfen ihr nach Kräften."

Der Professor informiert sich über den Zustand der Türkin. „Nun, das sieht ja hervorragend aus", sagt er. „Weiß die Patientin, wo sie Weihnachten über bleiben kann?"

„Sie wohnt in Næstved."

„Na, dann behalten wir sie lieber hier."

Der Professor lächelt und geht zu Lindas Bett, die Hände auf dem Rücken. „Wollen Sie gern nach Hause?"

„Und ob!"

„Gut. Aber hübsch vorsichtig sein."

Darauf bleibt er vor Olivias Bett stehen und wirft einen Blick auf die Tafel. „Wie ist es mit Ihnen, Frau Olsen?"

„Wäre es nicht möglich, Herr Professor, daß man mir den Kaiserschnitt am neunundzwanzigsten macht? Da wäre mein Schwiegervater nämlich siebzig geworden." Olivia hat einen Ausdruck in den Augen, als spräche sie mit Prinz Henrik von Dänemark.

„Hm, der neunundzwanzigste ist ja ein Sonntag. Da halte ich das doch für zweifelhaft. Sie sollten auch am besten hier auf Station bleiben, da ihre Niederkunft so kurz bevorsteht."

Er wendet sich Marie zu. „Und wie ist es mit Ihnen?"

„Weihnachten spielt für mich keine Rolle", sagt Marie hastig. „Für mich ist das gehupft wie gesprungen."

Zwei Hilfsschwestern stehen auf dem Flur und sehen Olfert dem Schrecklichen nach, der seine schwangere Frau abholt. „Nein, das ist doch ein starkes Stück", sagt die eine zu der anderen.

Yvonne hat dem Drängen ihres Mannes endlich nachgegeben und sich einen Tag vor Heiligabend auf eigene Verantwortung die Entlassung geholt.

Sie und ihr Mann gehen durch den Flur, begleitet von der Stationsschwester. Yvonne sieht in ihrem Mantel fremd und unförmig aus. Olfert der Schreckliche spielt den Höflichen und trägt ihre Tasche. Triumphierend schaut er das Personal und die Patientinnen der Schwangerenstation an. Endlich hat Yvonne Mut und weibliches Verantwortungsbewußtsein gezeigt, das alte Mädchen! Er hat allen Grund, ein wenig stolz zu sein. Vergnügt klopft er ihr auf den Rükken und sagt, indem sie sich der Haupttreppe nähern: „Auf geht's!"

Nun wird sich Yvonne zu Hause um ihren Fortschrittsmann, ihre beiden Fortschrittskinder, das Telefon, das Meerschweinchen und den Kanarienvogel kümmern, statt auf der Station zu liegen und zusammen mit den anderen Rotstrümpfen die Madame zu spielen.

Auf dem Flur herrscht Unruhe. Eine Hebamme und eine Hilfsschwester haben sich in Zimmer 5 eingefunden. Die Tür ist weit offen. Ein Wehenmesser steht neben dem Bett am Fenster, die Leitungsschnur schlängelt sich von dem Gerät bis hin zu einer Steckdose draußen neben dem kleinen Weihnachtsbaum.

Karen-Margarethe liegt im Bett. Sie macht einen verwirrten Eindruck. Der Gürtel des Wehenmessers umspannt ihren Leib.

Die Wehen sind unregelmäßig. Sie zeichnen sich in tanzenden, vibrierenden Kurven auf einem breiten Papierstreifen ab, der aus dem schwach tickenden Gerät kommt und zu Boden fällt. Karen-Margarethe streckt die Hand aus. „Es flimmert. Ich glaube, ich kann nicht richtig sehen."

Die Hebamme mißt Puls und Blutdruck, hört mit dem Holzstethoskop den Bauch ab und nickt der Hilfsschwester zu, die bereits mit einem Bein auf dem Flur steht.

Connie geht zu Karen-Margarethe und umarmt sie liebevoll.

„Halt die Ohren steif", sagt Karen-Margarethe zu ihr.

Eine weiße Trage wird durch die Glastür am Ende der Schwangerenstation geschoben.

Dann rollt man Karen-Margarethe davon.

Dienstag, den 24. Dezember

„Habt ihr schon gehört? Karen-Margarethe hat ihren Jungen geboren!"

Die zuversichtliche Karen-Margarethe hat ihren kleinen Brian bekommen.

Olivia weiß am genauesten Bescheid. Sie hat mit Baska gesprochen, die jemanden kennt, der in der Entbindungsstation saubermacht.

Karen-Margarethe war durch einen Kaiserschnitt entbunden worden. Man hatte festgestellt, daß das Kind litt und daß die Östriolwerte gesunken waren. Nun liegt sie bereits im Wochenbett. Der Junge wiegt 2700 Gramm.

„Das ist auch was – am dreiundzwanzigsten Dezember geboren werden. Wie findet ihr das? Was für ein Geburtsdatum. Armes Kind!"

„Na, der Kleine wird es schon gut haben bei den Eltern."

Während die Patientinnen auf dem Flur zusammenstehen, geht die kleine Türkin – die sowieso nicht begreift, um was es sich handelt – in Zimmer o von Bett zu Bett, glättet Kissen und Decken und wirft zerknülltes Papier in den Abfalleimer. Das ist ihre Art, Dankbarkeit zu zeigen.

„Der Junge ist auf der NEONATALEN SPEZIALSTATION."

„Neonatale Station? Was ist das?"

„Die Station für Neugeborene."

„Seine Herztöne sind schlecht, meint Baska."

„Ist das gefährlich?"

„Nicht unbedingt."

„Der Vater und die Großmutter waren schon hier und haben ihn sich angesehen. Hinter der Glasscheibe."

„Ich gehe zu Karen-Margarethe in die Wochenstation", sagt Connie, die bereits fertig angezogen dasteht. „Ich verschwinde nämlich heute nach Hause und komme erst wieder, wenn es bei mir soweit ist."

Im Laufe des Tages verlassen die Patientinnen die Station. Signe wird von ihrem Mann und den drei Mädchen abgeholt. Für einen Augenblick erfüllen Lachen und laute Kinderstimmen den Flur.

Linda fährt mit dem Taxi nach Hause zu Allan.

Die Frauen verschwinden, eine nach der anderen, durch die Haupttür, die Wangen hektisch gerötet, das Haar frisch gewaschen.

Am Abend sind nur noch Olivia, Habiba und Marie da.

Die Hilfsschwester versucht, ihnen den Heiligabend so gemütlich wie möglich zu machen. Vorwiegend Olivias wegen, denn die Türkin ist an dänisches Weihnachten überhaupt nicht gewöhnt, und Marie hat erklärt, daß es ihr egal sei.

Aus dem Büro dringen die Klänge griechischer Volksmusik. Dort läuft ein Tonband, das die Hilfsschwester von ihrer Tochter zu Weihnachten bekommen hat. Die Töne springen munter zwischen den weißen Wänden des Krankenhauses umher. Es ist, als sähe man Griechenlands kleine weiße Kirchen, seine Schaf- und Ziegenherden auf den ausgedehnten grünen Ebenen.

Marie überlegt, was Habiba wohl empfinden mag, wenn sie solche Musik hört. Aber dem dunklen Gesicht der Türkin ist nichts anzumerken.

Habiba hockt auf dem Stuhl am Fußende ihres Betts, so, als säße sie in der Türkei vor ihrer Haustür und musterte die Passanten. Fernsehen interessiert sie nicht. Sie hebt nur hin und wieder den Kopf und lächelt den anderen freundlich zu. Sie häkelt mit einem dünnen, doch starken weißen Faden, langsam, aber stetig, Meter um Meter an einer hübschen Borte für die Brautausstattung der fünfjährigen Fatime.

Marie möchte sich am liebsten betrinken. Die Hilfsschwester hat gesagt, sie könnten soviel Rotwein bekommen, wie sie wollten, und da weder Habiba noch Olivia Wein möchten, stehen bereits drei Flaschen auf Maries Nachttisch. Aber sie hat Sodbrennen, und das schmälert ein wenig die Lust. Sie denkt an Zacharias. Der wird wohl jetzt mit den anderen vom Orchester in einem Godthåber Hotel sitzen. Es sei denn, jemand von ihnen hat in der Stadt Verwandte.

Die Hilfsschwester bringt Gebäck, Apfelsinen und Schokolade in farbenprächtigem Stanniolpapier.

Olivia nimmt ein großes Stück Schokolade. „Nur für diesmal, dann kann ich gleich ein wenig besser sehen."

„Wo sind denn Holger und der Kleine?"

„Bei meinem Schwager und der Schwägerin. Sie wohnen nicht weit weg."

Im Laufe des Abends wird eine bleiche junge Frau in Zimmer o gefahren. Sie hat abortiert und sollte eigentlich auf der Intensivstation liegen, aber die hat geschlossen, und so hat die Schwangerenstation Bereitschaftsdienst.

Wenn die Hilfsschwester nicht im Zimmer ist, um Rotwein einzuschenken, sitzt sie im Büro und läßt das Band wieder und wieder ablaufen. Sie lehnt sich im Sessel zurück und lauscht der griechischen Tanzmusik, träumt sich nach der kleinen Cafeteria, die Stellio und Michaelis bewirtschaften.

Auf dem Sand tanzen Fischer im Mondlicht. Die beiden vorderen halten ein Taschentuch zwischen sich. Sie tanzen mit geradem Rükken und schnellen Schritten dicht an den Tischen vorbei, so daß die Gäste die Stühle zusammenrücken müssen. Der Wein funkelt in den Karaffen. Die Zikaden singen. Niedrige, Schirmen gleichende Olivenbäume heben sich als dunkle Silhouetten vor dem Vollmond ab.

Stellio hat den Arm um ihre Taille gelegt. Sie lehnt an seiner warmen Brust, nippt am Wein und raucht langsam eine griechische Zigarette. Das Wasser gluckst unablässig gegen die kleinen Steine.

Zwei große Schiffe ankern in der silberschimmernden Bucht.

Mittwoch, den 25. Dezember

Der Regen klatscht mit Tausenden harter Tropfen gegen die Scheiben – unablässig fällt er vom Himmel. Weihnachtsregen und Matsch. Typisch dänisches Winterwetter. Es stürmt und tost. Autos brausen vorüber in einem ununterbrochenen Ankommen und Abfahren.

Die Leute an der Bushaltestelle Tagensvej, gegenüber vom Krankenhaus, halten mit einer Hand Hut oder Mütze fest und drücken die andere gegen den Körper. Sie neigen sich dem Wind entgegen, um nicht umgeworfen zu werden.

Ein Bus hält, seine Scheibenwischer bewegen sich wie rasend. Er speit Passagiere aus und saugt die Wartenden auf.

Der Wind poltert, als brause er durch lange Rohre heran, das Geräusch kommt näher und kollidiert mit den Krankenhausscheiben. Es knattert und knallt wie Segeltuch, wie ein großes Zelt, das der Wind allmählich losreißt.

Marie steht am Fenster.

Tief unten, auf den winzigen Pflastersteinen, sieht sie eine kleine Gestalt näherkommen. Es ist Karen-Margarethes Mutter auf dem Weg zur Neonatalen Station, wo sie ihren Enkel besuchen will.

Donnerstag, den 26. Dezember

Signe ist kreideweiß im Gesicht. „Der Junge ist tot!"

„Wer?"

„Karen-Margarethes Junge ist tot."

„Nein!"

Signe nickt.

Marie starrt sie an. „Das kann doch nicht wahr sein!"

„Sie haben ihn heute morgen operiert. Es war nichts mehr zu machen. Er hatte irgend etwas mit dem Herzen."

„Wo ist Karen-Margarethe?"

„Sie hat ein Einzelzimmer auf der Wöchnerinnenstation. Ihr Mann und die Mutter sind bei ihr."

Freitag, den 27. Dezember

In der Nacht ist Vollmond.

Der Sturm hat sich gelegt, und der Vollmond hängt über dem Rigshospital. Scin leuchtendes Gesicht ist wehmütig, dickwangig und ruhig, die Lider sind halb geschlossen, als hätte der Mann dort droben über zu viele Dinge nachzudenken.

Das Dasein kann sich als sehr kurz erweisen. Einige bewältigen noch nicht einmal den Übergang vom Leben im Mutterleib zum Leben ohne Nabelschnur.

Karen-Margarethes kleiner Brian starb am vierten Tag. Ein kleines Licht erlosch im Brutkasten. Nun ist er schon weg.

Dennoch werden ihn seine Eltern und seine Großmutter, die ihn nur ein paarmal durch die Glasscheibe sehen konnten, nie vergessen. Immer werden sie das winzige Gesicht vor Augen haben, das ihnen so bekannt vorkam. Es glich ihnen. Nie werden sie das Bild von der kleinen, schlafenden 2700 Gramm wiegenden Gestalt fortwischen können, die mit angezogenen Beinchen im Brutkasten lag.

Aber davon werden sie niemandem erzählen. Kummer kann man nicht mit anderen teilen.

Ihnen war gerade vergönnt gewesen, von einem Leben mit dem Kleinen zu träumen. Dies werden wir tun und jenes, und wenn er größer ist, dann …

Seit ihrem dreizehnten Jahr hatte Karen-Margarethe regelmäßig ihre Mensis gehabt. Der Zyklus war jahrein, jahraus der gleiche gewesen. Dieser ruhige Monatsrhythmus war zum ersten- und letztenmal vor ihrer Menopause von diesem Kind unterbrochen worden, das sich – wenn auch unvollkommen – in den letzten siebenunddreißig Wochen in ihrem Leib entwickelt hatte.

Der Vollmond hängt schräg über dem Krankenhaus. Er hat ein Gesicht wie ein Bäckerbursche.

Von diesem Jahrhundert sind weniger als fünfundzwanzig Jahre übrig. Diese Zeit bis zum Beginn eines neuen Jahrhunderts hat Karen-Margarethe ihrem Sohn nicht geben können.

Das Dasein ist nicht trivial. Alles, was da geschieht, ist durch etwas bedingt und trägt eine Botschaft in sich. Jedes kleine Leben ist Teil eines großen Plans. Ihn zu überschauen, ist kaum einem einzelnen Menschen möglich.

„Es besteht kein Zweifel, daß der Sand im Stundenglas der Frau schneller rinnt als in dem des Mannes."

„Da komme ich nicht ganz mit."

„Ich meine", sagt Signe, „daß eine Frau ja bis knapp über die Vierzig Kinder gebären kann, nicht? Aber das ist bestimmt nicht empfehlenswert. Bekanntlich werden die Kinder mit zunehmendem Alter der Mütter schwächlich. Ich wollte meine Kinder immer bis zu meinem fünfunddreißigsten Lebensjahr haben, und nun bin ich bereits sechsunddreißig. Da kannst du mal sehen, wie schnell die Zeit vergeht."

„Ja", pflichtet ihr Marie bei, „mir wurde heiß und kalt, als ich mitbekam, daß die einen hier auf der Schwangerenstation als Spätgebärende betrachten, wenn man über siebenundzwanzig ist. Ich bin achtundzwanzig." Sie muß husten und trocknet sich die Augen mit dem Ärmel ihres weißen Morgenmantels.

„Eben", fährt Signe fort, „was ich sagen wollte ist, daß eine Frau sich bis zu ihrem dreißigsten Lebensjahr darüber klar geworden sein muß, ob sie Kinder haben will oder nicht. Sie kann das nicht dem Zufall überlassen. Das wäre zu riskant."

„Warum eigentlich?"

„Wenn sie zwar Kinder haben will, aber das nicht sehr zielbewußt anstrebt, dann können leicht ein paar Jahre verstreichen, in denen sie nicht schwanger werden kann, auch wenn sie es versucht. Das ist gewiß das, was allgemein als Sterilitätsproblem bezeichnet wird. Aber dann auf einmal klingelt es, Panik kommt auf, und es ist nahezu zu spät. Das kann zu sehr unangenehmen Situationen führen." Signe reicht Marie eine Serviette. „Ich meine, in dieser Hinsicht ist die Frau anders gelagert als der Mann. Sie lebt unter einem anderen Zeitdruck. Selbst wenn man nicht glauben soll, daß der Mann bis in sein hohes Alter gleich gut geeignet ist, Kinder zu zeugen und Vater zu sein."

Marie nickt. Signe sitzt im Bett, den Rücken durch Kissen gestützt. Sie trägt ihren schwarzen Kimono.

„Das günstigste Alter der Frau, Kinder zu kriegen, das heißt, das Alter, in dem die Geburten am leichtesten und die Nachkommen am gesündesten sind, liegt wohl zwischen achtzehn und fünfundzwanzig. Aber wenn sie nun eine höhere Ausbildung durchläuft, zum Beispiel bis zu ihrem fünfundzwanzigsten Lebensjahr, dann ist das ideale Gebäralter ja bereits verpaßt. Dann bleibt ihr in Wirklichkeit nur noch sehr kurze Zeit, um sich darüber klar zu werden, ob sie überhaupt Kinder haben will. Und wenn sie das will, dürfte es ihr schwerfallen, von ihrer soeben abgeschlossenen Ausbildung Gebrauch zu machen. Ich finde, eine Frau ist ziemlichen Belastungen ausgesetzt."

Marie füllt die Gläser.

„Das unterscheidet unsere Lage etwas von der des Mannes, und ich glaube nicht, daß dies in der gesamten Frauendebatte genügend berührt wurde."

„Ja", sagt Marie und wird eifrig, „ich habe schon oft daran gedacht, daß man in den Schulen Geburtenkunde als festes Unterrichtsfach einführen sollte."

„Natürlich."

Marie kaut auf einem Streichholz. „Ich kenne viele Mädchen, die sich entschlossen haben, keine Kinder zu bekommen, und dafür respektiere ich sie sehr."

„Ja, warum nicht. Ich wende mich vor allem dagegen, daß sich viele Frauen und Männer überhaupt nicht zusammensetzen, um das Problem zu durchdenken."

„Meinst du, Männer haben das gleiche Bedürfnis nach Kindern wie Frauen?"

„Das gleiche physische Bedürfnis haben sie nicht, das ist klar. Immerhin bekommen sie ja nicht die Kinder, so daß für sie Empfindungen fortfallen, die mit Befruchtung, Geburt und Wochenbett zusammenhängen. Aber sobald das Kind da ist und sie es gesehen haben, fühlen sie sich dafür verantwortlich. Dann haben sie meiner Meinung nach das gleiche Verlangen wie die Frau, mit ihm zu leben, es zu beschützen und zu erziehen. Du kannst sagen, was du willst, das ist eine Art Instinkt, davon bin ich überzeugt."

Sonntag, den 29. Dezember

„Heute ist der 363. Tag des Jahres. Die Sonne geht um 8.42 Uhr auf und um 15.42 Uhr unter. Die Laternen werden um 16.12 Uhr eingeschaltet ..."

Marie liegt auf der Seite, die Zeitung in der ausgestreckten Hand. *„Washington (AFP). Präsident Gerald Ford begann am Freitag ..."*

Wenn meine Östriolwerte nur so relativ hoch bleiben!

„Die Saigon-Gebiete leiden an einem akuten Reismangel, er fehlt u. a. für das eine Million Mann starke Heer. Deshalb wird von dieser Seite alles darangesetzt, den Reis in den befreiten Gebieten zu vernichten oder zu rauben. Dadurch hofft man einerseits, die eigene Reisversorgung zu sichern, andererseits aber die massive Flucht der Menschen in die befreiten Gebiete aufzuhalten."

Hier auf der Schwangerenstation müßte man so eine kleine Flagge haben wie die Zeitungskioske, wenn sie den Eingang des „Ekstrabladet" anzeigen. Darauf müßte stehen: „Die Östriolwerte sind gestiegen. Sie sind vollkommen in Ordnung. Es besteht kein Grund zur Besorgnis. Mit freundlichem Gruß: das Labor."

„In dem Maße, wie der Zeitpunkt für die geplante Wahl zu der verfassungsgebenden Versammlung in Portugal näherrückt, vollzieht sich dort ein wachsender politischer Klärungsprozeß."

Wenn man doch jetzt in Portugal sein könnte. Das muß spannend sein!

„Die Parlamentswahlen zum Folketing, die am neunten Januar stattfinden werden, werden vorbereitet. Man erwartet, daß sich etwa ein Drittel der Wähler anders entscheiden wird als bei der Wahl 1973. Kommt es bei der kommenden Wahl durch das Verhalten der Wähler zu einer zweckmäßigen Veränderung ...

Zu einer zweckmäßigen Veränderung?

„..., so kann die Handlungsfähigkeit des Folketings wiederhergestellt werden. Der Wähler trägt die Verantwortung dafür."

Der Wähler trägt die Verantwortung, na, ich danke!

„Die insgesamt elf Frauenvereinigungen, die hinter dem Versuch stehen, die Arbeit für das kommende ‚Jahr der Frau' zu koordinieren, sind die ‚Rødstrømperne' von Kopenhagen, die ‚Kvindefronten', die ‚Thilderne', der ‚Dansk Kvinders Nationalråd', ‚Danmarks Demokratiske Kvindeforbund', ‚Den lesbiske Bevægelse', ‚Dansk Kvindesamfund', ‚Danske Studerendes Fællesråd', die SF-Frauen, die VS-Frauen und die Frauen der ‚Danmarks kommunistiske Parti'.

Und da habe ich schon von einer ruhigen, gut vorbereiteten Geburt nach Leboyer geträumt. Das kann ich mir ja nun wohl in den Rauch schreiben.

Vom Ende der Schwangerenstation dringen Jubel und Gelächter durch den Flur. Ein untersetzter, vierschrötiger Mann mit dunklem

Lockenhaar betritt das Zimmer 2, gefolgt von drei kleinen Mädchen in Pullovern und Anoraks.

„Tag, Muttchen“, sagen die Mädchen und kriechen auf Signes Bett. „Wann kriegen wir unsere kleine Schwester?“

„Es dauert nicht mehr lange“, antwortet Signe. „Vorher werde ich wohl noch für ein paar Tage nach Hause kommen. Das wäre doch schön, nicht? Dann könnten wir alles für das Kleine vorbereiten.“

„Sie kann gern mein Spielzeug haben“, sagt das mittlere Mädchen. „Vater hat für uns eine Höhle gebaut, hinter der Töpferscheibe in der Werkstatt.“

„Ist es sehr anstrengend für dich?“ fragt Signe ihren Mann, von einer Welle der Zärtlichkeit durchströmt. „Bist du nicht todmüde?“

„Überhaupt nicht“, antwortet Jacob, „die sind wirklich reizend. Wenn sie es nur unterlassen könnten, sich zu zanken, dann gäbe es keine Probleme mit ihnen. Sie tun wirklich alles, um mir zu helfen. Das ist fast rührend.“

Die Mädchen plappern und schnattern, richten sich auf dem Bett häuslich ein und wickeln kleine Geschenke für die Mutter aus, die sie selbst eingepackt haben, bevor sie sich auf den langen Weg machten. Sie sitzen da, als befänden sie sich in einem Zugabteil und reisten gemütlich durch eine grüne, sommerliche Landschaft.

„Jeden Abend liegen wir zu viert in dem großen Bett, gucken in Bilderbücher oder in die Röhre“, sagt Jacob, „Das einzige Problem ist, daß sie zu spät einschlafen. Unsere Kleinste ist morgens kaum aus den Federn zu kriegen.“

„Großmutter hat für uns ein Bilderlotto gemacht“, sagt die Mittlere. „Morgen dürfen wir alle damit spielen.“

„Möchten unsere jungen Damen eine giftig grüne Brause?“ fragt Rørby, die auf einmal im Zimmer steht.

„Juiii!“ schreien die Mädchen im Chor. „Eine giftig grüne Brause!“

Sie bekommen Plastbecher und bedienen sich selbst, verschütten einiges von dem Getränk auf Bett und Fußboden, so daß Jacob ein Machtwort sprechen muß. Doch einen Augenblick später herrscht das reinste Chaos, und ein Anorak liegt in einer Brausepfütze.

„Besonders gründlich gewaschen habe ich sie nicht, wie du wohl siehst“, sagt Jacob, „und richtig sauber ist es zu Hause auch nicht, aber das verzeihst du mir wohl...“

Signe hat die Kleinste im Arm. Die legt ihre warme Wange und

Hand auf die Brust der Mutter. Es ist erst ein Jahr her, seit sie noch ein Säugling war.

„Lieg doch still, Olsen. Ich kann ja gar nicht rankommen!"

Olivia windet sich auf dem Laken, während Rørby sie zwischen den Beinen rasiert.

„Hergott, wie das kitzelt."

„Immer los, Rørby", ruft Marie vom Waschbecken her, „fackel nicht so lange."

„Laß aber ein bißchen was übrig für Holger", sagt Linda.

„Holger wird warten müssen", stöhnt Olivia. „Am schlimmsten ist, daß es so schrecklich langsam nachwächst, und dabei piekst es so gemein."

„Nun kriegst duch auch noch ein Klistier", sagt Rørby und sammelt das Rasierzeug zusammen, „damit du es weißt. Außerdem mußt du von null bis null Uhr fasten. Vergiß das nicht, Olsen, weder feste noch flüssige Nahrung."

„Nur einen einzigen Kaugummi ohne Zucker."

„Nichts da. Ein Kaugummi genügt schon, um die Speicheldrüsen anzuregen."

„Mal dir also auch nichts aus, was dir das Wasser im Munde zusammenlaufen läßt", sagt Marie und schiebt sich die Bettdecke in den Rücken.

„Heute wäre Holgers Vater siebzig geworden", sagt Olivia.

Montag, den 30. Dezember

Olivia geht früh am Morgen ins Bad, wäscht sich das Haar und wechselt die Wäsche. Für diesen Tag ist ihr Kaiserschnitt vorgesehen. Zwar ist es nicht der neunundzwanzigste Dezember, wie sie gehofft hatte, aber sie hat sich damit abgefunden und ist sogar froh und guter Laune. Die lange Reise ist zu Ende. Nun steht sie am Tor, und der Oberarzt hat versprochen, eigenhändig das Messer zu führen.

Olivia hat sich alles genau überlegt. Sie packt ihre Toilettengegenstände in die Kulturtasche, rollt den Mantel um die Pantoffeln, legt das grünspanfarbene Strickzeug in einen Plastbeutel, verschenkt die Illustrierten – nachdem sie die Strickmuster herausgerissen hat –,

DEA·76

wickelt das Stella-Nova-Bild von Kalle in Papier und steckt es in das Außenfach der großen Tasche.

Eine Stunde vor dem Frühstück bekommt Olivia eine Kanüle in den Arm, und der Glykosetropf tritt in Funktion – zwanzig Tropfen pro Minute.

Um acht Uhr erhält sie ihre übliche Insulindosis.

Habiba sitzt am Fußende ihres Bettes, den Rücken gerade, die Hände auf den Knien, und verfolgt das Treiben im Zimmer. Marie hat ihr mit Zeichen und Gesten erklärt, daß Olivia an diesem Tag geschnitten werden soll, und sie untertreibt keineswegs, als sie die Größe des Messers anzeigt. Habibas braune Augen werden kugelrund.

„Ich habe ziemliche Angst, daß die vergessen, mich zu sterilisieren", sagt Olivia, die ausgestreckt auf dem Rücken liegt.

„Weißt du was", sagt Signe, die am Türpfosten lehnt, eine Zigarette in der einen Hand und eine Schachtel Streichhölzer in der anderen, „wir könnten eine gestrichelte Linie über deinen Bauch ziehen und schreiben: ‚Hier schneiden und nicht vergessen, daß ich sterilisiert werden soll!'. Ich hole rasch mal meinen roten Kugelschreiber."

„Ja, das bringst du fertig", antwortet Olivia und lächelt mit ihren zusammengekniffenen Augen. Ihre Wangen sind ein wenig röter als gewöhnlich.

Baska schlurft in ihrem grünen Nylonkittel heran, stellt Eimer und Schrubber beiseite, beugt sich über die große Olivia und sagt: „Viel, viel Vergnügen!"

Als der Krankenpfleger zehn Minuten vor neun Uhr mit der Trage auftaucht, ist Olivia wohlverpackt und abhohlbereit, als sollte sie per Einschreiben vom Hauptbahnhof versandt werden. Feierlich wird sie auf die Trage gelegt; ihre Pakete, die Tasche, die braunen Schnürschuhe und der braune Mantel kommen ans Fußende.

Olivias Füße ragen über den Rand der Trage hinaus.

Als sie das Zimmer verläßt, in dem sie die letzten Monate zugebracht hat, stiehlt sich ihr eine kleine Träne aus dem Augenwinkel. Während die Trage durch die Schwangerenstation rollt, hebt Olivia zum Abschied die Hand und lächelt.

Die anderen schauen ihr nach. Sie müssen daran denken, daß Olivia binnen kurzem eine Narkose bekommen wird. Der Oberarzt wird sich einfinden, im blauen Operationskittel und mit der Maske vor dem Gesicht, und genau um neun Uhr dreißig das Skalpell ansetzen.

Er wird zunächst einen Längsschnitt durch die Bauchwand und sodann einen Querschnitt durch die Gebärmutter vornehmen. Darauf wird man ein kleines, blinzelndes Wesen wie einen Pfropfen aus einer Flasche ans Tageslicht ziehen.

Ein neues Mitglied der Familie Olsen wird in einem Landarbeiterhaus in der Nähe von Skelskør wohnen, mit einem tüchtigen Vater, der arbeitslos ist, mit einer hochgewachsenen freundlichen Mutter, die eine Invalidenrente bezieht und langsam das Augenlicht verliert, und mit einem kraushaarigen großen Bruder, der Kalle heißt.

Gegen Nachmittag spricht sich die gute Nachricht herum. Olivia hat ein strammes Mädchen geboren, es wiegt 3400 Gramm und hat schwarzes Strubbelhaar. Alles ist gut verlaufen. Die Kleine liegt bereits auf der Station für Neugeborene. Doch das hat nichts zu sagen, dort müssen sich alle Diabetikerkinder einen Tag oder zwei Tage zur Beobachtung aufhalten.

Jedermann ist froh und erleichtert und des Lobes voll für den Oberarzt und Olivia.

Habiba lächelt, klatscht in die Hände und sagt: „Fein-fein!“

Dienstag, den 31. Dezember

Den Silvesterabend müssen die Patientinnen, die noch auf der Schwangerenstation sind – das betrifft nur Habiba und Marie – auf der INTENSIVSTATION verbringen, die diesmal den Bereitschaftsdienst übernommen hat. Die Schwangerenstation ist geschlossen, das Personal hat frei bekommen.

Von den Fenstern des Krankenhauses aus sieht man leuchtend rote, blaue und weiße Feuerkugeln gen Himmel steigen, sie explodieren und werden zu nächtlichen Sonnen. Raketen steigen pfeifend zwischen den Häuserwänden auf. Krankenwagen heulen ununterbrochen. Alle sollen sich amüsieren, und die Unfallstationen sind doppelt besetzt, damit die Wunden der Nation schnell versorgt werden können.

Kanonenschläge dröhnen. Serien von Knallfröschen knattern im Tagensvej und in den stillen Nebenstraßen.

Im Aufenthaltsraum flimmert der Bildschirm.

Arm in Arm lauschen Marie und Habiba der Neujahrsansprache der Königin.

Habiba versteht kein Wort, auch nicht den Silvesterulk, mit dem sich sechs Schauspieler vom alten Jahr verabschieden. Sie begnügt sich damit, Maries Arm freundschaftlich zu drücken.

Neben dem Fernseher steht ein Weihnachtsbaum mit elektrischen Kerzen. Der Aufenthaltsraum auf der Intensivstation ist nicht gerade einladend. An den Wänden hängen ein paar langweilige Bilder, die kaum je Beachtung gefunden haben. Moderne Kunst. Marie hat sie nie verstanden. Die Sitzmöbel sind braun, lackiert und kalt.

Ein Krankenpfleger betritt fröhlich den Aufenthaltsraum und läßt sich neben Marie aufs Sofa fallen. Er hat Papierschlangen im Haar, seine Schultern sind mit rotem, weißem und blauem Konfetti bedeckt. Schnell entnimmt er der Innentasche seines weißen Kittels eine kleine Flasche Pernot und ein Tischfeuerwerk.

„Habe ich dich nicht schon mal irgendwo gesehen?" fragt Marie.

„Ach, man kommt auf viele Weise mit anderen in Kontakt", sagt er und drückt auf eine kleine Hupe. „Nein, du hast mich noch nie gesehen."

„Sind wir nicht zusammen zur Schule gegangen?"

„Nein, verdammt nochmal, das sind wir nicht. Ich bin von Bornholm, und da bist du nicht her. Da siehst du es!" Er beugt den Kopf zurück, es wirkt fast, als hätte er Angst, sie würde über ihn herfallen.

Ein mächtiges Krachen ertönt in der Nørre Alle. Marie umspannt ihren schweren Leib mit dem Arm, als wollte sie verhindern, daß sich die Schallwellen bis dorthin verpflanzen.

Ein Krächzen dringt aus der Tasche des Krankenträgers. Er nimmt einen kleinen Empfänger heraus und lauscht. „Hallo, hallo, vierundsechzig zur Entbindungsstation, Zimmer 2", sagt eine Stimme.

„Ja, ist gut." Der Krankenpfleger erhebt sich schwankend, schlägt die Hacken zusammen und legt die Hand flach an die Schläfe. Dann schreitet er mit einem „Frohes neues Jahr!" aus der Tür, eine Papierschlange flattert an seinem Ohr. In der Eile hat er eine Menge Konfetti und seine halbe Flasche Pernot zurückgelassen.

Wenn man endlich einmal einen Mann zu Gesicht kriegt, sieht er einen sofort an, als wollte man ihn verführen, denkt Marie und schüttelt den Kopf.

Habiba seufzt und gähnt. Marie zündet das Tischfeuerwerk an; es pufft, und dann fallen acht kleine Papierfähnchen und eine Plastschildkröte auf den Tisch.

Im Fernsehen dirigiert Victor Borge „Det kongelige Kapel" – die königliche Kapelle. Es ist eine Übertragung aus dem Konzertsaal des Tivoli. Dazu singt Marilyn Mulvey.

Ein junger Mann mit gestreiftem Schlips und Samtjacke wirft sich in den Lehnstuhl vor dem Fernseher, springt sofort wieder auf und betrachtet die vielen Sonnen, die über den Dächern gen Himmel steigen. Dann eilt er auf den Flur, schaut nach rechts und links und stürmt wieder zurück. Abermals läßt er sich in den Lehnstuhl sinken. „Ich habe den ganzen Tag bei meiner Frau im Kreißsaal gesessen", sagt er, „aber nun haben sie mich rausgeschickt. Seit einer Stunde hat sie Preßwehen, aber das Kleine will nicht kommen." Er rückt nervös seinen Schlips zurecht. „Jetzt machen sie ihr einen Kaiserschnitt. Sie tut mir fürchterlich leid. Da hat sie schon fast die ganze Geburt und sämtliche Wehen hinter sich, und dann merken die, daß das Kleine falsch liegt. Hätten die vorher genauer hingesehen, dann wäre meiner Frau das alles erspart geblieben."

„Nimm einen Pernot", sagt Marie und schenkt ihm aus der Flasche des Pflegers etwas in ein Glas, das sie mit Wasser auffüllt.

„Sie tut mir verdammt leid."

„Jetzt, um dreiundzwanzig Uhr fünfundvierzig, folgt eine Sendung in Wort und Musik", sagt der Sprecher im Fernsehen, *„die das Unterhaltungsprogramm des Silvesterabends beschließt und als eine Huldigung für die jungen Mädchen gedacht ist, bevor das internationale Jahr der Frau anbricht."*

Der junge Mann in der Samtjacke rauft sich das Haar und wirft seinen Pernot um. Habiba tätschelt Marie die Wange und gibt ihr zu verstehen, daß sie ins Bett gehe.

Plötzlich schiebt eine Krankenschwester ein Kinderbett vor die Tür. „Hallo, Vater, komm und sieh mich an."

Der Jüngling in der Samtjacke schießt in die Höhe und stürzt auf den Flur.

In dem Kinderbett liegt ein kleiner Junge, sein Kopf ist rot, die Fäuste sind geballt, und auf der Stirn zeichnen sich deutlich Druckstellen ab.

„Nein, was für ein hübscher kleiner Bursche", sagt der Vater mehrmals, macht ein paar Tanzschritte und breitet die Arme aus.

Die Krankenschwester schiebt das Bett weiter, blickt zurück und sagt: „Deine Frau wird in einer Stunde aufwachen." „So ein hübscher kleiner Bursche", wiederholt der Vater, „wie hübsch der kleine Wicht ist ..."

Ein gemischter Chor singt „Willkommen Jahr des Herrn und willkommen bei uns ..." – dann ertönen zwölf dumpfe Schläge von der Rathausuhr.

Mittwoch, den 1. Januar

Es schneit. Große, federleichte, fasrige Flocken gleiten in einem ununterbrochenen Strom von dem weißen Himmelsgewölbe, das die Großstadt wie eine Glaskugel überspannt.

Der Bauplatz ist verödet. Gleich einer vorsintflutlichen Echse überragt der schwarze Kran die Zementmischer und die Wagenschuppen.

Es ist angenehm, in einem Krankenhausbett zu liegen und nach den tanzenden Schneeflocken zu schauen. Das gibt Seelenfrieden. Es ist, als nähmen sie die Gedanken mit sich fort.

Marie und Habiba sind allein in einem sehr großen, leeren Zimmer. Hin und wieder schwebt eine Hebammme durch den langen Flur.

Habiba hat eine Eishand auf dem Leib, einen durchsichtigen Plasthandschuh, gefüllt mit Eiswasser. Die Eishand kühlt herrlich und hemmt den Juckreiz der Haut. Das haben sich die Hebammen von der Intensivstation einfallen lassen.

Habiba wendet Marie den Kopf zu und lächelt erleichtert: „Feinfein!"

Marie sitzt auf dem Bettrand, die Unterarme auf dem Nachttisch, und fertigt ein kleines Wörterbuch für die Türkin an. Sie arbeitet emsig mit Bleistift und Radiergummi. Begriffe wie „Wehen", „Fruchtwasser", „nähen", „Stiche", „säugen" und „Milch" sind wichtig. Es ist nicht so einfach, alles zusammenzustellen, aber es muß sein.

„Gleich erhältst du eine Dänischlektion, Habiba."

„Was?"

Eine Hebamme betritt das Zimmer. „Können Sie Ihrer Freundin begreiflich machen, daß wir sie auf der Intensivstation behalten? Wir haben beschlossen, ab morgen mit ihr anzufangen. Sie kommt an den Tropf."

Marie zeichnet ein Bett, darin liegt die Türkin, ein Kind im Leib. Über ihrem Kopfende hängt ein Tropf.

Marie ist fest davon überzeugt, daß ihr im umgekehrten Fall, wenn sie in einem Krankenhaus in der Türkei läge, irgendeine Habiba genauso hilfreich zur Seite stehen würde.

Anders kann es auch nicht sein. Menschliche Solidarität ist eine Realität, sie entwickelt sich überall.

Donnerstag, den 2. Januar

Marie spürt, daß ihre Kräfte abnehmen. Sie liegt fast immer nur stumpf da, kann nachts nicht schlafen und am Tag nicht zu sich kommen.

In ihrem Körper summt und prickelt es. Das Fruchtwasser drückt gegen ihre Rippen und zwängt sie auseinander. Wenn sie einmal aufsteht, muß sie den Rücken weit zurückbeugen, um das Gleichgewicht halten zu können.

Nebenan liegt Habiba. Über ihrem Kopfende hängt der Tropf mit einer gelben Flüssigkeit. Habiba ist froh, daß etwas mit ihr geschieht. Sie liegt still da und schaut in das kleine Wörterbuch, das Marie für sie angefertigt hat.

Marie wird von einer Hilfsschwester zur Schwangerenstation zurückgeleitet. Sie ist froh, wieder dorthin zu kommen. Eins nach dem anderen tauchen die bekannten Gesichter auf. Signe, Linda und die anderen sind alle wieder da. Nach den Feiertagen zu Hause sehen sie ziemlich mitgenommen aus.

„Wie ist es Ihnen gegangen?" fragt die Stationsschwester Marie.

„Großartig."

„Hat man Sie auch gut betreut auf der Intensivstation?"

„O ja. Ich bin ebenso verwöhnt worden wie hier. Aber als ich denen sagte, daß ich Sodbrennen hätte, haben die mir doch das hier gegeben!" Sie zeigt einen durchsichtigen Plasthandschuh und einen langen Holzspachtel, groß wie der Rundetårn. „Den werde ich zur Erinnerung an das Rigshospital aufbewahren."

„Wo hast du Habiba gelassen?" will Linda wissen.

„Sie ist auf der Intensivstation geblieben", antwortet Marie. „Die haben da heute mit ihr angefangen. Jetzt hängt sie am Tropf."

Freitag, den 3. Januar

„Guten Morgen, Mädchen. Es ist sechs Uhr."

„Ach, dürfen wir nicht noch ein bißchen schlafen?"

Die Deckenlampe läßt ihr scharfes Licht auf Linda, Marie und eine Neue fallen, die man in der Nacht eingeliefert hat. Die Patientinnen fragen sich, warum die Hilfsschwester so rücksichtslos ist und sie dem grellen Schein aussetzt. Die Lampe über dem Waschbecken hätte es auch getan. Es ist schon schlimm genug, daß sie so früh geweckt werden, nachdem sie endlich eingeschlafen sind.

Linda fährt hoch, das Haar zerzaust, verläßt eilig das Bett, knickt nach vorn und stürzt – die Hand vor dem Mund – auf ihren dünnen Beinen zur Toilette, wo sie sich erbricht. Sie hat es nicht einmal mehr geschafft, die Tür zu schließen.

Eine Hebammenschülerin verteilt Thermometer, und die Patientinnen stecken sie schlaftrunken in den Mund. Dann geht sie von Bett zu Bett, legt den Patientinnen leicht die Fingerspitzen auf das Handgelenk oberhalb des Daumens, mißt den Puls, befestigt anschließend eine klamme Gummimanschette an ihrem Oberarm, pumpt und liest den Blutdruck ab. Temperatur, Puls und Blutdruck werden auf einem Zettel notiert und später in die Krankengeschichte übertragen.

„Ich habe geblutet", teilt die Neue der Hilfsschwester mit.

„Gib mir die Binde. Ich werde es der Stationsschwester zeigen." Nachdem die Hilfsschwester verschwunden ist, wendet sich Marie der Neuen zu, nennt ihren Namen und fragt, wie sie heiße.

„Tenna", antwortet sie und schaut Marie mit ruhigen, graublauen Augen an.

Linda huscht aus der Toilette, wischt sich mit dem Unterarm den Mund ab und hastet durch den morgenblauen Flur zum Spülraum.

Sie öffnet die Tür mit dem Bullauge, bleibt vor dem Regal mit den Uringläsern stehen und sucht das ihre. Endlich entdeckt sie es. „Larsen“, steht auf dem Etikett, „Zimmer o“. Wieder verspürt sie einen Brechreiz, aber der Magen ist leer. Das Glas in der Hand, macht sie sich abermals auf den Weg zur Toilette.

Marie steht im Magazin mit nackten Füßen auf der Waage. Die junge Krankenschwester, deren schöner Pelzmantel mit den eingefärbten Teilen an der Wand hängt, schaut auf die Skala.

„Bist du wirklich sicher?“

„Aber ja. Seit vorgestern habe ich ein halbes Kilo zugenommen. Vor zwei Tagen wog ich zweiundsiebzig Kilo, heute sind es zweiundsiebzigkommafünf. Du siehst es ja.“

„Vielleicht hast du heute mehr an?“

„Nein. Ich komme immer nur in Hemd und Unterzeug zum Wiegen.“

„Und was war dein Gewicht, bevor du schwanger wurdest?“

„Fünfundfünfzig Kilo.“ Marie hat Tränen in den Augen.

„Das müssen wir der Stationsschwester sagen. Du hast ein bißchen zuviel, finde ich.“

„Ist etwas?“ fragt Signe, die plötzlich neben ihr steht.

„Dieses verdammte Fruchtwasser. Es wird mehr und mehr. Weshalb sollte ich sonst so zunehmen?“

„Vielleicht hast du Wasser?“

„Ach wo. Sieh doch, mein Gesicht ist schmal wie immer, und hier“ – Marie zieht den Hemdärmel hoch und zeigt Signe den langen, dünnen Arm –, „hier ist wahrhaftig kein Wasser, nirgendwo!“

Der Oberarzt schaut die schlafende Patientin mit seinen braunen Augen an.

„Soll ich sie wecken?“ Die Schwester legt die Hand auf Maries Schulter.

Verwirrt fährt Marie auf.

„Die Patientin hat starke Gewichtszunahme“, sagt die Stationsschwester.

„Haben Sie Schwellungen an Fingern und Füßen?“

„Nein, nicht die Spur.“ Marie schiebt die Bettdecke zur Seite und weist ihre dünnen Beine vor. Die Stationsschwester umfaßt ihre Knöchel und drückt den Daumen in die Haut.

„Nein, da sind keine Ansammlungen von Wasser."

„Wie ist Ihr Allgemeinbefinden, Frau Hansen?"

„In letzter Zeit bin ich ziemlich müde. Ich schlafe aber sehr schlecht, auch wenn ich Tabletten bekomme. Am schlimmsten ist es nachts. Dann preßt das Wasser so sehr gegen die unteren Rippen, daß ich das Gefühl habe, sie brechen durch. Ich wälze mich hin und her und finde keine Ruhe. Mir selbst würde das ja nicht soviel ausmachen, doch ich sorge mich um das Kind."

Der Oberarzt nickt und blättert in Maries Krankengeschichte. „Wir schicken Sie zum Ultraschall und warten ab, zu welchem Ergebnis man da diesmal kommt. Sollte es jedoch zu schlimm werden, müssen wir erwägen, ob wir die Geburt einleiten."

Das Winterlicht fällt ins Zimmer, ein dünnes Januarlicht, das keine Schatten wirft und die Dinge deshalb verschwimmen läßt.

„Und wie geht es hier?" Der Oberarzt steht vor der neuen Patientin, vor Tenna mit den graublauen Augen.

„Ich habe starke Schmerzen in der Seite. Schon seit gestern früh."

„Wo genau?"

Tenna zeigt die Stelle. „Weh getan hat es mir eigentlich schon seit Beginn der Schwangerschaft", sagt sie leise. „Doch wenn sich das Kind bewegt, ist es jetzt so, als würde man mich da mit Messern stechen."

„Hm, so soll es ja nicht sein. Darf ich mal die Krankengeschichte haben?" Er blättert darin. „Sie sind Zweitgebärende? Heute nacht wurden Sie mit Wehen und Blutungen eingeliefert? Die Wehen sind gestoppt worden? Ja, dann müssen wir so schnell wie möglich eine Ultraschalluntersuchung vornehmen."

Die Krankenschwester notiert es.

„Und Sie, Frau Larsen? Sind Sie dabei, die Geduld zu verlieren?"

„Die habe ich schon längst verloren", flüstert Linda und zieht die Decke bis zu den Ohren.

„Aber Ihre Befunde sind doch prächtig, und Ihr Kind wächst, wie es sich gehört. Tja, da es bei Ihnen so ausgezeichnet aussieht, kann man Sie meiner Meinung nach heute entlassen."

Lindas Gesicht wird von einem breiten Lächeln erhellt, und die Bettdecke gleitet an dem schmächtigen, schlecht konstituierten Körper bis in Höhe des Bauches hinab. „Stimmt das wirklich?" – „Aber ja."

Nun ist die lange, saure Zeit des dumpfen Brütens vorbei. Nun kann sie zu Hause bei Allan bleiben, bis es soweit ist. Nun beginnt das Leben wieder.

Als die Visite weg ist, steckt die Krankenschwester den Kopf zur Tür herein und sagt zu Marie: „Du kannst gerne die Türkin auf der Intensivstation besuchen. Sie braucht jemanden, den sie kennt. Du darfst durch die Entbindungsstation gehen. Der Weg ist kürzer."

Marie schwenkt erfreut die Beine über den Bettrand, wirft das Haar zurück und zieht ihren Morgenmantel an.

„Hast du gehört?" ruft Linda ihr zu. „Ich komme heute nach Hause. Mein Gott, wird Allan froh sein!"

In einen weißen Morgenmantel gehüllt, weiße Kniestrümpfe an den Beinen und weiße Plastsandalen an den Füßen, geht Marie mit wippendem Bauch zur Haupttreppe, fährt mit dem Fahrstuhl eine Etage tiefer und steigt vor der ENTBINDUNGSSTATION aus. Eigentlich kommt man dort nur hinein, wenn man entbunden werden muß. „Unbefugten ist der Zutritt verboten", steht dort, und: „Bitte, benutzen Sie freundlichst die Klingel".

Die Tür mit der mattierten Scheibe wird von einer Hebammenschülerin geöffnet. Glücklicherweise kennt Marie sie bereits. Sie wird hineingelassen und bemüht sich, zielbewußt und selbstsicher zu erscheinen, als sie lautlos durch den dunklen Flur watschelt. Zu ihrer Verwunderung ist alles still. Sie hatte geglaubt, man würde aus den Kreißsälen lautes Schreien und Jammern hören. Doch das Gegenteil ist der Fall. Eine Hebamme huscht vorbei, in der Hand hält sie ein Tablett.

Vor einem Zimmer steht eine Trage, die offensichtlich soeben von jemandem verlassen wurde. Marie kommt an einer kleinen Küche vorbei, der Geruch von Röstbrot steigt ihr in die Nase. Wieder gelangt sie an eine Haupttreppe. Gegenüber dem Fahrstuhl steht INTENSIV über der Tür. Sie geht leise an offenen und geschlossenen Zimmern vorbei. In einem Raum sieht sie eine leere, weiße Badewanne. In einem anderen liegt ein junges Mädchen und liest die „Berlingske Tidende", auf dem Nachttisch neben dem Bett steht eine Limonade.

In dem großen Zimmer mit den vier Betten, wo sie die Silvesternacht und die Nacht danach verbracht hat, hockt eine kleine Gestalt vor dem Fenster. Ihre Silhouette zeichnet sich dunkel ab. Sie wendet den Kopf – es ist Habiba. Sie hat ihren zyklamenfarbenen Nylonkittel an. Habiba erhebt sich und umarmt ihre Freundin.

Eine kräftige Hebamme in weißen Holzschuhen kommt auf sie zu. „Können Sie ihr klarmachen, daß sie nun Pillen bekommen wird? In einer halben Stunde beginnen wir mit der ersten Serie."

Mit Hilfe einiger Zeichnungen in dem kleinen selbst angefertigten Wörterbuch gelingt es Marie, Habiba begreiflich zu machen, daß der Tropf nicht gewirkt habe und daß sie statt dessen Tabletten erhalten werde.

Habiba wird müde. Ihre Augen sind blank und rotgesprenkelt. Der kleine schwarze Zopf hängt schlaff von ihrer Schulter. Sie kratzt sich am Hals und am Ellbogen.

Die kräftige Hebamme kehrt zurück. „Na, hat sie begriffen?"

„Ja."

Marie schaut sie an. „Kann zuviel Fruchtwasser dem Kind eigentlich schaden?" fragt sie auf einmal wie beiläufig.

„Aber nein." Die Hebamme lächelt. „Ganz und gar nicht. Es ist vielmehr umgekehrt. Zuviel Fruchtwasser kann darauf hindeuten, daß das Kind bereits geschädigt ist."

Marie faßt sich an den Hals. Da ist es heraus! Nichtsahnend hat ihr die Hebamme mit einem Satz die Wahrheit enthüllt und damit offenbart, was man ihr wochenlang verschwiegen hat.

Eine große, kräftige Patientin betritt das Zimmer, sie trägt einen orangefarbenen Morgenmantel und geht zum Fenster. Mit einer Hand winkt sie den beiden grüßend zu, mit der anderen stützt sie ihren Bauch. Dann blickt sie auf die Ziegeldächer und die roten Backsteinbauten.

„Kein Spaß, hier rumzusitzen und sich die Wartezeit irgendwie vertreiben zu müssen, nicht?"

Offensichtlich hat sie Lust, mit Marie ein Gespräch anzuknüpfen.

Marie möchte sich ebenfalls gern unterhalten. „Wann bist du soweit?" fragt sie, eine Hand auf Habibas Schulter.

„Jeden Augenblick."

„So sieht es aber bei dir nicht aus."

„Nein, wohl nicht, aber das liegt sicher daran, daß ich so groß bin."

„Warum bist du hier?"

„Die haben mich wegen Spätgestose unter Beobachtung. Ich hatte Sehstörungen."

„Sehstörungen?"

„Ja, die Bilder verschoben sich." Sie lächelt und nimmt eine Tüte Salmiakpastillen aus der Tasche. „Ich freue mich mächtig auf die Niederkunft", sagt sie fröhlich. Offenkundig ist sie nicht im mindesten besorgt.

Marie schluckt. Wenn ich nur in ihre Gestalt schlüpfen könnte, denkt sie, so wie im Märchen.

„Ich heiße Veronica", stellt sich die andere vor. „Und ihr?"

„Marie. Das ist meine Freundin Habiba."

Sie reichen sich die Hand.

„Hast du dich in einem Kurs auf die Geburt vorbereitet?" fragt Marie.

„Ja", antwortet Veronica, „natürlich. Hier bei den Hebammen, aber auch im Kvindehuset, im Haus der Frau. Das war große Klasse! Die haben mich wirklich gründlich mit allem vertraut gemacht. Ja, und dann habe ich noch ein paar Filme gesehen."

„Warum haben die dich in eine Spezialklinik eingewiesen?"

„Weil ich einunddreißig bin und zum erstenmal gebäre. Aber ich wollte auch sehr gerne hierher. Die Frauen, die ich kenne, haben ihre Kinder alle hier zur Welt gebracht, und sie sind des Lobes voll. Da habe ich mich eben darum bemüht."

„Wird dein Mann dabei sein?"

„Ja, er hat auch an den Untersuchungen teilgenommen und an dem Vorbereitungskurs, wenn er sich von seiner Arbeit freimachen konnte."

Linda räumt in Zimmer o ihren Schrank aus. Sie leert auch die Nachttischschublade. Die fast verwelkten Blumen hat sie in den Abfalleimer geworfen und die Vasen in den Spülraum gestellt. Nun legt sie die letzten Kleinigkeiten in ihre Tasche und stapelt ihre vielen Romanzeitungen auf dem Fensterbrett.

Linda trägt eine gelbe, stramm sitzende Bluse, einen roten Minirock, Nylonstrümpfe und hochhackige, rote Schuhe. Es gibt immer wieder einen Überraschungseffekt, wenn eine Patientin aus dem Krankenhaushemd in ihre Straßenkleidung schlüpft. Das wirkt fast intimer, als einander nackt zu sehen.

„Wir sind ja gleichzeitig dran“, sagt sie zu Marie. „Da werden wir uns bestimmt auf der Wöchnerinnenstation treffen. Das wäre herrlich, nicht?“

„Grüß Allan. Und alles Gute!“

Kaum ist Linda verschwunden, als die Hilfsschwestern sich auf ihr Bett stürzen. Die alten Laken und Bezüge, sogar die Matratzen werden entfernt und durch neue ersetzt. Mit schnellen, geübten Bewegungen richten die Hilfsschwestern das Bett her und verplomben es zum Schluß mit dem hellblauen, durchsichtigen Plastüberzug.

Aluminiumwagen rollen durch den Flur. Das warme Essen kommt: Leber mit gebratenen Zwiebeln und Kartoffelmus. Die Nachttischplatten werden über die Betten geschwenkt und die Kopfenden hochgestellt, es lärmt metallisch.

„Darf ich hier essen?“ fragt Signe.

„Komm rein“, antwortet Marie.

Nachdem sie eine Weile schweigend gekaut haben, fragt Signe Tenna: „Hast du Kinder?“

„Ja, ein Mädchen von drei.“

„Wie ist die Geburt verlaufen?“

„Eigentlich recht gut. Obwohl es mehr weh tat, als ich vorher geglaubt hatte. Ich lag damals in einer Privatklinik. Es dauerte lange, aber alles verlief programmgemäß. Anders, mein Mann, war dabei. Das war schön. Aber weißt du, was für mich das Schlimmste war?“

„Nein.“

„Daß ich geschnitten wurde. Niemand hatte mir vorher gesagt, daß das üblich ist, ich meine, daß die einen immer irgendwo schneiden und nähen.“

„Und warum war das so schlimm für dich?“

„Na ja, die machten mir zwei Schnitte, in jede Hinterbacke einen. Nicht daß ich was gemerkt hätte, aber ich konnte es hören. Es hörte sich an, als schnitte man einen Fisch auf, ja, genau so. Ich hatte das Gefühl, als führen die mir mit dem Messer übers Gesicht, als ritzten sie mir den Mund auf und schlügen mir obendrein noch ein blaues Auge. Anders trug es mit Fassung. Er schaute auf die Hebamme und sagte: ‚Das ist ja ein richtiges Handwerk. Ich bin auch Handwerker. Mach es ja ordentlich!‘ Die Hebamme wurde nicht die Spur ärgerlich. Sie antwortete nur, daß sie sich Mühe geben werde.“

„Will jemand noch mehr Milch?“ Marie hebt mit der einen Hand eine Tüte Buttermilch und mit der anderen eine Tüte Vollmilch hoch.

„Aber die sagen, die Narbe wird besser, wenn sie schneiden, als wenn man reißt.“

„Haben die dich betäubt, bevor sie dich nähten?“ fragt Signe.

„Ja, ja, gemerkt habe ich nichts. Doch ich finde, die hätten mich ruhig darauf vorbereiten können, dann wäre es nicht so schlimm gewesen.“

„Hat man dir die Fäden gezogen?“ will Marie wissen.

„Ja, und das war auch verdammt unangenehm“, erwidert Tenna und wischt sich den Mund mit der Serviette ab. „Als wir nach Hause kamen, entdeckten wir noch ein paar Fäden. Darauf hat Anders im Krankenhaus angerufen und denen das mitgeteilt. Er wollte wissen, was wir tun sollen. ‚Die verwachsen sich‘, hieß es. Na, und da hat Anders sie mir gezogen.“

Marie schüttelt sich.

„Viele von Anders’ Arbeitskollegen, die bei der Geburt ihrer Kinder dabei waren, wollen nicht mehr mit ihren Frauen ins Bett.“

„Was?“ ruft Signe aus. „Das kann doch nicht wahr sein!“

„Doch, doch. Die sagen, sie hätten genug.“

Tenna schabt ihren Teller sauber.

„Die sollten sich verdammt was schämen“, sagt Marie empört. „Wenn sie so reagieren, dann sind ihre Frauen für sie ja nur eine Art Lustobjekt.“

„Aber bei Anders und mir ist das kein Problem. Wir brauchen uns bloß anzusehen, schon …“

„Wie alt bist du?“

„Zweiundzwanzig. Er ist auch gerade zweiundzwanzig geworden.“

Tenna blickt Marie mit ihren hellen, graublauen Augen ruhig an. Dann geht ein Zucken über ihr Gesicht. „Au, verdammt …“ Sie läßt das Messer fallen. „Da ist irgendwas total in Unordnung“, sagt sie mit tränenerstickter Stimme. „Und nun läuft das Wasser, dabei bin ich erst in fünf Wochen soweit.“ Sie zieht an der Schnur neben dem Kopfkissen.

Die Krankenschwester öffnet die Tür.

„Kann ich das Becken haben?“

Signe räumt das Geschirr zusammen, nimmt das Tablett auf und öffnet mit dem Ellbogen die Tür.

Marie nimmt sich eine Frauenzeitschrift vom Fensterbrett. Sie schlägt eine x-beliebige Seite auf und liest: *„Sie spürte zwei brutale Arme um sich. In einem schwindelerregenden Taumel wurde er wieder zum Mann. Er schämte sich nicht mehr. Er bemächtigte sich ihrer. Er quälte ihren Mund mit einem gierigen Kuß. Dankbar hingegeben, ließ sie sich von seinen großen Händen ausziehen und kneten, sie bohrten sich in ihre nackte Haut. Noch bevor er sie völlig entkleidet hatte, bezwang er sie mit der ganzen Schwere seines Körpers ..."*

„Ich bin fertig", sagt Tenna zu der Krankenschwester, die das Bekken hochnimmt, den Deckel darauflegt und das Zimmer verläßt.

„... bezwang er sie mit der ganzen Schwere seines Körpers, seiner Glut und seinen Bewegungen. Ein plötzlicher Krampf ließ ihn erstarren. Als sie halb die Augen öffnete, sah sie, wie sich Pierres Gesicht in einem Ausdruck von seligem Schmerz verzerrte. Wogen der Wollust durchspülten sie, legten sich allmählich, verwandelten sich in ein Bedürfnis nach Zärtlichkeit und Schutz ..."

Marie spürt einen Tritt im Bauch. *„... Er quälte ihren Mund mit einem gierigen Kuß ..."?* Na, auf jeden Fall macht mein Kind wieder eine Schwimmtour denkt Marie.

Signe liegt in ihrem Zimmer und denkt über das Gespräch mit Tenna nach. Das Thema Sexualleben in Verbindung mit dem Gebären beschäftigt die Frauen auf der Schwangerenstation unablässig, die vita sexualis, wie es in der Ärztesprache heißt. Unmittelbar nach ihrer ersten Entbindung fand sie sich rasiert, malträtiert, gerissen, zerschunden und genäht wieder. Es traf sie wie ein Keulenschlag. Sie hätte nie geglaubt, daß die Wirklichkeit so rauh sein konnte.

Wochenlang schreckte sie davor zurück, sich vorzubeugen und ihr geschwollenes, verklebtes Geschlecht anzusehen. Erst einen Monat später, als ihr Körper sich wieder normalisierte, wagte sie es, sich von unten in einem Spiegel zu betrachten, den sie auf den Fußboden legte.

Ob Jacob und ich je wieder miteinander schlafen können? dachte sie. Der Wochenfluß, das Neugeborene an der Brust, die unendliche Mattigkeit, alles schien dem entgegenzustehen.

Im allgemeinen wissen weder Mann noch Frau sehr viel über die Vagina. Sie ist dunkel, mystisch und ebenso rätselhaft wie der Sternenhimmel. Die Arbeit des Gynäkologen und des Astrologen übersteigt das Fassungsvermögen des Laien in gleicher Weise.

Aber die Geburt wirft ihr unbarmherziges Licht auf die weiblichen Geschlechtsteile. Die Vagina wird enthüllt, entmystifiziert. Wenn das Sexualleben zweier Partner ausschließlich auf dieser Mystifikation beruht, dann muß es einfach in die Brüche gehen.

Deshalb wollen wohl auch die Arbeitskollegen von Tennas Mann nicht mehr mit ihren Frauen schlafen, wenn sie erst einmal das rote Fleisch zwischen deren Beinen vor Augen hatten. Die Mädchen auf den Seiten des „Ekstrabladet“ und eine Geburt in all ihren Einzelheiten – das sind zwei völlig verschiedene Dinge.

Signe hatte Jacob gefragt, ob ihm nicht davor graue, wieder mit ihr zusammen zu sein, nachdem er die Geburt des ersten Kindes mit angesehen hatte.

„Überhaupt nicht“, hatte er überrascht geantwortet. „Geburt und Sexualität – das sind doch zwei ganz verschiedene Dinge. Bist du da etwa anderer Meinung? Das Sexualleben hat keineswegs nur etwas mit den Geschlechtsorganen zu tun, so darfst du das nicht sehen – es schließt das gesamte Verhalten zweier Menschen zueinander ein.“

Zu Signes Erstaunen fanden sie tatsächlich wieder körperlich zusammen, sogar gelöster, vertraulicher und ungezwungener als vorher – allerdings nicht mehr so oft, dafür sorgten schon die Kinder.

Dennoch hatte sich seitdem viel geändert. Die Sexualität ist nicht mehr das Hauptsächliche, nicht mehr Selbstzweck, und deshalb auch nicht mehr so essentiell.

Als Marie spät in der Nacht zur Intensivstation schleicht, klopft ihr Herz so heftig, daß sie meint, jeder müßte es hören. Sie ist davon überzeugt, daß die Türkin bereits im Kreißsaal ist.

In dem großen Zimmer brennt nur über Veronicas Bett in der Fensterecke eine Lampe. Ihr orangefarbener Morgenmantel hängt über einem Stuhl. Sie schläft, ahnungslos, daß ein Mann an ihrem Kopfende sitzt, den Mantel auf den Knien. Er streicht ihr das Haar zurück, dreht sich dann um, entdeckt Marie und nickt fast unmerklich.

In der entgegengesetzten Zimmerecke, im dunkelsten Winkel, hockt Habiba klein und verloren auf einem Stuhl, die Knie weit gespreizt. Ihr zyklamenfarbener Nylonkittel steht offen, der allzu große Leib hängt zwischen ihren Beinen, und das weiße Krankenhaushemd hebt und senkt sich über den schweren, dunklen Brüsten. Die Lippen sind gelb und taub von den Tabletten, die ihr im Laufe des Tages in unterschiedlichen Intervallen in den Mund geschoben werden. Diese albernen Tabletten – sie haben nichts bewirkt.

Sie erblickt Marie und beginnt zu weinen. Ihr fester, kleiner Körper wird von verzweifelten Schluchzern erschüttert.

Marie reicht ihr die Hand. Habiba erhebt sich schwerfällig, und dann unternehmen sie gemeinsam einen kleinen Nachtspaziergang durch die Intensivstation. Durch das Zimmer, den Flur entlang, zur Eingangstür und wieder zurück.

Viel unterhalten können sie sich nicht, und es gibt auch nicht viel zu sagen. Aber sie können einander Liebe und Freundschaft erweisen, ein völlig elementares Gefühl, das ihre Sprachkluft, ihre verschiedenen Nationalitäten und ihren so gänzlich anders gelagerten Hintergrund überbrückt. Langsam schreiten sie dahin, Arm in Arm, mit wippenden Bäuchen.

Sie gehen an dem winzigen Schwesternzimmer vorbei, wo ein paar Hebammen über Krankengeschichten, Karteikarten und Kaffeetassen gebeugt dasitzen. Sie kommen an Schränken, Rolltischen, einer niedrigen Bank und an einem Zimmer vorüber, in dem alles Licht gelöscht ist.

Eine Hebamme nähert sich, sie schiebt ein hochbeiniges Kinderbett vor sich her. Ihr folgt ein aufgeregter junger Mann in weißem Hemd und mit flatterndem, kariertem Halstuch.

„Wo finde ich hier ein Telefon?“ fragt er und dreht sich verwirrt um die eigene Achse.

„Im Erdgeschoß neben der Haupttür ist ein Münzfernsprecher.“

Er stürzt davon.

Marie hat ihn sofort wiedererkannt. Es ist Gertrudes Mann.

„Ist der Kleine nicht süß?“ sagt die Hebamme. „Er ist durch einen Kaiserschnitt geholt worden. Nun muß der Vater das in alle Welt posaunen.“

Sie betrachten das reizende Baby, das von der Decke fast verdeckt ist. Schön und vollkommen. Der Kleine hat einen großen, wohlgeformten Kopf, helles Seidenhaar und einen rosigen, geschwungenen Mund. Er grunzt, versucht an der Hand zu saugen und beginnt dann bitterlich zu quäken. Die Hebamme nimmt ihn vorsichtig hoch und legt ihn an ihre gestärkte Kittelbrust. Augenblicklich schweigt der

Säugling. Darauf geht die Hebamme mit ihm auf und ab und summt ein Lied. Habiba und Marie starren sie selbstvergessen an.

„Was ist mit der Mutter?“ fragt Marie. „Ich kenne sie nämlich. Wir haben zusammen auf der Schwangerenstation gelegen.“

„Sie kommt auf die Wachstation.“

„Und der Vater?“

„Er wird wohl nach Hause fahren und sich ausschlafen.“

„Wo bleibt der Kleine?“ Marie hofft, die Hebamme würde sie bitten, sich eine Nacht um ihn zu kümmern.

„Er kommt ins Säuglingszimmer.“

„Und wenn er nun die ganze Nacht über wach liegt und schreit?“

„Dann kriegt er neue Windeln und Zuckerwasser.“

Marie schaut Gertrudes Kleinen versunken an. Bis vor kurzem hat er noch mollig und geborgen im Mutterleib gelegen. Soll er nun allein bleiben, die Nacht in einem steifen Bett verbringen, umgeben von Luft, Stoff und Licht, von Dingen, die er überhaupt nicht kennt? Man wird ihn öfter hochnehmen und die Windeln wechseln. Windeln für so einen kleinen Wicht, der bisher nur durch den Nabelstrang im Leib der Mutter mit der Umwelt verbunden war.

Der Säugling wird wieder unruhig. Abermals nimmt die Hebamme ihn auf und legt seinen weichen Kopf an ihren Hals. Er beruhigt sich, quäkt noch einmal kurz und schweigt dann. Allein dadurch, daß man ihn im Arm hält, kann so ein fremdes Wesen einem Säugling das Gefühl der Geborgenheit vermitteln, denkt Marie.

Vorsichtig legt die Hebamme den Kleinen unter die Decke. Er schläft, noch auf der Grenzscheide zwischen Embryo und Säugling.

„Na, wir müssen weiter“, sagt die Hebamme und schiebt das Bett an. „Wir können ja nicht die ganze Nacht hier draußen stehen bleiben.“

Marie bricht der kalte Schweiß aus. Laß mich doch mitgehen! Laß mich bei ihm sitzen, bis Gertrude zu sich kommt! schreit es in ihr.

Da stehen sie nun. Zwei Patientinnen, die eine groß, die andere klein. Sie tragen Krankenhauskleidung und ihre eigenen, merkwürdigen Morgenmäntel. Ihr Haar ist ungepflegt und struppig. An den Füßen haben sie Pantoffeln und Sandalen. Die weißen Strümpfe sind auf die Knöchel hinabgerutscht.

Die Hebamme entfernt sich mit dem Kinderbett, und die beiden Patientinnen sinken mehr und mehr in sich zusammen.

Baska telefoniert. Als Marie ins Büro kommt, um einen Brief abzuholen, hört sie, daß Baska polnisch spricht. Ihr ist aufgefallen, daß Baska viel telefoniert. Sowie sich eine Gelegenheit bietet und es nichts weiter zu tun gibt, hängt sie an der Strippe. Vor allem dann, wenn die Stationsschwester nicht zugegen ist. Baska spricht ihr Kauderwelsch und zeichnet mit dem Finger Figuren auf die Fensterscheibe.

Marie kriecht ins Bett und öffnet den Brief. Zacharias teilt ihr mit, daß er in Søndre Strømfjord ist. Jeden Abend spiele er mit dem Orchester in einem Hotel. Sie hätten auch versucht, mit eigenen Liedern aufzutreten, aber das sei nicht recht gelungen. Er und das ganze Orchester ließen sie herzlich grüßen.

Es fällt ihr nicht schwer, seine Handschrift zu entziffern. Die Buchstaben sind groß, klar und deutlich.

„Warum grübelst du soviel darüber, ob mit deinem Kind etwas nicht in Ordnung ist?“ fragt Signe und legt das „Keramisk Håndbog“ beiseite.

„Weil das eine Katastrophe wäre, Mensch!“

„Aber die sagen doch, daß selbst hier, wo eigentlich nur komplizierte Fälle liegen, fast alle Geburten normal verlaufen.“

„Das behaupten sie, ja, aber ich glaube ihnen nicht.“ Marie wirft das Haar zurück. „Schön, mag ja sein, daß es auf die Geburten zutrifft. Aber auch auf die Kinder? Hast du gefragt, wie viele Kinder hier normal zur Welt kommen? Das werden sie dir bestimmt nicht auf die Nase binden. Die Welt will betrogen sein. Ich wette, die antworten dir glatt, darüber hätten sie keine statistischen Unterlagen, wenn du das von ihnen wissen willst.“

Marie blickt aus dem Fenster. Draußen tanzen große, flauschige Schneeflocken. „Das behalten sie für sich, um uns nicht zu erschrekken.“

„Nun, das ist ja wohl auch ihre Aufgabe“, entgegnet Signe.

Sie schauen einander schweigend an. Maries Silhouette zeichnet sich dunkel vor dem weißen Vormittagshimmel ab. Wenn ich nur eine Uhr hätte, denkt Marie. Es stört sie, daß sie nie genau weiß, wie spät es ist. Sie legt die Hand auf Signes großen Bücherstapel. Unglaublich, wie wenig sie selbst in den vielen Tagen gelesen hat, die sie nun schon auf der Station ist.

Die Wirklichkeit dringt nicht ein – *hier – wo sich eine ganz andere Wirklichkeit aufdrängt.*

„Du", sagt Marie und blickt Signe fest an, „glaubst du, daß man eine Möglichkeit hat, sein Kind umzubringen, wenn man es will?"

„Du meinst, wenn das Kind schwer geschädigt ist?"

„Ja, natürlich."

„Daran habe ich auch schon oft gedacht. Aber ich glaube, ehrlich gesagt, daß es sehr kompliziert ist, denn ein solches Kind wird sofort auf die Station für Neugeborene gebracht, wo es ja ständig unter Beobachtung ist." Signe zieht an ihrem Haar. „Nein, da kann man nur hoffen, daß es von selbst stirbt. Wenn man sich traut, kann man das ja auch den Ärzten sagen."

„Man kann es mit dem Deckbett ersticken", sagt Marie und sieht ihre Mitpatientin fast flehend an.

Signe schaut unwillkürlich nach der verschlossenen Tür.

„Oder man kann es erfrieren lassen, wenn man es erst zu Hause hat", fährt Marie fort.

„Ja, wenn man das fertigbringt."

„Oder es in der Badewanne ertränken. Viele Kinder kommen Jahr für Jahr auf diese Weise um. Früher ließ man sie einfach liegen, bis sie tot waren. Oder man setzte sie aus. Ich weiß nicht, ob man das immer verurteilen kann. Daß Frauen ihre neugeborenen Kinder umbringen, hat ja eine lange Tradition. Ich finde, daß sie unter bestimmten Umständen auch ein Recht dazu haben."

Signe sieht Marie an. Ich bin die Ältere von uns beiden, denkt sie, ich muß versuchen, ihre Gedanken in andere Bahnen zu lenken. Das hier kann ja ein schlimmes Ende nehmen. Sie zögert einen Augenblick und sagt dann: „Du darfst nicht vergessen, Marie, daß man von Stunde zu Stunde fester mit seinem Kind verwächst, auch wenn es schwer geschädigt ist. So hat es die Natur eingerichtet, damit wir unsere Nachkommenschaft behüten."

„Es müßte also sofort getan werden?"

„Ja, davon bin ich überzeugt."

„Ob die wohl Anzeige bei der Polizei erstatten, wenn das hier im Krankenhaus passiert?" Marie wirft nervös den Kopf zurück.

„Irgendwie bezweifle ich das. Ich glaube, sie werden es nicht tun.

Aber es kommt wohl ganz auf die Umstände an, nicht?"

Signe schenkt die beiden Gläser voll. Sie verschüttet etwas auf die Tageszeitung „Information", die darunter liegt. „Doch wer sich dazu entschließt, seinem Kind das Leben zu nehmen, der wird wohl auch den möglichen Konsequenzen ins Auge blicken."

„Sofern man in dieser Situation so weit denken kann ..."

„Nun, es bedarf schon einer erheblichen Kaltblütigkeit, einen anderen Menschen umzubringen. Das kann nicht jeder."

Draußen vor dem Fenster tanzen die Schneeflocken, als hielte sie ein warmer Luftstrom oben; sie gleichen Daunen, die leicht umherwirbeln.

„Jetzt werde ich dir etwas sagen", sagt Marie eindringlich. „Wenn man ein schwer geschädigtes Kind zur Welt bringt, dann kann man doch nicht einfach sagen, daß man es nicht haben will – was? Die werden vermutlich alles nur mögliche tun, daß man sich zu dem Kind bekennt. Glaubst du nicht? Doch. Das ist ja klar. Die können doch gar nicht anders." Sie zieht an ihren Fingern, daß es knackt. „Aber wenn man nun glaubt, daß so ein Kind einem das ganze Leben zerstört, dann finde ich, daß die Mutter die *einzige* ist, die das Recht hat, es zu töten."

Signes Hand mit dem Rotwein stockt in der Luft. „Ja – doch", Signe versucht sich zusammenzunehmen, „doch. Aber vielleicht macht einem gerade *das* Kind später die allergrößte Freude. Vielleicht wird es der Mensch, den du am meisten liebst – auch wenn er zum Beispiel schwer debil ist?"

„Aber ist es denn vernünftig, sein Leben auf eine solche Liebe zu gründen?"

„Woher in aller Welt weißt du, was eine vernünftige Lebensgrundlage ist und was nicht?" fragt Signe verwundert. Der Rotwein hat einen schwarzen Streifen auf ihrer Oberlippe hinterlassen.

Marie strafft sich. „Ich will als ein freier Mensch leben, darauf habe ich verdammt nochmal ein Recht. Auch wenn ich weiß, daß die *individuelle Freiheit*, an die zu glauben man uns erzogen hat, eine der größten Illusionsnummern der bürgerlichen Gesellschaft ist. Nun ja – aber ich will arbeiten, mich umsehen, Freude haben, mich ausleben, kurz: mich selbst verwirklichen, wie es so schön heißt. Die meisten Männer, Väter eingeschlossen, behalten sich doch auch dieses Recht vor, oder ...?"

„Gewiß aber *so* frei leben sie wohl in Wirklichkeit nicht – das mußt du doch zugeben. Findest du nicht, daß man die größte Freiheit innerhalb einer gewissen Begrenzung erlebt? Ein Kind ist eine Art Begrenzung, etwas anderes zu behaupten wäre eine Lüge. Aber es ist doch nur gut, daß das Dasein eingegrenzt wird. Wenn die Welt klein ist, wird sie dichter."

„Vielleicht hast du recht", sagt Marie erregt, „aber ich will, daß sich mein Kind einmal von mir löst, so wie ich mich von meinen Eltern gelöst habe. Ein stark behindertes Kind hat man ja das ganze Leben. Davon kann man sich doch – zum Kuckuck – nie freimachen!"

Signe zündet sich eine Zigarette an und schiebt Marie die Packung hin, doch Marie schüttelt den Kopf. Sie raucht nicht. „Ich bin davon überzeugt", fährt sie fort, „daß man einem geschädigten Kind in vielen Fällen den größten Dienst erweist, wenn man es nicht auf dieser Welt beläßt. Etwas anderes zu glauben wäre sentimental!"

„Du bist doch wohl kein Spezialist für gehandikapte Kinder? Du weißt nicht, was die Wissenschaft für dein Kind tun kann. Du bist einfach nicht imstande, die Möglichkeiten deines neugeborenen Kindes zu beurteilen!"

„Das heißt, sie können mir ein Kind aufzwingen, das ich nicht haben will."

„Ja, in gewisser Weise können sie das wohl. Aber außerdem weiß man ja nie, was einen erwartet. Erst muß man sein Kind gesehen und alles gründlich durchdacht haben."

„Jetzt sollst du mir nicht allen Mut nehmen", flüstert Marie.

Signe schickt einen großen Rauchring waagerecht durchs Zimmer. „Ich glaube irgendwie an das Wort ‚Kommt Zeit, kommt Rat'. Man kann sich im übrigen auch nicht ein Kind wünschen und sich das Recht vorbehalten, zu wählen und zu verwerfen. Man muß es nehmen, wie es kommt, und sich dann bemühen, das Beste daraus zu machen. Diesen Bedingungen sind wir nun einmal unterworfen, obwohl ich dir darin zustimme, daß wir *Frauen* einen unverhältnismäßig großen Teil der Last und Verantwortung zu tragen haben."

Was sage ich da eigentlich? denkt Signe und wischt sich mit dem Bettzipfel den Mund ab. Ich will doch wohl meinen, daß mir ebensolche Gedanken gekommen sind wie Marie. Herrgott im Himmel, mache ich ihr nicht genau wie die anderen etwas vor? Hat sie nicht recht, wenn sie aufbegehrt?

Marie schaut auf die tanzenden Schneeflocken, die Hände auf dem allzu großen Leib.

„Gleich gibt es was zu essen", sagt Signe und drückt die Zigarette im Aschbecher aus.

„Knackt es im Gebälk? Das ist eines der neuesten Bilder von Prinzessin Elizabeth und Richard Burton, aufgenommen während eines Urlaubsaufenthalts in Casablanca, wo man eigentlich erwartet hätte, sie fröhlich und entspannt zu sehen. Aber schon da war das Lächeln erstarrt und der Ton zwischen ihnen kühler geworden."

Marie verschlingt die Reportagen des „Billedbladet".

„Burton sagt: ‚Elizabeth und ich haben beschlossen, uns nicht zu oft zu sehen. Elizabeth und ich waren Tag und Nacht zusammen, und sehen Sie selbst, was dabei herauskommt.'"

„Ist das auch wahr?" fragt eine Hilfsschwester die andere.

„Erkundige dich doch bei der Hilfsschwester auf der Wöchnerinnenstation. Es war wirklich so. Das Kind kam verkehrt rum raus."

„Hat es geschrien?"

„Aber das sage ich doch. Das Fruchtwasser war ausgelaufen, der Unterkörper war draußen und in die Gebärmutter drang Luft. Und da hörte man das Kind im Mutterleib schreien, ganz deutlich!"

„Na, die Geschichte hat ja schon einen Bart", sagt die Stationsschwester, die gerade vorbeikommt.

„Habiba."

„Marie."

Marie zieht einen Stuhl an das Bett der Türkin und streichelt ihre Hand. In Habibas braunen Augen, deren Blutäderchen ein feines rotes Netz vor dem gelbweißen Hintergrund bilden, schimmert Angst. Ihr Haar ist aufgelöst und fließt schwarzbraun über das Kissen. Auf der Stirn stehen große Schweißperlen.

In einer Ecke des Kreißsaals liegt auf einem Stuhl Habibas zusammengefalteter zyklamenroter Kittel, daneben stehen ihre Pantoffeln und ihre Tasche. Die Türkin fährt sich mit dem Finger über den Mund, der trocken und rissig ist.

„Haben Sie nicht etwas, womit sie sich die Lippen anfeuchten kann?“ fragt Marie die wachhabende Hebammenschülerin, ein blondes Mädchen mit Pagenfrisur und grauen Augen.

Sie reicht Marie eine Dose Vaseline.

Jedesmal wenn sich eine Wehe ankündigt, schließt Habiba die Augen und seufzt leicht.

„Wie geht es ihr?“ erkundigt sich Marie mit klopfendem Herzen. „Verläuft alles normal?“

„Ja, ja. Sie ist nur so übergewichtig, und dadurch kann sich die Geburt in die Länge ziehen.“

Marie streichelt Habibas Hand. „Sie hat viel Wasser, nicht wahr?“

„Ja. Sie hat Ödeme, das ist eine ziemliche Quälerei für sie, außerdem hat sie noch so einen scheußlichen Juckreiz. Doch das wird sich wohl alles regulieren, sobald sie die Geburt hinter sich hat.“

Marie schaut Habiba an. Große Schweißtropfen hängen an den kräftigen schwarzen Brauen. Auf dem Tisch neben dem Bett liegt das kleine Wörterbuch, das Marie für sie angefertigt hat.

„Wie schwer wird das Kind wohl sein?“

„Genau einschätzen kann man das nicht, weil sie selbst so kräftig ist. Aber ich würde mich nicht wundern, wenn es neun Pfund hätte.“

„Wird sie alles gut überstehen?“

„Aber ja. Übrigens: bei dir sieht es auch so aus, als würdest du Zwillinge kriegen.“

„Ja“, sagt Marie und wird rot. „Habt ihr den Mann angerufen?“

„Er ist schon unterwegs. Ein Glück für ihn, daß Sonnabend ist.“

Marie legt die Hand auf Habibas großen, festen Leib. Sie merkt, wie die Wehen gleich oben unter den Brüsten ausgelöst werden und sich in Richtung Schoß bewegen. Es ist, als stünde Habibas Körper unter Strom, als riefe eine elektrische Spannung ein leichtes Zittern, ein Beben bevor. Die Augen der Türkin sind in die Ferne gerichtet, sie scheint Gesichte zu haben, mit etwas Übernatürlichem verbunden zu sein. Marie kommt sich wie ein Medium vor, das Botschaften über ihren Körper empfängt.

Die Wehen kehren zu ihrem Ausgangspunkt im oberen Teil der Gebärmutter zurück.

Eine Hebamme ist in den Kreißsaal gekommen. Sie spricht leise mit der Schülerin, die sich über den Schreibtisch beugt, ihre Hände auf dem Stuhlrücken. Dann wenden sich beide gleichzeitig dem Bett zu.

„Jetzt nehmen wir das Fruchtwasser", sagt die Hebammenschülerin; sie hat einen Blasensprenger in der Hand, der einer Stricknadel gleicht. „Roll dich auf den Rücken, laß die Beine zur Seite fallen und entspann dich."

Marie hilft Habiba, sich auf den Rücken zu drehen. Als sie das große, glühende Ekzem sieht, das die Türkin ganz unten auf dem Bauch hat, eine Hautreizung, durch die dort alles aufgerauht ist, beginnt sich der Kreißsaal vor ihren Augen zu drehen.

Habiba zittert am ganzen Körper.

„Lieg ganz still, es tut nicht weh."

Habiba versteht nicht, was man ihr sagt. Marie drückt ihr die Hand.

Die Hebamme und die Schülerin haben jede einen Ellbogen auf einem Knie der Türkin und beugen sich zwischen ihre Beine.

Als die nächste Wehe die Fruchtblase hinausdrückt, tritt der Blasensprenger in Aktion. Der zähe, weiße Ballon platzt mit leichtem Knall, und das Fruchtwasser tritt aus.

Die Spannung im Leib der Türkin läßt nach, das Steifegefühl verschwindet, und sie kann plötzlich freier atmen. Sie schaut die Schülerin an, die ihre Stirn mit einem kalten Lappen abwischt, lächelt mit zitternden Lippen und sagt: „Fein-fein. Danke."

„Nun kommt alles in Gang."

Die Schneeflocken tanzen vor dem Fenster. Habibas Leib wird von immer schneller aufeinander folgenden Wehen überrollt. Sie ist ein türkischer Strand, und die Wellen des Schwarzen Meeres überspülen den Sand. Sie ist eine Kiesgrube, deren Wände einstürzen. Sie ist eine Kuh, und der Tierarzt fühlt mit seiner behandschuhten Rechten nach.

Dann klopft es leicht an die Tür. Ibrahim eilt zum Kopfende von Habibas Bett.

Marie geht leise hinaus.

An Tennas Bett sitzt ein blondhaariger Bursche mit fröhlichen Augen. Er beugt sich über sie, auf jeder Seite des Kissens eine Hand. Ein Glas mit einem kleinen Strauß weißer und roter Blumen steht auf dem Nachttisch.

Er legt seine Stirn auf die Tennas und berührt mit seiner Nasenspitze die ihre. Dann bewegt er den Kopf leicht hin und her und schaut ihr in die Augen.

Sie fährt zusammen und lacht, als sie seine Hand unter der Decke spürt. „Anders!“

Auf Maries Bett liegen ein Afghanerpelz, ein Paar große Fausthandschuhe und eine Ledermütze. Ihre Schwester Eva hat einen Stuhl herangerückt. Marie mustert sie. Wie jung sie ist. Es schmerzt Marie, daß sie Zeugin einer Schwangerschaft ist, die nicht normal verläuft. Hydramnion.

Kann man sich darüber mit einem jungen Mädchen unterhalten, das noch nicht schwanger war?

„Wie kommen sie im Kindergarten zurecht?“

„Die haben eine Vertretung gekriegt. Einen Kerl von zweiunddreißig, dem der Streß gelangt hat. Eigentlich ist er Architekt, aber nun will er lieber Kinder betreuen. Ein Weilchen jedenfalls.“

„Ist er geschieden?“

„Geschieden. Hat ein Kind.“

Eva hebt das kleine Heft mit dem ABC der politischen Ökonomie hoch, darunter liegen Pablo Nerudas Erinnerungen. „Hast du etwas lesen können?“ fragt sie.

„Ja, diese beiden Bücher habe ich durch. Mehr nicht. Ich habe nicht die Kraft, mich an andere Lektüre zu machen. Zwar habe ich mir dieses und jenes aus der Bibliothek geliehen und von den Patientinnen, aber das gibt mir nichts. Ich habe nur Lust, Illustrierte zu lesen, das ‚Billedbladet‘ und die Sonntagsausgabe der ‚Berlingske Tidende‘. So was geht am leichtesten runter, und danach schläft man so gut. Ach, dieser Krankenhausaufenthalt macht einen so müde. Manchmal frage ich mich, wie ich wohl mit allem fertig werde, wenn ich erst wieder draußen bin.“

„Das kann doch nicht wahr sein.“

„Doch. Frag Rasmussen.“

„4500 Gramm?“

„Ja, Habibas Mädchen wiegt neun Pfund. Es hat langes, schwarzes Haar und kohlschwarze Augenbrauen. Die Kleine liegt auf der Kinderintensivstation. Habiba ist ja zuckerkrank. Habt ihr das gewußt?“

„Nein.“

„Doch alle sagen, das Kind sei völlig gesund.“

„Dann hatte Allah also entschieden, daß es ein Mädchen werden sollte."

Was mag Zacharias in Grönland treiben? Wie groß sind die Verlockungen für ihn? Ob zwei Grönländer besser miteinander klarkommen als ein Grönländer und eine Dänin? Ob es wohl einen besonderen grönländischen Stil gibt? Wenn er bloß nicht mit einer Geschlechtskrankheit nach Hause kommt.

Marie sehnt sich nach einem Mann. Nachts stellt sie sich vor, es läge einer neben ihr unter der Decke. Sie spürt seinen kühlen Körper dicht an dem ihren. Der große Leib hindert sie nicht daran, ihn in Gedanken in sich aufzunehmen.

Die Sorge um das kleine, bedrohte Leben in ihrem Körper ist das eine, das Verlangen nach Beischlaf das andere. Es wächst. In jeder dieser schwarz-weiß flimmernden Krankenhausnächte nimmt es zu. Es treibt sie vorwärts, der Erlösung entgegen, dem Tag, an dem ihr Körper das Kind ausstoßen wird.

Diese elenden Schlaftabletten. Sie wirken nicht. Marie dreht den Kopf hin und her. Sie hat einen Zipfel der Decke unter ihre Hüfte geschoben, um eine bessere Stütze zu haben, wenn sie auf der Seite liegt. Ein innerer Druck lastet auf den Rippen. Es fällt ihr schwer, Atem zu holen.

Diese Nacht will überhaupt kein Ende nehmen. Die Jalousien verdecken das Fenster. Wenn sie wenigstens die Sterne und den türkischen Halbmond über dem Tagensvej sehen könnte.

Tenna wimmert im Schlaf.

Gegen Morgen schreckt Marie hoch, die Hände gegen den Mund gepreßt. Sie hat geträumt, sie ginge zur Entbindungsstation hinunter, in der Hoffnung, zu Habiba zu dürfen. Die Entbindungsstation glich einer Galerie, wie sie außen um alte Häuser verläuft. Die Hebammenschülerin mit der Pagenfrisur trat auf den Flur und winkte sie mit einer weit ausholenden Geste ins Zimmer. Habiba lag unter vielen schweren Decken, ihre Augen waren groß und bekümmert. Sie kreißte, bewegte sich jedoch nicht. Marie kroch sofort zu ihr aufs Bett, verlor das Gleichgewicht und rollte mit der Gebärenden zu Boden. Dort fanden sie sich unter einem Wirrwarr von Decken wieder. Habiba schaute sie an. Stumm vor Kummer.

Sonntag, den 5. Januar

In der Nacht zwischen Sonnabend und Sonntag, als alles noch dunkel ist, erwacht Veronica in ihrem Bett auf der Intensivstation. Ein Geräusch oder der Eindruck eines Geräusches hat sie aus dem Schlaf gerissen. Die Spannung in ihrem Leib läßt nach und das Bett wird warm. Sie richtet sich auf, jäh hellwach, knipst die Bettlampe an und schlägt die Decke zur Seite. Das Laken ist naß. Fruchtwasser ist ausgetreten.

Das Fruchtwasser ist abgegangen, die Zeit ist heran. Nach den vielen Monaten – wie herrlich! Veronica zieht an der Schnur neben dem Kopfende. Lautlos tritt die Nachtwache ein.

„Ich glaube, mein Fruchtwasser läuft aus."

„Darf ich mal sehen?"

„Es ist leicht hellrot, nicht?"

„Das ist gut so, dann ist es bald soweit."

Veronica geht in ihrem orangefarbenen Frotteemantel im Kreißsaal auf und ab. Sie beginnt ihre Tour an der Tür, geht an dem hochbeinigen Bett vorbei zum Fenster und vom Fenster wieder zurück zur Tür. So pendelt sie langsam hin und her, damit die Wehen in Gang kommen.

Vom Fenster aus kann sie die vagen Umrisse mehrerer anderer Gebäude wahrnehmen. Einige Räume sind erleuchtet. Das sieht im Dunkel gemütlich und anheimelnd aus.

Die Nachtschwester öffnet die Tür. „Na, wie ist es? Haben sie schon Wehen?"

„Ja, bestimmt."

„Achten Sie darauf, in welchen Abständen sie kommen."

An der Wand gegenüber dem Bett hängt eine Uhr. Es ist fünf Minuten nach acht. Nun herrscht im Krankenhaus mehr Betrieb. Gestalten in weißen Kitteln hasten paarweise quer über den Hof.

Veronica hört leises Gurren. Ob das Tauben sind? überlegt sie. Ist vor dem Fenster ein Sims? Oder ist es das Stöhnen von anderen Frauen? Rundherum gibt es ja Räume, in denen bestimmt auch Gebärende liegen. Von dort möchte sie lieber nichts vernehmen.

Wenn eine Wehe kommt, stützt sie die Unterarme aufs Bett und beugt sich darüber, zur Entspannung, wie sie es gelernt hat.

In der Ecke steht ein kleines Kinderbett auf Rädern. Sie hat schon mehrmals hineingeschaut. Es hat einen rotkarierten Bezug und eine gelbe, langhaarige Decke. Am Rand hängt ein weißes Bändchen mit einer handgeschriebenen Nummer.

Sie rechnen also ganz selbstverständlich damit, daß sie ein richtiges Kind zur Welt bringen wird?

„Sind Sie müde?"

„Ja, die Beine werden mir so schwer."

Die Schwester schließt die Tür. „Wir haben beschlossen, Sie an den Tropf zu hängen, um die Wehen zu stimulieren. Wenn das Fruchtwasser abgegangen ist, sollte es möglichst nicht mehr so lange dauern, bis die Geburt einsetzt. Ich möchte noch einmal Ihre Daten durchgehen."

Sie klappt die Krankengeschichte auf. „Veronica Andersen, Sekretärin. Ja. Geboren am zweiten Januar 1944 in Hellerød? Ja. Soll Ihr Mann bei der Geburt dabei sein? Ja. – Möchten Sie, daß wir ihn anrufen?"

Es ist neun Uhr. Es wird hell.

Endlich darf Veronica ins Bett. Man befestigt ein Stativ am Kopfende, hängt eine Flasche mit einer klaren Flüssigkeit, den Boden nach oben, hinein und schiebt ihr an der Oberseite der rechten Hand eine Kanüle unter die Haut. Durch einen Schlauch wird dem Körper ein Stoff zugeführt, der die Wehen stimuliert.

Veronia sehnt sich nach der Erlösung. Seit Monaten hat sie diesem Tag entgegengefiebert.

Eine junge, magere und farblose Schwester nimmt schweigend auf einem Stuhl neben dem Bett Platz. In der einen Hand hat sie einen schwarzen Kugelschreiber, mit der anderen registriert sie die Kontraktionen in Veronicas Leib. Vor ihr liegt eine Stoppuhr. Jedesmal wenn der Bauch hart wird, schreibt sie eine Zahl auf einen Zettel.

Veronica kann mit ihr nicht ins Gespräch kommen. Entweder ist sie zu schüchtern oder einfach schlechter Laune, denkt Veronica. Auf jeden Fall ist sie für diesen Job nicht geeignet.

Die Minuten kriechen viel zu langsam dahin. Die Zeiger quälen sich förmlich über das Zifferblatt der Wanduhr. Wenn eine Wehe kommt, hat Veronica Schmerzen in der Steißgegend. Es spannt, als hätte sie ihre Menstruation. Veronica denkt daran, wie schön es wäre, wenn man ihr jetzt eine Geschichte vorlesen würde.

Die Schwester mustert ihre Nägel.

Zwischen den Wehen fühlt sich Veronica ganz so wie sonst. Dann hört der Schmerz auf, und sie kann die Augen ein wenig schließen.

Die junge Schwester steht auf und verläßt den Raum, ohne ein Wort zu sagen.

Angst beschleicht Veronica. Sie ist allein. Ihr wird kalt. Wenn nur nichts passiert!

Sie hat gehört, daß man Frauen in der Geburtsklinik sich selbst überließ und lediglich sagte: „Wenn Sie Preßwehen haben, müssen Sie klingeln."

Die werden mich doch nicht im Stich lassen?

Sie greift nach der Schnur am Kopfende und zieht. Die Tür geht auf, ein Luftzug dringt in den Raum.

„Ich halte es nicht aus, allein zu sein."

„Das sollst du ja auch nicht", sagt eine freundliche Stimme.

Eine junge, schlanke Hebamme sitzt neben Veronica und hält ihre Hand. Veronica ist glücklich. Man erlebt es nicht oft, daß einem fremde Menschen die Hand halten.

„Was für einen Dialekt sprichst du eigentlich?"

„Ich bin von den Färöern", antwortet die Hebamme.

Veronica spürt, daß sie einen Menschen neben sich hat, der mit ihr fühlt, freundlich und kameradschaftlich ist. „Wie lange kannst du bleiben?"

„Bis zwölf Uhr", antwortet die Hebamme, „dann ist mein Dienst zu Ende. Aber ich will sehen, ob ich ein bißchen länger bleiben kann."

Bredo, Veronicas Mann, kommt. Schaut sich um und lächelt. Er hat sich beeilt und ist außer Atem. Man hat ihm einen hellblauen Papierkittel angezogen und hinten mit einer Schleife zugebunden. Er beugt sich über Veronica und küßt sie auf den Mund. Seine Wangen sind kalt und die Lippen weich.

„Wie geht's?"

„Gut."

„Tut es weh?"

„Ja. Aber das muß es auch."

Der Morgenhimmel füllt sich wie ein klares Glas mit einer roten Flüssigkeit – es ist das Licht der Sonne, die aufsteigt und den Tag

DEA·76

ankündigt. Der Erdball hat sich still seitwärts gedreht, und nun werden die Gebiete, die vorher im Schatten lagen, von Helligkeit überflutet.

Die Wehen verdrängen alles andere. Jetzt sind sie stark und kommen in kürzeren Abständen. Veronica empfindet eine völlig neue Art von Selbstvertrauen und Freude. Die Wehen tragen sie wie muntere Meereswellen davon. Veronicas Gebärmutter zieht sich regelmäßig zusammen, sie arbeitet zum erstenmal in ihrem Leben und öffnet langsam und stetig den Muttermund.

Veronica bemüht sich, richtig zu atmen, so wie sie es bei den Vorbereitungen im Laufe der letzten Monate gelernt hat. Die Hebamme hilft ihr, die Entspannungsübungen jetzt in der Praxis anzuwenden. Wenn die Kontraktionen kommen, holt Veronica tief Luft und läßt sie dann langsam wieder hinaus. So wird das Kind am besten mit Sauerstoff versorgt, und Veronica behält zugleich die Kontrolle über ihren Körper.

„Ulkig. Das ist eigentlich eine russische Methode, nicht?“

„Ja“, antwortet die Hebamme, „sie wurde in den dreißiger Jahren in der Sowjetunion entwickelt, kam aber erst in den fünfziger Jahren nach Westeuropa.“

Der leuchtend klare Himmel wird von den kräftig blauen Gardinen des Fensters eingerahmt.

„Was seid ihr eigentlich von Beruf?“

„Ich bin Sekretärin in einer Gewerkschaft“, sagt Veronica. „In einem Büro.“

„Und ich arbeite in derselben Gewerkschaft“, sagt Bredo.

Die Färöerin setzt Veronica aufs Becken und fühlt mit ihrer glatten, behandschuhten Hand. „Nun bist du sieben Zentimeter offen, es fehlen nur noch die letzten drei.“

Diese merkwürdige Frauenwelt, wo die eine Frau die Hand in die Vagina der anderen steckt.

„So, und nun streng dich an, daß noch ein paar kräftige Wehen kommen, damit es weitergeht.“

Bredos Gesicht nähert sich dem Veronicas. Er küßt sie auf den Mund. Sie umschlingt seinen Hals.

„Na, na“, sagt er und blinzelt ihr zu, während er sich vorsichtig von ihr löst.

Ob wir je wieder zusammen schlafen können? denkt sie.

Er stützt sie oberhalb der Lende, preßt seine warme, breite Hand fest in ihr Kreuz. Jetzt hat sie nicht mehr dieses Gefühl, als würden ihre Knochen auseinandergetrieben.

In Veronicas Körper arbeitet es unaufhörlich. Kalter Schweiß bricht ihr aus. Sie ist einem Naturgesetz unterworfen, dem sie nicht entrinnen kann. Und wenn sie sich dem noch so entgegenstemmen und schreien würde. „Schluß, ich will nicht. Ich bereue es!“ oder: „Gönnt mir wenigstens eine halbe Stunde Pause!“ – es hätte keinen Zweck. Sie ist völlig in der Gewalt ihres Schicksals.

Sie ist ihrem Körper sowie dem Verständnis und der Berufserfahrung ihrer Umgebung ausgeliefert, sie muß durchhalten und kann sich nur darauf verlassen, daß die anderen schon das Richtige tun werden.

Hoffentlich schnauzt mich keiner an, denkt sie, hoffentlich bleiben alle freundlich, dann gibt es nichts, was ich nicht bewältigen werde. Sie erträgt keine barschen Zurechtweisungen. Wenn sie mit ihren Geburtshelfern uneins würde, wäre die Schlacht verloren, und das hätte unübersehbare Konsequenzen. Bis weit in die Zukunft hinein.

Die Färöerin beugt sich über sie und wischt ihr die Stirn ab. „Es tut mir leid. Nun ist es schon dreizehn Uhr. Jetzt muß ich gehen. Ich habe so gehofft, dein Kind würde in meiner Schicht zur Welt kommen. Also, alles Gute. Morgen bin ich wieder da und schaue mir an, was es geworden ist.“

Was es geworden ist? Sie ist sich also völlig sicher, daß ich etwas bekomme, was des Anschauens wert ist, denkt Veronica.

In der Mittagspause taucht eine große, kräftige Gestalt im Flur der Schwangerenstation auf, sie trägt einen braunen Mantel, geht leicht nach vorn gebeugt, schwankt ein wenig und schiebt einen kleinen Wagen oder ein Bettchen vor sich her. Langsam und schwerfällig bewegt sie sich auf den Glaskäfig zu.

„Du meine Güte! Ist das nicht Olivia?“ Die Krankenschwester läßt beinahe das Becken fallen, das sie in der Hand hält. „Du bist aber tüchtig.“

Die Patientinnen kommen aus den Zimmern und versammeln sich um Olivia. „Dürfen wir es sehen? Dürfen wir es sehen?“

Olivia sagt „au“ und faßt sich an den Leib. Eine Hilfsschwester plappert aufgeregt: „Nun werde ich ..., nun werde ich ...“ Sie hebt das Bündel hoch und zeigt es den anderen.

Eine kleine Rothaut mit schwarzem Strubbelhaar. Ein lebendiges Menschlein mit hellroten Fingern, winzigen Nägeln, zarten Ohren und feinen Brauen – kurz, mit allem drum und dran.

„Nein, wie ist sie süß.“

„Darf ich sie nehmen?“

„Erst bin ich an der Reihe.“

Olivia ist bleich, hält sich aber gut.

„Dürfen wir uns deine Narbe anschauen?“ fragt Marie.

„Bitte sehr.“ Olivia knöpft das Hemd auf und zeigt auf ihren Bauch. „Schön, was?“

Man kann auf dem eingesunkenen Leib nur ein hellrotes, senkrecht aufgeklebtes Pflaster erkennen.

„Ist das wirklich alles? Das ist ja gut gemacht. Die sind wirklich tüchtig.“

„Und was sagt dein Mann?“

„Der ist durch nichts zu erschüttern.“

„Nährst du die Kleine?“

„Aber ja. Das Dingelchen ist vielleicht gescheit, sage ich euch. Mächtig gescheit. Sie nimmt ihre Rechte verdammt wahr.“ Olivia berichtet, daß sie bereits zusätzlich etwas gibt, das habe man ihr auf der Wöchnerinnenstation geraten, damit die Kleine nicht gelb wird.

„Paß auf mit dem Zusätzlichen“, ruft Signe und hebt den Zeigefinger. „Das stammt vom Teufel.“

„Holger wird uns abholen.“

„Wie ist es denn da auf der Wöchnerinnenstation?“

„Die sind da drüben sehr tüchtig. Man kann ihnen wahrhaftig nichts nachsagen.“

Olivia ist stolz, sie lächelt, daß ihre blauen Vorderzähne sichtbar werden. Für die anderen ist sie wie ein Nachschlagwerk, aus dem man alles erfahren kann.

„Haben die auch nicht vergessen, dich zu sterilisieren?“ fragt Marie.

„Ach wo.“ Olivia kneift ein Auge zu. „Das ist eine verdammt gute Sache.“

„Wie zum Teufel bist du überhaupt hierhergekommen?“

„Ganz einfach. Ich bin mit dem Fahrstuhl zu den unterirdischen Gängen runter und bis zu unserem Keller gegangen. Da unten habe ich dann einen Pfleger erwischt, der hat mir geholfen, und so bin ich raufgekommen. Das ist doch ein Klacks."

Während der Wehen umgibt kosmische Einsamkeit die Gebärende. Eine Einsamkeit ganz anderer Art, als Veronica sie je kennengelernt hat.

Ob der Tod dem Gebären gleicht? Ob der natürliche Tod ebenso ist wie die natürliche Geburt? So streng? So ernst und unerbittlich? Bredo streicht Veronica über die Stirn.

Sie hört sich selbst merkwürdige Laute ausstoßen. „Der Rücken schmerzt so."

„Versuch, dich zu entspannen! Ja, so ist es schön."

Die neue Hebamme steht neben ihr. Sie legt ihre Hand leicht auf Veronicas Schulter und lächelt ihr zu. Ihre Augen sind dunkel und lebhaft.

„Nein, nein, das schaffe ich nicht."

„Aber natürlich schaffst du es. Versuch mal, dich ein wenig im Bett aufzurichten. Ja, so."

Ein Glück, daß sie mir nicht recht gibt, denkt Veronica. Wenn sie nun gesagt hätte, das schaffst du bestimmt nicht, dann wäre ich gestorben.

„Ich muß brechen."

Der Pappteller füllt sich mit einer merkwürdigen Brotsuppe aus Veronicas Magensack.

„Sehr schön", sagt die Hebamme. „Nun geht es wohl bald los."

Veronica ist nicht mehr sie selbst. Die Wehen kommen in immer kürzeren Abständen. Sie hatte geglaubt, alles ruhig und gefaßt über sich ergehen lassen zu können, aber das ist unmöglich. Wenn das doch nur einen Augenblick aufhören wollte, denkt sie verzweifelt, wenn ich doch nur einen Augenblick Ruhe hätte. Aber ihr ist keine Pause vergönnt.

Wenn das Kind nun nicht heraus kann? Wenn es nicht genügend Sauerstoff erhält? Wenn sich nun die Nabelschnur um seinen Hals wickelt? Wenn …

Die Hebamme horcht den aufgewühlten Leib ab. Das Kind tritt

mit den Füßen. Selbst während der Wehen beult sich die Bauchwand immer wieder nach außen.

„Deinem Kind geht es gut."

„Wo bist du her, du Hebamme. Wohl aus Südjütland?"

„Ja, aus Sønderborg", antwortet sie, völlig auf ihre Aufgabe konzentriert. Veronicas Leben liegt in ihrer Hand.

„Ich habe Durst."

„Spül den Mund mit Wasser aus. Schluck aber nichts runter!"

Veronica wimmert. Die Schmerzen sind unerträglich. Ihr ist, als würde sie von Lokomotiven überrollt. Ob einem so zumute ist, wenn man vergewaltigt wird? Sie klammert sich an den Arm der Hebamme, die ihr übers Haar streicht. Ich liebe dich, denkt Veronica, du bist für mich da, du sprichst so sanft und vergnügt mit den beiden Schülerinnen, die an meinem Bett stehen, meine Hebamme, meine Amme, was für ein schönes Wort, geh nicht weg, ohne dich bewältige ich das nicht ... Aber warum denn nicht? In Vietnam wurden Kinder mitten im Bombenhagel geboren, im Warschauer Ghetto haben ausgemergelte Frauen gesunde Nachkommen zur Welt gebracht, ohne ärztliche Hilfe, meine Großmutter hat acht Kinder geboren, zu Hause im Bett... Was andere können, werde ich doch wohl auch ...

Sie sieht den schwarzen Himmelsraum vor sich. Sterne funkeln. Ein Komet saust durch das kalte Universum.

„Ich muß pressen!" schreit Veronica.

„Einen Augenblick. Halt den Atem an, ja, so ist es gut. Nein, nicht pressen, es ist noch zu früh!"

Sie erblickt einen Planeten, beleuchtet vom Mond.

„Schau mich mal an."

Veronica hebt die Lider, sieht in zwei braune, lächelnde Augen.

„Du mußt hecheln."

Ja, hecheln wie ein Hund, das hat sie gelernt. Sie hechelt, während die Wehen durch ihren Körper rasen, von oben nach unten, von unten nach oben, sie hechelt, während sich alles in ihr zusammenzieht, hechelt um nicht zu pressen, bevor der Muttermund und die Scheide genügend geweitet sind. Ihre Zunge ist trocken. Die Zähne sind belegt. Der Hals ist wie zusammengeschnürt. Es zerrt und reißt in ihrem Körper.

„Du mußt aufs Becken, damit ich nachschauen kann."

Die Hebamme befühlt die Vagina, sagt „Ja“ und entfesselt dadurch jäh Aktivität im Kreißsaal.

Ein kleiner Tisch wird ans Fußende des Bettes gerollt. Ein paar Leute kommen herein, bleiben stehen und starren mit kugelrunden Augen auf Veronica, wie Eulen, die auf einem Ast hocken.

„Jetzt mußt du dich herbemühen, wenn du etwas sehen willst.“

Bredo erhebt sich von seinem Stuhl am Kopfende des Bettes und stellt sich neben die Hebamme; er ist bleich und hat ein unsicheres Lächeln auf den Lippen.

„Faß mit beiden Händen unter die Kniekehlen und zieh die Beine an“, fordert die Hebamme Veronica auf. „Ja, so ist es gut. Nun mußt du pressen, wenn ich es sage.“

Rote und blaue Schleier legen sich über Veronicas Augen. Die Preßwehe setzt ein, steigert sich, ragt wie eine Felswand vor ihr auf.

„Nein“, schreit Veronica, „nicht, ich kann nicht!“

Die Felswand steht senkrecht da.

„Ich kann das Haar sehen“, flüstert Bredo.

Vor Veronicas Augen tanzen Sterne.

Auf einmal klingt die Wehe ab. Veronica fällt mit geschlossenen Augen aufs Bett zurück.

„Du mußt *ganz* bei der Sache sein, die *ganze* Zeit über“, sagt die Hebamme energisch.

Eine neue Wehe steigt auf.

Etwas wird gesprengt. Felsbrocken rollen die Wand herab und stürzen ins Meer.

„Nun schneidet der Kopf durch!“ ruft die Hebamme. „Preß, so sehr du kannst.“

Veronica schlägt die Hände vor das Gesicht. Ihre Knochen knakken, schieben sich auseinander. Der Körper des Kindes zwängt sich durch den letzten, weichen Teil des Geburtsweges. Gleich einem Baumstamm, den man über ein kiesbedecktes Ufer zum Meer zieht, wird etwas Großes, Festes und Dunkles aus ihrem Körper gestoßen, ein blutiger Klumpen. „Greif selbst zu!“ ruft die Hebamme. „Heb es hoch!“

„Nein, ich trau mich nicht.“

Ein Reißen, ein merkwürdiger Schlupflaut. Dann wird es still. Die Meeresfläche wird zu einem Spiegel.

„Rate einmal, was es ist.“

Das Geschlecht des Kindes, wie ein gespaltenes Blatt. Ein Mädchen. Nein, das ist nicht wahr. Es ist nicht wahr.

Das Neugeborene zappelt wie ein Fisch, der an Land geworfen wurde. Es schreit. Die kleinen, kräftigen Glieder strampeln, verspritzen Fruchtwasser. Die bläulich-weiße Haut ist fettig. Noch ist das Neugeborene mit einer Trosse an das Mutterschiff gebunden, an das Raumfahrzeug – mit der dicken, gelbweißen, pulsierenden, gewundenen Nabelschnur.

Ein Schnitt! Es ist für immer zu einem selbständigen Menschen geworden.

Veronica sitzt halb aufrecht, Tränen strömen ihr über die Wangen. Sie schaut zu, wie dieser kleine, dunkle Raummensch, dieser kleine vollkommene Tutenchamun abgenabelt und gewogen wird. Alle Schmerzen sind vorbei. 3600 Gramm schwer und zweiundfünfzig Zentimeter lang. Besser kann es gar nicht sein.

Eine Heizröhre wird über das Bett geschwenkt, und die Hebamme legt das nackte Neugeborene der Mutter in den Arm. Mein kleiner Gast, denkt Veronica, mein Erdenwesen. Ich wage nicht, dich zu berühren, du bist so vollkommen.

Sie küßt den kleinen, langen, kühlen, hellvioletten Fuß. Der feine, säuerliche Geruch des fremden Landes, aus dem das Kind gekommen ist, wird spürbar. Veronica kann es noch immer kaum fassen, daß sie dieses Menschlein zur Welt gebracht hat.

Auf einmal ruckt es in ihrem Unterleib, in der Gebärmutter. Abermals kriecht eine Wehe heran. Die Hebamme legt ihre Hand auf den gewölbten Leib und drückt langsam und kräftig zu, im Rhythmus der Wehe. „Preß jetzt."

Die Nachgeburt wird ausgestoßen, der Mutterkuchen. Die Hebamme betrachtet ihn forschend. Er ist groß und furchteinflößend. Ein Tier vom Boden des Ozeans. Rubinrot, mit weißen und blauen Blutadern und Häuten. Durchsichtig. Glänzend.

„Wie spät ist es?"

„Fünf Minuten nach drei."

Elf Stunden sind verstrichen, seit das Wasser am Morgen ausgetreten ist. Veronica umfaßt den Arm der Hebamme und küßt ihr die Hand. „Tausend, tausend Dank."

„Hör mal her", sagt Marie, obwohl sie weiß, daß Tenna müde ist. Aber sie hat etwas gefunden, das sie ihr unbedingt vorlesen muß.

„Ja?" Tenna dreht sich um.

„Radioteleskope haben das Geräusch der Explosion aufgefangen, durch die das Universum geschaffen wurde. Hochempfindliche Geräte haben etwas aufgefangen, das man für das Geräusch der Erschütterung hält, die entstand, als vor zehn Milliarden Jahren eine Feuerkugel ihre unfaßbare Ausdehnung begann."

„Na, was sagst du nun?"

„Lies weiter."

„Vor zehn bis fünfzehn Milliarden Jahren war alles im Raum in einem unfaßbar kompakten Superstern vereinigt. Aus unerklärlichen Gründen explodierte er plötzlich. Bei der Urexplosion wurden seine Teile mit unterschiedlicher Geschwindigkeit in alle Richtungen geschleudert. Daraus entstanden Milchstraßen, Galaxien, die sich heute noch mit schwindelerregendem Tempo von uns entfernen. Die Urexplosion schreitet in dem Maße fort, in welchem sich das Universum weiterhin heftig ausdehnt."

„Du mußt gleich genäht werden. Da drin ist ein ziemlicher Riß."

„Ach nein, ich war gerade so froh."

Man gibt Veronica die Maske.

„Mehrmals tief durchatmen. Wir machen dir den feinsten Kreuzstich, den du dir denken kannst."

Veronica spürt längst wieder ihren Damm. Bei jeder Berührung ist ihr zumute, als stäche man sie mit glühendem Draht.

Wie blaue Blitze durchzucken die Schmerzen ihren Körper. Am liebsten hätte sie den weißen Gestalten Fußtritte versetzt. Diese Nadel im Fleisch – in dem gemarterten Fleisch! Sie atmet heftig unter der Maske, gleitet weg, schwebt zwischen Himmel und Erde, sinkt aus bläulichen Schichten in dunkle Höhlen, wird von einem riesigen, gespannten Tuch hochgeschleudert. Auf einmal kommen am Ende eines langen Tunnels zwei weiße Engel in Sicht – es sind die Hebamme und die Hebammenschülerin, die zwischen ihren Beinen stehen.

„Lieg doch mal ruhig, wir hantieren hier doch deinetwegen."

„Warum betäubt ihr mich denn nicht, verflucht nochmal!"

„He, he, redet ihr so in eurer Gewerkschaft? Wir tun das nicht, weil dann das Fleisch anschwillt und wir die Nahtstelle nicht richtig sehen. Dann würde die Narbe nicht gut werden. Nimm die Maske. Kein Grund zur Besorgnis – das ist Katzendarm, der von selbst verschwindet."

„Himmeldonnerwetter!"

„Was für eine Ausdrucksweise du hast. Denk an das Kleine."

„Zum Teufel, ihr ahnt ja nicht, wie verdammt weh das tut."

„Dein Mann wird uns dankbar sein."

Wieder atmet sie so heftig, daß sie auf einmal ins Niemandsland versetzt wird. Sie glaubt, die Geburt sei noch im Gange. Sie hat Wehen. Angst erfaßt sie. Irgend etwas stimmt nicht. Das Kind liegt quer. Sie schreit auf – jemand schüttelt sie.

„Wach auf. Du hast ein Mädchen bekommen. Der Vater sitzt mit der Kleinen am Fenster. Dort drüben."

„Das ist Lüge. Herrgott, *wie ihr lügt*!"

„So, ich lüge?"

Die Hebamme steht neben ihr. „Du hast viel zuviel inhaliert!"

Veronica stützt sich auf die Ellbogen und richtet sich auf. Vor dem Fenster zeichnet sich eine schwarze Silhouette ab. Es ist Bredo, und er hat tatsächlich ein kleines Bündel auf dem Arm.

Es ist also wahr! schießt es Veronica durch den Kopf. Und: Mein Gott, er hat alles mit angehört.

Veronica umarmt die Hebamme so ungestüm, daß sie fast umgeworfen wird.

„Du bist ein Schatz."

„Ganz und gar nicht."

„Doch."

Bredo tritt mit der Kleinen ans Bett. Veronica küßt sie. Die Haut ist wie Flaum oder wie feines Fell. Wie weich du bist, meine Kleine, denkt Veronica, so aufgeweicht von all dem Fruchtwasser, das dich neun Monate umgeben hat. Neun Monate – was für eine Ewigkeit!

Das Neugeborene blinzelt ins Licht. Wellen von Zärtlichkeit durchfluten Veronica. Sie schaut auf die kleinen Hände und wundert sich, welche Kraft darin steckt.

„Na, willst du ein bißchen Milch?" fragt der Vater und legt die Kleine an die Mutterbrust. „Dann gib dir mal Mühe. Schnapp zu, du kleines Ding."

Es bedarf keiner Nachhilfe. Das kleine Wesen beginnt sofort zu saugen und laut zu schmatzen. Woher kannst du das bloß? denkt Veronica. Wie tüchtig du bist. Und klug. Und wie gut du aussiehst. Einfach rührend mit deinem kleinen verschlossenen Gesicht.

„Stell dir vor", sagt Bredo, „als ich vorhin sah, wie der Kopf zum Vorschein kam, dachte ich zuerst, ich hätte einen kugelrunden Stein vor mir. Nase und Ohren waren platt angedrückt, so daß ich es schon mit der Angst zu tun kriegte und mich fragte, ob das Kleine überhaupt lebt. Es wirkte so steinern. Doch als ich merkte, daß die anderen nicht im mindesten besorgt waren, beruhigte ich mich auch. Und kaum war der Kopf heraus, da hob sich das Näschen, und die Ohren richteten sich auf – wie bei einer Blütenknospe, die sich öffnet. Ja, und dann war das Kleine schon draußen."

„Wie war dir denn dabei zumute?"

„Ich empfand es als völlig natürlich. Vorher hatte ich einen ziemlichen Bammel, aber das war schnell vorbei. Da waren keine Instrumente in Aktion, und es gab fast kein Blut. Nur die Hände der Hebamme waren ununterbrochen tätig. *Es war irgendwie schön.*".

Die Hebammenschülerinnen räumen den Kreißsaal auf, schieben die Rolltische zur Seite, entfernen Becken, löschen Lampen.

Eine von ihnen streift Veronicas frisches Hemd herunter und wäscht sie mit einem großen, gelben Schwamm. Das kühle Wasser ist angenehm. Wie gut, denkt Veronica, daß man danach gewaschen wird. Ein Pflaster klebt auf ihrer Hand, dort, wo man die Kanüle hineingeschoben hatte.

Froh, alles überstanden zu haben, legt sie sich zurück.

Ein Arzt betritt das Zimmer. Er hört Veronicas Herz und Lungen ab, fühlt den Puls und geht wieder.

Bredo und Veronica sind zum erstenmal mit der Kleinen allein. Der Wintertag neigt sich schon seinem Ende entgegen und saugt das Licht aus dem Raum. Dunkelheit kriecht um das Bett zusammen. Der gelbe Kegel einer Tischlampe drängt sie zurück. Bredo hebt das Bündel hoch.

Seine Augen strahlen. Für ihn ist das kleine Sonntagskind wie ein Wunder. Er nimmt es auf den Arm, küßt es, streicht ihm ganz vorsichtig über Stirn und Haar. Spricht leise mit ihm, wie mit jemandem, der ihm schon lange vertraut ist. „Monatelang hast du im Mutterleib gelegen, bist zu einem Mädchen geworden. Das schönste von allen. Du gehörst uns, bist unser Kleines. Früher waren wir nur zu zweit, jetzt sind wir zu dritt. Früher hatten wir nichts, jetzt haben wir alles. Einen Menschen, dem wir die Welt erschließen können."

Er legt das Kleine Veronica an die Brust. Es sieht so aus, als versuchte es den Kopf zu heben. Wie kräftig es schon ist, denkt der junge Vater. Die Augen sind tiefblau und ruhig, die Pupillen groß. Es blinzelt fast nicht. Schaut nur gerade vor sich hin. Der Mund gleicht einer Seidenschleife, die kleinen Hände und Füß haben winzige Muschelschalen, kaum sichtbare Nägel. Noch bewegt sich das Geschöpf traumhaft langsam, als würde es im Film mit einer Zeitlupenkamera vorgeführt. Noch ist es mit dem unbekannten Land verbunden, aus dem es soeben gekommen ist.

Noch ist es – in dieser kostbaren Stunde – auf der Grenzscheide zwischen Embryodasein und Menschenleben.

Eine Hilfsschwester tritt ein, sie trägt ein Tablett. „Hier, iß etwas. Unser Vati ist vielleicht auch hungrig? Greifen Sie ruhig zu. Es ist noch genug da."

Nie hat es Veronica so gut geschmeckt. Nie ist Tee so heiß gewesen. Nie im Leben war sie so glücklich.

Von einer Welt in eine andere.

Ein vierschrötiger Pfleger mit kurzgeschnittenem grauem Haar steht neben Veronicas Bett, eine hochbeinige, fahrbare Trage vor sich. „Roll dich rüber, Muttchen."

Veronicas Gelenke knacken, als sie der Aufforderung vorsichtig nachkommt. Die Kleine ist angezogen, nun wird sie in die rotkarierte Decke gehüllt und der Mutter in den Arm gelegt. Die Nasenspitzen der beiden berühren sich.

Dann werden Veronicas Schultertasche, ihre Sandalen, ihr Transistorradio und der orangegelbe Frotteemantel am Fußende verstaut.

„Kann ich ein Einzelzimmer haben?" fragt sie.

Der Pfleger summt vergnügt, rollt die kleine Familie zur Haupttreppe und dann in den Fahrstuhl. Erst dort sagt er: „Nein, das ist nicht möglich, Muttchen. Das hier ist ja kein Hotel, nicht wahr? Einzelzimmer behalten wir denen vor, die sie auch wirklich benötigen. Du kommst nach Zimmer 1. Da stehen zehn Betten. Es ist das größte Zimmer, aber auch das fröhlichste."

Montag, den 6. Januar

Das Ultraschallgerät ist seit dem frühen Morgen in Betrieb. Man merkt es dem Raum an Die Ausdünstung vieler Menschen hängt dort zwischen den Wänden.

Diesmal liegt Marie auf der schmalen Pritsche. Vor ihr befindet sich eine Anschlagtafel, an der ausgeschnittene Zeitungsartikel, Minerva-Reproduktionen, Fotokopien und Briefe hängen.

Sie schiebt die Hände auf der Papierunterlage flach unter die Hüften, um sie zu stützen. Ihre Lage ist nicht sehr bequem, aber das läßt sich nicht ändern.

Der junge Mann mit dem schwarzen Oberlippenbart reibt ihren Leib mit Erdnußöl ein. Marie findet es schön, wieder ein männliches Wesen zu sehen und seine Nähe zu spüren.

Schließlich greift er nach dem Metallarm und bewegt ihn halbkreisförmig hin und her. Die halbkugelförmige Einrichtung vorn bewegt sich über Maries Leib. Sie hat das schon zweimal hinter sich, doch diesmal umgibt sie eine andere Stimmung.

Niemand sagt etwas oder zeigt sich besorgt. Dennoch spürt Marie eine gewisse Spannung. Aufmerksam verfolgen der junge Mann und die blonde Assistentin, die hinter ihm steht – die Hände in den Kitteltaschen –, die leuchtende Spur auf dem Bildschirm.

Sie suchen etwas Bestimmtes. Marie nimmt ein Kitzeln an der linken Seite der Bauchwand und unter der Leiste wahr. Offenbar lokalisieren sie nun den Kopf des Kindes. Dann haben sie ihn gefunden und kreisen ihn mit immer kleiner werdenden Bewegungen ein.

Der junge Mann läßt den Metallarm los und knipst das Schirmbild mit der Polaroidkamera. Während er das Bild herauszieht, lächelt er Marie zu.

Ist da nicht ein Flackern in seinen Augen?

Anschließend macht er mehrere Aufnahmen hintereinander und zieht einen Filmstreifen heraus.

Die Blonde betrachtet die Fotografien, wirft einen Blick auf den Schirm und setzt sich dann an den Schreibtisch vor der Anschlagtafel.

Irgend etwas erregt ihre Aufmerksamkeit. Oder nicht?

„Du kannst aufstehen", sagt der junge Mann und schaltet das Gerät ab.

„Ihr sucht nach etwas Bestimmtem, nicht wahr?“ fragt Marie.
„Das tun wir immer.“
„Was seht ihr da?“
„Wir sehen, daß das Kind Lungen, Herz und Nieren hat, und wir können Lage und Größe der Organe bestimmen.“
„Und was noch?“
„Wir können sehen, daß der Fötus ein Caput hat.“
Einen Kopf, ja. Warum in aller Welt sollte er keinen Kopf haben? Etwas in Maries Gesicht scheint die Blonde zu veranlassen, den Stuhl polternd zurückzuschieben, aufzustehen und ihrem Kollegen die Fotografien hinzuhalten. Er betrachtet sie aufmerksam.
Maries Herz klopft heftig.
„Du hast unglaublich viel Fruchtwasser“, sagt er. „Dein Kind planscht ja nur so darin herum. Man kann es kaum richtig aufnehmen. Sieh selbst.“
Er legt den Filmstreifen vor Marie auf den Tisch. Sie sieht nur eine Aneinanderreihung von punktierten Linien, diffusen weißen Flächen und Leuchtspuren, die ihr wie abstrakte Bildkunst erscheinen. Es bedarf schon besonderer Fachkenntnisse, um sie zu deuten.
„Wie ermittelt ihr das Alter des Kindes?“
„Wir messen die Größe des Kopfes.“
„Wie groß ist der bei meinem Kind?“
„Groß.“
Soll ich detailliertere Fragen stellen? überlegt Marie. Nein, man kann sich ja an allen zehn Fingern abzählen, daß die einem nichts mitteilen dürfen, schon gar nicht irgendwelche Diagnosen.
„Und wo ist in meinem Fall der Haken?“
„Ganz ehrlich – wir können nichts finden.“
Die blonde Frau in dem weißen Kittel steht vor Marie. Beide sind gleich groß, und ihre Augen begegnen einander in gleicher Höhe.
„Aber was geschieht, wenn ihr trotzdem etwas Unnormales registriert?“
„Wenn es Leben gefährden kann, leiten wir die Geburt ein.“
Sie glauben, das Kind hat einen Wasserkopf, sind sich aber ihrer Sache nicht sicher, durchzuckt es Marie.
Die Frau sammelt die Bilder ein, legt ein paar in den Befund und schiebt ihn in den großen, gelben Umschlag. Dann verschließt sie ihn mit einem Klebestreifen und reicht ihn Marie.

Marie kommt sich plump und lächerlich vor, als sie den Fahrstuhl verläßt und durch den Flur der Schwangerenstation geht. Ihre weißen Kniestrümpfe ringeln sich um die Knöchel, weil sie durch keinen Gummi oben festgehalten werden.

Es ist Mittagszeit, die meisten Patientinnen schlafen. Im Schwesternzimmer sitzt die Stationsschwester vor einem aufgeschlagenen Protokoll. Marie überreicht ihr den gelben Umschlag.

„Na, wie geht es?“

Marie nimmt an dem kleinen Tisch Platz. Ihre Halsschlagader pocht. Auf einmal kann sie sich nicht mehr beherrschen, und Tränen rinnen ihr über die Wangen.

„Was ist denn los?“ fragt die Schwester überrascht.

Die Tränen fließen Marie in den Mund. „Ich finde es am schlimmsten, daß man nicht weiß, woran man ist.“

„Möchten Sie einen Schnaps?“

Die Stationsschwester greift nach dem Schlüssel, der mit einer Kette an ihrem Gürtel befestigt ist, und öffnet den Medizinschrank. Sie nimmt eine Flasche heraus und schenkt der Patientin daraus ein. Marie weiß, daß es sich um ein Beruhigungsmittel handelt, das nichts mit Alkohol zu tun hat. Oft genug hat sie mit angesehen, wie andere Patientinnen das gleiche erhielten, wenn sie einmal die Fassung verloren hatten.

„Hier, trinken Sie.“

Marie nickt, schüttet den Schnaps hinunter und putzt sich die Nase. Kurz darauf versiegt der Tränenstrom, er hört einfach auf. Eine merkwürdig unechte Ruhe breitet sich in ihrem Körper aus.

Die Stationsschwester lehnt am Medizinschrank, die Arme gekreuzt, ein Bein über dem anderen, und betrachtet sie mit schräg gestelltem Kopf.

„Na?“

„Ich finde es am schlimmsten, daß man nicht weiß, woran man sich halten soll …“

Als Marie wieder in Zimmer o schleicht, ist eine Hilfsschwester dabei, Tennas Bett herzurichten.

„Wo zum Kuckuck ist Tenna?“

„Sie hat Wehen gekriegt.“

„Weißt du das genau?“

„Ja. Man hat sie gerade zur Entbindungsstation gebracht. Zwischen den Kontraktionen lagen nicht mehr als fünf Minuten."

„Hat eine Hebamme nach ihr gesehen?"

„Ja, als du im Ultraschall warst. Sie ist untersucht worden. Da war sie schon fünf Zentimeter offen."

So haben sie Tennas Wehen also doch nicht stoppen können. „Ist Tennas Mann benachrichtigt worden?"

„Ja, sie hat von nichts anderem geredet. Er wurde angerufen, aber er ist dienstlich unterwegs. Armes Mädchen, da muß sie ohne ihn auskommen. Und dabei hätte sie noch fünf Wochen Zeit gehabt!"

Der Körper ist jung und stark, und die Wehen folgen ziemlich schnell hintereinander. Bei Tenna bedarf es keiner Stimulantia – keines Oxytocins, keines Tropfs.

Aber die Patientin ist unruhig und quält sich.

Zu allem Überfluß herrscht an diesem Tag auf der Entbindungsstation Hochbetrieb. Fast in allen Räumen tut sich etwas. Das spüren auch die Patientinnen. Immer wieder reißt jemand die Tür zu Tennas Zimmer auf und holt die Hebammenschülerin mit der Frage heraus: „Hast du mal einen Augenblick Zeit?"

An den Wänden sind Apparate aufgereiht, die Tenna in Angst und Schrecken versetzen, Druckluftbehälter, Sauerstoffgeräte, Saugaggregate. Hinter dem Kopfende ihres Bettes hängen schlaff mehrere Schläuche herab.

Am schlimmsten ist es für Tenna, daß man sie immer wieder allein läßt.

„Ich muß Wasser lassen", murmelt sie.

„Heb den Unterkörper vorsichtig an, damit ich dir das Becken unterschieben kann", sagt die Hebammenschülerin.

„Ach nein, das tut so weh."

„Jetzt?"

„Nein, warte noch einen Moment."

„Aber jetzt, ja?"

Die Schülerin rückt das kalte, hohe Becken an seinen Platz. Tennas Bewegung löst sofort eine Wehe aus, die ihren Leib wie einen Flitzbogen spannt. Wenig später liegt sie wieder flach auf dem Rükken.

Hinter dem Fenster ist der Himmel grau. Tenna fühlt sich allein. Sie hat nicht die Kraft, ein herzliches Verhältnis zu ihren Geburts-

helfern herzustellen. Und die sind an diesem Tag zu sehr beschäftigt, um allein die Kluft zwischen sich und der Patientin überbrücken zu können.

Auf der einen Seite liegt Tenna mit geschlossenen Augen.

Auf der anderen Seite steht die Hebamme und liest in Tennas Krankengeschichte.

Dann wird wieder an die Tür geklopft, und die Hebamme verläßt den Raum.

Ich werde verrückt, ich werde wirklich verrückt, wenn die weiter so raus- und reinrennen, denkt Tenna. Und ich werde mich hiervon nie wieder erholen.

Niemand fordert Tenna auf, die Augen zu öffnen. Niemand setzt sich an das Kopfende des Bettes und redet mit ihr. Niemand hat Zeit, ihr die Hand zu halten.

Hinter ihren geschlossenen Lidern stehen Tränen, ihre Lippen beben leicht.

„Ich muß feststellen, wie weit der Muttermund eröffnet ist", sagt die Hebamme und schaut aus dem Fenster. „Wir setzen Sie jetzt aufs Becken, damit wir nachfühlen können."

„Ach nein, kann man mir das nicht ersparen?"

„Nein, ich muß doch meine Arbeit machen, nicht wahr? So – helfen Sie ein bißchen mit, ja, gut so."

Sie schiebt ihre kühlen, behandschuhten Finger in Tennas warme, schmerzende Scheide, wo alles so weich und zugleich so gespannt ist. Mit der anderen Hand befühlt die Hebamme von außen den Leib, der sich mit seiner kleinen, pochenden Last hebt und senkt.

„Ja", sagt die Hebamme, während sie von dem Schemel aufsteht. „Nun bist du an der Reihe", fordert sie die Schülerin auf.

Diese tritt näher und fühlt ebenfalls nach. Ihre Hände sind unsicherer als die der Hebamme.

„Meiner Meinung nach ist der Muttermund zirka acht Zentimeter offen. Ich kann eine viereckige Fontanelle spüren, der Kopf steht fest im Becken."

„Einverstanden."

Die Schülerin legt eine Papiervorlage über Tennas Schoß und verläßt den Schemel.

Anschließend flüstern die beiden in einer Ecke des Raums, und die Hebamme trägt den Untersuchungsbefund in die Krankengeschichte ein.

Im Badezimmer ist der Vorhang inzwischen von der Stange gefallen und liegt zusammengefaltet auf dem Fensterbrett.

Marie steht unter der Dusche. Das warme Wasser läuft ihren Bauch entlang. Der Duft von Shampoo kitzelt ihr in der Nase. Das Haar schäumt. Der Schaum sammelt sich auf dem Rost über dem Abfluß.

Vor dem Waschbecken mit dem Spiegel steht eine junge, rothaarige Frau und putzt sich die Zähne.

„Warum liegst du eigentlich hier?“ fragt Marie.

„Zur Beobachtung“, antwortet die Rothaarige und spuckt ins Waschbecken, „ich habe einen kleinen Jungen zu Hause, den süßesten Jungen, den du dir denken kannst. Aber sein Kopf ist völlig leer. Die Ärzte sagen, er sei schwachsinnig, aber sie finden keine Erklärung dafür. Er sieht völlig normal aus, hat sich bloß nicht entwickelt. Er kann weder allein essen noch gehen, und sprechen kann er auch nicht.“

„Wie alt ist er denn?“

„Fünf Jahre“, sagt die Rothaarige und legt die Zahnbürste in eine Hülle, „und er sieht niedlich aus.“ Sie lächelt. „Er ist ebenso rothaarig wie ich“.

Sie beginnt ihr Haar mit schnellen, kräftigen Bewegungen zu bürsten. „Die Ärzte haben uns geraten, es noch mal zu versuchen. Sie meinen, die Möglichkeit, daß sich das wiederholt, sei sehr gering.“

„Ist es problematisch, ihn zu Hause zu haben?“

„Ja, das ist sehr schwer, aber wir lieben ihn ja. Weißt du, was am wichtigsten ist, wenn man ein behindertes Kind zur Welt bringt?“

„Nein.“

„Daß die Ehe hält.“ Sie sieht Marie mit ihren ruhigen, dunkelgrünen Augen an. „Du ahnst ja nicht, wie viele Ehen daran zugrunde gehen, daß die Frau ein gehandikaptes Kind zur Welt bringt. Viele Männer wollen es nicht wahrhaben, daß solch ein Kind von ihnen ist. Sie tun, als hätten die Frauen es vom Heiligen Geist empfangen.“

„Und wie hat dein Mann das aufgenommen?“ will Marie wissen und wickelt sich das Handtuch ums Haar.

„Oh, er hat hundertprozentig dafür eingestanden. Er hält viel von dem Jungen, obwohl es auch für ihn nicht leicht war. Wir mußten ja unser ganzes Leben umstellen, sowohl im Hinblick auf unseren Umgangskreis als auch darauf, daß wir den Jungen zu Hause warten konnten."

„Was ist dein Mann von Beruf?"

„Optiker."

„Und du?"

„Ich war Hilfsschwester, bis wir den Jungen bekamen. Seitdem bin ich zu Hause. Ich bin es ja gewöhnt, andere zu pflegen." Sie zieht sich das Krankenhaushemd über. „Findest du nicht, daß die hier tüchtig sind?"

„Ja, bestimmt", antwortet Marie. „Aber was machen die nun mit dir?"

„Die tun nichts anderes, als mich unter Beobachtung zu halten. Meine Östriolwerte sind nicht sonderlich hoch, und vor sechs Jahren habe ich ein totes Kind zur Welt gebracht. Die glauben, daß zwischen diesen Dingen vielleicht ein Zusammenhang besteht."

Sie wirft das nasse Handtuch in den Wäschekorb.

„Liegst du etwa da und weinst?" fragt die Hebammenschülerin.

„Es tut so weh", flüstert Tenna.

Die Schülerin setzt das Stethoskop auf den Bauch der Patientin. Tenna liegt auf der Seite, sie hält die Augen geschlossen. Wie schnelle Wolken ziehen Zuckungen über ihr Gesicht.

„Hier, nimm die Maske", sagt die Schülerin, „dann ist es nicht so schlimm."

Der schwarze Gummi nähert sich drohend Tennas Mund und Nase.

„Nein, ich will nicht", sagt sie und stößt ihn weg.

„Doch, versuch es."

„Nein, mir ist dann, als müßte ich ersticken, ich mag das nicht. Nimm es weg." Tennas Mund und Hals sind trocken.

Die Hebammenschülerin streicht ihr mit der weichen, kühlen Hand vorsichtig über den Bauch.

Die Hebamme betritt den Raum, begleitet von einem großen Arzt.

„Na, wie geht es?"

„Es geht überhaupt nicht", flüstert Tenna.

Die Kontraktionen werden immer unregelmäßiger. Tenna spürt ein Frösteln zwischen den Schulterblättern bis hoch zum Nacken, doch ihr Gesicht ist heiß. Kalt und heiß zugleich. Und dann setzt dieser Arzt das Stethoskop so ungeschickt auf ihren Bauch.

„Nicht doch, nehmen Sie es weg!“ ruft sie.

Er versucht es noch einmal.

„Nehmen Sie es weg.“

Auf einmal meldet sich bei ihr der Drang zu pressen. Plötzlich ist er da, unabweisbar.

„Es ist soweit!“ schreit sie.

„Einen Augenblick“, sagt die Hebamme, „versuchen Sie zu hecheln und verzögern Sie es ein wenig.“ Sie wendet sich zu dem Arzt um und flüstert: „Wir hätten eine Pudendusblockade durchführen können. Nun ist es zu spät.“

Tenna hört jedes Wort.

Eine Lampe wird mit lautem Knacken eingeschaltet. Sie sendet ihr grelles Licht zwischen Tennas Beine. Sie liegt auf der Seite und zuckt wie ein geschlagenes Tier. Der große Muskel der Gebärmutter ist nicht durch Willenskraft zu beeinflussen.

„Versuchen Sie tief einzuatmen, wenn die nächste Wehe kommt.“

Tenna kneift die Augen zu.

„Drehen Sie sich auf den Rücken und kommen Sie aufs Becken.“

Nun liegt Tenna auf dem Becken, auf dem kalten, harten Thron, unendlich weit entfernt von den weißen Kitteln um sie herum.

Die Hebamme fühlt nach. „Nun können Sie pressen, von jetzt an tut es nicht weh. Füllen Sie die Lungen völlig mit Luft und bemühen Sie sich, bei jeder Wehe zwei- bis dreimal zu pressen.“ Sie wendet sich der Schülerin zu: „Ich denke, wir sollten etwas Sauerstoff mit der Maske geben.“

Tenna senkt das Kinn auf die Brust, faßt mit beiden Händen in ihre Kniekehlen, spreizt die Beine und spürt, wie die unerbittliche, fordernde Wehe über sie hinwegrollt.

Der Sauerstoff prickelt auf ihrer Haut.

Sie preßt und schreit, ein dünner Urinstrahl sprüht heraus, und die Wehe klingt ab.

„Setzen Sie die Füße aufs Laken und ruhen Sie sich aus.“

Ihre Beine zittern.

Nun sind viele Menschen im Kreißsaal versammelt.

Die Hebamme setzt das Stethoskop auf Tennas Leib und sieht den Arzt an.

Tenna versinkt in einen Dämmerzustand, als wäre sie im Begriff, dieses Leben zu verlassen.

Dann kündigt sich die nächste Wehe an, und mit dem uralten Drang, das Kind auszustoßen, spannt Tenna alle Muskeln ihres jungen Körpers an, der Kopf des Kindes gleitet nun vor, sie läßt die Luft langsam aus den Lungen entweichen, füllt sie erneut, preßt abermals und spürt ein heißes Brennen in und um ihre Geschlechtsöffnung.

„Ja, warten Sie einen Augenblick", sagt die Hebamme sanft, „nun pressen Sie ganz vorsichtig. Ja, jetzt kommt es, ja ..."

Im Kreißsaal ist es totenstill.

Zu still.

Eine spannungsgeladene, vibrierende Stille.

Tenna ahnt ihn mehr, als daß sie den kleinen, grauen, reglosen Körper zwischen ihren Beinen sieht.

Dann hört sie vom Saugaggregat leises Zischen.

„Wir müssen es mitnehmen", sagt der Arzt, „es muß noch weiter abgesaugt werden."

Noch weiter abgesaugt werden? Die Gestalten bewegen sich, die Tür geht auf und zu.

Die Hebamme legt die Hand auf Tennas Leib und sagt leise: „Versuchen Sie noch einmal zu pressen. Ganz ruhig."

Der große, weiche Mutterkuchen gleitet zusammen mit den Häuten, in denen das Kind gelegen hat, durch die Vagina. Die Hebamme zieht vorsichtig an der Nabelschnur, und dann fällt die Plazenta schwer ins Becken.

Tenna hört Geflüster, Worte wie ... *abrupto ... und ... insuffizienz* ... Die Umstehenden beschäftigen sich lange mit dem Mutterkuchen.

„Muß ich genäht werden?" fragt Tenna ängstlich.

„Überhaupt nicht. Sie haben nicht den kleinsten Riß."

„Wirklich nicht?" Tenna fühlt sich zum erstenmal erleichtert.

Zur Besuchszeit tritt ein ungewöhnlich langer Mann mit Brille durch die Tür zur Schwangerenstation. Er trägt ein sehr großes, in einen blauen Mantel gekleidetes Kind. Es ist rothaarig, hat grüne, ruhige Augen und ein bleiches Gesicht.

Das muß das Kind von der Rothaarigen sein, denkt Rørby, die gerade eine Kanne dampfenden Tee nach Zimmer o bringt.

„Na, wie geht es mit der Weltrevolution?"

Marie legt die Zeitung beiseite.

Rørby schenkt Tee ein. „Hör mal", sagt sie dann und zeigt auf den Blumenstrauß, der neben dem Fernseher auf dem Fußboden steht, „den solltest du schleunigst entfernen. Weißt du nicht, daß Rot und Weiß Unglück bringt?"

„Das ist Tennas Strauß", erwidert Marie.

Man hört Kinder durch den Flur rennen, lachend, lärmend, ein Stuhl fällt um. „Rørby, Rørby", rufen sie, „gib uns eine giftgrüne Brause!"

Es sind Signes Mädchen. Sie sind noch so klein, daß sie fast ausschließlich in Befehlsform sprechen.

Der Arzt setzt sich an Tennas Bett.

„Ist es tot?" fragt sie.

„Nein, es lebt. Es war bei der Geburt scheintot. Wir haben es unter ein Beatmungsgerät gelegt."

„Was ist es?"

„Ein Junge."

„Ist er sehr klein?"

„Er wiegt 1800 Gramm." Der Arzt zögert einen Augenblick. „Aber es ist leider etwas nicht in Ordnung."

Eine riesige Glocke beginnt zu schlagen.

„Es stimmt etwas nicht mit seinen Füßen." Er gibt sich einen Ruck. „Der Kleine hat keine Füße."

Im Bruchteil einer Sekunde entfernt sich die Wirklichkeit von Tenna. Oder Tenna entfernt sich von ihr. Die Umgebung dehnt sich aus.

Sie sieht den Arzt wie hinter einer Glasscheibe. Er öffnet und schließt den Mund, sie hört ihn auch etwas sagen, aber die Worte dringen nicht zu ihr. Sie erfaßt sie nicht.

Tenna ist eiskalt. Er muß sich geirrt haben, denkt sie. Es handelt sich bestimmt nicht um mein Kind, sondern um ein anderes.

Auf einmal versteht sie den Arzt. Er wiederholt offenbar immer das gleiche. Der Junge sei scheintot gewesen, aber sie hätten ihn zum

Leben erweckt. Er wiege 1800 Gramm, hätte aber ein paar hundert Gramm mehr gehabt, wenn er mit Füßen geboren wäre.

Eine Gruppe von Spezialisten sei auf der Säuglingsstation dabei, ihn zu untersuchen. „Was soll ich denn tun?" ruft er auf einmal verzweifelt aus. „Es ist doch nicht meine Schuld."

Nein, natürlich ist es nicht seine Schuld.

Er geht im Raum auf und ab und versucht ihr klarzumachen, was geschehen ist.

„Ja, muß er dann nicht sein ganzes Leben lang im Rollstuhl sitzen?" fragt Tenna.

„Ich bin kein Spezialist auf diesem Gebiet", antwortet er, „aber es ist unerhört wichtig, daß er Kniegelenke hat."

Anders steht vor ihr, kreideweiß im Gesicht. Der Arzt verläßt das Zimmer, und sie sind allein.

„Die haben am Telefon gesagt, ich müßte unbedingt her, es ist etwas mit dem Kind. Aber sie wollten mir nicht sagen, was mit ihm los ist."

„Es ist ein Junge."

„Ja?"

„Er ist sehr klein – 1800 Gramm."

„Ja?"

„Aber er hat ..., er hat keine Füße ..."

Anders und Tenna starren sich einen Augenblick an. Dann wirft sich der sonst so fröhliche, unbefangene Mann aufs Bett und vergräbt das Gesicht in der Decke.

Die Zeit verrinnt. Sie achten nicht auf die Uhr.

Sie halten einander an den Händen. Sie legen einander die Arme um den Hals. Sie versuchen, sich gegenseitig die Tränen wegzuwischen. Sie wissen nicht, was sie tun, glauben oder denken sollen, nur, daß sie von einem grenzenlosen Kummer betroffen sind.

Tenna richtet sich auf. Sie hat eine halbe Stunde Vorsprung vor Anders. Sie hat bereits ein kleines bißchen nachdenken können. Nun spürt sie, daß sie ihm irgendwie Mut und Kraft einflößen muß.

Sie schaut ihn an. „Unser ganzes bisheriges Leben", sagt sie, „alles ist klein geworden, verglichen mit dieser einen, großen Sache."

Sie umfaßt seine Schulter. „Wir haben die Herausforderung unseres Lebens erhalten!"

Marie steht vor der großen Glasscheibe am Ende der Schwangerenstation. Sie lehnt sich schwer gegen die Wand und blickt auf den abendleeren Bauplatz hinab, wo der Schnee sein weißes Bettuch über Wagenschuppen und Werkzeuge breitet. Marie hätte gern mit Signe gesprochen. Aber Signe schläft.

Vor ihr liegt die Innenstadt. Die Innenstadt, wo sie wohnt – und wo sie arbeitet. Die Stadt schickt ihren dumpfen, violetten Lichtschein zu dem niedrigen, schwarzen Himmel hinauf. Die Innenstadt mit ihrem zähflüssigen Strom von Leben. Von Leben, das unablässig weitergeht. Das nie stockt.

Auf den Seen stehen große Ansammlungen frierender Vögel auf dünnem Eis. Enten und Möwen mit halb geschlossenen, toten Augen und tiefgekühltem Kreislauf.

Jemand tritt ein und fragt, ob Tenna und Anders den Kleinen sehen möchten.

Anders nickt.

Ein Kinderbett wird lautlos in den Schein der Nachtlampe gerollt – dann sind sie wieder allein.

Im Bett liegt ein sehr kleiner, hellhaariger Junge mit geschlossenen Augen. Man kann kaum spüren, daß er atmet.

Tenna und Anders heben die Decke zur Seite und schauen nach. Sie betasten den Kleinen.

Er ist zweierlei – ein kleines, gehandikaptes Neugeborenes und ihr eigen Fleisch und Blut.

Anders hebt seinen Jungen hoch und geht mit ihm in dem Kreißsaal auf und ab.

„Ich liebe diesen kleinen Kerl schon – wahrhaftig!“

„Du kriegst ein Einzelzimmer“, sagt die Hebammenschülerin.

Plötzlich sieht Tenna, daß ihr Tränen über die Wangen rinnen. Sie schnauft nicht und wischt sich das Gesicht auch nicht mit dem Ärmel ab. Da sind nur diese Tränen, die zwei blanke Spuren auf dem Gesicht der Schülerin hinterlassen.

Tenna wird kalt. Niemand braucht ihres Kindes wegen Tränen zu vergießen!

Wenn Tränen vergossen werden müssen, wird sie das schon selbst tun – andere sollen sich diese Mühe nicht machen.

„Bist du im Stricken bewandert?“

„Überhaupt nicht“, antwortet Marie und stützt sich auf den Ellbogen.

Die Rothaarige steht an ihrem Bett, ein Jäckchen in der Hand. „Na, ich dachte, du könntest mir vielleicht bei dieser Handarbeit ein bißchen helfen. Wonach riecht es hier eigentlich? Ist das Medizin?“

„Alter dänischer Bitter“, antwortet Marie, beugt sich über den Bettrand und entnimmt dem Nachttisch eine kleine, dickbauchige Flasche. „Möchtest du einen?“

Die Rothaarige nickt erfreut und setzt sich ans Fußende. „Hast du meinen Jungen gesehen?“

Marie schüttelt den Kopf

„Schade“, sagt die Rothaarige enttäuscht. „Mein Mann ist vorhin mit ihm hiergewesen.“

In der Nacht wird eine Trage mit dem Fahrstuhl nach oben gefahren. Die Tür wird geöffnet und die Trage durch die öde Wöchnerinnenstation gerollt. Eine junge, müde Frau liegt unter der Decke. Sie hat kein Kind bei sich. Deshalb erhält sie ein Einzelzimmer.

So vierlief der Heiligedreikönigstag für Tenna.

Der Heiligedreikönigstag, der sechste Januar, der dreizehnte Tag nach Weihnachten.

An diesem Tag setzt sich die Sonne wieder in Bewegung. Nach ihrer Wiederkehr hat sie sich zwölf Tage ausgeruht, erst am dreizehnten beginnt sie von neuem ihre Bahn zu ziehen – das hat man in alten Zeiten geglaubt. Die Sonne verwartet die Anzahl der heiligen Tage, an denen nichts gedreht werden darf, weder Rad noch Bohrer noch Garnwinde, während Prophezeiungen für die zwölf Monate des neuen Jahrs verkündet werden.

Früher veranstalteten Schulkinder an diesem Tag einen Umzug. Das heißt, die Schuljungen – Mädchen gingen ja damals nicht in die Schule.

Sie veranstalteten einen Umzug, und vor sich her trugen sie einen Papierstern an einer hohen Stange. Drei Jungen waren wie die Heiligen Drei Könige gekleidet, wie Caspar, Melchior und Balthasar. Einer hatte sich das Gesicht geschwärzt, so daß er einem Mauren glich.

Ein anderer stellte Judas dar – er trug einen großen Geldbeutel in der Hand. Neben ihm ging Joseph, ein alter buckliger Mann mit Axt. Zum Schluß kam die Jungfrau Maria, das kleine Jesuskind in einem Beutel auf dem Rücken.

Die Kinder sangen einen Wechselgesang, ein Lied über die Sterne, und wo sie vorbeizogen, traten die Leute vor die Haustüren und schauten ihnen still nach, bis sie sich entfernt hatten.

Dienstag, den 7. Januar

Am Vormittag, kurz nach der Visite, sagt der Oberarzt im Behandlungszimmer zu Marie: „Wie ich höre, machen Sie sich Sorgen?"

Dann hat die Stationsschwester es also erzählt, denkt Marie erleichtert. „Haben Sie einen Augenblick Zeit?" fragt sie.

„Ja, natürlich."

Sie versucht sich an den Satz zu erinnern, den sie sich zurechtgelegt hat. Dann beginnt sie: „Soweit ich verstanden habe, kann zuviel Fruchtwasser ein Zeichen dafür sein, daß das Kind mißgebildet ist."

„Wie in aller Welt kommen Sie denn darauf?"

Komödie, denkt Marie. „Ich habe zwei und zwei zusammengezählt", antwortet sie mit klopfendem Herzen, wartet einen Moment und fährt dann fort: „Ich möchte Sie bitten, mir die Wahrheit zu sagen. Mir wäre wohler, wenn Sie mir darlegen würden, was Sie wissen und was Sie vermuten. Ich finde nicht, daß man mit der Wahrheit hinter dem Berge halten sollte. Das führt zu nichts, in keiner Situation. Ich glaube, man kann sein Leben besser einrichten, wenn man der Wirklichkeit ins Auge blickt ... "

Marie spürt, daß ihr der Oberarzt innerlich entgegenkommt. „Ungewißheit ist das Schlimmste", fügt sie hinzu. „Angenommen, mit dem Kind, das ich erwarte, ist etwas nicht in Ordnung, so könnte ich das leichter verwinden und mich darauf einstellen, wenn ich von vornherein Bescheid wüßte."

„So gesehen, gebe ich Ihnen recht", sagt der Oberarzt. „Aber die meisten Patienten fühlen sich wohler, wenn man ihnen nicht zuviel mitteilt. Sie wollen am liebsten nichts wissen."

„Ich werde bestimmt nicht darüber reden, damit es keine Unruhe auf der Schwangerenstation gibt", erklärt Marie und spürt, daß sie nun an dem Arzt vorbeispricht. Das scheint ihn weniger zu interessieren. „Ich bin mir durchaus dessen bewußt, daß man als Patient auch eine gewisse Verantwortung hat."

„Gut, wenn es bei Ihnen wirklich so ist, wie Sie sagen, dann will ich Ihre Annahme bestätigen, daß ihr Hydramnion auf eine Mißbildung hindeuten kann. Diese beiden Dinge hängen oft zusammen. Früher haben wir Röntgenbilder gemacht, jetzt sind wir zum Ultraschall übergegangen, wie Sie wissen."

„Ich hatte den Eindruck, daß die dort meinen, das Kind sei sehr groß."

„Ich bin nicht der Ansicht, daß es *sehr* groß ist. Es dürfte um 3000 Gramm wiegen, vermute ich. Aber das läßt sich schwer einschätzen, weil Sie so viel Fruchtwasser haben."

Er reicht ihr die aufgeschlagene Krankengeschichte. „Ich zeige Ihnen gern, was wir geschrieben haben, damit Sie mir vertrauen. Sehen Sie, dort steht ‚Nichts Anomales observiert', und das wiederholt sich auf der nächsten Seite. Wir können also nichts konstatieren. Ihre Östriolwerte liegen ja ebenfalls gut. Schauen Sie sich die Kurve an. Wie aus dem Diagramm hervorgeht, ist da alles normal, nur um den vierundzwanzigsten Dezember sinken sie leicht ab. Aber das ist an Feiertagen häufig so. Vielleicht sind Sie ein wenig nachlässig mit den Urinproben umgegangen." Er lächelt flüchtig.

Marie preßt in der Tasche die Finger gegen den Handballen. „Aber es gibt doch wohl etwas, das man auf dem Ultraschallbild nicht sehen kann?"

„Ja, nicht alles wirft ein Echo zurück." – „Und was nicht?"

Er zögert kurz. „Die Speiseröhre und das zentrale Nervensystem." Die Speiseröhre und das zentrale Nervensystem. So konzentriert sich also die Aufmerksamkeit auf diese beiden Dinge.

„Sind Sie der Meinung, daß das Kind zurückgeblieben ist?"

Er schaut sie mit seinen dunkelbraunen Augen an und sagt dann: „Ich *glaube* es nicht."

Er stellt es also nicht entschieden in Abrede, denkt Marie. Das verstärkt ihr Vertrauen zu ihm, weil er ehrlich genug ist, die Möglichkeit nicht völlig auszuschließen.

Marie hätte gern gefragt, warum er das nicht glaube, spürt aber, daß dies zu weit ginge. Das könnte ihn möglicherweise irritieren. Zwischen dem Arzt und ihr verläuft eine unsichtbare Linie, die sie nicht übertreten darf, ohne das soeben hergestellte Vertrauen aufs Spiel zu setzen.

Sie entschließt sich, noch eine letzte Frage zu wagen: „Wie groß ist das Risiko, statistisch gesehen, daß bei meinem Kind etwas nicht in Ordnung ist?“

„Nun ja, es liegt wohl bei fünfzehn bis zwanzig Prozent.“

Als sie sich erheben und einander die Hand reichen, fügt der Oberarzt hinzu: „Ich hoffe, daß ich nicht zuviel gesagt habe.“

„Haben Sie in den ersten drei Monaten der Schwangerschaft Röntgen- oder Radiumbestrahlung bekommen?“

„Nein.“

„Waren Sie krank? Können Sie sich daran erinnern?“

„Nein.“

„Hatten Sie auch keine starke Erkältung?

„Nein“, antwortet Anders und schaut Tenna an. „Es stimmt. Sie ist nicht krank gewesen. Bei uns ist alles normal verlaufen.“

„Haben Sie Arzneien genommen?“

„Auch nicht.“

Der alte Arzt sitzt in der Wöchnerinnenstube, Tennas Hand in der seinen; das vermittelt Tenna ein Gefühl der Wärme und bewirkt, daß sie an sich halten kann und nicht in Tränen ausbricht. Diese gütige Hand mit den starken Blutadern und den gerillten Nägeln umschließt so väterlich die ihre.

„Sind Sie sich da völlig sicher?“

„Ja, völlig.“

„Aber das muß doch sehr schnell gegangen sein“, sagt Anders. „Bilden sich Hände und Füße nicht in wenigen Tagen?“

„Deshalb also hat es so weh getan“, murmelt Tenna, „es waren die kleinen Beinstümpfe, mit denen er mich in die Seite getreten hat, wenn er sich bewegte.“

Der Arzt blickt von Tenna zu Anders und dann wieder zu Tenna. „So haben wir es hier wohl mit einer Laune der Natur zu tun“, sagt er. „Weder die Anamnese noch der Krankenbericht bieten die geringste Erklärung für das, was passiert ist. Aber geschehen ist geschehen, es läßt sich nicht ändern. Die Sache kann auf eine Infektion zurückzuführen sein, aber auch auf so vieles andere, daß man es beim besten Willen nicht ergründen kann … “ Er legt auch seine zweite große Hand auf die Tennas. „Ich gebe Ihnen einen Rat: Grübeln Sie nicht darüber nach, wie das passieren konnte. Versuchen Sie, nicht mehr daran zu denken. Weisen Sie andere zurück, wenn sie Ihnen mit Fragen kommen – denn die meisten werden immer wieder um die Ursache für das Handicap Ihres Kindes kreisen."

Anders nickt.

„Aber glauben Sie nicht, daß Sie bereits alles durchdacht haben und über den Schock hinweg sind. Das sind Sie keineswegs. Auch noch nach vielen Monaten werden Sie sich mit diesem Problem herumschlagen. Die nächsten Wochen werden für Sie beide sehr schwer sein. Ihr Verhältnis zu Ihrer Umgebung wird Ihnen äußerst schwierig vorkommen, viel schwieriger als das zu Ihrem Kind, denn damit werden Sie fertig." Er nickt, um seinen Worten Nachdruck zu verleihen. „Gehen wir also zu dem Kleinen hinüber. Ich werde das Personal auf der Neonatalen Station anweisen, Sie jederzeit zu ihm zu lassen, bei Tag und bei Nacht. Sie sollen Ihren Sohn selbst betreuen."

Marie ist jetzt ein anderer Mensch. Ihr ist leichter ums Herz, obwohl sich ihre schlimmsten Vermutungen gewissermaßen bestätigt haben.

Doch es verleiht ihr Kraft, daß ihre Furcht nun einen Namen und eine Richtung hat. Vor allem aber, daß sie als Mensch respektiert wird, als eine Persönlichkeit, der man nicht mehr vorenthält, welches Schicksal sie möglicherweise erwartet. Nicht zuletzt das gibt ihr ein neues Gefühl der Sicherheit.

Sie betrachtet die Tropfen auf der Scheibe. Öffnet die Nachttischschublade. Zum erstenmal seit vielen Tagen hat sie das Verlangen, an Zacharias und an ihre Eltern zu schreiben. Nun kann sie ihnen mitteilen, daß es keinen Grund gibt, sich ihretwegen Sorgen zu machen, und daß sie in guten Händen ist.

Mittwoch, den 8. Januar

Plötzlich steht Olivias Mann in der Tür von Zimmer 0. Er zerknittert die Mütze in den Händen und tritt von einem Bein auf das andere. „Ich möchte nur ..., ich möchte mich nur bedanken", sagt er, „für alles, und weil ihr so nett wart zu Olivia."

Marie richtet sich auf den Ellbogen auf.

„Ja, und dann will ich mich auch verabschieden. Wir fahren jetzt mit der Kleinen nach Hause."

Bevor Marie ein Wort äußern kann, ist er weg. Ebenso schnell, wie er gekommen war.

Das Fenster wird von einem leuchtenden Vormittagshimmel ausgefüllt. Hellgelb. Wäßriges Rosa. Ein paar weiße Wolken gleiten träge darüber hin.

Jedesmal wenn ich dem Oberarzt näherkomme, falle ich meinen Mitpatientinnen in den Rücken, denkt Marie und schaut aus dem Fenster. Diese fixe Idee hat sich in ihrem Kopf eingenistet.

Das Krankenhaus ist bis zu einem gewissen Grad ein Bild von der Gesellschaft. Die überwiegende Mehrheit der Patienten wird sich dort immer als weit unten eingestuft vorkommen und es in der Realität auch sein. Sie wagen es nicht, Fragen zu stellen, und sie sind nicht in der Lage, ihren eigenen Fall in einem größeren sozialen Zusammenhang zu sehen. Sie begreifen nicht, was gesagt wird, sie spüren bloß, daß Beschlüsse gefaßt werden, ohne daß sie selbst den geringsten Einfluß auf ihr eigenes Schicksal haben.

Die Mehrheit der Patienten kennt und versteht die Behandlungsmethoden nicht, die sie heilen oder ihre Krankheit eindämmen sollen.

Falls die Prognose schlecht ist, möchten sie die Wahrheit nicht erfahren, weil sie nicht wissen, was sie damit anfangen sollen. Niemand hilft ihnen, mit ihr zu leben.

Die Wahrheit über den einzelnen reicht nicht aus, um den einzelnen voranzubringen.

Die Wahrheit über den einzelnen hat nur einen Sinn, wenn sie zu der Wahrheit über uns alle in Relation gesetzt werden kann, das heißt, wenn sie als Instrument zur Veränderung der Verhältnisse verwendbar ist.

Im Laufe des Mittwoch beschließt Marie, ihren Fuß zum erstenmal vor das Haus zu setzen.

Im Aufenthaltsraum ist die Rothaarige tief im Lehnsessel versunken, vollauf mit ihrer hellblauen und weißen Strickarbeit beschäftigt. Das Wollknäuel tanzt auf ihrem Schoß. Sie blickt auf und lächelt. „Wo willst du hin in dem Aufzug?"

„Zur Wöchnerinnenstation und mir ein Neugeborenes ansehen."

Marie steigt in den Fahrstuhl. Sie hat ihren grauweißen, schmutzigen Schafspelz angezogen, den sie über dem Leib nicht mehr schließen kann, einen langen Strickschal zweimal um den Hals geschlungen, daß die Enden auf dem Rücken hängen und ihre Peruanermütze tief in die Stirn gedrückt. Sie trägt lange weiße Krankenhausstrümpfe, die Füße stecken in breitkappigen Lederschuhen. Nachdem sie im Erdgeschoß ausgestiegen ist, geht sie langsam durch die Haupttür und an dem großen, weißen Gebäude entlang. Der Wind schlägt ihr entgegen, als sie um die Ecke biegt. Dann geht sie über die Steinfliesen auf das wuchtige ältere, rote Backsteingebäude zu, das sie so gut kennt. Sowohl durch ihre Besuche in der Schwangerenberatungsstelle im Ambulatorium als auch durch die vielen Male, die sie es von den Fenstern der Schwangerenstation aus betrachtet hat.

Sie bleibt stehen, zieht die Strümpfe hoch, rückt die Peruanermütze zurecht, saugt die kalte Januarluft in die Lungen, sagt „Ah!" und öffnet die Eingangstür am Ende des roten Hauses.

Mühsam steigt sie die zwei Treppen hinauf, bis sie vor der WÖCHNERINNENSTATION steht.

Sie geht durch die Schwingtür. Von der einen Seite fällt Licht in den Flur, den sie durchquert. Kurz vor der Tür am anderen Ende hört sie eine bekannte Stimme aus einem Zimmer dringen. Zaghaft schaut sie hinein und erblickt Habiba.

Die Türkin sitzt auf ihrem breiten, wunden Hinterteil im Bett. Ihre Augen sind blank, die Wangen gerötet. Der kleine schwarze Zopf tanzt lustig auf ihren Schultern.

Auf dem Arm hat sie das größte und strammste Neugeborene der Welt. Ein Mädchen mit langen, schwarzen Haaren und einer roten Schleife auf dem Kopf. Die Kleine hat noch rötere und rundere Pausbacken als die Mutter. Ihre Augen sind dunkel. Die dicken Ärmchen mit den breiten Patschhändchen fahren ruckhaft zur Seite, wie bei einem altmodischen Hampelmann.

Auf der Decke in der Vertiefung zwischen Habibas ausgestreckten Beinen liegt ein riesiger Kasten Konfekt.

Neben Habiba sitzt Fatime, die Dunkeläugige, die ihre kleine Schwester soeben zum erstenmal in die Wange gezwickt hat.

Auf der anderen Seite steht der vierschrötige Ehemann, den schönen, dunklen Kopf schräg geneigt. Er trägt einen blauen Anzug und ein schneeweißes Hemd. Die Hände hat er auf dem Rücken verschränkt.

Am Fußende sitzt noch jemand: die unvermeidliche kleine dänische Freundin. Fröhlich und guter Dinge, wie immer in ihrem roten Kostüm, mit dem glitzernden Schmuck behängt, die Haare zu der Zuckerwattefrisur gebauscht und ein blauschattiges Lächeln auf den Lippen. Sie winkt Marie zu und fordert sie auf, näherzutreten. Dann bietet sie ihr sofort Konfekt an.

„Maria", ruft Habiba und strahlt Marie mit ihren großen, guten Augen an.

„Habiba – ich gratuliere. Dein Baby ist fein-fein!"

„Ja, fein-fein", sagt Habiba und lacht fröhlich.

„Kommt die Kleine bald in die Schule?" fragt Marie scherzhaft.

„Nicht verstehen – nicht verstehen", erwidert Ibrahim.

„Schon gut", sagt Marie schnell, „es war nichts weiter."

„Au!" ruft Habiba aus und hebt leicht die eine Hinterbacke.

„Habiba hat Aua, schlimm-schlimm genäht", erklärt die dänische Freundin.

Fatime greift in den Konfektkasten, versorgt sich und wirft dem Vater einen provozierenden Blick zu. Dann rückt sie jäh so dicht an die Mutter heran, daß diese beinahe mitsamt dem Säugling aus dem Bett gefallen wäre.

Alle lächeln, alle sind glücklich.

Marie hat das Gefühl, daß sich ihre Wege von jetzt an trennen.

In wenigen Tagen fährt die türkische Familie nach Næstved zurück. Dann wird man auf dem dänischen Gasherd wieder mit Öl kochen und mit viel Fett braten. Die Nachbarn werden Habiba und die anderen beglückwünschen, und die ganze türkische Kolonie wird zu Besuch kommen und das frohe Ereignis feiern. Der Mann wird von seinem Chef fünfzig Kronen als Geschenk erhalten, von denen er der jüngsten Tochter etwas kaufen soll, und wie üblich rackern.

Jeden Monat werden sie einen kleinen Betrag auf ein Bankkonto in Istanbul überweisen.

Habiba und Marie werden sich vermutlich nie wiedersehen. Sie haben nicht einmal die Adressen ausgetauscht.

Ihr Verhältnis löst sich bereits, es wird nicht in Vergessenheit geraten, keineswegs, aber es besteht nicht mehr fort.

Veronica redet leise mit der Kleinen, kratzt dabei den Joghurt-Becher aus und stellt ihn auf den Tisch neben dem Bett.

Das Kind ist groß und wohlgestaltet. Es liegt auf dem Rücken, die Augen offen, und fuchtelt mit den Händen.

Jetzt, da sie sich mit dem Aufziehen des Kindes beschäftigen muß, hat Veronica begriffen, daß es wirklich ein Privileg ist, eine Frau zu sein. Es ist ein Privileg, eine Frau zu sein, und ein Kind großzuziehen, das ist eine politische Aufgabe. Aber es ist eine Aufgabe, die man nicht isoliert lösen kann. Das ist nur gemeinsam mit anderen möglich.

Sie kann die Augen nicht von dem kleinen, niedlichen Gesicht mit den dunkelblauen Augen, der feinen, gebogenen Nase und der Schleife des Mundes abwenden. Lächelt die Kleine? Nein, dazu ist es wohl noch viel zu früh. Sie reicht dem Kind den Zeigefinger und es umfaßt ohne zu zögern dessen äußerstes Glied und zieht daran.

Ihre Brüste spannen sich, ein nasser Fleck zeigt sich auf dem Hemd. Sie knöpft es auf und legt das Kind an. Der kleine Mund findet die Brustwarze und beginnt eifrig und selbstbewußt zu saugen. Die Augen des Kindes gleiten zu.

Ein Stoß geht durch Veronicas Gebärmutter. Sie nimmt es zufrieden wahr. Jedesmal wenn das Kind an der Brust saugt, zieht sich die Gebärmutter zusammen, bis sie im Laufe weniger Wochen ihre übliche Form und Größe wiedererlangt hat.

Die Natur hat den Körper der Frau mit einem sehr sinnreichen Mechanismus ausgestattet.

„Aha, hier liegst du also!“

Die südjütische Hebamme mit den warmen braunen Augen steht neben Veronica.

Veronica setzt sich höher auf. Die beiden Frauen reichen einander die Hände und lassen sie nicht los.

„Bist du froh, wieder nach Hause zu kommen?“ fragt die Hebamme, nachdem sie sich gesetzt hat.

„Ja, gewiß. Aber ich wäre auch gern noch länger hiergeblieben. Es ist so herrlich, für nichts verantwortlich zu sein, einfach so daliegen zu können, sich an seinem Kind zu erfreuen und von vorn und hinten bedient zu werden. Das ist wirklich schön.“

„Schon richtig. Zu Hause wirst du bestimmt bald nicht mehr wissen, wo dir der Kopf steht.“

„Weiß du, es ist mir fast unerträglich, mir vorzustellen, daß dies hier vielleicht mein letztes Kind sein soll. Am liebsten würde ich in vierzehn Tagen wieder eins gebären." Veronicas Wangen röten sich. „Es ärgert mich auch, daß ich mich nicht getraut habe, zuzugreifen und das Kind herauszuheben, wie du es mir vorgeschlagen hast. Ich hatte einfach Angst, das lebendige Fleisch zu berühren."

„Nicht doch", protestiert die Hebamme, „nicht doch, ich hätte dich besser vorbereiten müssen. Bei einigen Frauen ist mir das gelungen. Sie haben ihr Kind faktisch selbst herausgezogen, während ich mit gefalteten Händen dabeistand und zuschaute. Aber diese Frauen hatten bei mir auch einen gründlichen Kurs über den Geburtsvorgang absolviert."

„Meine Nachbarin dort" – Veronica deutet mit dem Kopf auf eine stattliche Frau drei Betten weiter – „hat mir gesagt, es könne nicht stimmen, daß ich nicht betäubt worden sei. Bei *allen* werde eine Pudendusblockade vorgenommen."

„Nein, das ist nicht der Fall. Erstens bleibt uns nicht immer die Zeit dafür, und zweitens gibt es nicht bei allen hinreichende Gründe. Bei dir ist es zum Beispiel nicht geschehen, weil ich meinte, du solltest alles miterleben."

Jedesmal wenn Veronica an die Geburt denkt, spürt sie einen süßen Schauer, ein tiefes und erhebendes Glücksgefühl. Es war so intensiv, dieses Abenteuer, da sich Leben aus Leben verselbständigte.

Sie denkt an die Augen der Geburtshelferin, an ihre Hände, ihre Stimme und an das, was sie gemeinsam erlebt haben.

Veronica ist sich nicht klar darüber, daß sie sich regelrecht in ihre Hebamme verliebt hat.

Sie hat aber auch keine Vorstellung davon, daß diese Hebamme pro Jahr etwa hundert Kindern auf die Welt hilft und daß sie diese Arbeit bereits seit zehn Jahren verrichtet. Das sind etwa tausend Geburten, von denen jede einzelne das Ihre gefordert hat. Einige hat sie gewiß vergessen, andere haben tiefere Spuren hinterlassen. Aber für die Hebamme ist dies die tägliche Arbeit, ihr Handwerk, ihr Lebensbereich.

Für Veronica dagegen ist dies etwas Einzigartiges. Sie hat erst ein Kind zur Welt gebracht, dem vielleicht noch ein oder zwei Kinder folgen werden, und für sie ist diese Geburt ein Ereignis, das sein Licht auf ihr gesamtes weiteres Dasein wirft.

Die ruhige Stimme der Stationsschwester dringt aus der Küche. „Hören Sie mal, Baska, das geht nicht."

„Geht das nicht?" wiederholt Baska mit ihrem polnischen Akzent.

„Nein, es ist ausgeschlossen, daß Sie von unserem Haustelefon aus so lange Privatgespräche führen."

„Also nicht, nein ..." Baskas Stimme klingt schuldbewußt. „Ich nur telefonieren an meinen lieben, lieben Bruder in Katowice."

„Ja, aber wenn Ihnen Ihr Bruder auch noch so lieb ist, dürfen Sie doch vom Schwesternzimmer aus keine Privatgespräche führen – noch dazu ins Ausland. Soviel müßten Sie doch eigentlich verstehen."

„Verstehen, ja ja, natürlich verstehen", antwortet Baska und versucht einen Strich unter die Angelegenheit zu ziehen.

Gegen Abend hat Marie den Eindruck, daß sich etwas ankündigt. Sie glaubt ein Ziehen in der Lendengegend zu spüren.

„Nein, das können keine Wehen sein", sagt Rasmussen, „dein Körper ist wohl nur etwas aufgewühlt, weil du heute draußen warst. Du bist ja erst in einem Monat soweit, nicht?"

Und dennoch, es ist, als wollte sich irgend etwas bemerkbar machen. Als klingelte eine Glocke. Als blinkte ein Signal. Als flüsterte eine Stimme: „Jetzt!"

Marie gibt sich Mühe einzuschlafen. Ihr ist irgendwie leicht zumute.

Die grauhaarige, knochige Nachtschwester sitzt im Schwesternzimmer und löst Kreuzworträtsel. Sie kaut auf dem Bleistift, schaut hin und wieder nach dem nachtdunklen Fenster und trägt mit großen Blockbuchstaben die Lösungen in die quadratischen Kästchen ein.

Diese Nachtschwester hat ein heimliches Laster, dem sie jedesmal frönt, wenn sie Dienst hat. Es ist ihr gelungen, ihr Transistorradio auf die Frequenz des Polizeifunks einzustellen. So verfolgt sie jede Nacht das verborgene Leben Kopenhagens. Sie hört von dem Treiben in diesem oder jenem „Intim-Massage-Klub" in Vesterbro. Sie weiß, wenn in Nyhavn ein Mann in den Kanal gefallen ist. Wenn die Polizei einen Froschmann angefordert hat. Sie dreht den Ton lauter, wenn Rauschgifthändler im Dunkel gejagt werden.

In der Lars Bjørnsstræde wurde eine Scheibe eingeschlagen. Eine

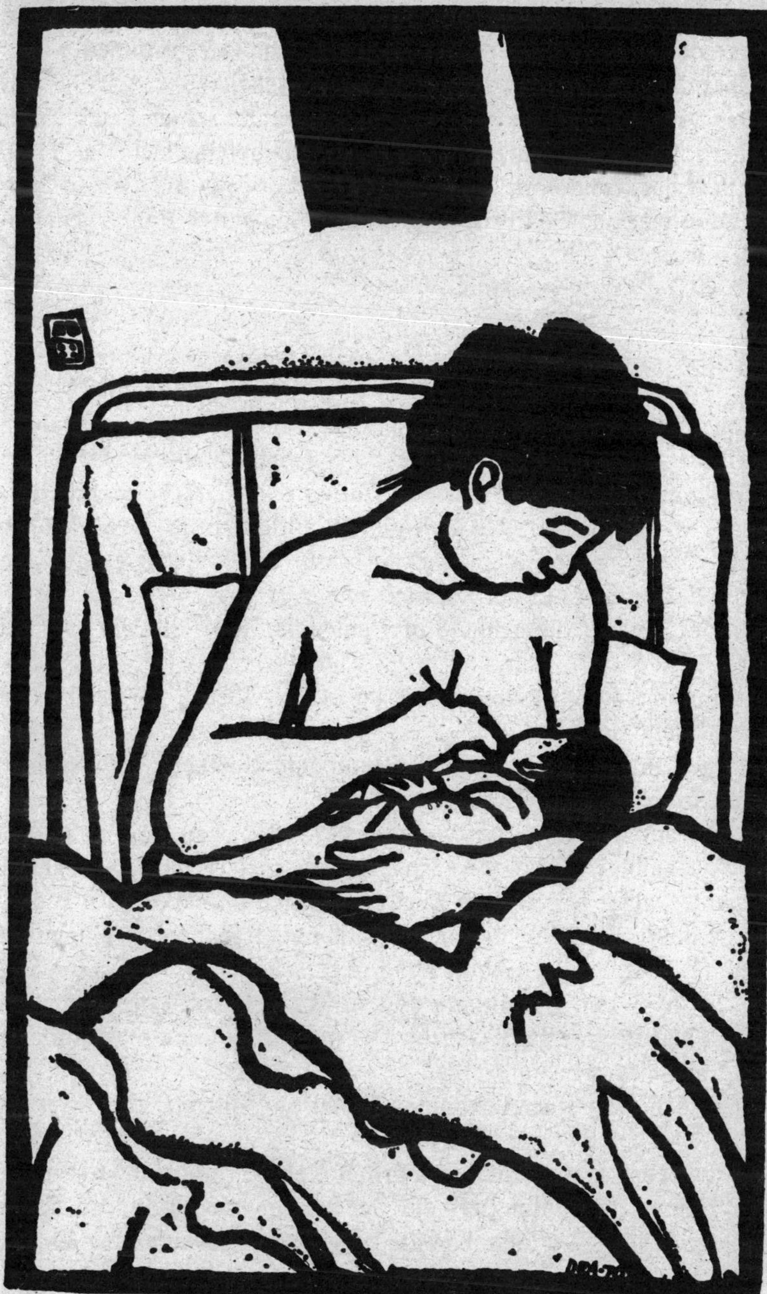

Prostituierte liegt blutend auf dem Bürgersteig. Ein Kerl hat ihr die Zähne demoliert und ist mit ihrer Handtasche verschwunden.

Über all das weiß die Nachtschwester Bescheid.

Das Leben im nächtlichen Kopenhagen nimmt seinen Lauf. Sie ist immer informiert, wo sich etwas ereignet. Sie bereitet sich eine Tasse Tee, legt das Kreuzworträtsel beiseite und hört, wie die kleinen Sünder zuunterst der Gesellschaftspyramide mit harter Hand niedergehalten werden.

Donnerstag, den 9. Januar

Schon früh am Morgen dieses Tages, an dem die Parlamentswahlen stattfinden, geht Marie mit wippendem Bauch durch die Station.

Die grauhaarige Nachtschwester hinter der Glasscheibe nickt ihr zu. Sie ist es gewöhnt, daß sich die Patientinnen um diese Zeit ein wenig die Beine vertreten, und sie weiß, wie schlecht es um den Schlaf der Frauen auf der Station bestellt ist.

Marie geht auf die Toilette und entdeckt, daß sie leicht geblutet hat.

In ihrem Körper brodelt es. Sie beugt sich über das Waschbecken und erbricht sich.

Ziehen in der Lendengegend, Blutungen, Übelkeit – sichere Anzeichen dafür, daß etwas im Gange ist.

Marie stützt sich auf den Rand des Waschbeckens und betrachtet ihr Spiegelbild. Das von langen, braunen Haaren umrahmte Gesichtsoval ist bleich. Ihre Züge haben sich unmerklich verändert. Da ist etwas Fremdes, das sie nicht kennt. Irgendwie beginnen sie sich alle kurz vor der Geburt ähnlich zu sehen.

Sie geht in den Duschraum und wäscht sich das Haar. Dann sagt sie der Nachtschwester Bescheid. Die ruft die Entbindungsstation an und fragt, was man tun werde.

„Wir schicken eine Hebamme“, lautet die Antwort.

Eine Hebammenschülerin im dritten Lehrjahr untersucht Marie in dem kleinen Behandlungszimmer der Schwangerenstation. Ja, sie sei im Begriff, sich zu öffnen. Es wäre besser, wenn sie sofort zur Entbindungsstation mitkäme.

Marie schleicht in Zimmer o und rafft ihre Siebensachen zusammen, ganz leise und im Dunkeln, um die anderen nicht zu wecken.

Draußen auf dem Flur wartet Signe, ihr kurzes Haar steht wie immer nach allen Seiten ab.

„Ist es soweit?"

„Ja, ich habe Wehen."

Signe schaut sie an, nimmt ihre Hand und drückt sie kurz. Es gibt nichts zu reden. In diesem Augenblick kann man eigentlich nur etwas Falsches sagen.

Marie schultert ihre Tasche und folgt der Hebammenschülerin. An der Tür dreht sie sich noch einmal um und sieht Signe und die grauhaarige Nachtschwester wie zwei Halbschatten in dem Lichtschein stehen, der aus dem Schwesternzimmer fällt.

In dem dunklen, molligen Kreißsaal spannt man einen Gurt über ihren großen Leib. Der Verschluß ist eine runde Scheibe. Dann wird der Gurt mit dem Wehenmesser verbunden, der selbst die schwächsten Kontraktionen der Gebärmutter erfassen und sie in eine verständliche Zeichensprache umsetzen kann. Eine schwarze, tanzende Nadel schreibt Zickzacklinien auf weißes Papier, das langsam und tickend in einer breiten Welle zu Boden sinkt.

Die Fenstervorhänge sind zugezogen. Nur eine kleine Tischlampe brennt. Der Kreißsaal gleicht einer Erdhöhle.

Marie döst. Sie weiß nicht, wie lange sie schon in dem Raum liegt, als die Tür aufgeht und der Oberarzt eintritt.

„Was, hat man Sie hierher gebracht?" ruft er aus.

Er nimmt das Papier auf, das sich aus dem Wehenmesser geschoben hat, und studiert die dünne schwarze Spur, die der Silhouette einer bergigen Landschaft gleicht. Eine Kette von ungleichen Höhenzügen, die in eine Ebene auslaufen.

Es sind Wehen. Marie nimmt sie nur als ein schwaches Ziehen in der Lendengegend wahr. Aber irgendwo in ihrem Körper sind sie im Gange. Es spannt und entspannt sich um den kleinen Binnensee, wo sich der blaue Fisch in der Tiefe dreht.

„Sie werden gleich in einen anderen Raum gebracht", sagt der Oberarzt. „Dort entnehme ich eine Fruchtwasserprobe. Mit einer sehr dünnen Kanüle. Es tut nicht weh. Machen Sie sich keine Sorgen."

Die Trage rollt durch eine Schwingtür, hinaus auf die Haupttreppe und in einen dunklen Korridor. Sie wird von einem alten, weißhaarigen Pfleger in weißer Jacke und dunkler Hose geschoben.

„Du!" Marie wendet dem Alten den Kopf zu.

„Ja?"

„Wenn das Kind stirbt – wohin kommt dann die Mutter?"

„Auf die Gynäkologische."

„Nicht auf die Wöchnerinnenstation?"

„Nein."

Er sieht sie an, als erwarte er weitere Fragen. Gewiß hätte er auch diese gern beantwortet.

Die Trage wird in ein winziges Zimmer ohne Fenster gerollt und schräg unter eine Lampe gestellt.

Neben Maries Kopf befinden sich ein hellgraues Regal mit Glasscheibe und ein fahrbarer Tisch.

Der Oberarzt geht hin und her und spricht mit einer Schwester. „Nun nehme ich eine Amnionzentese", sagt er. „Das ist eine Probe von der Amnionflüssigkeit. Der Fötus scheidet kleine Fettzellen aus. Durch ihre Analyse können wir erkennen, ob er imstande ist, selbständig zu atmen. Sollte das der Fall sein, werden wir Sie noch an diesem Tag entbinden. Wenn nicht, versuchen wir, die Wehenaktivität zur Ruhe zu bringen."

„Ist das, was Sie da tun wollen, dasselbe wie eine Chromosomenanalyse?" Steckt mehr dahinter als das mit der Atmung? fügt sie in Gedanken hinzu.

„Nun, die Probe wird auf die gleiche Weise entnommen, aber es geht nicht um die Untersuchung der Chromosomen. Wir erfahren auch das Geschlecht des Kindes nicht."

Seine Fingerspitzen wandern leicht über ihren Leib. „In wenigen Stunden wissen wir Bescheid. Dann werden wir entscheiden, was zu tun ist."

Die Schwester reicht ihm die Spritze.

„Na, dann wollen wir mal."

Marie schaut zur Decke. Sie entspannt sich völlig, liegt wie tot da, während die dünne Kanüle durch die Haut, die Bauchwand, die Gebärmutter und die Fruchtblase zum Fruchtwasser vordringt.

Welche Farbe wird es haben? denkt Marie. Wenn etwas nicht in

Ordnung ist, kann es sich eintrüben und Farben annehmen, die dem Geburtshelfer etwas sagen. „Wie sieht es aus?“

Er zeigt ihr die Spritze mit der blinkenden Flüssigkeit. „Es ist völlig klar.“

Der weißhaarige Pfleger rollt sie zum Kreißsaal zurück.

Wieder umspannt der straffe Gurt des Wehenmessers ihren Leib.

Eine Hebammenschülerin zieht die Fenstervorhänge zur Seite. Ein bleicher Winterhimmel zeigt sich, es ist, als sähe sie einen Film, der die ganze Zeit hinter einem geschlossenen Kinovorhang gelaufen ist.

Von den belebten Straßen, die das Krankenhaus umgeben, dringen schwache Geräusche herein.

„Hast du etwas dagegen, hier allein zu liegen?“

„Nicht die Spur.“

„Versuch ein bißchen zu schlafen.“

Der Wehenmesser tickt ganz leise. Marie legt den Unterarm über die Augen und gleitet langsam auf die spiegelgraue Fläche eines leichten Schlafes hinaus.

Sie ist wieder bei ihren Eltern. Es ist ein Spätsommerabend. In der hohen, lauen Dunkelheit ist man bei der Ernte. Die Maschinen fahren unentwegt und ameisenfleißig hügelauf und hügelab. Der Vater steht wie ein Schatten im Korn.

Die Stunden verstreichen. Hin und wieder kommt ein Arzt herein und hebt den weißen Streifen des Wehenmessers hoch. Durch die halb geschlossenen Lider ahnt Marie mehr als sie sieht, daß sich die Kurven abgeflacht haben. Die Wehen sind immer schwächer geworden.

„Das sieht ja gut aus“, erklärt der Arzt.

Das würde er in jedem Fall sagen.

Es muß inzwischen Nachmittag sein. Marie bekommt Tee und Weißbrot mit Butter.

Das Kind in ihrem Leib bewegt sich wie ein Kosmonaut, der an seiner Leine gewichtslos im Himmelsraum schwebt. Eine Beule zeichnet sich an der einen Hüfte ab und wandert schnell unter der Haut weiter. Marie legt die Hände sanft auf den Bauch, wie sie es schon tausendmal getan hat, und spürt die Stöße von den Gliedern des Kindes.

Sie glaubt, daß es ein Junge ist. Sie weiß nicht warum, nimmt es nur an.

Für einen kurzen Augenblick gibt sie sich völlig der Vorstellung hin, daß sie ein großes, gesundes Kind gebären wird. Daß alles in Ordnung ist. Daß ihre Befürchtungen blinder Alarm waren.

Dann verdrängt sie das Bild, schiebt es beiseite wie ein Dia, das man wieder an seinen Platz in der Kassette stellt.

Eine leichte Hand streicht ihr das Haar aus der Stirn. Marie blickt auf und schaut in das Gesicht ihrer Schwester. „Eva, du?"

„Wie geht es?"

„Gut."

„Ich habe zufällig hier angerufen und gehört, daß sie dich schon in den Kreißsaal gebracht haben. Sie haben mir erlaubt herzukommen. Was ist vorgefallen?"

„Es ist wohl soweit bei mir. Mein Körper hat es so gewollt. Sie haben eine Fruchtwasserprobe genommen. Daran können sie feststellen, ob das Kind schon lebensfähig ist. Falls die Lungen zu schwach entwickelt sind, wollen sie versuchen, die Wehen zu stoppen."

„Gut." Eva faßt in die Tasche ihres Afghanerpelzes und holt ein flaches Päckchen heraus. „Ich habe gleich bei Vater und Mutter angerufen und Bescheid gesagt. Sie haben mich gebeten, dir das hier zu kaufen."

Marie öffnet die Schachtel. Unter hellgelber Watte liegt eine schöne, schlichte Armbanduhr mit arabischen Ziffern und weißem Band. „Genau das habe ich mir gewünscht!" Marie bindet die Uhr um – und im gleichen Augenblick wird ihr übel. Sie hält sich die Hand vor den Mund und schaut sich hilflos um. Eva greift nach einem Pappbecher, der auf dem Tisch steht, und kann ihn der Schwester gerade noch rechtzeitig hinhalten, bevor sie sich im hohen Bogen übergibt.

Danach setzt sich Eva aufs Bett, Maries Hand in der ihren.

„Nun mußt du gehen", sagt Marie nach einer Weile, „ich habe mich sehr gefreut, daß du mich besucht hast. Aber das hier ist nichts für dich. Geh jetzt bitte!"

„Wir haben das Ergebnis der Fruchtwasseranalyse", sagt der Oberarzt, der Maries Krankengeschichte in der Hand hält. „Es zeigt, daß die Lungen des Kindes entwickelt sind. Wir können es wagen, Sie heute zu entbinden."

Ein tiefer Seufzer entschlüpft ihr.

„Sie sind erleichtert? Kann ich mir vorstellen. Nun ja, Sie werden in den Operationssaal gebracht. Wir wollen die Fruchtblase auf dem Operationstisch öffnen. Es ist nämlich notwendig, die große Menge Fruchtwasser, die Sie haben, sehr langsam abzulassen. Das ist mit einem gewissen Risiko verbunden, weil die Nabelschnur nach vorn fallen oder der Mutterkuchen sich lösen kann. Sollte dies geschehen, können wir in wenigen Minuten einen Kaiserschnitt vornehmen."

„Das heißt, Sie sind sich nicht sicher, ob Sie den Kaiserschnitt machen?"

„Genau. Eine normale Geburt ist immer vorzuziehen, wenn die Umstände es nur irgendwie gestatten."

Marie schaut auf die Uhr.

„Wir stellen jetzt Blutkonserven bereit. In einer Stunde sind wir für den Eingriff gerüstet."

Der Oberarzt verläßt das Zimmer, und eine Hebamme tritt ein. „Guten Tag", sagt sie und reicht Marie die Hand. „Ich werde Ihnen bei der Geburt beistehen."

Sie poltert mit einer Waschschüssel. „Sie müssen rasiert werden."

Die Klinge ist kalt, das Wasser angenehm warm.

„Kann ich einen Einlauf bekommen?" flüstert Marie.

„Ich glaube nicht, daß es nötig ist. Aber wenn sie gern möchten, dann ..."

„Haben Sie künstliche Zähne?"

Marie zeigt auf einen Backenzahn.

„Na, das ist nicht der Rede wert."

Marie blickt zu der großen Operationslampe hinauf. Sie hat viele runde Segmente und gleicht einer Zellenkolonie, einem befruchteten Ei, das im Begriff ist, sich zu teilen.

Der OP ist voller Menschen. Schweigend stehen sie in einem Halbkreis um den Operationstisch. Die meisten sind Hebammenschülerinnen, die zusehen wollen.

Ein kräftiger, breitschultriger Mann in einem ultramarineblauen

Operationskittel, mit blauer Haube und blauem Mundschutz tritt durch die Tür. Er sagt etwas. Marie erkennt ihn an den dunklen Augen. „Wie gut, daß Sie es sind", murmelt sie.

Der Oberarzt nickt.

Die Wände haben weiße, quadratische Fliesen mit grauen Fugen, der Fußboden hat graue Fliesen mit schwarzen Fugen. Die Ecken des Raums runden sich und verschwinden – Marie ist sich nicht sicher, ob der OP oval oder rechteckig ist.

Links vom Operationstisch sitzt ein weißbekittelter Narkosearzt. Er umfaßt ganz sacht ihr Handgelenk und schaut sich zerstreut im Raum um.

Rechts von Marie steht die schmächtige Hebamme in weißer Tracht mit kurzen Ärmeln; sie hat einen durchsichtigen Plastgürtel um, wie man ihn in den fünfziger Jahren getragen hat.

Für Marie ist dies ein höchst ungewöhnlicher Tag. Für die anderen ist es ein gewöhnlicher Arbeitstag. Das beruhigt Marie. Die Leute rundum sind nicht aus persönlichen Gründen so geschäftig, sondern weil es zu ihren beruflichen Aufgaben gehört.

Ihr Unterkörper wird hoch aufgerichtet. Die Beine werden gespreizt und in Bügel geschoben. Der Tisch ist so geneigt, daß ihre linke Seite niedriger liegt als die rechte.

Aller Augen sind nun auf die Pforte gerichtet, durch die ihr armes Kind ins Leben schlüpfen soll.

In dieser entsetzlichen Stellung versucht Marie ihr eigenes Ich aufzuheben. Dies alles habe nichts mit ihr zu tun, redet sie sich ein, sie sei nur das Werkzeug für eine uralte Ritualhandlung.

Sie sieht den Rücken des Hohepriesters zwischen ihren Beinen und die Schleife des Mundschutzes, der im Nacken gebunden ist.

Jetzt spannt sich sein Rücken. Jetzt hebt sich seine Hand. Er erfaßt mit seinem schmalen Instrument die Eihaut. Nun wird sie durchstoßen. Marie spürt den Druck seiner kräftigen Hände. Sie sorgen dafür, daß nur sehr wenig Wasser heraus kann.

Die Tropfen fallen langsam in eine Schüssel oder Wanne.

Rede ich? denkt Marie. Oder möchte ich nur, daß jemand etwas sagt?

Sie spürt ein Stechen in Gesicht und Händen, wie von tausend Nadeln. Weiße Funken tanzen vor ihren Augen.

„Versuchen Sie ruhiger zu atmen", sagt der Narkosearzt leise,

„sonst verpassen Sie sich selbst eine Überdosis Sauerstoff, weil Sie so nervös sind."

Nervös? Ist sie nervös? So empfindet sie das nicht. Im Gegenteil, sie spürt eine neue Art von Sicherheit und Zuversicht, weil man sie nun unwiderruflich mit ihrem Schicksal konfrontiert. Der Prozeß ist im Gange. In wenigen Stunden wird er abgeschlossen sein. Nichts kann ihn mehr aufhalten.

Es tropft in die Wanne. Die Spannung in ihrem Körper läßt nach, der Leib sinkt ein. Und durch das Stundenglas rinnt Sand.

Hin und wieder bewegt jemand am äußeren Rand ihres Gesichtskreises den Arm.

Übelkeit setzt sich ihr wie ein Alp auf die Brust. „Mir ist schlecht."

„Das sind die Wehen, die sich bemerkbar machen", flüstert die Hebamme. „regen Sie sich nicht auf."

„So, das war es", sagt der Oberarzt und zieht die Hand aus ihrem Schoß. Er dreht sich um und schiebt die Haube nach hinten. Seine Stirn ist feucht. „Messen Sie gleich die Menge."

Marie schaut auf die Uhr. Eine halbe Stunde ist verstrichen.

„Es ist gut gegangen", sagt der Oberarzt. „Die befürchteten Komplikationen sind nicht eingetreten. Nun steht einem normalen Fortgang der Geburt nichts mehr im Wege."

Marie wird auf eine Trage gelegt und aus dem OP gerollt.

Als sie die Entbindungsstation erreichen, hört Marie fürchterliche, entnervende und angsterfüllte Schreie aus einem Kreißsaal. Sie hält sich die Ohren zu. „Das möchte ich um keinen Preis hören!"

„Wer macht denn da solchen Spektakel?" fragt die Hebamme eine andere, die gerade vorbeikommt. Es scheint die Stationshebamme zu sein.

„Die Kreißende in Saal 10. Sie ist soeben von ihrem ersten Zwilling entbunden worden. Sehen Sie nur, wie sie mir die Arme aufgekratzt hat. Von oben bis unten!"

Auf einem Stuhl liegt eine Nummer des „Ekstrabladet". Die Schlagzeile auf der ersten Seite lautet: *Fast eine halbe Million wählt heute das Sofa.*

Zum drittenmal wird Marie in denselben Kreißsaal gefahren. Die Vorhänge sind wieder zugezogen. Es ist Abend geworden. Der Raum ist klein und lau – mit einem Innern wie brauner Samt.

Die Hebamme und eine Schülerin sind emsig beschäftigt. Wie kleine Tiere, die in herabgefallenem Laub rascheln. Die Hebammenschülerin ist stark erkältet. Das stört Marie. Aber sie sagt nichts.

Die Stationshebamme kommt herein. „Sollen wir Ihren Mann anrufen?"

„Der ist in Grönland."

„Gibt es jemand anders, den Sie gern dabei haben möchten?"

„Ich habe eine Schwester, glaube aber nicht, daß das hier etwas für sie ist."

„Sind Sie sicher?"

„Ja – nein – doch. Wenn etwas mit dem Kind nicht in Ordnung sein sollte, so habe ich mich ja darauf eingestellt. Für sie wäre das viel schlimmer. Sie ist nicht so unmittelbar beteiligt wie ich. Meinen Sie nicht auch?"

„Hm", brummt die Stationshebamme.

„Meinen Sie nicht?"

„Das ist eine ethische Frage, die ich kaum beantworten kann." Die Stationshebamme wechselt einen Blick mit der anderen. So ist es also entschieden – kein Familienmitglied wird dabei sein.

„Sie müssen Wasser lassen, wie ich merke", sagt die schmächtige Hebamme und schiebt Marie das Becken unter.

Marie schließt die Augen und strengt sich an. „Ich kann nicht."

„Doch, versuchen Sie nur, sonst muß ich den Katheter nehmen, und das möchte ich nicht gern."

„Es tut mir leid. Ich kann nicht."

Die Hebamme führt den Katheter in die Harnröhre ein. Es ist nicht so schlimm. Alles ist weitaus weniger schlimm, als Marie befürchtet hatte.

Kurz darauf legt die Hebamme die Hände fest um ihren schlaffen Leib und fühlt nach. „Das Kind ist nicht groß", sagt sie, „ich glaube nicht, daß es mehr als 2500 Gramm hat."

„2500 Gramm?" Vor Maries Augen dreht es sich. Funken sprühen. Das ist ja viel weniger, als alle angenommen hatten.

„Wie schön, daß es hier so still ist", flüstert sie. „Dafür bin ich Ihnen sehr dankbar."

„Ich sorge schon dafür, daß es auch so bleibt", versichert ihr die Hebamme.

„Kommt noch jemand, um zuzusehen?"

„Nein, nur wir Hebammen sind hier – und ein Arzt. Ich glaube, Sie werden im Laufe einer halben Stunde gebären. Durch das Ablassen des Fruchtwassers haben Sie sich sehr geöffnet."

Marie schließt die Augen und legt die Hände links und rechts von ihrem Kopf aufs Kissen. Bei dieser Hebamme fühlt sie sich geborgen.

Der Kreißsaal ist nun golden wie Bernstein.

Marie murmelt Rasmussens kleinen Vers:

„Mutter Maria! Leih mir die Schlüssel deine,
damit ich kann öffnen die Lenden meine."

Die Wehen kriechen durch den schlaffen Körper. Er spannt sich, die Gebärmutter arbeitet. Es zieht pausenlos in den Lenden. Ein weicher und harter Schmerz zugleich. Ein erquickender Schmerz.

„Nehmen Sie die Maske. Es gibt keinen Grund, die Heldin zu spielen."

Die Hebamme zeigt Marie, wie sie mit der Maske umgehen muß. „Sie holen tief und ruhig Luft. Halten Sie die Maske in der rechten Hand. Haben Sie das im Ohr? Dieses Geräusch? Es muß sich anhören wie ein klappernder Fensterriegel."

Die Schülerin lächelt. Sie ist reizend. Hauptsache, sie kommt mir mit ihrer Erkältung nicht zu nahe, denkt Marie.

Benommen vom Lachgas, hat sie dann ein Gesicht nach dem anderen. Es löst sich erst auf, nachdem sie alle Einzelheiten deutlich erfaßt hat. Marie sieht einen jungen Vietnamesen reglos in einem hohen Röhricht stehen. Unendlich langsam biegt er es auseinander. Ihr schaudert. Er hat eine weite, schwarzbraune, verwüstete Landschaft vor sich. Soweit das Auge reicht – verbrannte Erde und entlaubte Bäume.

„Psst!" zischt die Hebamme, als die Tür aufgeht.

„Was liegt denn dort für ein kleines Mädchen?"

„Wie? Was?" Marie schrickt auf und läßt die Maske über den Bettrand fallen. „Habe ich ein Kind?"

Ein großer, blonder Arzt in einem weißen, offenstehenden Kittel, einer weißen Hose und mit runder Kassenbrille steht an ihrem Kopfende. Blondes Brusthaar quillt über den Rand seines Unterhemds. Er wendet sich der Hebamme zu. „Was ist los? Hat sie zuviel bekommen?"

Die Hebamme antwortet ihm nicht.

„Von was für einem kleinen Mädchen haben Sie eben gesprochen?" ruft Marie entsetzt aus.

„Ich habe dich gemeint", sagt der Arzt. „Vorhin warst du so riesig durch das viele Fruchtwasser, und nun, wo es weg ist, bist du ganz schmal und klein. Das ist alles."

Marie beruhigt sich wieder. Dieser Arzt hatte ihr die Einweisung für die Schwangerenstation gegeben, als sie an einem Dezembertag in der Beratungsstelle gewesen war. Übrigens: Er redet sie ja mit du an! Wie schön. Endlich ein Arzt, der die Patienten duzt.

Nun macht er sich wohl Gedanken, weil ich ihn mißverstanden habe, und schärft sich ein, daß man bei einer Gebärenden nicht vorsichtig genug sein kann.

Die bernsteinfarbene Beleuchtung des Raums und die erkältete Hebammenschülerin. Die schmächtige, dunkelhaarige Hebamme zwischen Maries Beinen …

Wieder kommt eine Wehe von weit her. Wandert durch die Landschaft ihres Körpers. Marie holt so tief Luft, wie es die schwarze Maske zuläßt, inhaliert das Lachgas bis in die Lungenspitzen und hört, wie sich das Klappern des Ventils gleich einem Auto entfernt, das startet und davonfährt.

Sie sitzt mit Zacharias auf dem Grund des Ozeans. Sie haben einander umfaßt. Der Meeresboden fällt schräg ab. Das Wasser ist flaschengrün und klar. Wasserpflanzen schwanken von einer Seite zur anderen, neigen sich mit langen, ruhigen Bewegungen. Unendlich weit oben fährt ein Schiff. Man ahnt seinen dunklen Kiel unter der Meeresoberfläche.

Das grüne Wasser.

Die vielen Schichten darin.

Zacharias und sie stehen auf einer großen, schaukelnden Eisscholle, die mehrere Meter dick ist. Sie ist von blinkenden Schneekristallen überzogen. Der Himmel ist stahlblau. In der Ferne sieht man weiße Eisberge treiben; sie werfen violette Schatten.

„Gleich ist es überstanden", flüstert die Hebamme.

Die Eisscholle gibt nach. Knackt.

„Ich merke, daß etwas nach unten gleitet!" ruft Marie.

„Einen Augenblick, warten Sie", sagt die Hebamme, „ich schaue sofort nach."

Sie erhebt sich vom Schemel, fühlt wie weit sich der Gebärmuttermund geöffnet hat, und energisch, als gäbe sie den Befehl zu einem Angriff, sagt sie: „Nun müssen Sie sofort pressen, wenn ich es sage!"

Schweigend warten sie auf die nächste Wehe.

Gleich ist es überstanden. Ein Kind wird geboren. Aber es ist etwas nicht in Ordnung. Man bringt es weg. Es kann nur ein paar Tage leben. Ein Pfarrer kommt, er trägt einen langen, schwarzen Talar, eine weiße Halskrause und braune Hosen. Die Hosenbeine schauen unter dem Gewand vor. Der Pfarrer bringt eine Waschschüssel mit. Er wolle das Kind taufen, erklärt er, das dauere nur ein paar Minuten und bewahre es davor, als Heide der Verdammnis anheimzufallen. Durch die Taufe erlange es Vergebung für seine Sünden und das ewige Leben. „Nein!" schreit Marie. Sie will nicht, daß ihr Kind getauft wird. Darauf kehrt ihr der Pfarrer den Rücken zu und geht. Das Kind stirbt. Man muß einen Totenschein ausstellen. Jemand fragt sie, ob es beerdigt werden könne. Marie will auch keine Beerdigung. Ob es denn einfach weggeworfen werden solle?

Trauer über den sinnlosen und entwürdigenden Prozeß, den ihr Körper durchgemacht hat, und Verzweiflung darüber, ein kleines, nicht lebensfähiges Wesen auf die Welt gebracht zu haben, lassen alles Licht vor ihren Augen erlöschen.

„Jetzt ganz ruhig pressen, nach unten, ja ..."

Marie sieht ein Fenster vor sich. Ein altmodisches, in sechs Felder eingeteiltes Fenster, blaugrün gestrichen, mit einer weißrosa Borte. Es steht offen. Draußen ist Sommer, sie erblickt einen Garten, eingebettet in Licht und Schatten.

Sie hört einen hohen Ton unter der Maske. Er stammt von ihr. Sie wimmert.

Die Wehe erreicht ihren Höhepunkt. Danach folgt ein merkwürdiges Zerren und Rieseln.

Der Arzt und die Hebamme haben sich einander symmetrisch zugebeugt und hantieren mit etwas zwischen Maries Beinen.

Marie schließt die Augen. Die Maske fällt herab.

Nun ist alles vorbei.

Die Tür geht auf, und viele Menschen strömen in den Raum, es ist, als hätte man die Tore eines Stadions geöffnet. Sie heben das Kind hoch, legen es in einen Glaskasten, kehren um und eilen davon.

Es ist völlig still. Leere herrscht. Das Wasser im Aquarium ist grün. Blasen steigen langsam empor und platzen.

Marie liegt auf dem Rücken. Sie zittert vor Kälte.

„Wie sieht es aus?"

„Völlig normal."

Sie reißt die Augen auf. „Nein!"

„Doch. Bei der Kleinen ist alles vorhanden. Sie ist sehr dünn, sehr lang und sehr schön", sagt der große blonde Arzt und lächelt über das ganze Gesicht.

„Und die Speiseröhre?"

„Wir haben sie sofort mit einer Sonde geprüft. Der Weg nach unten ist völlig frei."

Feuerkugeln tanzen in der Luft. Sonnen.

Wenn das Kind *schön* ist, kann es nicht retardiert sein, denkt Marie, dann kann es keinen ernsthaften Schaden haben.

„Das stimmt nicht. Du sagst nicht die Wahrheit."

„Doch."

„Nein, ich träume. Ich habe ununterbrochen geträumt und bin noch nicht wieder wach ..."

„Ich werde dich in den Arm kneifen, dann wirst du schon merken, ob du träumst oder nicht." Der Arzt lächelt.

Er zieht einen Stuhl ans Kopfende, setzt sich und legt ein langes, weißes Arztbein über das andere. Er wippt hin und her. Marie blickt auf seine weißen Socken und die weißen Holzschuhe. Er ist fröhlich, und Marie hätte ihn am liebsten geküßt, ihn zu sich ins Bett gezogen, sich an ihn geschmiegt, sich von ihm umarmen lassen. Aber das geht ja nicht.

Sie schlägt die Hände vors Gesicht. Tränen quellen zwischen ihren Fingern hervor.

„O Gott, wie ist das schön, wie ist das schön, wie bin ich froh, wie ist das schön, wie bin ich dankbar ..."

„Sollte man ihr nicht einen Schnaps geben?" fragt der Arzt halblaut.

„Warum denn das in aller Welt?" fragt die schmächtige Hebamme. Sie befindet sich in der entgegengesetzten Ecke des Raumes.

Wie gut, daß Hebammen Frauen sind!

Auf der anderen Seite des Bettes sitzt die erkältete Hebammenschülerin und umfaßt mit beiden Händen fest Maries Leib, um die leere Gebärmutter in ihren Kontraktionen zu unterstützen. Ihre Augen sind gerötet, sie lächelt breit und freundlich. Jetzt macht Marie die Erkältung nichts aus.

„Muß ich genäht werden?" fragt sie.

„Du hast nicht den kleinsten Riß", antwortet die Hebamme.

Im gleichen Augenblick steht Rørby in der Tür, die Hände in die Seiten gestemmt, den Kopf schräg. Sie ist von der Schwangerenstation zu der geheimnisumwitterten Entbindungsstation herübergekommen.

Dann ist sie bei Marie, beugt sich über sie und umarmt sie.

„Meinen Glückwunsch, Marie."

„Danke Rørby. Ich liebe dich."

Gleich darauf ist sie weg. Marie macht ein weinerliches Gesicht.

„In den nächsten Tagen wirst du noch oft in Tränen baden", sagt der Arzt. „Mach dich darauf gefaßt."

Die Hebamme zeigt ihr ein kleines Foto, das in einer Plasthülle in ihrer Brieftasche steckt. Darauf sind vier lächelnde Kinder in Reih und Glied zu sehen. Erst ein Mädchen mit hellen Zöpfen, dann drei kleine hellhaarige Jungen. „Das sind meine", sagt sie. „Der Kleinste ist erst zwei. Ich zeige Ihnen das Bild nur, damit Sie wissen, wie gut ich Sie verstehen kann."

Sie steckt die Brieftasche wieder ein.

„Das ist der schönste Tag meines Lebens", sagt Marie. „Ich bin noch nie so froh gewesen."

„Ja, das war schon ein Erlebnis", pflichtet ihr die Hebamme leise bei.

Ein Kinderarzt tritt ein. Er trägt eine randlose, viereckige Brille.

„Wir untersuchen jetzt Ihre Kleine auf der Säuglingsstation", sagt er. „Sie erhält ein Kontrastmittel, und dann machen wir eine Röntgenaufnahme, um festzustellen, ob in ihrem Innern alles frei ist. Sie wiegt 2580 Gramm. Das reicht gerade aus, daß wir Ihnen die Kleine mit auf die Wöchnerinnenstation geben können. Ich glaube beinahe, ich kann Ihnen versprechen, daß Sie ihr Kind um Mitternacht bei sich haben werden."

Es wimmelt von Leuten. Die Tür geht ständig auf und zu. Nun, da die Geburt überstanden ist, hat sich auch die Spannung gelegt, und es gibt keinen Grund mehr, die Stimmen zu dämpfen. Man macht sauber und räumt auf. Schüsseln, Becken und alles andere werden beiseite gestellt.

Vielleicht halten sie mich unter Beobachtung, denkt Marie. Aber es macht ihr nichts aus. Ihr ist so leicht zumute, als wäre sie körperlos. Wieder und wieder sagt sie: „Ich bin so froh, so froh, so froh, so ..."

„Ach, ich bin so froh, so froh!"

Wer hat das gesagt? Wer äfft sie da nach? Marie blickt auf. Die Stationshebamme steht an ihrem Bett. In ihren Augen liegt etwas Zurechtweisendes. Offenbar reicht ihr Maries Gemurmel.

Marie bekommt eine Tasse Tee.

Auf einmal steht eine andere Hebamme an ihrem Bett. Sie ist groß, blond, jung und schlank, ihr Haar ist sehr kurz. Marie überlegt, wo sie diese Hebamme schon gesehen hat.

„Du kannst mir glauben, deine Kleine ist süß."

„Warst du bei ihr?"

„Ja, ich habe sie eben in der Neonatalen Station auf dem Arm gehalten."

„Warum haben die wohl geglaubt, sie sei so riesig?"

„Das viele Fruchtwasser hat das Bild völlig verzerrt. Es waren sieben Liter. Ich habe es gemessen."

Die Hebamme strahlt. Kann das wirklich wahr sein, daß sich alle so sehr darüber freuen, wenn eine Geburt gut verlaufen ist?

Was für eine Arbeit die hier haben!

Freitag, den 10. Januar

Grautöne. Wo bin ich?

Eine Krankenschwester beugt sich über Maries Bett. „Deine Kleine ist gerade reingerollt worden."

Meine Kleine! durchfährt es Marie. Ich habe dich ja fast vergessen. Wir sind ja heute nacht durch die Keller zur Wöchnerinnenstation gefahren worden, du und ich!

Marie beugt sich vor, blickt in das kleine Bett und spürt einen süßen Schauer, als sie einen kleinen, dunklen Kopf mit glänzendem Haar unter dem karierten Bezug hervorlugen sieht. Die Kleine liegt auf der Seite, im Rücken eine zusammengerollte Decke als Stütze.

Am Fußende liegt eine tönerne Wärmflasche, eingehüllt in eine Windel.

Die Kleine schläft. Ihr zartes, ernstes Profil hebt sich deutlich vom Laken ab. Die Händchen liegen vor ihrem Mund, und die Finger sind fadendünn.

Du kleines Wesen, denkt Marie. O ja, ich erkenne dich wieder von heute nacht!

In ihren weißen Krankenhaushemden sitzen die Wöchnerinnen, ihre Neugeborenen auf dem Arm, in zwei langen, symmetrischen Reihen im kegelförmigen Licht der Bettlampen. Die Brüste sind entblößt, die Säuglinge angelegt.

Man hört Schmatzgeräusche, Stöhnen und gedämpfte Stimmen.

Welche vollendete Frauenwelt!

Das Zimmer ist groß, rechteckig und hellgrau. Von drei Seiten fällt das bleiche Morgenlicht durch übermäßig große, altmodische und hoch angebrachte Fenster mit langen kadmiumgelben Vorhängen. Die vierte Wand wird von einem hohen, schmalen Schrank und von der Tür eingenommen. Neben der Tür befindet sich ein weißes Waschbecken, halb von einem Wandschirm verdeckt.

Zimmer 1 ist mit zehn Betten der größte Raum auf der Wöchnerinnenstation. Marie hatte in der Nacht darum gebeten, nach Zimmer 1 zu kommen, weil man sich dort mitten in einer vielschichtigen Gemeinschaft befindet.

Die Betten sind breit und bequem. Hinter jedem Kopfende hängen zwei große schwarze Tafeln an der Wand, darauf stehen der Nachname, die Temperatur, der Puls und eventuelle Beschwerden der Wöchnerin sowie der Termin der Geburt, das Gewicht und die Größe ihres Kindes. Unten geben griechische Zeichen das Geschlecht des Säuglings an.

Auf dieser Station muß man vom ersten Tag an aufstehen. Schon wenige Stunden nach der Geburt gehen die Wöchnerinnen allein zur Toilette und ins Brausebad.

Sie warten auch ihre Kinder selbst. Die Säuglinge sind den ganzen Tag über im Zimmer und werden nur nachts hinausgefahren. In den kleineren Zimmern kann man sie auch nachts behalten, wenn man möchte.

Die Neugeborenen werden von den Müttern genährt, das heißt, sofern ihr Geburtsgewicht mindestens 3000 Gramm beträgt und die Frauen es wünschen. Kinder mit niedrigerem Geburtsgewicht – wie das von Marie – erhalten innerhalb von vierundzwanzig Stunden sechsmal zu festen Zeiten Nahrung.

Die Wöchnerinnen gehen zwischen ihrem Bett und dem langen Wickeltisch, der in der Mitte des Zimmers steht, hin und her. Sie legen die Kleinen trocken, waschen die neuen Erdenbürger, reden mit ihnen und wiegen sie.

Die Frauen genießen es, nach einer gut überstandenen Geburt auf der Wöchnerinnenstation zu sein – das ist ein Wohlbefinden ganz besonderer Art.

Obwohl alle vom ersten Tag an aufstehen sollen, kann Marie sich kaum dazu aufraffen. Ihr ist zumute, als wäre eine Dampfwalze über sie hinweggerollt und hätte ihr sämtliche Knochen im Leibe zerbrochen.

Es gelingt ihr nicht, das Bett zu verlassen. Sie dreht nur den Kopf von links nach rechts, verfolgt das Tun und Treiben der anderen Frauen und hofft darauf, daß jemand zu ihr kommt und etwas sagt.

Auf der Wöchnerinnenstation kann man nicht so leicht feststellen, daß Visite ist. Obwohl sich das Personal alle Mühe gibt, Ordnung in die Reihen zu bringen, verlassen immer wieder Wöchnerinnen das Bett, um etwas zu holen, was sie vergessen haben, oder um einen Säugling neu zu windeln.

Eine blonde Ärztin, kaum viel älter als Marie, geht lautlos von einer Wöchnerin zur anderen und stellt so wenige Fragen wie möglich.

Marie stützt sich auf einen Ellbogen und schaut zu, wie ihr Kind aus den Windeln gewickelt, auf eine Waage gelegt und untersucht wird.

„2470 Gramm gegen 2580 gestern abend bei der Geburt“, ruft die Schwester.

Die Zahl wird in eine Tabelle eingetragen, die zusammen mit verschiedenen Fotokopien, abgezogenen Schreiben, Reklamezetteln für Miltonwasser, Papierwindeln und Präventivmitteln auf dem Nachttisch liegt. Marie weiß mit der Gewichtsangabe nicht viel anzufangen. Für sie ist sie recht abstrakt.

Die Ärztin schiebt dem Neugeborenen den kleinen Finger in den Mund, untersucht den Gaumen, legt beide Hände um den schmalen Kopf, drückt vorsichtig zu und befühlt die Fontanelle. Als die Hände der Ärztin forschend zum Schlüsselbein hinab und von dort über die Ärmchen gleiten, quäkt die Kleine. Die Ärztin zählt die winzigen Finger, nimmt die Nägel und die Handlinien in Augenschein, mißt den Puls in der Leistenbeuge und mustert prüfend die Schamlippen. Dann tastet sie die Beinchen ab, zählt die Zehen, sieht sich die Zehennägel an, fährt mit dem Daumen über die seidenweichen Fußsohlen, umfaßt mit beiden Händen die Knie, beugt die gekrümmten Beine zur Seite – es wirkt recht grob – und lauscht, ob es im Hüftgelenk knackt. Darauf hebt sie das weinende Kind mit einer Hand leicht an den Fußknöcheln hoch, dreht es herum und läßt den Zeigefinger über das Rückgrat gleiten. Zum Schluß schlägt sie zu beiden Seiten des Kindes auf die Unterlage. Die Kleine zuckt zusammen und fuchtelt mit Armen und Beinen. „Ja", sagt die Ärztin dann, ohne aufzublicken, „sie ist in Ordnung."

Wenn sie ganz ehrlich ist, müßte sie eigentlich zugeben, daß meine Kleine zu dem Vollkommensten gehört, was sie je gesehen hat, denkt Marie.

Auf dem langen Wickeltisch in der Mitte des Zimmers liegt ein kleines, rotes, strampelndes Wesen neben dem anderen.

„Macht es was, wenn ich im Bett bleibe?" fragt Marie.

„Nein", antwortet die Schwester, ein junges Mädchen mit langem, im Nacken zusammengebundenem Haar, „bleib ruhig liegen. Ich zeige dir jetzt, wie du die Kleine zurechtmachen mußt. Der erste Stuhl ist dunkel und klebrig, er wird Mekonium genannt. Doch im Laufe von zwei Tagen wird er hellgelb und hat einen angenehmen Geruch, wenn es ein Brustkind ist. Du wäschst die Kleine so, mit diesem Schwamm hier. Tupf sie vorsichtig mit dem Handtuch ab. Das Geschlechtsorgan immer von oben nach unten, nie von unten nach oben. Streu ein bißchen Puder auf den Hals, unter die Arme und hinter die Ohren, überall dorthin, wo sich Feuchtigkeit bilden kann, aber vergiß nicht – verwende nie Puder und Salbe zusammen, das verklebt nämlich. Windeln mußt du die Kleine so – aber nicht zu locker, sonst fühlt sie sich unbehaglich. Dann das Hemdchen drüber. Das Wickeltuch wird mit einer Schleife auf dem Rücken gebunden. So. Na, ist sie nicht fein?"

Sie legt Marie das weiße Bündel in die Arme. Marie kommt sich vor wie eine Madonna auf einem alten Gemälde, in Gold und Rot gemalt.

„Aber du mußt aufpassen, daß sie nicht kalt wird. Kinder mit niedrigem Geburtsgewicht entwickeln nur wenig Eigenwärme. Hin und wieder mußt du die Wärmflasche nachfüllen, sie in eine Windel wikkeln und der Kleinen ans Fußende legen."

Marie nickt und strengt sich an, ja alles zu behalten. Sie schnuppert an dem Kind. Es duftet so angenehm. Sauber und würzig.

„Versuch jetzt, sie anzulegen", sagt die Schwester, „aber nicht länger als zehn Minuten an jede Brust, sonst ermattet sie. Sie muß lernen zu saugen, und sie muß dich stimulieren. Es dauert ein paar Tage, ehe die Milch kommt. Bis dahin ist es Kolostrum. Das ist ein wenig gelblich und sehr leicht zu verdauen. Und gut für das Kind, denn es enthält wichtige Abwehrstoffe ... "

„Ich möchte die Kleine gern nähren", sagt Marie und blickt die Schwester fragend an. „Meinst du, daß ich das kann?"

„Aber ja doch. Wir helfen dir dabei. Und nun leg sie so, daß ihre Wange deine Brust berührt. Ja, richtig! Sie wird den Kpof instinktiv der Warze zuwenden und den Mund öffnen."

Die Schwester betrachtet Marie und die Kleine.

„Wenn du wund wirst, leg ein wenig Lanolinsalbe auf. Setz dich bequem zurecht. Es ist wichtig, daß deine Lenden einen Halt haben."

Marie durchrieselt es freudig, als sie die seidigen Lippen der Kleinen an ihrer Brust spürt. Eine bisher unbekannte Sehnsucht findet nun ihre Erfüllung. Ein uraltes Verlangen, das sie nicht bezeichnen konnte. Ja, welche vollendete Frauenwelt! Marie ist in den letzten vierundzwanzig Stunden durch viele Schichten getaumelt, durch Hell und Dunkel, bis sie von diesem schneeweißen, sauberen Bett in der Wöchnerinnenstation aufgefangen wurde.

Mit dem Fruchtwasser und dem Kind ist auch die Spannung aus ihrem Leib geschwunden. Wie Regenwasser im Erdboden versickert. Der Körper ist erschlafft – ebenso wie die Seele – und liegt nun wie ein alter Sack auf dem Laken.

Das Neugeborene schläft – als wäre es die selbstverständlichste Sache der Welt – an ihrer nackten Brust.

Dieses Kind ist ihr Fleisch und Blut. Es hat sich in ihr gebildet und ist gewachsen, bis ihr Körper es durch die Pforte hinausgedrängt hat, von einer Welt in eine andere. Es wurde abgenabelt, untersucht, zurechtgemacht. Lebensfähig. Wohlgestaltet.

Über der Wochenstube steht ein Regenbogen.

Eine große, blonde, gut aussehende Frau tritt an Maries Bett.

„Willkommen und herzlichen Glückwunsch“, sagt sie mit einer tiefen, weichen Stimme und reicht der Wöchnerin die Hand. „Wie geht es dir?“

Herrlich, daß hier alle du sagen, denkt Marie. Und dabei ist dies die Stationsschwester.

Aus unerfindlichen Gründen hat Marie Tränen in den Augen und bringt keinen Ton heraus. Sie will etwas sagen, aber die Kehle ist ihr wie zugeschnürt.

Die Stationsschwester beugt sich über das schlafende Kind und betrachtet es. „Wie niedlich sie ist“, sagt sie. „Ich habe deine Krankengeschichte gelesen und bin mir sehr wohl darüber im klaren, daß es für dich nicht so einfach war.“

Sie läßt Marie Zeit, sich zu fassen.

Endlich ist Marie imstande, den Mund aufzumachen. „Ich bin so müde“, sagt sie, „ich weiß selbst nicht, warum. Mir ist so ... “ Sie weiß nicht, ob sie es als *merkwürdig* oder als *innerlich leer* bezeichnen soll, denn sie ist außerstande, dieses Gefühl zu definieren.

„Ich kann mir schon vorstellen, wie dir zumute ist“, beendet die Stationsschwester Maries Suche nach dem richtigen Wort. „Ich war auch todmüde, als ich mein Kind zur Welt gebracht hatte. Das ist ja auch ganz natürlich. Ich werde den Schwestern sagen, daß sie dir zur Hand gehen sollen, bis du selbst wieder zu Kräften gekommen bist. Wenn du mit irgend etwas nicht fertig wirst, dann sag nur Bescheid.“

Sie wendet sich dem nächsten Bett zu.

Darin liegt eine kleine, zusammengesunkene Gestalt in einer unnatürlichen Stellung. Eine Patientin, die weder zu essen noch zu trinken erhielt, als die anderen frühstückten. Hin und wieder seufzt oder schluchzt sie. Über dem Kopfende hängt ein Tropf in einem Stativ, eine umgestülpte Flasche. Durch einen Schlauch wird klare Flüssigkeit in ihren mageren, unter der Decke verborgenen Arm geleitet.

„Na, Mikkelsen, wie geht es uns heute?“

Die Patientin wendet der großen, weißen Frau ihr vergrämtes Gesicht zu. Ein heiserer Laut kommt aus ihrer Kehle.

Die Stationsschwester steckt die Hände in die Taschen und lehnt sich an das Bett. „Wir werden den Tropf bald entfernen. Was denn – sind das da deine?“ Sie zeigt auf zwei Fotos in einem geteilten, verzierten Rahmen auf dem Nachttisch.

„Natürlich sind das meine“, antwortet Mikkelsen und fährt sich mit dem Ärmel unter der Nase entlang.

„Dann hast du wirklich etwas, worauf du dich freuen kannst.“

So geht die Stationsschwester von Bett zu Bett und spricht leise mit jeder einzelnen Wöchnerin. Überall nimmt sie sich Zeit, ihnen zuzuhören. Einige Frauen strahlen vor Freude, andere beginnen prompt zu weinen. Die Stationsschwester ist das eine wie das andere gewöhnt. Das erschüttert sie nicht weiter.

„Warum liegst du da so merkwürdig?“ fragt Marie ihre Nachbarin.

„Ich bin sterilisiert worden“, antwortet sie weinerlich und schaut mit großen, dunklen Augen über den Rand der Bettdecke.

„Hast du kein Kind zur Welt gebracht?“

„O doch. Einen Jungen. Sie haben ihn draußen im Schwesternzimmer.“

Auf einmal steht der Oberarzt an Maries Bett, ein wenig außer Atem. „Wollte nur mal sehen, was es geworden ist“, sagt er und lächelt, beugt sich vor und betrachtet das schlafende Kind.

Marie wird rot. Sie möchte nach seiner Hand fassen. Sich bedanken.

Aber sie findet nicht die richtigen Worte.

Das, was in der letzten Zeit geschehen ist, die vielen Wochen auf der Schwangerenstation, die Gespräche, die Untersuchungen und vor allem das Öffnen der Fruchtblase gestern auf dem Operationstisch – das alles ist nicht so recht faßbar. Es ist etwas zwischen dem Oberarzt und ihr, das man nicht in die üblichen Wendungen kleiden kann.

Er nickt. Er benötigt keinen Dank. Er schaut sie kurz an und ist weg.

Seine vielen Pflichten rufen ihn. Die Visite auf der Schwangerenstation. Eine gynäkologische Untersuchung. Ein Kaiserschnitt.

Marie ist völlig verwirrt und kommt sich wie verheert vor, nachdem er gegangen ist.

Auf der Wöchnerinnenstation herrscht ein eigentümlicher, ganz spezieller Geruch. Ein süßlicher Geruch von den Ausscheidungen der Säuglinge, von dem Wochenfluß zwischen den Beinen der Mütter, von der Milch, die aus den Brustwarzen dringt und auf dem Krankenhaushemd erstarrt, von Schweiß, vermischt mit dem Duft der prangenden, künstlich hochgetriebenen Blumen und dem Geruch von Chlor und Vaseline.

In der ersten Zeit nach der Geburt riechen die Frauen und ihre Kinder gleich. Milchig. Gesäuert. Süß-sauer. Ein bißchen stickig. Es ist ein ungewöhnlicher Geruch, den ein Frauenkörper nur kurz nach dem Gebären verströmt.

Die Wöchnerinnenstation ist sehr lang, hoch und dunkel. Links zwischen den Fensternischen stehen Schränke, Kühlschränke, Rolltische und gestapelte Stühle. Rechts sind die Türen zu den Zimmern, zum Schwesternzimmer und zum Aufenthaltsraum.

In den kleineren Zimmern liegen vorwiegend Wöchnerinnen, denen ein Kaiserschnitt gemacht wurde oder die in anderer Hinsicht eine schwere Geburt hatten. Aber dort liegen auch Frauen, die mit Zwillingen, Drillingen und sogar mit Vierlingen niedergekommen sind.

Überall auf der Wöchnerinnenstation herrscht ein emsiges Treiben.

Schwestern gehen mit schnellen Schritten hin und her, Becken in der Hand. An einem Fensterbrett lehnen ein Arzt und eine große Hebamme und führen ein vertrauliches Gespräch miteinander.

Wöchnerinnen in allen möglichen und vorwiegend unmöglichen Morgenmänteln schlurfen breitbeinig, mit rundem Rücken und unordentlichem Haar, auf ihrer festen Route Bett-Badezimmer-Aufenthaltsraum-Bett den Flur entlang.

Ein Säugling schreit. Ein Fenster wird festgehakt. Aus einem Zimmer dringt Gelächter. Eine Schwester kommt heraus, gefolgt von einer Hilfsschwester. Sie platzen fast vor Lachen, schlagen sich auf die Schenkel, halten die Hände vor den Mund und richten sich stöhnend und prustend, Tränen in den Augen, wieder auf.

Sie denken nicht im mindesten daran, ihre Fröhlichkeit zu verbergen.

So hat sich niemand auf der Schwangerenstation amüsiert.

„Hej, du!“

Eine sehr junge Wöchnerin, nicht besonders groß, steht am Bett; Marie kennt sie, kann sie aber nicht sofort unterbringen. Wer ist das noch gleich? Richtig, das ist ja Connie, die siebzehnjährige Connie aus Hundested, die mit der Papierwarenhändlerin Karen-Margarethe in Zimmer 5 gelegen hat.

„Guten Tag. Liegst du auch hier?“

„Ja, in dem Bett dort drüben, neben Frau Holm. Ich habe heute morgen ein Mädchen geboren“, sagt Connie stolz. „Und was ist es bei dir geworden?“

„Das gleiche. Die Kleine liegt dort.“

„Nein, die ist ja süß“, sagt Connie und beugt sich über das Kinderbett, die Hände auf die Knie gestützt. „Gratuliere!

„Wie ist es bei dir verlaufen?“

„Na ja. Die haben mir einen ordentlichen Schnitt verpaßt, kann ich dir sagen. Das tut verdammt weh. Ich kann nicht sitzen, nur liegen oder stehen. Da, wo ich genäht bin, spannt es so. Ich bin zu straff gewesen, hat die Hebamme gesagt. Bei Frauen in meinem Alter soll das oft so sein, obwohl das der günstigste Zeitpunkt für die Geburt ist.“ Connie lächelt stolz und verlagert das Gewicht von einem Fuß auf den anderen. „Wie ist es den anderen ergangen, die damals auf der Schwangerenstation lagen?“

„Ja du, die große Olivia, mit der ich zusammen in einem Zimmer lag, die hat ein hübsches Mädchen gekriegt. 3400 Gramm hat sie gewogen, und der Oberarzt hat selbst den Kaiserschnitt gemacht.“

„Und die Türkin, was ist aus der geworden?“

„Die hat auch ein Mädchen bekommen – ein Riesenbaby von neun Pfund. Ganz prächtig. Das sah wirklich schon wie ein Schulkind aus.“ Marie glaubt Habiba mit ihrer kräftigen kleinen Hampelpuppe im Arm leibhaftig vor sich zu sehen.

„Ich nehme an, sie ist gestern entlassen worden und nach Hause, nach Næstved gefahren.“

„Und was ist aus Yvonne geworden? Weißt du das?“

„Ja, sie ist mit mir zusammen niedergekommen. Gestern. Sie hat zwei Mädchen geboren. Aber viel zu früh, und sie sind sehr klein. Die sind jetzt auf der Kinderintensivstation im Brutkasten. Vermutlich liegt Yvonne hier auf Station, in einem der kleinen Zimmer. Nehme ich jedenfalls an.“

Connies Gesicht hat sich seit ihrer Niederkunft verändert. Seine Züge sind weicher geworden. Mit ihren roten Wangen und dem Kraushaar sieht sie kerngesund aus. Kaum zu glauben, daß sie erst vor wenigen Stunden entbunden hat.

„Und was ist aus der geworden, mit der du dich so viel unterhalten hast? Ich meine die mit den drei kleinen Mädchen."

„Aus Signe? Sie ist noch auf der Schwangerenstation."

Ob Connie von Karen-Margarethes Unglück weiß? überlegt Marie. Ich sage nichts, wenn sie nicht danach fragt.

Aber Connie muß ihre Gedanken erraten haben, denn im gleichen Augenblick ruft sie aus: „Ich habe einen Brief von Karen-Margarethe gekriegt. Sie fragt an, ob ich ab Herbst bei ihr in dem Papierwarengeschäft arbeiten will. Ist das nicht nett von ihr? Was meinst du, wie ich mich gefreut habe."

„Weißt du von ihrem Pech?"

Connie nickt. Weder sie noch Marie erörtern das Thema weiter. Ein Frösteln überfällt sie, und sie schauen nach ihren schlafenden Kindern.

Holt sie überhaupt Luft! durchfährt es Marie plötzlich. Sie beugt sich schnell über den Bettrand und hält den Arm in das Bettchen, um die leichten Atemzüge der Kleinen an der Hand zu spüren.

Für den Bruchteil einer Sekunde wähnt sie das Kind tot vor sich zu sehen. Reglos. Ausgestreckt. Die Augen geschlossen, den Mund halboffen. Marie faßt sich ans Herz.

Zum Mittag gibt es als Vorsuppe Brühe mit Fleisch- und Mehlklößen. In der Suppe schwimmen hellgrüne und hellgelbe Porreestükken, Sellerie und Mohrrüben. Das Hauptgericht besteht aus Kalbsmedaillons, gedämpften Erbsen und großen, gelben Kartoffeln.

Connie winkt Marie von ihrem Bett aus fröhlich zu. Sie liegt auf der Seite und hat Mühe, das Essen zum Munde zu führen.

Von zwölf bis dreizehn Uhr dreißig ist Mittagsruhe. Die Schwester ermahnt die Wöchnerinnen, ja die Augen zuzumachen, sie brauchten mehr Schlaf, als sie ahnten. „Wenn ihr erst wieder zu Hause seid, kommt eine Menge auf euch zu."

Das Zimmer liegt in strahlendem Weiß. Die Kinder sind satt und ruhig. Man hört zufriedene Grunz- und Schnarchlaute.

Marie schiebt sich Bett- und Kissenzipfel unter die Lenden und zwischen die Beine, unter die Wange und den Nacken, bis sie bequem in ihrem warmen Nest liegt.

Der Schlaf prickelt unter der Haut, entrückt einen mit sanftem Schaukeln aller Verantwortung; es ist, als läge man in einer Wiege.

Marie empfindet den Aufenthalt auf der Wöchnerinnenstation wie einen Gang durch die seeländische Landschaft in den letzten April- oder ersten Maitagen, um die Zeit, da sich alles aus seinen Hüllen schält, die Felder sich mit dem ersten zartgrünen Schimmer überziehen, die weißen Knospen der Mirabellenbäume hinter den Hecken aufblühen und man das Gefühl hat, dies alles sei zu gewaltig, um es ganz in sich aufnehmen zu können. Alles, was sich auf der Wöchnerinnenstation ereignet, ist für Marie auf gleiche Weise überwältigend, und sie ist nicht in der Lage, es ganz zu erfassen und zu verstehen.

Sie wünscht sich, die Zeit anhalten und unablässig auf ein und dasselbe Bild schauen zu können.

Die Kleine liegt auf dem Deckbett zwischen ihren Beinen. Ihre Stirn ist klar und gewölbt. Das Haar dunkel und seidenweich. Die Hautfarbe schwach hellbraun, ein wenig gelblich, mit zwei bleichen Rosen auf den Wangen. Die zarten Brauen sind ein wenig schräg, die Mundwinkel leicht nach unten gezogen.

Nun gähnt die Kleine und zieht die Beine etwas an. Nach wie vor, ohne die Augen zu öffnen, und mit einem leicht bekümmerten Gesichtsausdruck.

Mit jeder Stunde, die verstreicht, entfernt sich das Kind von seinem früheren Dasein. Der Abstand zwischen Kind und Gebärmutter wird immer größer – der zwischen dem Kind und den Menschen immer kleiner.

Die Tür geht auf, und die ersten Besucher strömen herein. Die Wöchnerinnen fahren zusammen, huschen eilig in ihre Betten und setzen sich dort dekorativ zurecht.

Zweimal am Tag ist Besuchszeit. Auf dieser Station hat man nicht so viel Angst davor, daß die Gäste Infektionskrankheiten einschleppen könnten. Es geht hier ziemlich ungezwungen zu. Familienangehörige und Freunde erscheinen, setzen sich auf die geheiligten Wochenbetten, bringen Geschenke und Blumen mit, heben die Neugeborenen hoch und lassen sie von Arm zu Arm wandern.

Selbst größere Kinder dürfen nach Absprache mitkommen.

Hier gibt es keine dicken Glasscheiben, durch die man die Familie von ihrem neuen Mitglied trennt.

Ein junger Bursche setzt sich verlegen auf einen Stuhl neben Connies Bett. Er bewegt die Füße hin und her. Seine Hände stecken – flach aneinandergedrückt – zwischen seinen Knien. Die Schultern hat er fast bis zu den Ohren hochgezogen. Er schaut an die Decke. Dann in das Kinderbett. Dann aus dem Fenster. Er weiß nicht recht, was er sagen soll. Connie schneidet wegen ihrer schmerzenden Naht Grimassen und überlegt, was sie ihm erzählen könnte.

In dem Bett rechts von Connie liegt die imposante Frau Holm und mustert ihre Nägel.

Frau Holm ist zwar schon groß – aber ihr Mann überragt sie noch.

Er geht auf leisen Sohlen, den Spann in den braunen Socken und schwarzen Schnürschuhen gestreckt, am Wickeltisch vorbei, vorsichtig und bestrebt, ja keine Aufmerksamkeit zu erregen. In der einen Hand trägt er einen Hut und in der anderen ein Päckchen in buntgemustertem Geschenkpapier.

Das erste, was Frau Holm von sich gibt, ist: „Was hast du mir da gekauft?"

Er hebt die große Hand an ihr Ohr, wispert irgend etwas und legt das Päckchen auf ihren Schoß.

„Aber nein, du ausgewachsener Idiot!" ruft sie aus.

Herr Holm duckt sich. „Aber Marchen, du hast doch selbst gesagt ... und ich dachte –"

„Du dachtest, ja, und ich hab es gesagt!"

Er bekommt sein Kind überhaupt nicht zu Gesicht. Vielleicht ist das auch nicht so wichtig, denn Frau Holm ist nun dabei, ihm auseinanderzusetzen, wie er es mit dem Mittagessen einrichten soll. „Und das ist im Tiefkühlfach, denk dran! Und wenn es aufgetaut ist, dann ..."

„War das dein Mann?" fragt Frau Holm zuckersüß.

„Wer?" fragt Connie zurück.

„Der junge Bursche von vierzehn, fünfzehn, der an deinem Bett saß."

„Ach der – nein, das war nur mein kleiner Bruder." Connie wird rot und schaut sich um, als suche sie Hilfe. Dann nimmt sie zu ihrer

Kleinen Zuflucht, hebt sie aus dem Kinderbett und sagt: „Großvater wird dir bestimmt einen hübschen Kosenamen geben, darauf kannst du dich verlassen, ja, ja."

„Wie hältst du denn bloß das Kind? Paß auf, daß es dir nicht runterfällt."

Frau Marchen Holm weiß einer jungen, unerfahrenen Mutter viele gute Ratschläge zu geben.

Der Januartag ist nicht lang. Er krümmt sich zusammen, schwindet und wird durch die Fenster nach draußen gesaugt. Er zieht sich aus dem Zimmer zurück und zieht das Dunkel hinter sich her – holt es aus den Ecken und Wänden hervor.

Teller mit Broten werden hereingebracht. Sie sind mit Leberpastete, Kochwurst, Eiern, Tomaten, Fischfilet und Roastbeef belegt.

Connie genießt die Abendmahlzeit. Sie hat sich fest vorgenommen, soviel wie möglich zu essen, bevor sie wieder zu den eintönigen Fleischtöpfen der Mutter zurück muß.

Aber Frau Holm leidet. „Ach, ich kriege das kaum herunter. Kann ich nicht ein Mineralwasser haben, um ein bißchen nachzuspülen?"

Die Stimmung der kleinen Frau Mikkelsen wird langsam besser, denn eine Schwester entfernt ihren Tropf. Danach setzt sie sich auf Frau Mikkelsens Bettrand und blickt auf die beiden Farbfotos, die auf dem Nachttisch stehen.

„Sind das wirklich deine?"

„Na, und ob! Rudi ist sieben und Randi vier. Und ob das meine sind, diese Frechdachse." Frau Mikkelsen legt den Kopf schräg und setzt eine wichtige Miene auf.

Die Schwester dreht und wendet die Bilder hin und her. „Wer kümmert sich um sie, während du hier liegst?"

„Na, der Vati."

„Kann er denn so lange zu Hause bleiben?"

„Und ob er das kann! Er ist vor kurzem Invalidenrentner geworden. Er kann ganz ausgezeichnet mit Kindern umgehen, sage ich dir!"

„Und wie soll dein anderer Kleiner heißen?"

„Rolf oder Robin, aber ich glaube, wir werden uns wohl für Robin entscheiden."

„Rudi, Randi und Robin – das klingt!"

Marie kann sich nicht zurückhalten. „Er könnte doch auch Roland heißen. Es gibt ja sogar ein Rolandlied."

„Oder Rudolf", sagt die Schwester.

„Nee, so heißt schon sein Vater."

„Na gut, aber wie ist es mit Rune, Roar oder Rex?" fährt Marie unangefochten fort. „Du könntest ihn auch Rafael, Richard oder Roger nennen."

„Nein, dann lieber Rasmus", ruft Connie von ihrem Bett her.

„Was hälst du denn von Roy – Roy Mikkelsen?" fragt Marie. „Das hört sich doch gut an, nicht?"

„Woher hast du bloß die ganzen Namen?" erkundigt sich Frau Holm erstaunt.

„Ach, nirgendsher", antwortet Marie und hebt abwehrend die Hände.

Die anderen können ja nicht wissen, daß „Wie soll das Kind heißen" auf der Schwangerenstation zu ihrer Lieblingslektüre gehört hat.

Frau Holm hat die Hand unter dem Kopf, der erhöht auf den weichen Kissen ruht, und hält das „Billedbladet" mit ausgestrecktem Arm von sich ab. Möglicherweise ist sie ein bißchen weitsichtig.

„Nein, hört mal her", sagt sie, „ist das nicht interessant?" Sie beginnt laut zu lesen: *„Gestern haben Sie für einen neuen Ministerpräsidenten gestimmt. Heute haben Sie die Möglichkeit, ihn an seine Versprechen zu erinnern, die er während des Wahlkampfes gegeben hat. Die Wahl ist entschieden, aber noch ist der neue Ministerpräsident Dänemarks nicht benannt worden. Unabhängig davon, wer Dänemark durch die Bedrängnisse der kommenden Zeit führen wird, erhalten Sie hier die Möglichkeit, auf ihn einzuwirken."* Frau Holm blickt auf. „Klingt das nicht gut?" Dann fährt sie fort: *Schreiben sie einen offenen Brief an den zukünftigen Ministerpräsidenten Dänemarks. Sie können ihm Ihre ehrliche Meinung sagen, ihm gute Ratschläge geben oder Fragen stellen. Wir werden dafür sorgen, daß ihm Ihre Briefe vorgelegt werden, und mit mehr als einer Million Leser im Rücken wissen wir, daß der Ministerpräsident sowohl darauf hören als auch antworten wird."* Sie läßt die Zeitung sinken. „Das klingt doch faszinierend, was?"

„Wer hat die Wahl eigentlich gewonnen?" fragt Marie und schaut sich im Zimmer um. „Weiß das hier jemand?"

„Waren das nicht die Sozialdemokraten?“ ertönt es von irgendwoher.

„Ach nein, nicht wieder die“, ruft Frau Holm aus, „das wird ja der reinste Kindergarten!“

„Ich habe eine Zeitung von heute“, sagt Connie und hebt das „Ekstrabladet“ hoch, damit es alle sehen können. „Hört her: *‚Jetzt mußt du gehen, Hartling – die Wahlergebnisse zeigen ein totes Rennen an. Die bürgerlichen Parteien haben achtundsiebzig Mandate erhalten und die Arbeiterparteien dreiundsiebzig. Glistrup konnte vierundzwanzig für sich verbuchen.‘“*

„Was ist mit Erhard?“ fragt Frau Holm.

„Erhard ist der große Verlierer der Wahl. Er hat zehn Mandate eingebüßt und verfügt jetzt nur noch über vier“, liest Connie vor.

„Hahaha“, lacht die kleine Frau Mikkelsen. „Das schadet ihm gar nichts, diesem Vollidioten.“

„Ich weiß wirklich nicht“, sagt Frau Holm. „Hier steht: *‚Hartling hat sich totgesiegt – genau zwanzig Mandate gewonnen, kann aber nichts damit anfangen ...‘“*

„Was ist mit den Kommunisten?“ fragt Marie.

„Die haben sieben Mandate erhalten, also eins dazu.“

„Na, ich werde jetzt trotzdem an meinen Ministerpräsidenten schreiben“, sagt Frau Holm und dreht sich um, das „Billedbladet“ in der Hand.

„Den Rücken gerade!“ ruft jemand, als Marie an der offenen Tür zum Schwesternzimmer vorbeigeht.

„Hör mal, wie siehst du eigentlich aus?“ fragt die Schwester vom Spätdienst, indem sie auf Marie zugeht. „Das Hemd da ist doch mindestens fünf Nummern zu groß. Wo in aller Welt hast du das her? Du siehst ja aus, ja, du siehst aus wie eine aus der Klapsmühle.“

Die hat wahrhaftig Talent, einem Komplimente zu machen, denkt Marie und streckt die Arme in den viel zu langen Ärmeln aus.

„So, steh still, laß mich mal!“

Mit schnellen Bewegungen krempelt die Schwester die Ärmel mehrmals um, daß die Hände zum Vorschein kommen. Dann tritt sie einen Schritt zurück, kneift die Augen zusammen und hält den Kopf schräg.

Marie geht weiter den Flur entlang, zu dem weißgedeckten Tisch mit dem abendlichen Kaffee und den Käsebroten.

Die Schwester schüttelt resignierend den Kopf.

Die Wöchnerinnen bedienen sich an dem Tisch. Dicke Weißbrotscheiben mit viel Butter werden auf geriffelte Pappteller gelegt. Tee oder Kaffee wird in Plastbecher gegossen.

Einige ziehen sich sofort in ihr Zimmer zurück, andere gehen in den Aufenthaltsraum, setzen sich auf das rote Sofa, unterhalten sich und schauen in die Röhre.

Der Aufenthaltsraum ist hoch und schmal, die Beleuchtung kümmerlich. An der Wand gleich neben der Tür hängt ein Münzfernsprecher, umgeben von einer Plexiglasbox.

Über dem roten, niedrigen Sofa hängen ein paar gerahmte Lithographien und Reproduktionen von international anerkannten Künstlern. Grafik in Massenauflage. Typische Hospitalkunst. Sie sagt niemandem etwas. Hängt nur dort und hat einen gewissen Betrag gekostet.

Die Frauen haben nun alle ihren Platz gefunden. Sie rauchen, reden oder sehen fern. Das Bild ist unscharf. Es ist offenbar lange her, daß jemand den Kontrast reguliert hat.

Eine kleine, knochendürre Frau mit steifer Haube zieht einen Wagen mit klirrenden Medizinflaschen hinter sich her. Sie bleibt plötzlich mitten im Zimmer stehen, so daß es scheppert, und fragt freundlich und dennoch ein wenig spitz, ob jemand noch etwas zur Nacht wolle.

„Mogadon? Doriden? Enhexymal? Ein Glas Paraffinöl oder Mannasaft für die Verdauung? Wie ist es mit Ihnen, Frau Holm? Hatten Sie Stuhlgang?"

„Ach, ich habe so gräßliche Hämorrhoiden!"

Frau Holm erhält ein Präparat.

„Möchte noch jemand etwas?"

„Ich habe Nachwehen, daß Gott erbarm!" sagt Frau Mikkelsen. „In der Nacht konnte ich kein Auge zutun. Und dann möchte ich auch etwas für meinen Magen. Was ich gestern gekriegt habe, das taugt nicht viel."

„Hat es nicht geholfen?"

„Nicht die Spur."

„Versuchen Sie es mal mit zwei Gläschen Paraffinöl. Und hier sind vier Codymagnyl. Nehmen Sie jedesmal zwei."

„Ich habe Angst, daß ich nicht schlafen kann", sagt Marie. „Kann ich etwas Starkes haben, das auch wirkt?"

„Eine Dorlden? Wäre das was?"

„Ja, danke. Und ein Glas Mannasaft. – Das hört sich so alttestamentarisch an."

Die Kinder werden zur Nacht hinausgefahren. Marie legt der Nachtschwester die Hand auf den Arm und sagt: „Passen Sie gut auf sie auf. Sie ist so klein – und noch so neu!"

„Ja, ja, keine Angst. Versuch ein bißchen zu schlafen. Das brauchst du. Es ist wichtiger, als du denkst. Ich verspreche dir, daß wir gut auf die Kleine aufpassen. Sie kommt mit ins Schwesternzimmer. Dann haben wir sie ständig im Auge."

Meine Kleine, denkt Marie, nun wirst du deine zweite Nacht im Schwesternzimmer verbringen.

Alles Licht ist gelöscht. In Maries Schädel brummt es. Ihr Körper schmerzt. Sie hat ein Gefühl, als hätte sie sich sämtliche Rippen gebrochen.

Marie hat ihre Schlaftablette gekaut und sie in einem unbewachten Augenblick mit Alkohol heruntergespült.

Ich darf nicht vergessen, Zacharias zu telegrafieren, denkt sie. Ich muß ihm ja mitteilen, daß er Vater eines Mädchens geworden ist. Vier Wochen früher als vorgesehen. Das wird eine schöne Überraschung für ihn sein.

Marie bindet ihre neue Uhr um den rechten Arm, sie soll sie am nächsten Morgen daran erinnern, daß sie ihm das Telegramm schikken will.

Zum erstenmal seit vielen, vielen Monaten kann sie sich auf den Bauch legen. Der Bauch ist flach, schlaff, leer wie ein alter Weinschlauch, wie ein Leinenbeutel. Ach, wenn man doch hundert Jahre schlafen könnte! Sie wünscht sich, daß der Schlaf auf sie zukriechen, von ihr Besitz ergreifen möge, stark, unwiderstehlich. Völlig zurücksinken und sich der Nacht hinzugeben.

Ein einziger kleiner Lichtfleck flimmert an der Decke.

Ein Taxi hält mit summendem Motor am Bürgersteig.

Spät in der Nacht dringt ein fürchterlicher Schrei durch die Rohre hinter Maries Kopfende. Der Schrei zerreißt die Luft. Eine Stimme ruft: „Nein, nein, nein!“ Marie bohrt die Finger in die Ohren, kneift die Augen zu und preßt sich an die Matratze. Kurz darauf weiß sie nicht mehr, ob sie selbst es war, die geschrien hat. Oder war es nur ein Traum? Ist überhaupt ein Rohr hinter ihrem Bett?

Sie merkt, daß sie geblutet hat.

Sie zieht an der Schnur. Ein blaues Lämpchen leuchtet auf. Die Nachtschwester kommt und wechselt das Stecklaken.

Sonnabend, den 11. Januar

Die kleine, magere Zeitungsfrau zieht ihren großen, schweren Kioskwagen hinter sich her. Ihr Blick fällt sofort auf Marie, die sie von der Schwangerenstation her kennt.

„Nein“, sagt sie und schlägt die Hände zusammen, „haben Sie nun auch ein Kleines gekriegt? Darf man mal schauen? Nein, wie reizend es ist! Ich gratuliere!“ Dann stellt sie sich neben den Wagen und beginnt zu verkaufen.

Frau Holm zeigt Organisationstalent. Sie arrangiert es so, daß jeder im Zimmer etwas anderes nimmt – Zeitungen, Illustrierte und so weiter. Dann hat man etwas, womit man sich die Zeit vertreiben kann.

Marie steht mit ihrem nackten Kind am Wickeltisch. Wie macht man das nun? Sie schaut sich um. Wie machen es die anderen?

Vier Kinder liegen auf dem Tisch. Marie kann es nicht unterlassen, ihr Kind mit den anderen zu vergleichen. Sie mustert das erste, das zweite und dann wieder ihr eigenes. Ein deutlicher Unterschied ist erkennbar. Ihre Kleine ist viel kleiner und viel zarter. Sie gleicht einem gerupften Küchlein. Einer kleinen Gefangenen aus einem Konzentrationslager mit langen, dünnen Beinen, die in den Gelenken knacken.

Vielleicht hat sie sich auch in einer Art Konzentrationslager befunden, bevor sie geboren wurde?

Aber zugleich ist sie auch sehr schön. Sie ist *bei weitem* die Schönste im ganzen Zimmer.

Man soll nicht glauben, eine Mutter wisse nicht, wie ihr eigenes Kind aussieht!

„Ist sie zu früh geboren oder was?“ fragt Connie.

„Ja, einen Monat.“

Linkisch bemüht sich Marie, der Kleinen das Unterhemdchen anzuziehen. Die Arme sind so fein und die Hände so unglaublich klein. Sie hat Angst, ihr etwas zu brechen, wenn sie die Kleine in das Zeug zwängt. „Wie macht man das bloß?“

„Sieh her“, sagt Connie und nimmt Maries Platz ein. „Der eine Zipfel der Windel kommt zwischen die Beine und der andere um den Rücken und wird so befestigt. Na, hast du es mitgekriegt?“

Schnell und geschickt zieht die siebzehnjährige Connie das Streichholzkind an.

„Wieso bist du darin so tüchtig?“

„Ich habe oft die Kinder meiner Schwester versorgt.“

Marie hat auch Windeln gewechselt, im Kindergarten. Aber das war doch etwas völlig anderes. Erstens waren es Wegwerfwindeln, und zweitens waren die Kinder so groß, daß man sie richtig halten konnte.

Drei- bis vierjährige Kinder, denkt Marie. Wie haben die Eltern sie bloß soweit gebracht!

Das Zimmer ist voller Morgenlicht. Die Betten sind schneeweiß. Alles ist so wohlgeordnet und sauber.

Im Schrank liegt sauberes Zeug. Genug von jedem, man braucht es sich nur zu nehmen.

Ein herrlich langes Wochenende liegt vor den Wöchnerinnen. Ein Wochenende, an dem sie sich nur um sich selbst kümmern müssen, sich an ihren Kindern erfreuen können, Familienbesuch erhalten, unter die Dusche gehen, Illustrierte lesen, miteinander reden und viel schlafen werden.

Niemand stellt große Ansprüche an sie.

Man wird respektiert, wie man ist.

Es ist, als wäre man im Paradies.

Auf den Nachttischen stehen Schnittblumen. Meistens Tulpen, deren lange, steife Stiele in den blitzenden Aluminiumvasen des Krankenhauses stecken.

Da sind klargelbe Tulpen, tiefrote Tulpen, schimmernde blaßrosa Tulpen mit durchsichtigen grasgrünen Blättern. Und ohne nennenswerten Duft. Sie sind nicht in richtiger Erde draußen auf dem Land gewachsen, sondern unter künstlichen Bedingungen; dann hat man sie wie bratfertige Hähnchen in Zellophan verpackt.

Rote Blumen sind gut für die Wöchnerinnen. Rot ist die lebenspendende Farbe. Früher war die Taufkleidung der Neugeborenen auch völlig rot.

Und Gelb ist gut. Es schützt gegen das Böse!

Aber Weiß bedeutet Unglück. Rote und weiße Blumen dürfen unter keinen Umständen zusammengebunden werden. Wird ein solcher Strauß auf die Wöchnerinnenstation gebracht, sondert das Personal ihn sofort aus.

Hin und wieder kommt ein uniformierter Bote durch die Haupttür, der mit Mühe ein unmäßig großes Blumenarrangement schleppt, umhüllt von knisterndem weißem Seidenpapier. Und fast immer ist daran mit einer Nadel eine ungewöhnliche Visitenkarte befestigt.

Hinter solchem Seidenpapier verbergen sich keine gewöhnlichen dänischen Blumen wie Rose, Tulpe, Schneeglöckchen oder Hyazinthe. Nein, es sind geheimnisvolle und kunstfertig gebundene Buketts, von farbigen Seidenbändern umwickelt. Die Blumen sind sogar so selten, daß niemand auf der Wöchnerinnenstation so recht weiß, wie sie heißen.

Diesmal verschwindet der Bote in einem Einzelzimmer, wo gewiß – das meint jedenfalls Frau Holm – eine königliche oder adlige Wöchnerin liegt. Die kleine Frau Mikkelsen dagegen will gehört haben, daß es ein bekanntes Mannequin oder eine Schauspielerin sei. Doch es ist ganz gewiß jemand, den man von den Illustrierten her kennt.

Die meisten Blumen auf Zimmer I hat zweifellos Frau Holm. Auf ihrem Tisch stehen zwölf langstielige, dunkelrote, fast schwarze Rosen, umwunden mit hellrotem Seidenband, das zu einem kleinen Strauß mit Rosenknospen führt, der in einer Vase für sich steht.

Auf dem hohen Fensterbrett über ihrem Kopf sieht man einen prächtigen Strauß neben dem andern. Azaleen, Fresien mit Frauenhaar, Ziersträucher.

Es ist Marie ein wenig unangenehm, daß sie selbst keine Blumen hat. Nicht weil sie die vermißt hätte, überhaupt nicht. Aber es ist ihr peinlich, daß die anderen glauben könnten, sie sei deshalb traurig.

„Pfui, du kleines Ferkel. Hast du dich wieder schmutzig gemacht?“

Frau Holm wendet sich an ihr Kleines in einem durch und durch zurechtweisenden Ton. Es ist ihr drittes Kind. Sie hat bereits zwei Mädchen.

Frau Holm ist die einzige im Zimmer, die sich die Brüste hat hochbinden lassen. Die Schwester hat ihr eine straffe Binde um den ganzen Oberkörper gewickelt.

Frau Holm will nicht flachbrüstig werden.

Wenn die anderen stillen, sitzt sie mit der Babyflasche da. „Das ist auch viel praktischer, denn so weiß man genau, wieviel das Kleine bekommt", hat sie den anderen erklärt.

Links von Frau Holm liegt Connie und stöhnt über ihre Naht. Rechts von ihr – in dem Bett am Fenster – sitzt eine stattliche Frau mit großen, kräftigen Füßen, stark gewölbten Zehennägeln und roten, gerillten Fußsohlen, die unter der Bettdecke vorschauen. Sie ist mit einem Schmied verheiratet und hat ihren vierten Sohn bekommen. Frau Holm hat ihr vorgeschlagen, die Kinder zu tauschen, aber die Schmiedfrau hat dankend abgelehnt. Nun hat sie ein Kissen im Rücken und betrachtet ihr schlafendes Kind in dem hellen, durch das Fenster hereinfallenden Licht. Sein Gesicht ist völlig entspannt, der Mund groß und füllig, die Nase dick und ein wenig plattgedrückt. Ein sehr kräftiges Kind.

Sie versucht den Jungen zu wecken. Sie schiebt den Daumen in seine Händchen, zieht ihn langsam hoch und läßt ihn in das weiche Bett zurückplumpsen. „He, wach auf, du sollst jetzt was zu essen kriegen!"

Vorsichtig öffnet er das eine tiefblaue Auge und macht es schnell wieder zu. Dann gähnt er, zieht die Nase kraus und blickt auf einmal mit großen, blitzenden Augen geradeaus. Hellwach.

Die Schmiedfrau knöpft das Hemd auf. Bläuliche Adern kreuzen sich gleich kleinen Flußläufen auf ihrer fülligen, braungesprenkelten Brust. Selbstsicher sucht der Mund des Kleinen die dunkle Warze, während sein Händchen über die nackte Brust fährt.

Er seufzt zufrieden. Erst war die Warze kühl und schmeckte scheußlich nach Lanolin, nun ist sie warm und lebendig. Er saugt, und die Milch läuft geradewegs in seinen kleinen Magensack.

Nachdem er in den zehn Minuten, die vorgeschrieben sind, ausgiebig an jeder Brust gesogen hat, stößt er auf und sinkt mit einem Seufzer zurück. Der freie Arm fällt zur Seite.

Nun schläft er wieder, der kleine Trunkenbold!

In dem anderen Bett am Fenster – dem der Schmiedfrau gegenüber – liegt eine magere Friseuse ganz still, ihr bleiches Kind im Arm. Sie gehört zu den vielen unverheirateten Müttern. Allein in diesem Zimmer sind es drei, außer ihr noch Marie und Connie. In den anderen Zimmern findet man vermutlich noch viel mehr. Sie werden im Rigshospital nie abgewiesen. Darin hat es eine lange Tradition.

Rechts von der Friseuse liegt Marie. Sie hat ihren Eskimosäugling frisch gewindelt von der Schwester zurückbekommen.

Sacht und bescheiden umfaßt die Kleine mit den Lippen die Brustwarze. Dann läßt sie davon ab. Das war wohl nicht sehr viel? Marie ist unsicher.

„Wie geht es?" fragt die Schwester. „Kannst du sie noch mal dazu kriegen?"

Sie blickt auf die Tabelle auf Maries Nachttisch. Dort steht: *„Sonnabend, 3. Tag. 2310 Gramm."* Sie verliert schnell an Gewicht, die Kleine.

„Du mußt unbedingt versuchen, ihr etwas einzuflößen, Hansen. Die Nieren müssen ja anfangen zu arbeiten. Zwar nehmen alle Kinder in den ersten zwei Tagen ab, aber ein so winziges Ding wie deins sollte nicht allzuweit absinken."

„Aber was soll ich denn tun?" fragt Marie unglücklich. „Ich versuche und versuche es, ich mache es so, wie du sagst, aber sie wird so schnell müde und schläft ein. Ich habe überhaupt kein Gefühl dafür, wie viel oder wenig sie bekommt."

„Dann pump die Milch ab und gib sie in eine Flasche. Vielleicht nimmt die Kleine sie dann besser. Aus der Flasche läßt es sich ja bequemer trinken. Es fließt schneller. Sie ermattet dann nicht so schnell. Wir werden noch häufiger ihr Gewicht kontrollieren."

Die Schwester wendet sich dem nächsten Bett zu. „Na, Mikkelsen?"

Die kleine Frau Mikkelsen hebt ihren zerzausten Kopf von dem zerdrückten Kissen. Die Schwester hilft ihr, eine Rückenstütze zu finden und die Brustwarzen abzuwischen.

„Nun leg den kleinen Halunken an", sagt Frau Mikkelsen, einen entschlossenen Ausdruck im Gesicht.

Der kleine Halunke ist ein richtiger Schreihals. Aber es gelingt der Schwester, ihn mit einem festen Griff um den Nacken zur Räson zu bringen.

„Au, das ist ja eine Qual“, stöhnt seine Mutter.

Rechts von ihr liegt eine Pakistanerin. Sie trägt einen glitzernden schwarzen Seidenmantel mit eingewebten Gold- und Silberfäden und hält ein großes, 3500 Gramm schweres Mädchen in den Armen, das mit dem Sauggerät geholt werden mußte. Es ist ein dunkles Kind mit edlen Gesichtszügen. Auf der Kopfhaut hat es einen großen braunen Fleck.

Die Pakistanerin ist völlig verstört. Ihre Kleine will die Flasche mit der kostbaren, abgepumpten Muttermilch nicht nehmen. Die Schwester blickt sie besorgt an.

Die letzte in der Reihe – ganz hinten im dunkelsten Winkel des Raumes neben dem Wäscheschrank – heißt Sidenius. Ihr feines, blondes Haar liegt fächerförmig auf dem Kissen. Sie hat einen zarten Jungen geboren, der mit einem hohen, dünnen Stimmchen wimmert. Sidenius liegt kläglich und initiativlos da. Die Niederkunft war langwierig und freudlos. Nun starrt sie unentwegt an die Decke. Fern von allem und allen.

Aber im Zimmer ist noch jemand.

Ein winziger, schwarzhaariger Junge. Ein hellbrauner Mulatte, der aus irgendeinem Grund völlig allein im Zimmer liegt. Er wird nur von den Schwestern betreut.

Wo ist seine Mutter? Sie ist doch nicht etwa tot? Bis zum heutigen Tag sterben Frauen im Kindbett – sogar in einer Spezialabteilung wie dieser.

Die Wöchnerinnen gehen an seinem Bett vorbei und mustern ihn verstohlen. Wenn sie sein feines, schönes Gesichtchen sehen, schnürt sich ihnen die Kehle zusammen. Wie verlassen er daliegt. So ohne Liebe!

Schließlich faßt sich eine Wöchnerin ein Herz und fragt die Schwester, warum der Kleine so allein dort liege.

„Er soll adoptiert werden“, antwortet sie. „Die Mutter ist erst vierzehn.“

Connies gute Laune ist plötzlich verschwunden. Während der Visite am Morgen hörte die Ärztin ein undeutliches Knacken in dem einen Hüftgelenk des Kindes. Nun soll es in einer orthopädischen Klinik gründlich untersucht werden.

Ob man der Kleinen die Hüfte schienen wird?

Connie hat so ein Kind in einem anderen Zimmer gesehen. Die Schiene zwingt die Beinchen mit gebeugten Kniegelenken völlig zur Seite und hält sie dort fest. So bleibt das Kind drei Monate lang. Danach ist die Hüfte in Ordnung, und das Kind muß nicht hinken, wie es bei der kleinen Frau Mikkelsen der Fall ist.

Es sieht nur so schrecklich aus, solange die Schiene angelegt ist!

Connie ißt ihre Tomatensuppe. Der Löffel stockt auf dem Weg zum Mund. Große Tränen rinnen ihr über die Wangen.

„Sei nicht traurig", sagt die Schwester. „Dein Kind wird jetzt in einer Spezialklinik untersucht. Drei von vier, die wir dort hinschicken, kommen mit Sicherheit wieder zurück, weil es blinder Alarm war. Wir wollen hier nur jedes Risiko vermeiden."

Eine halbe Stunde später erscheint ein Taxichauffeur und holt sie ab. Die Schwester packt die Kleine in eine Tragetasche. Connie nimmt ihre Lederjacke und geht hinter den beiden her. Sie sollen zu einem Spezialisten im Blegdamsvej.

Eine Physiotherapeutin in einem weißen, locker sitzenden Hemd und in dunkelblauer Hose nimmt mitten im Zimmer Aufstellung und erklärt den Frauen, wie wichtig die Wöchnerinnengymnastik sei. Sie müßten nach der Geburt ganz langsam wieder damit beginnen, ihren Körper durch Training zu kräftigen. „Denkt daran", sagt sie, „während der Geburt wird die Beckenbodenmuskulatur stark belastet."

Marie bemerkt, daß der Physiotherapeutin zwei Finger fehlen. Ob das angeboren ist? denkt sie unwillkürlich, während sie rücklings auf dem Bett liegt, die eine Hand flach auf dem Zwerchfell, die Knie vorsichtig gebeugt.

„Laßt ja nicht die Beine plötzlich zur Seite fallen. Das zerrt an den Fäden, wenn jemand genäht ist. Es kann sogar passieren, daß die Nahtstellen aufplatzen. Ja, streckt die Beine, kreuzt die Füße und drückt sie zusammen."

Die Physiotherapeutin schaut von einer zur anderen. „Drückt die Beine zusammen, langsam und ruhig, eins-zwei-drei-vier-fünf. Nun entspannen und ausatmen. So, ja. Stellt euch vor, die Gebärmutter wäre ein Aufzug, den ihr zur ersten-zweiten-dritten-vierten-fünften Etage hinaufhebt."

Frau Holm stöhnt laut. Sie kann den Aufzug nicht recht lokalisieren. Die Schmiedfrau muß lachen. Sie hat auf den falschen Knopf gedrückt.

„Diese Übung müßt ihr – gleichgültig, wo und wann – immer wiederholen. Wenn ihr euch hinlegt, um Mittagsschlaf zu halten. Wenn ihr an einer Bushaltestelle wartet. Wenn ihr abwascht."

„Dafür wird der Mann angestellt!" ruft die Schmiedfrau. Ihr Kopf ist ganz rot vom Lachen.

Während der Mittagsruhe wird die Friseuse von einer Sozialberaterin mit einem roten Band ums Haar aufgesucht. Sie zieht einen Stuhl an das Kopfende des Bettes. Die beiden tuscheln lange miteinander. Frau Holm spitzt die Ohren, um mitzubekommen, worum es sich handelt. Es geht um einen Zuschuß, um Unterstützung und ein Antragsformular.

Die Friseuse erhält ein Stück Papier, das sie linkisch unterschreibt.

Anschließend wendet sich die Sozialberaterin Marie zu. „Wie ist es mit der Vaterschaft? Ist sie festgestellt?"

Connie kehrt froh von der Untersuchung zurück, ihre Tochter in der Tragetasche. Es war tatsächlich blinder Alarm. An der Kleinen ist alles in Ordnung, sie muß nicht geschient werden.

Frau Holm steht vor dem Waschbecken und rollt sich das Haar ein. Sie dreht den Kopf nach allen Seiten, betrachtet sich von links und rechts und tippt mit den Fingerspitzen leicht auf die Wickler.

Während sie ein dünnes Haarnetz darüberzieht, ruft sie aus: „Ja, also das schlimmste ist, daß die uns hier *aus-schließlich* als Versuchstiere benutzen!"

Marie richtet sich plötzlich auf dem Ellbogen auf. „Signe! Wie schön, daß du mich besuchst."

Der schwarze Kimono beugt sich über die weiße Gestalt. Für einen kurzen Augenblick spürt Marie den Druck von Signes festem, großem Leib gegen ihren nun eingesunkenen Bauch.

„Wo ist die Kleine?" Signe schaut sich um.

„Da – am Fußende vom Bett."

Sie beugt sich hinunter und betrachtet das schlafende Kind. „Ich kann dir gar nicht sagen, wie ich mich gefreut habe, als ich hörte, daß es gut verlaufen ist. Wie süß sie ist!"

Jedesmal wenn jemand etwas Gutes über ihr Kind sagt, wird Marie von einem vorher nicht gekannten Gefühl des Stolzes und der Freude erfaßt.

„Sie nimmt nur so furchtbar ab."

„Um so besser, daß ihr in so guten Händen seid."

Marie lehnt sich zurück und sieht Signe an. Ihr Haar ist ein wenig länger geworden, aber noch ebenso zerzaust wie früher. Ihr Gesicht ist bleich. Signe wirkt so einsam. Plötzlich tut sie Marie leid. Die Freundin befindet sich nach wie vor an einer Stätte in der qualvollen Vergangenheit – dort, wo man noch nicht geboren hat.

Marie berührt leicht ihren Arm. „Du, wie geht es euch da oben auf der Schwangerenstation?"

„Ich werde morgen entlassen. Nun ist das Kleine endlich groß genug." Signe klopft sich auf den Bauch. „Im übrigen: Linda liegt wieder bei uns auf Station."

„Linda?"

„Ja. Du solltest sie besuchen, bevor du nach Hause gehst."

„Das ist klar."

„Wohin willst du eigentlich nach deiner Entlassung?"

„Nach Jütland, zu meinen Eltern. Urlaub machen mit der Kleinen."

Marie sieht sich schon an Bord der Fähre, oben auf Deck, einen geflochtenen Korb in der Hand. Darin liegt ihre Kleine und schläft friedlich. Der Wind weht. Auf dem Großen Belt kräuseln sich Wellen mit weißen Schaumkronen.

„Wie stehst du dich mit deiner Mutter?"

„Gut, absolut gut. Auch mit meinem Vater."

Signe nickt nervös. Ihre Hände gleiten am Kimono hinauf und hinunter. Sie hat wohl Verlangen nach einer Zigarette. Dann sagt sie: „Etwas geht mir unablässig im Kopf herum. Ich finde, daß das Verhältnis zwischen Mädchen und ihren Müttern oft recht schlecht ist. Gibst du mir nicht recht? Du brauchst dich ja bloß umzuschauen. Meinst du nicht auch, daß die meisten Mädchen, denen wir hier begegnet sind, zu Hause die *Hölle* haben? Aber alle sind der Meinung, daß sie sich mit ihren eigenen Kindern bestimmt gut verstehen werden. Das sollte man ja auch hoffen…"

„Ich weiß nicht, wie sicher sie sich da sind", sagt Marie.

„Andererseits habe ich den unangenehmen Verdacht, daß man immer den ganzen Plunder mitschleppt. Daß sich das Üble vererbt." Signe spielt mit ihrem Kimonogürtel.

„Gewiß", sagt Marie leise. „Ich finde oft, daß es direkt schwer ist, zuzugeben, wie gut man sich mit seinen Eltern versteht. Es gibt durchaus Leute, die meinen, dann sei man kein selbständiger Mensch."

„Nein, die Zeit macht es einem nicht leicht, sich mit den Alten zu vertragen. Das wird als unwichtig angesehen. Es zählt einfach nicht. Und das Ergebnis ist eine Menge Elend. Was meinst du wohl, wie es vielen jungen Frauen ergehen wird, die hier im Haus liegen, und ihren Männern, wenn sie sich auf niemanden stützen können, der erfahrener ist als sie und der ihre O-beinigen Gören wirklich mag? Jemanden zu mögen, das muß man nämlich lernen. Man muß es bei seinen Eltern mitbekommen und an seine Kinder weitergeben. Das ist nicht etwas, das man so einfach kann."

Auf einmal lächelt sie. „Du, man sagt, die da oben in Grönland mögen Kinder sehr."

„Ja", stimmt Marie ihr freudig zu. „Das sagt man!"

„Und was hast du vor, wenn du hier raus bis? Willst du im Kindergarten bleiben?"

„Eigentlich möchte ich noch studieren. Ich bin zwar jetzt achtundzwanzig, aber … Ich würde mich gern an der Den Sociale Højskole mit Sozialwissenschaften befassen oder das Lehrerseminar besuchen. Am liebsten würde ich mich aber auf dem Det Nødvendige Seminarium mit gesellschaftlichen Grundfragen auseinandersetzen, wenn sich das machen ließe und man dort sein Kind bei sich haben könnte."

„Dein Freund ist doch auf dem Lehrerseminar, nicht?"

„Ja. Wir könnten uns gut vorstellen, gemeinsam in Grönland zu arbeiten."

Marie faltet die Hände im Nacken. „Du, Signe, jetzt verstehe ich besser, was du einmal zu mir gesagt hast, als ich noch auf der Schwangerenstation war. Du sagtest, die Welt werde kleiner, aber auch dichter, wenn man Kinder habe. Ich merke schon jetzt, wie meine Welt schrumpft – es ist, *als könnte sie nur dieses Kind umfassen und nichts anderes*. Es quält mich, daß ich das nicht schon früher begriffen habe. Eigentlich bin ich anderen Mädchen gegenüber nie recht solidarisch gewesen. Ich habe mich immer viel mehr für Männer interessiert. Jetzt erst habe ich das Gefühl, daß ich im Begriff bin, andere Frauen zu verstehen."

„Du", sagt Signe, „die kleine Tenna, die ..."

Der Nachmittag neigt sich dem Ende zu, und das Winterdunkel dringt in die Wöchnerinnenstation, wie eine Woge, die das Licht hinausschiebt.

Die Schmiedfrau spaziert mit ihrem Jungen umher. Sie trägt ihn um den Wickeltisch, zum Waschbecken und zur Tür, und von dort an allen Betten vorbei bis zu dem großen Fenster. Dort drückt sie einen Kuß auf sein Händchen.

„Warum liegst du eigentlich hier?" fragt Marie.

„Ja, wir hatten drei Jungen und wünschten uns brennend noch einen dazu. Aber dann abortierte ich zweimal kurz hintereinander. Ich war wie zerschmettert. Dann wurde ich an dieses Krankenhaus hier verwiesen. Und die haben mir geholfen, meinen Junior zu kriegen." Sie schaut verliebt auf den kleinen, kräftigen Kerl. „Mir ist fast, als hätte man ihn mir hier geschenkt."

„Wie wohnt ihr denn, wenn ihr so viele seid?"

„Wir haben eine Dreieinhalbzimmerwohnung."

„Geht denn das? Ihr seid doch jetzt sechs Personen!"

„Ach, das geht sogar großartig. Aber meine Schwiegereltern wohnen ja ganz in der Nähe. Die beiden Großen halten sich fast immer bei ihnen auf. Sie essen dort Mittag, machen ihre Schularbeiten und schlafen auch bei den Alten. Dadurch ist es für uns ganz einfach. Wir haben immer jemanden gehabt, der auf unsere Gören aufgepaßt hat. Und mit dem hier wird das genauso."

Sie stapft auf ihren festen Beinen mit den kräftigen Schenkeln zum Wickeltisch. Ihr Gesäß ist rund und ziemlich weit oben angesetzt. Das Haar fließt braun über ihre Schultern.

Mit strahlenden Augen schaut sie auf ihren Sohn, der sich auf der Plastunterlage windet.

Die Haupttür geht auf. Besucher strömen herein.

Ein Besuch bei einer Wöchnerin ist seit altersher eine festliche Angelegenheit. Wenn er in den eigenen häuslichen vier Wänden stattfindet, ist er allerdings ziemlich anstrengend. Auf der Wöchnerinnenstation hingegen kann man vorher nicht gut das ganze Haus auf den Kopf stellen und die Gäste mit Essen und Trinken bewirten. Dort herrscht das Krankenhausreglement, und das schützt die Wöchnerinnen.

Es ist ein merkwürdiges Gefühl, die Angehörigen der Patientinnen zu sehen. Eigenartig, daß sich Männer und Frauen in so hohem Maße ähnlich sind. Kleine, vierschrötige Frauen haben meist auch kleine, vierschrötige Männer. Gleich und gleich gesellt sich gern, vielleicht trifft dies in einem noch höheren Maße zu, als Marie angenommen hatte.

Doch am auffälligsten ist bei so einem Familienbesuch, daß plötzlich das jeweilige soziale Milieu deutlich wird.

Die Klassenschranken, die aufgehoben scheinen, wenn die Patientinnen unter sich sind, werden sofort sichtbar, wenn die Männer auftauchen.

Durch die Kleidung, das Gesicht, die Zähne, die Hände, die Blumen, die Geschenke, durch die Art zu reden enthüllt der Mann die soziale Stellung der Familie.

Die Frau und das Kind sind wie ein Vexierbild der Arbeiterklasse, des Mittelstands oder der oberen Klassen, das in dem Augenblick entschlüsselt wird, da der Mann an das Bett der Wöchnerin tritt.

Herr Holm hat von den Schwestern die Erlaubnis erhalten, die beiden großen Mädchen – sie sind sechs und acht Jahre alt – kurz mit ins Zimmer zu nehmen. Sie stehen mit frisch geschnittenen Haaren und wassergekämmt in ihren hellblauen, zugeknöpften Mänteln am Fußende des mütterlichen Bettes. Neugierig haben sie versucht, sich der neuen kleinen Schwester zu nähern, wurden aber jedesmal durch die nachdrücklichen Ermahnungen der Mutter wieder auf ihren Platz verwiesen: „Paßt doch auf! Rührt sie nicht an! Hustet doch nicht bei ihr rein! Wie kann man sich nur mit dem Ärmel die Nase abwischen!"

Nun stehen sie mäuschenstill nebeneinander und wagen kaum, Luft zu holen.

Die schmächtige Friseuse neben Marie hat Besuch von ihrer Mutter. Sie wispern und flüstern. Unversehens hebt die Mutter die Stimme und sagt: „Ja, bist du denn nicht der Meinung, daß ihr heiraten solltet?"

„Aber Mutter!" Die Friseuse wirft ängstliche Blicke nach allen Seiten.

Um das Bett der Pakistanerin hat sich eine festliche Runde versammelt. Die Männer haben dunkle, in die Stirn fallende Locken; der eine trägt ein kanariengelbes Hemd, der zweite ein rotes und der dritte ein blaues. Eine ältere, schwarzgekleidete Frau hat das Kind auf dem Arm und wiegt es vorsichtig.

Sidenius' Mann kehrt dem Zimmer und der pakistanischen Familie den Rücken zu. Er nimmt das Kind hoch, hält es einen Augenblick und legt es wieder zurück. Dann sieht er seine Frau an. Sie starrt an die Decke. Die beiden wechseln kein Wort miteinander.

Eva lehnt an Maries Bett. Sie hat die kleine, in ihre karierte Decke gehüllte Nichte auf dem Arm. Sie pustet gegen ihre Augenlider und beobachtet, wie es im Gesicht der Kleinen zuckt. Sie pfeift eine Melodie, auf die sie deutlich reagiert. Dann hält Eva ihr einen Zeigefinger hin und merkt, wie sie sein oberes Glied sanft umfaßt.

Sie ist zwar müde, denkt Eva, aber ihre Sinne sind normal entwikkelt.

„Wird sie nicht ein wenig gelb?" fragt Marie. „Das beunruhigt mich."

„Ach, du wirst sehen, in ein paar Tagen ist sie bestimmt voll da. Mach dir bloß keine Sorgen."

Eva streicht der Kleinen übers Haar. Aber was weiß sie schon von diesen Dingen?

„Übrigens, in meine Frauengruppe ist Schwung gekommen", sagt Eva und hebt die Stimme. „Wir sind jetzt sechs. Eine arbeitslose Porzellanmalerin, zwei Mädchen aus Christiania, eine Krankenschwester und eine Studentin. Das ist wirklich sehr interessant. Wir haben jeden Donnerstagabend bei einer von uns Basisgruppensitzung. Könntest du nicht mitmachen, wenn du hier raus bist?"

Marie hört nicht zu. „Würdest du Zacharias ein Telegramm schikken, wenn du nach Hause gehst? Hier ist der Text. Er wohnt in einem Hotel in Holsteinsborg. Die Adresse steht dort."

Welche Erleichterung – die Besuchszeit ist überstanden.

Der kleine Mulatte liegt auf dem Rücken und quäkt. Keine gespannte Brust wartet auf ihn. Seine kleinen Hände fahren wild durch die Luft. Der Mund ist kläglich zu einem Flunsch verzogen, aber noch können ihm keine Tränen aus den Augen quellen. Wenn man ihn doch an die eigene Brust legen dürfte! Frau Holm steht breitbeinig an seinem Bett. „Solche Rotznasen, die noch nicht trocken sind hinter den Ohren, sollten wahrhaftig keine Kinder in die Welt setzen dürfen."

Dann geht sie langsam zu ihrem Bett. „Ach, ich habe so schreckliche Hämorrhoiden!"

„Ich glaube, das sollte sich doch mal jemand ansehen, Frau Holm", sagt die Schwester.

Frau Holm nickt betrübt. „Könnten Sie nicht auch meiner Kleinen die Windeln wechseln?" fragt sie. „Nun hat sie sich wieder vollgemacht, und ich kann kaum noch."

In zwei langen Reihen sitzen oder liegen die Wöchnerinnen im Schein der Bettlampen. Alle tragen weiße Krankenhaushemden. Eine hebt den Kopf und nickt der Schwester vom Spätdienst zu. Eine pumpt sich Milch ab. Eine dritte löscht die Lampe und legt sich hin, um zu schlafen. Eine vierte gibt ihrem Säugling die Brust. Die fünfte und die sechste schauen auf ihre strampelnden Kleinen, die sie vor sich auf der Decke haben. Die siebente liest eine Illustrierte. Die achte sitzt auf dem Bett der neunten und unterhält sich vertraulich mit ihr.

Das Zimmer ist wie eine Laterne in der Nacht. Golden, schwebend.

Frau Marchen Holm ist dabei, der kleinen Frau Mikkelsen etwas unerhört Wichtiges zu erzählen. Sie redet über Connie hinweg, als wäre diese überhaupt nicht da. Aber Connie macht das nichts aus. Ihr ist noch nicht aufgegangen, daß man andere Leute auffordern kann, dies zu unterlassen und jenes zu tun.

Sie lebt. Sie existiert. Sie hat ein unbestimmtes Empfinden von Wohlbehagen, wenn sie ihr Neugeborenes im Arm hält und seinen Duft in sich aufnimmt. Sie macht sich keine Gedanken darüber, warum das so angenehm ist. Es ist eben so.

Wenn sie entlassen wird, kehrt sie zu ihren Eltern und den kleineren Geschwistern zurück. Vater und Mutter werden schon alles deichseln. Auf ihre übliche handfeste Art.

„Ja, ich hatte ja allerlei in unserer Villa in Birkerød zu tun", sagt Frau Holm, „ich habe mich um das Haus und alles gekümmert, habe die Zimmer der Mädchen aufgeräumt, aber auf die Dauer ist das ja nicht genug, nicht? Und da habe ich mir gedacht, wenn ich nun einen kleinen Nachkömmling hätte, dann wäre da immer noch was, womit ich mich beschäftigen könnte. Wir hatten einen Jungen bestellt, das hatten wir, und als es ein Mädchen wurde, habe ich gleich zu der Hebamme gesagt: *‚Das da will ich umgetauscht haben! Das ist ein Wechselbalg!'"*

Von Mitternacht bis sechs Uhr morgens stehen alle Kinderbettchen in Reih und Glied draußen auf dem Flur. Die Kleinsten und die soeben Geborenen werden ins Schwesternzimmer gefahren. Über das Kopfende legt man eine Windel, damit ihnen das Licht der Stehlampe nicht in die Augen scheint.

Die Nachtschwester telefoniert, eine Tasse dampfenden Kaffee vor sich. Eine junge, knochige Hilfsschwester ist dabei, der kleinen Pakistanerin die Windeln zu wechseln.

Der Flur atmet Stille. Marie geht langsam von Bett zu Bett und schaut in jedes hinein. Da liegt ein langschädliges Kleines mit roten Wangen und hellen Brauen. Dort liegt ein Riesenbaby auf dem Bauch, auf jeder Seite des flaumigen Köpfchens eine kleine Faust. Dann kommt sie an einem Bekannten vorbei, an dem einsamen Mulatten mit dem hellbraunen Gesicht und dem fein geschwungenen Mund.

Man kann die Säuglinge nicht Luft holen hören, sie atmen völlig lautlos, aber man kann es spüren. Sie liegen in ihrem geheimnisvollen Schlummer. Sie werden gewiegt und geschaukelt, in ihren Kinderträumen auf Wellen fortgetragen.

Alle diese Kleinen sind innerhalb der letzten fünf, sechs Tage geboren worden. Alle haben sie das würdige, ernsthafte Gesicht des Neugeborenen.

Dort liegen sie, zart und völlig der Erwachsenenwelt preisgegeben.

In dreißig Jahren sind sie es, die das Rad der Gesellschaft in Bewegung halten.

Die Mütter haben kleine, handgeschriebene Zettel auf die rot- und blaukarierten Decken gelegt. *„Roter Hintern"*, steht auf einem. Auf einem anderen: *Weck bitte meine Mutter um zwei Uhr, sie will mich stillen."* An den Bettvorhang eines kleinen, wuschelhaarigen Kämpen hat man mit einer Sicherheitsnadel ein Blatt Papier geheftet, auf dem zu lesen ist: *„Keinen Zuschuß für mich, danke. Hole bitte meine Muttermilch aus dem Kühlschrank."*

Marie nimmt einen Laut wahr, der ihr bekannt vorkommt. Das muß ihre Kleine sein, die da wimmert. Sie hört die Stimme ihres Kindes sofort unter allen anderen heraus. So geht es allen Müttern. Die Antennen sind ausgefahren.

Ich muß mir all das ganz genau einprägen, denkt Marie. Nach Paris kann ich zurückkehren. Aber das hier kommt nie wieder.

Was zum Teufel! Jemand rüttelt sie an der Schulter. Es ist doch noch völlig dunkel. Alle schlafen. Was ist denn?

Marie setzt sich im Bett auf, ihr Kopf ist schwer, zwischen ihren Beinen klebt es.

„Du hast einen Zettel hingelegt, daß du jetzt geweckt werden willst", flüstert ein schwarzer Schatten vor ihr. „Du willst dein Kind stillen. Hast du es dir anders überlegt?"

Es ist so merkwürdig, fremde Menschen flüstern zu hören.

Marie schaut auf ihre Armbanduhr. Es ist zwei. Richtig. Sie wollte ja stillen!

Sie schwenkt die Beine über den Bettrand, findet ihre Sandalen auf dem kalten Fußboden und nimmt ihren Morgenmantel, der über der Stuhllehne hängt. Dann schleicht sie hinter der Hilfsschwester her, vorbei an den vielen schlafenden Gestalten.

Draußen herrscht Hochbetrieb. Damit hatte Marie eigentlich nicht gerechnet. Obwohl sie nachts oft schwache Laute erreicht haben – wie Rufe von einem fernen Ufer –, wäre ihr nicht eingefallen, daß so viel los sei.

Die meisten Kinder sind wach und hungrig. Sie bewegen sich in den Betten, fuchteln mit den Armen, schmatzen und stöhnen. Einige von ihnen schreien. Der Robin-Lorbaß von Frau Mikkelsen krakeelt am meisten.

Die Nachtschwester stürzt von Kind zu Kind, wechselt Laken und Windeln, gibt ihnen Fläschchen und Zuckerwasser und sorgt dafür, daß sie aufstoßen.

„Komm“, sagt die junge Hilfsschwester, „setzt dich in den Aufenthaltsraum, da hast du Ruhe.“

Die Hilfsschwester findet das richtige Bett und rollt es vor sich her in den dunklen Raum, der leicht nach Tabak riecht. Sie machen kein Licht an, sondern begnügen sich mit dem durch die offenstehende Tür hereinfallenden Schein.

Marie sinkt auf das niedrige Sofa, knöpft sich das Hemd auf und nimmt das kleine Bündel von der Schwester entgegen.

„Komm, meine Kleine.“

Aber das Kind will den Mund nicht aufmachen. Es dreht den Kopf weg, als wollte es darum bitten, zu dieser späten Nachtstunde nicht belästigt zu werden.

Die Hilfsschwester steht wie ein Phantom vor ihnen. Ein schwarzer Schatten in dem erleuchteten Viereck der Türöffnung.

Marie wird unruhig. „Würdest du mir helfen?“ flüstert sie.

Das Phantom setzt sich aufs Sofa und legt seine kalte, unerfahrene Hand um Maries warme Brust. Gleichzeitig versucht es, den Nacken der Kleinen zu stützen. Aber sie will nicht wach werden, obwohl sie unter den Fußsohlen gezwickt wird. Sie will die Brust nicht nehmen. Sie will überhaupt nichts.

Wenn ich nur die Nachtschwester kriegen könnte, denkt Marie. Sie weiß, wie man es machen muß, aber sie hat ja so viel mit all den anderen zu tun. Ich kann sie einfach nicht stören. „Mein Kleinchen!“

Das Kind macht schwache Abwehrbewegungen. Marie weiß nicht, wie sie sich verhalten soll. Und die Hilfsschwester hat das Interesse verloren.

„Es nützt nichts.“ Marie schüttelt den Kopf. „Und du hast wohl auch noch anderes zu tun, nicht?“

Sie stehen gleichzeitig auf. Marie legt die Kleine ins Bett und rollt sie hinaus.

Dann wird ihr wohl die Nachtschwester irgend etwas geben. Ein bißchen Zuckerwasser? Oder einen Zusatz? Etwas muß die Kleine doch bekommen.

Marie schleicht durch das dunkle Zimmer zu ihrem Bett.

Der Himmel ist dunkelgrau. Die Wöchnerinnen liegen mit dem Thermometer im Mund da, während der Fußboden geschrubbt wird und die Betten frisch bezogen werden.

Für Marie beginnt der Tag unglücklich. Erst zerbricht ihr Thermometer auf dem Fußboden, so daß die Schwester die tanzenden Quecksilberkugeln auf eine Müllschippe fegen muß, dann legt sie das neue versehentlich in ihren Tee, so daß es auf zweiundvierzig Grad klettert.

Die kleine Frau Mikkelsen ist förmlich aufgelebt. Sie eilt schon seit den frühen Morgenstunden geschäftig hin und her. Zuerst zum Waschbecken, dann zum Wäscheschrank, anschließend am Wickeltisch vorbei zum Fenster. Ihr Gang gleicht dem eines Seemanns. Infolge eines alten Hüftleidens schwankt sie von einer Seite zur anderen. Sie hält ihren Jungen mit steifen, nackten Armen von sich ab, so daß sein Köpfchen hin und her schaukelt, und gibt ihm einen Kuß aufs Mäulchen. Mutters kleiner Lauser!

Frau Mikkelsen leiht sich das kostbare, große Kästchen der Station, das die Lockenwickler enthält. Es gleicht einer riesigen Schmuckschatulle und ist mit rotem, glänzenden Futter ausgeschlagen. Dann steht sie wieder vor dem Waschbecken, schaut in den Spiegel und wickelt sorgfältig eine Strähne nach der anderen um die zentimeterdicken Metallzylinder.

Sie läßt die möglichen Vornamen ihres Sohnes Revue passieren. Rolf Mikkelsen. Robin Mikkelsen – klingt das besser? René wäre eigentlich auch nicht so schlecht.

Die Kinder werden gewogen und zurechtgemacht. Maries Tochter ist nun bei einem Gewicht von 2260 Gramm angelangt. Die Krankenschwester schaut sie lange an und sagt zu Marie, jetzt müsse man *unbedingt* etwas in die Kleine hineinstopfen, ob sie wolle oder nicht. Sie werde ja bereits gelb.

Das hat Marie auch schon bemerkt. Diese beginnende Gelbsucht! Das Mädchen gleicht einer kleinen Inderin. Goldgetönt, schmal, lang.

Die Schwester zieht einen Stuhl an Maries Bett, gießt die abgepumpte Muttermilch in die Flasche und nimmt die Kleine. Marie liegt auf der Seite, die Hand im Haar, und betrachtet die beiden. Es ist lange her, seit ihre Kleine die Augen geöffnet hat. Sie ist stets schläfrig, verschlossen und ohne Appetit.

Marie weiß nicht, was sie glauben oder tun soll.

Nach einer Viertelstunde, in der das Kind nicht mehr als zwanzig Gramm zu sich genommen hat, sagt die Schwester: „Das muß ich mit meiner Kollegin besprechen."

Zwanzig Gramm? Ist das nicht das Gewicht eines Luftpostbriefes? Sie stirbt doch nicht etwa? Marie wird eiskalt. Dieses Kind, das sie so viele Strapazen gekostet hat und trotz aller Umstände erlöst werden konnte, ist doch nicht etwa im Begriff, sich still und leise aus diesem Dasein zu stehlen? Hier auf der Wöchnerinnenstation?

Auf dem Weg aus dem Zimmer ist die Schwester vor dem Bett der Pakistanerin stehengeblieben. Deren Kleine hat nichts getrunken und sich wie üblich schreiend zurückgeworfen. Die Schwester streckt die Hand aus. „Darf ich mal die Flasche sehen?"

Die Pakistanerin reicht sie ihr.

„Nein, so was Verrücktes hab ich denn doch noch nicht erlebt! Im Sauger ist ja gar kein Loch!"

Die kleine Frau Mikkelsen steht vor dem Spiegel, zieht die Wickler heraus und legt die feinen Metallzylinder Stück für Stück in die gefütterte Schatulle zurück. Frau Mikkelsen ist so klein, daß sie gerade eben den obersten Teil ihrer Frisur im Spiegel sehen kann.

Sie wankt zum Nachttisch, nimmt ein Haarspray heraus und besprüht zischend ihre Locken. Dann setzt sie sich ins Bett und lackiert die Zehennägel. Sie spreizt die Zehen und sagt: „Na, na, du Lorbaß, schrei nicht so!"

Ihr Kleiner macht den größten Lärm im Zimmer, und darauf ist die kleine Frau Mikkelsen stolz. In dem Jungen steckt Mumm!

Bequem durch ein großes Kissen gestützt, entnimmt sie ihrer Nachttischschublade einen Lippenstift und legt mit geübter Hand ein kräftiges, glänzendes Rot auf.

Sie reibt die Lippen aneinander, drückt sie gegen eine Papierserviette und bewegt zugleich mit dem Fuß das Kinderbett, damit der kleine Lorbaß Ruhe gibt.

Dann läßt sie sich froh, erwartungsvoll und gut vorbereitet ins Kissen zurücksinken und verfolgt das Treiben im Zimmer.

Der Sonntag ist für die Patientinnen der Wöchnerinnenstation ein richtiger Festtag. Die Türen gehen auf, Leute mit Blumen und Geschenken strömen herein, und es werden viele Geistesblitze und Witze vom Stapel gelassen.

Ein magerer Mann mit einem Pferdegesicht betritt Zimmer I. Er trägt eine braune Strickjacke mit weißem Zickzackmuster, braune Hosen und große braune Schuhe.

Er umfaßt die kleine Frau Mikkelsen, und sie verläßt das Bett. Eng umschlungen setzen sie sich in Bewegung. Sie hat ihren mageren Arm um seine eckige Hüfte gelegt, und seine lange, knochige Hand ruht auf ihrer Schulter. Gemeinsam wanken sie durch die Wöchnerinnenstube, hin und wieder stoßen sie seitlich gegeneinander, wie Schiffe, die sich am Bollwerk reiben.

Er neigt seinen langschädeligen Kopf und schaut ihr tief in die Augen. Sie verlassen das Zimmer, und in wenigen Minuten wird in einem Winkel des gemütlichen Aufenthaltsraumes ihr kräftig nachgezogener Mund mit seinen schmalen Lippen verschmelzen.

Gespräche, Rufe und Gelächter hallen durch Zimmer I. Die Besucher stehen in einem geschlossenen Kreis um jedes Bett und schwätzen gevatterhaft.

Doch niemand hat so viele Besucher wie Frau Marchen Holm.

Vierzehnjährige betrachten an der Seite ihrer Mütter das Kind, drehen sich auf dem Absatz um und blicken geistesabwesend aus dem Fenster. Dickhalsige Freundinnen in maßgeschneiderten, braunen Mänteln und weißen Wollsocken betatschen das Neugeborene mit ihren fettpolstrigen Händen, geben kleine Blafflaute oder Jubelschreie von sich und trippeln aufgeregt hin und her.

In schwarze Persianer gehüllte Mütter und Schwiegermütter aus den nördlichen Vororten Kopenhagens halten die Köpfe schräg und schauen liebevoll auf das Marchen-Mäuschen, wobei sie zärtliche Seufzer ausstoßen und immer wieder ausrufen, wie reizend das Kind doch sei.

Herr Holm steht ein wenig an der Seite, drückt sich verlegen gegen die Heizung und rückt an seinem Schlips.

Das Marchen-Mäuschen erhält eine Unmenge Geschenke. Hellrotes und hellblaues Seidenpapier häuft sich unter dem Bett. Ein großer Plastelefant mit Halsband wird aufgepustet und neben die Blumensträuße aufs Fensterbrett gestellt.

Der kleine Robin Mikkelsen wirft sich erbost in seinem Bett hin und her. Seine Eltern haben ihn verlassen. Marie reicht ihm seinen Nuckel. Die kleinen, runzligen Hände schlagen wütend in die Luft. Der Nuckel ist das erste Surrogat seines Lebens – aber dem werden noch viele andere folgen.

Die Schmiedfrau strahlt und legt ihre Strickarbeit beiseite.

Ihr Mann ist zur Tür hereingekommen. Er ist mittelgroß, stämmig und hat einen blauen Regenmantel an. Über dem Arm trägt er einen Regenschirm. Sein Kopf ist breit, die Haare sind kurzgeschnitten. Die Schmiedfrau verläßt das Bett und streckt die Arme aus. Er hängt den Regenschirm an die Heizung und kneift seiner Frau in die Hinterbacke. Sie schlägt ihm auf die Finger. Dann umarmt er sie und drückt ihr einen feuchten Kuß auf den warmen Wöchnerinnenmund.

Connie hat keinen Besuch. Sie hält sich eine Illustrierte vor das Gesicht, studiert eine Anzeige auf der Rückseite und schielt dabei aus dem einen Augenwinkel zu Marchen Holm und ihren Besuchern hinüber.

Sie liest: *„Für nur sieben Kronen fünfzig können Sie bei uns englisch lernen.*

Immer mehr Arbeitgeber verlangen heute Englischkenntnisse. Wenn Sie mehr über Ihre Arbeit oder Ihr Hobby erfahren wollen, so ist die beste Fachliteratur fast immer in englischer Sprache abgefaßt. Es gibt nur eine Sprache, mit der man sich in beinahe allen Ländern verständlich machen kann: Englisch. *Schicken Sie mir gratis, portofrei und unverbindlich Ihre Broschüre, ‚Englisch nach der natürlichen Methode'."*

Das ist bestimmt etwas für mich. Das sollte man mal versuchen, denkt Connie. Ich muß ja etwas anpacken, schon der Kleinen wegen.

„Wir haben uns beraten", sagt die Schwester an Maries Bett. „Es ist besser, wir legen deine Kleine auf die Kinderintensivstation."

Marie hat einen Klumpen im Hals.

„Sie wird zusehends matter. Wir müssen die Gelbsucht unter Kontrolle bringen. Zwar könnten wir uns auch hier um sie kümmern, aber wir haben nicht genügend Personal."

Vor Maries Augen verschwimmt alles. Sie blickt auf das kleine, reglose Wesen im Kinderbett. Es hat sich nicht bewegt, seit es dort hineingelegt wurde.

Marie spürt, daß alle im Zimmer sie anstarren. Sämtliche Besucher von Frau Holm haben sich zu ihr umgedreht. Ihr Gespräch stockt.

„Muß das jetzt sein – sofort?" flüstert Marie.

Den weißen Rücken gebeugt, rollt die Schwester das Kinderbett vor sich her. Marie hält – so gut sie kann – mit ihr Schritt. Sie trägt ihren weißen, zerknitterten Morgenmantel, weiße Kniestrümpfe und Plastsandalen. Sie betreten den Fahrstuhl. Er ist eisig kalt. Sie werden in die Tiefe gezogen und steigen im Kellergeschoß aus, dessen lange, weiße Gänge das ganze Krankenhaus unterirdisch durchziehen. Sie gehen nach links, dann ein ganzes Stück geradeaus, an einer Trage vorbei, die ihnen entgegenrollt, gelangen abermals zu einem Fahrstuhl und werden zwei Etagen nach oben gezogen. Es ist das Haus, auf dessen Schwangeren- und Entbindungsstation Marie gelegen hat. Sie kennt es in- und auswendig.

Sie treten auf die Haupttreppe hinaus und gehen durch eine breite Tür, über der NEONATALE STATION sowie *„Für Unbefugte kein Zutritt"* steht. Dann befinden sie sich auf einmal in einem kleinen, warmen und niedrigen Flur. Auf der einen Seite ist eine Küche, wo eine große Frau Flaschen säubert, auf der anderen Seite sind zwei schmale Türen; jede hat eine Glasscheibe. Man kann sehen, daß die eine zu dem Bettenraum für die Neugeborenen führt, die andere zu dem Raum mit den Couveusen, den Brutkästen.

Marie und die Krankenschwester stehen vor einer Fremden.

„Wir haben hier eine Kleine, drei Tage alt, dehydriert und mit hohem Bilirubin."

„Ja, wir werden uns um sie kümmern."

Das Kind verschwindet in dem Raum mit den Betten. Die Tür wird geschlossen. Einen Augenblick später erhält Marie einen abgezogenen Zettel, auf dem steht: *„Für Frau"* – das Wort *„Nansen"* ist mit Kugelschreiber eingefügt. – *„Ihr Kind wurde auf die NS überwiesen, wo es die Nummer NS 29"* – die Zahl ist ebenfalls handschriftlich eingetragen – *„erhalten hat. Das Kind wird Ihnen täglich zwischen elf Uhr dreißig und zwölf Uhr gezeigt. Außerdem können Angehörige das Kind in der ersten halben Stunde der Besuchszeit sehen. Telefonische Anfragen werden täglich von acht Uhr bis zwanzig Uhr beantwortet. Mit freundlichen Grüßen."*

„Für Frau Nansen", steht da, denkt Marie. Ich heiße Hansen. Na, das macht weiter nichts. Die Krankenschwester gibt ihr ein Zeichen, daß sie so schnell wie möglich aus der Kinderintensivstation zu verschwinden hätten, für sie gebe es dort nichts mehr zu tun. Marie zieht sich die Kniestrümpfe hoch, und schweigend bewegen sie sich wie zwei Schatten durch die langen, weißen Rohre zurück zur Wöchnerinnenstation.

Marie hält sich ununterbrochen vor Augen, daß es so für die Kleine am besten sei. Die Verantwortung wäre zu groß geworden.

Aber ganz kann sie sich nicht von dem Gedanken freimachen, daß sie einen Totenschein in der Tasche trage.

Marie schlendert mit hängenden Schultern in ihrem weißen Morgenmantel und den Sandalen durch die Wöchnerinnenstation. Sie kommt sich so merkwürdig überflüssig vor. Außerdem tun ihr die Rippen verdammt weh. Fast mehr noch als vorher.

Kühlschranktüren schlagen auf und zu. Das monotone Summen der Abpumpmaschinen für die Muttermilch mischt sich gleich einem Baßton in das Klirren von Gläsern.

Eine in sich zusammengesunkene Patientin, der eine Schnittentbindung gemacht wurde, stützt sich gegen die Wand und schleppt sich zum Aufenthaltsraum.

Die Türen der meisten Zimmer stehen offen. Plötzlich bäumt sich die Wöchnerinnenstation vor Marie auf und neigt sich zur Seite, wie ein Schiff, das kentert. Die Station verliert auf einmal ihr Licht, ihren Zauber.

Marie sieht nur noch dumme Mütter auf dumme Weise mit ihren dummen Kindern dasitzen.

Marie weiß nicht, was sie anfangen soll. Rauchwolken steigen wie Signale hinter den WC-Kabinen auf. Sie geht in die Dusche. Was sollte sie auch anderes tun?

Durch das warme Wasser löst es sich in ihrer Brust, zwei schmale weiße Milchstreifen ziehen sich über ihren Körper. Sie trocknet sich mit einem weißen Handtuch ab. Streift ein sauberes Hemd über. Alles kommt ihr so sinnlos vor.

Die Schwester vom Spätdienst, die Marie mit einer aus der Klapsmühle verglichen hatte, hilft ihr, die Pumpe anzusetzen. Dann zeigt sie ihr, wie sie die kleinen Plastflaschen mit Namen, Nummer und Datum kennzeichnen und in den Kühlschrank stellen soll.

Danach geht sie zu Frau Holms Bett. „Drehen Sie sich mal um."

Frau Holm liest soeben ein Rezept für einen Beignet-Teig. *„Ein Beignet-Teig besteht aus Weizenmehl, Öl, Wasser, Hefe, geschlagenem Eiweiß sowie aus Salz und weißem Pfeffer. Für ein Päckchen Hummerschwänze eignet sich ein Teig, der auf hundert Gramm Mehl basiert, vortrefflich."*

Frau Holm legt das Buch „Essen und Gäste" beiseite, dreht sich um und entblößt ihr großes, hellrotes, typisch Holmsches Hinterteil.

„Sie haben ja überhaupt keine Hämorrhoiden!"

„Was habe ich nicht?"

Frau Holm setzt sich wütend im Bett auf und schaut hinter der Krankenschwester her, die das Zimmer mit raschen Schritten verläßt.

„Gegenwärtig erlebt Spanien trotz scharfer Unterdrückung durch die Behörden eine Streikwelle in einer Reihe größerer Betriebe." Marie läßt die Augen über die fleckigen Seiten der Zeitung gleiten. Sie liest von jedem Artikel die Überschrift und die ersten beiden Zeilen, läßt Buchstaben und Wörter in ihr Hirn sickern. Aber sie erfaßt nicht so recht, was dort steht.

„Der Parlamentsabgeordnete des Folketing, Lars Emil Johansen, wurde der absolute Sieger der Wahlen in Grönland. Er ist der einzige von den vier Kandidaten in Grönland, der nach der Stimmenauszählung mit Sicherheit …"

Was wird wohl Zacharias dazu sagen, daß er Vater geworden ist? überlegt Marie. Was mag das für ihn bedeuten? Vielleicht wäre es doch am besten, mit ihm zusammenzuziehen – bald? Wir müssen ein Kollektiv suchen, wo wir wohnen können … Marie ist sich nicht mehr so sicher, daß sie mit allem allein fertig wird.

„Weekend-Markt. Zwei abessinische Jungkatzen zu verkaufen. Guter Stammbaum. Telefonische Anfragen …"

Ob aus der Kleinen jemals ein richtiger Mensch wird?

„USA-Flugzeuge bombardieren Südvietnam. Saigon (Reuter). Die Befreiungsarmee Südvietnams vernichtete am Freitag über fünf Millionen Liter Brennstoff in einem Tanklager nahe der Stadt Pleiku. Am Freitag gegen ein Uhr wurde in einem Delikatessengeschäft in der Nørrebrogade 153 ein Einbruchsdiebstahl begangen. Dabei wurden zwei kalte Mamsellen mit Messern bedroht …"

Marie steht an dem dunklen Fenster auf dem Flur, legt die Arme auf das breite Fensterbrett und starrt nach draußen auf die schwachen Konturen der niedrigen Gebäude. Aus dem Aufenthaltsraum dringen die Geräusche des Fernsehers.

„Hör mal, Hansen, du solltest zur Säuglingsstation rübergehen und deinem Kind ein bißchen Milch bringen."

Marie dreht sich mit einem Ruck zu der Schwester vom Spätdienst um. „Darf ich das?"

„Aber natürlich darfst du das. Findest du den Weg allein?"

Marie nickt. Geht zum Kühlschrank, nimmt ihre kleine Plastflasche heraus, die mit Namen, Nummer und Datum versehen ist, steckt sie in die Tasche zu der Quittung für ihr Kind, zieht die Kniestrümpfe hoch und begibt sich in den kalten Fahrstuhl.

Das lange weiße Rohr zieht sich in die Länge, wird kleiner und kleiner und endet weit vorn als ein schwarzer Fleck. Der Maulwurfgang ist so leer. Marie spürt einen drohenden Blick im Nacken, ihre Hand krampft sich um die Flasche, sie wendet sich jäh um – und sieht niemanden. Es war nur die Angst, die ihre kalten Augen in Maries Rücken gebohrt hatte.

Hin und wieder kommt Marie an einer Abzweigung vorbei. Dort ist eine Nummer an der Wand, ein Code, den man kennen muß, um sich nicht zu verlaufen.

Ein Krankenpfleger mit einer leeren Trage taucht vor ihr auf. Das Bettzeug ist zerknüllt und hängt an einer Seite herab. Er pfeift. Die Pfeiftöne verlieren sich wie der Ton eines Plattenspielers, den man leiser stellt.

Maries Hände und Füße sind kalt. Sie bindet den Gürtel fester um ihren weißen Morgenmantel, um nicht völlig durchzukühlen.

Dann steht sie in der abendstillen Intensivstation für die Neugeborenen. Die Kleinen schlafen in ihren Betten und Couveusen, das Licht ist gedämpft. Marie sieht mehrere weiße, konturenlose Gestalten hinter den Scheiben vorbeigleiten.

Sie hat die Flasche mit fünfzig Gramm abgepumpter Muttermilch in der Hand. Fast beschwörend hält sie der Schwester das Gefäß mit der gelbweißen Flüssigkeit hin.

Das Gesicht der Schwester ist bleich und oval. Sie hat weiße

Zähne, hellblondes Haar und hellblaue Augen, eine sehr schmale Taille und ist etwas kleiner als Marie.

„Möchtest du gern dein Kind sehen?"

„Gott ja!"

„Welche Nummer hat es?"

„Nummer neunundzwanzig."

Die Schwester verschwindet in dem niedrigen, warmen Bettenraum und kehrt mit einem kleinen, weißen Bündel zurück, das sie in das kalte Flurlicht hebt.

Marie darf die Kleine in ihre Arme nehmen. Sie wiegt fast nichts. Es ist, als stünde sie mit einem zitternden Vogeljungen da.

Ringsum ist es still. Nichts regt sich.

Marie sieht nur die winzige, dunkle Gestalt. Wird es je gelingen, einen Menschen aus dir zu machen? Wirst du diese Station lebend verlassen?

Die Kleine öffnet die Augen und schaut sie an.

Marie küßt sie auf den so empfindsam wirkenden Mund. Fährt mit den Fingerspitzen sacht über Gesicht und Haar der Kleinen – als läse sie Blindenschrift.

Marie geht durch die langen weißen Maulwurfgänge zurück. Sie denkt an Tenna, die diese Gänge ebenfalls durchquert hat, mit ihrer kräftigen, dunkelgelben Milch für den Kleinen in der Couveuse. Für den kleinen, kurzen Jungen, dessen Beine gleich unter den Knien enden. Nun ist er zum Fuglebakkens Hospital überwiesen worden. Es befindet sich gleich neben dem Haus, wo Tenna und Anders wohnen.

Tenna ist Tag für Tag viele Male durch dieses unterirdische Rohr gegangen, um ihr geschädigtes Kind selbst zu versorgen.

Wenn *sie* das konnte, worüber heule ich dann? denkt Marie, während ihr die Tränen über die Wangen rinnen.

Das flimmernde, schwarz-weiße Negativ der Krankenhausnacht. Wie öde es rundum ist – trotz der vielen schlafenden Gestalten.

Marie hat die Arme im Nacken und schaut zu der schwarzen Decke empor.

Dann zieht sie sich die Bettdecke über den Kopf und beginnt zu weinen, lautlos, um die anderen nicht zu wecken. Sie weint und weint und weint und läßt alle Tränen in den weißen, weichen Stoff rinnen.

Erst ist ihr Kind in dem vielen, verrückten Fruchtwasser geschwommen und nun, drei Tage nach der Niederkunft, ist das Kind im Begriff, völlig auszutrocknen.

Was habe ich der armen Seele bloß geboten!

In dieser Nacht stürzen für Marie Gerüste und Mauern ein. Nun bricht sich die nagende Spannung und Angst des letzten Monats Bahn.

Dort im Verborgenen, unter der Decke, in der Nacht zwischen Sonntag und Montag, sinkt ihr ganzes Bollwerk in sich zusammen.

Montag, den 13. Januar

Am Montagmorgen geht die Stationsschwester langsam von Bett zu Bett und spricht wie gewöhnlich mit jeder Patientin. An diesem Tag hat sie rote Kniestrümpfe an.

Aber was ist das? Der großen, robusten Schmiedfrau laufen die Tränen über das Gesicht.

„Darf ich mal sehen?“ sagt die Stationsschwester.

Die Schmiedfrau steigt aus dem Bett, knöpft das Hemd auf und entblößt ihre riesigen, braungesprenkelten Brüste. Sie sind prall und heiß. Die Milch tropft rechts und links über ihren kräftigen Körper.

Die Schmiedfrau wischt sich mit dem Handrücken die Nase ab, während ihr die Stationsschwester in die Achselhöhlen fast.

„Ja, so wie bei dir die Milch schießt, könntest du ja die ganze Station nähren.“

„Es schmerzt entsetzlich, und ich habe solche Nachwehen; wenn ich den Kleinen anlege, könnte ich an die Decke gehen.“

„Ich werde dir etwas holen“, sagt die Stationsschwester. „Sei unbesorgt, wir helfen dir schon.“

Kurz darauf steht sie bei Marie. „Na, wie geht es dir?“ Ihre Stimme ist tief und weich.

Aber Marie kann kein Wort herausbringen. Sie blinzelt nur.

Die Stationsschwester schaut sie ruhig an und lächelt. „Möchtest du lieber in ein kleineres Zimmer?“

„Nein“, flüstert Marie mit verzerrtem Gesicht. „Ich möchte lieber hierblieben.“

„Du mußt es dir nicht so zu Herzen nehmen, daß deine Kleine auf der Neonatalen Station liegt. Sie erhält dort ein paar Tage eine Spezialernährung, danach gehen sie zum Fläschchen über, und anschließend bekommst du sie wieder. Wir hätten das vielleicht auch hier geschafft, aber so ein kleines Wesen erfordert ja fast einen ganzen Menschen. Auf der Kinderintensivstation hat sie alle Pflege, die sie braucht."

„Ich habe solche Angst rüberzugehen", stöhnt Marie. „Ich habe Angst, sie mit Schläuchen und Sonden zu sehen ..."

„Dann kann doch deine Schwester sie besuchen. Kommt sie nicht jeden Tag?"

Die große Blonde lächelt. Sie meint offenbar, daß man das Kind besuchen *müsse.* Aber sie versucht nicht, Maries Vorstellung zu entkräften, daß die Kleine mit Schläuchen und Sonden daliege und *schrecklich* aussehe. Vielleicht ist ihr überhaupt nicht aufgegangen, wie groß Maries Angst ist.

„Nun mußt du dir vor allem überlegen, was du am liebsten möchtest. Du kannst dich zum Beispiel tagsüber in der Stadt aufhalten und hier auf der Station übernachten – wenn dir das zusagen sollte."

Das wäre wirklich herrlich. Aber würde man dann nicht die Einrichtung ausnutzen? Marie schaut die große Gestalt fragend an.

„Falls du aber entlassen werden möchtest – so geht das auch. Sowie dein Kind das Gewicht von fünf Pfund erreicht hat, nehmen wir dich wieder auf. Dann helfen wir dir, in den richtigen Rhythmus zu kommen."

Marie greift sich an die Stirn; sie kann es kaum fassen, daß man in einer so großen Institution so viel Verständnis und Fürsorge für den einzelnen aufbringt.

„Denk darüber nach", sagt die Stationsschwester, macht auf dem Absatz kehrt und wendet sich dem nächsten Bett zu. „Und vergiß auch nicht, daß du nun den fünften Tag hier auf der Wöchnerinnenstation liegst", sagt sie noch schnell zu Marie. „Der vierte und fünfte Tag, die machen einem oft zu schaffen. Da läßt man leicht mal die Ohren hängen. Das geht vorüber. Übrigens brauchst du heute nicht zur Untersuchung, sondern erst morgen."

Wie kann ein Mensch nur so gelassen, so unsentimental von Bett zu Bett wandern, obwohl er dabei mit so vielen Problemen konfrontiert wird? denkt Marie.

Man müßte so sein wie sie. Dann wäre man seinen Mitmenschen von Nutzen.

Kaum ist die Stationsschwester verschwunden, als Marie sich Vorwürfe macht. Wie kann man nur so feige sein und sagen, man wage nicht, zu seinem eigenen Kind hinüberzugehen?

Natürlich will sie ihr Kind besuchen!

Sie kann es ertragen, die Kleine wo auch immer und wie auch immer zu sehen ...

Zehn Minuten vor elf Uhr dreißig macht sich Marie mit ihrer kleinen Plastflasche auf den Weg, die fünfundsiebzig Gramm abgepumpte Muttermilch enthält.

Auf ihrer Quittung steht, daß die Kinder auf der Neonatalen Station jeden Tag zwischen elf Uhr dreißig und zwölf Uhr besucht werden können. Es gilt, keine Minute zu verlieren.

Sie preßt das Stück Papier in der Tasche. Es ist fast wie eine Garderobenmarke, die man benötigt, um seinen Mantel zurückzubekommen.

In dem weißen Tunnel rauscht es leicht. Die Geräusche klingen hohl. An der Decke sind Armaturen eingebaut. Sie werfen ein kaltes, blaues Licht auf die Gestalt, die wie ein Schatten lautlos über den grauen Zementfußboden eilt.

Durch diese langen Gänge unter dem Rigshospital gehen die Wöchnerinnen, denen man ihr Neugeborenes fortgenommen hat – weil das Kind aus irgendeinem Grund eine intensivere Betreuung braucht.

Die Frauen gehen zwischen der Wöchnerinnenstation und der Neonatalen Station hin und her. Sie wählen diesen Weg, weil es hier trotz allem noch wärmer ist als draußen in dem eisigen Januarwind.

Dort gehen sie in ihren Morgenmänteln. Zusammengesunken und müde. Ihre Gestalten sind plump und die Leiber noch immer unförmig. Sie fühlen sich elend und unsicher, so als hätten sie eine Prüfung nicht bestanden. Ihre Kinder waren nicht so, wie sie hätten sein müssen. Und sie selbst sind es noch weniger. Sie haben eine Niederlage erlitten. Ihnen ist, als taugten sie nichts.

Die Angst, den Kleinen könnte etwas zustoßen, läßt sie erschauern.

Marie betritt den Fahrstuhl, wird aufgesogen und ausgespien und steht dann wieder in der kleinen, niedrigen Neonatalen Station.

Das Treibhaus und der Wintergarten der Neugeborenen.

Die Tür zur Küche steht offen, und sie sieht dort wieder die große Frau hantieren. Sie trocknet sich die Hände in einem Geschirrhandtuch ab und stellt danach die Flaschen in einen hellgrauen Wandschrank.

Marie schleicht zur Tür und schaut durch die schmale Glasscheibe in das geheimnisvolle Land der Couveusen.

Sie sieht junge Ärzte in weißer Hose und weißem, kurzärmligen Hemd, die sich dort wie durch unbekanntes Gebiet bewegen. Es fehlen nur noch die Tropenhelme – und sie glichen vollends Forschungsreisenden in fernen, südlichen Gegenden. Sie gehen in der feuchten Wärme hin und her und halten dort – hinter der zwölften Tür des Märchens – eine Art Vorstadium des Lebens unter Beobachtung.

Marie kann sieben, acht durchsichtige Plexiglasbehälter wahrnehmen, die an das Leitungsnetz und an verschiedene Apparaturen angeschlossen sind.

Auf den Plexiglasbehältern stehen kleine, schwere Metallkästen mit Knöpfen, Hebeln und dunkelgrünen Schirmen, auf denen hellere grüne Spuren in einem sinnreichen System von gezeichneten Diagrammen blinken und tanzen.

Man hört Wasser gurgeln, als gäbe es in der Nähe unterirdische Quellen und Ströme.

Es ist, als befände man sich in dem warmen, feuchten Ur-Gebiet, in dem sich einst der Mensch herausbildete.

Kolben gehen auf und nieder. Uhren ticken ganz schwach. Aus den Schatzkästen dringen kleine Kaninchenschreie. Ein gleichbleibender Summton unterliegt allen anderen Geräuschen. Überall ist Dschungel – ein Flechtwerk von grünen Zweigen und Blättern.

Im vielfarbenen Licht der Vitrinen liegen kleine Figuren – uraltes, aztekisches Gold, geformt von den tüchtigsten Kunsthandwerkern.

Aber nein – das ist nur der Alltag auf einer Station für Neugeborene. Damit ist keine Alchimie, keine Mystik verbunden. Und der Dschungel – das sind nur Leitungen, Schläuche und Tropfs, die ihre gewundenen Schatten an Decke und Wände werfen.

In dem klaren Licht der Couveusen liegen Kinder, die zu früh vom mütterlichen Organismus ausgestoßen wurden. Enweder weil er nicht imstande war, sie länger zu halten, oder weil dessen Klima plötzlich ungünstig wurde.

Andere wurden im letzten Augenblick durch eine Schnittentbindung aus dem Würgegriff des Körpers befreit.

Einige von ihnen wiegen weniger als 1000 Gramm. Liegen also unter dem Gewicht, das im allgemeinen die Grenze zwischen einer Geburt und einer Fehlgeburt markiert.

Da liegen sie – die WINTERKINDER – in ihrer mechanischen Gebärmutter aus Glas und Stahl. Verurteilt zu überleben.

Rote, grüne oder völlig durchsichtige Schläuche führen ihnen Nahrung zu – durch die Nasenlöcher in den Magensack oder durch die Haut in die Blutbahn.

Es sind Kinder, die zu früh geboren wurden und denen dies oder jenes fehlt. Kinder mit sichtbaren oder unsichtbaren Mißbildungen. Kinder, denen vor, während oder nach der Geburt etwas zugestoßen ist.

Eins hat Meningitis und eine zu zarte, hellrote Hautfarbe. Ein anderes hat einen Herzklappenfehler und ist leicht blaubeerfarben. Eins hat sich bei der Entbindung durch einen komplizierten Kaiserschnitt den Arm gebrochen. Eins ist das Kind einer Rauschgiftsüchtigen, es muß langsam entwöhnt werden.

Einige erhalten Bluttransfusionen. Einige liegen im Respirator. Andere befinden sich unter Sauerstoff oder liegen reglos, eine Binde um die Augen, in grellem Licht. Einige zittern. Einige haben im Uterus kurz geatmet.

Ein neuer Patient wird auf die Station gebracht. Ein soeben geborenes Kind. Sein Leben hängt an einem seidenen Faden. Der erste Tag ist der kritischste im Leben eines Säuglings.

„Der Vater vom kleinen Lukas ist am Apparat."

„Mein Gott, was soll ich ihm sagen?"

„Sag, wie es ist."

Die jungen Ärzte sitzen auf hohen Schemeln, beobachten die kleinen Patienten durch das Glas, unterhalten sich und gestikulieren. Lachen. Hören Nachrichten, die leise aus einem Radio im Hintergrund dringen.

Eine Schwester trägt einen kleinen, soeben operierten Patienten behutsam durch den Raum. Sein Kopf ist geschwollen. Er gleicht einem Monstrum aus einer Spukgeschichte. Der Hals ist weiß bandagiert. Die Zunge ragt steif und dick zwischen blutroten Lippen nach draußen. In einem Mundwinkel bilden sich Bläschen.

Die Schwester trägt ihn zwischen den Couveusen hin und her, küßt seine kleine blasse Hand und schaut in seine freundlichen Augen. Er gehört nicht zu den soeben Geborenen. Er liegt seit mehreren Wochen hier – und ist bereits mehrmals operiert worden.

Die Schwester wispert ihm etwas zu, und er dreht das geschwollene Köpfchen in die Richtung, aus der die Laute kommen. Er versucht zu lächeln, aber das äußert sich nur in einem leichten Zittern um die Augen. Die Schwester sieht es jedoch sofort und lächelt zurück.

Er ist längst getauft. Hat seinen eigenen Vornamen. Das haben die meisten Kinder hier – solide Erwachsenennamen, die Träume und Hoffnungen der Eltern widerspiegeln.

Nichts wird unversucht gelassen, damit die Kleinen überleben. So gut wie möglich durchkommen. Keine Behandlungsmethode ist zu aufwendig oder zu kostspielig.

Dieses Land ist verschlossen. Kein Unbefugter wird hereingelassen.

Aber wer es wie Marie unvorbereitet sieht – und sei es nur durch eine Scheibe in der Tür –, muß unwillkürlich daran denken, wie teuer das Leben erkauft sein kann. Wie schön es ist. Und wie grauenvoll.

Maries Kleine liegt jedoch nicht im Brutkasten. Sie liegt im Zimmer nebenan, im Bettenraum, wo die relativ größeren und weniger gefährdeten Säuglinge untergebracht sind.

Eine Schwester reicht ihr das Bündel Nummer neunundzwanzig durch die Tür. Marie nimmt es entgegen, lehnt sich gegen die Wand und schaut auf das Gesichtchen der Kleinen. Der Kopf ist ihr auf die Schulter gesunken. Man merkt kaum, daß sie atmet.

„Wenn sie auf 2300 Gramm ist, mußt du dich selbst um sie kümmern, ihr selbst die Flasche geben. Du kannst ja versuchen, sie wieder zu nähren."

Marie nickt. Sie hält die kleine, schmetterlingleichte Hand in der ihren. „Ich hatte solche Angst, daß sie die ganze Zeit über mit der Sonde in der Nase daliegen muß."

„Nicht doch. Die Sonde ist in einer Sekunde eingeführt, das wird unmittelbar vor der Nahrungsaufnahme gemacht. Ist gar nicht der Rede wert. Ihr Bilirubin sinkt auch langsam. Du siehst ja selbst, daß sie nicht mehr ganz so gelb ist."

Dann ist also die Tür nicht hinter dir zugefallen? denkt Marie. Vielleicht kannst du doch wieder zu mir heraus, meine Kleine?

Ein dunkelhaariger junger Arzt tritt auf den Flur und knüpft mit Marie ein Gespräch an. Da steht sie in ihrer zerknitterten Krankenhauskleidung mit rutschenden Strümpfen und müdem Gesicht. Und da steht er – groß, sauber, gebildet und gutgelaunt.

„Können Sie mir nicht sagen, was Sie wissen?"

„Gewiß", antwortet er. „Ihre Kleine ist ein dysmaturiertes Kind, wie wir das nennen, lang und mager. Früher bezeichneten wir alle Kinder unter fünf Pfund als prämatur. Aber diese Definition berücksichtigte nicht das Gestationsalter, die intrauterine Unterernährung und Vererbungsfaktoren, außerdem erfaßte sie nicht die Situation der großen prämaturen Kinder von Diabetikerinnen. Ihre Kleine ist zu früh geboren und im Uterus mangelhaft ernährt worden. Vielleicht hat sie zu einem bestimmten Zeitpunkt mehr gewogen als jetzt."

Marie schluckt. Ihre Augen werden blank.

„Natürlich besteht da ein Zusammenhang mit ihrem Hydramnion. Sind Sie während der Schwangerschaft krank gewesen? Hatten Sie eine starke Erkältung? Hohes Fieber? Nicht? Nun ja, wir wären auf jeden Fall sehr erfreut, wenn Sie uns einen Bericht über den Schwangerschaftsverlauf schreiben würden. Könnten Sie das tun? Ja? Aber Sie brauchen sich nicht zu beunruhigen, wir können sonst nichts an ihrem Kind feststellen. Alle Untersuchungen haben ergeben, daß es völlig normal ist."

„Kann ich mich darauf verlassen?"

„Sie können sich darauf verlassen."

„Sie verheimlichen mir nichts?"

„Wir verheimlichen Ihnen nichts."

Auf der Wöchnerinnenstation ist es still und friedlich.

„Gut, daß du da bist", sagt die Schmiedfrau. „Würdest du den Kleinen mal halten? Ich gehe kurz nach draußen."

Das will Marie gern, und so wird der kleine Dickwanst in ihr Bett gelegt. Er ist doppelt so groß wie Maries Kind.

Sie ist sich durchaus darüber im klaren, daß die Schmiedfrau ihr den Jungen überläßt, damit sie ihr Töchterchen nicht so sehr vermißt. Doch es ist eher umgekehrt. Sie vermißt es jetzt noch mehr. Ihr Körper wird weich und empfindsam. Die Milch spannt ihre Brüste und beginnt leicht zu tropfen.

Marie kann es nicht ausstehen, daß sie anderen leid tut, aber warum sollte sie den kleinen Burschen nicht halten. Sie hätte ihn ja auch genommen, wenn ihre Tochter daneben gelegen hätte. Weshalb sollte sie jetzt nein sagen?

Marie ist ein wenig verliebt in den Sohn der Schmiedfrau. Er ist irgendwie rührend und unglaublich schwer, und sie empfindet ihm gegenüber eine Art Dankbarkeit.

Der kleine Kerl ist robust und warm. *Er* hat jedenfalls keine Probleme mit der Körpertemperatur. Der Junge prustet leicht, seine weichen, vollen Lippen kräuseln sich. Außerdem ist er stämmig wie sein Vater. Wie glücklich der Vater sein muß! Für Marie ist es ein herrliches Gefühl, mit einem ausgewachsenen Neugeborenen dazusitzen, das sich zur Geltung zu bringen weiß, Ansprüche stellt und einem auf seine besondere Art Freundlichkeiten erweist.

Nun versucht er, die Finger in den Mund zu stecken. Nein, das ist noch zu schwierig, selbst wenn ihm das mehrmals während seines Schwebezustands in der mütterlichen Höhle gelungen sein sollte. Seine Lippen verziehen sich zu einem Flunsch, und sein rundes Gesichtchen sieht plötzlich enttäuscht aus.

Marie findet nicht, daß man ihn als schön bezeichnen könnte. Er wirkt schon ein wenig grobschlächtig. Ihr Kind ist – so gesehen – viel niedlicher. Trotzdem ist er einfach wundervoll.

„Wenn du ihn weggeben willst, dann setz mich gleich obenan auf die Liste", sagt Marie, als die Schmiedfrau wieder hereinkommt.

„Darauf würde sich sein Vater bestimmt nicht einlassen", antwortet die Mutter stolz.

Sie beugt sich nieder und glättet das Laken im Kinderbett. Ihr großes Gesäß ragt in die Luft.

„Seht mal, was ich für euch habe!" Die Schwester taucht auf – vier Flaschen Rotwein im Arm.

„Wie in aller Welt kommen wir denn *dazu?*“

„Ja, die Stationsschwester meinte, ihr brauchtet eine kleine Aufmunterung. Heute morgen wart ihr der Guten etwas zu tränenselig. Deshalb sollt ihr das hier haben.“ Die Schwester zieht die Pfropfen heraus.

Die Frauen heben die Gläser und prosten einander von Bett zu Bett zu. Es wird ihnen guttun, zu essen, zu trinken und danach ein ausgiebiges Mittagsschläfchen zu halten.

In der ganzen Wöchnerinnenstation hört man das eintönige Kolbengeräusch der Abpumpapparate.

Marie sitzt auf dem Bettrand, das Hemd aufgeknöpft, eine Hand unter der Brust und die andere um den durchsichtigen Saugnapf. Die Milch sprüht fein, fächerförmig und elfenbeinfarben innen gegen das Glas, sammelt sich und fließt in breiten, unregelmäßigen Bahnen nach unten.

Hin und wieder stellt sie das Gerät ab und gießt die Milch in die kleine Einwegflasche, die auf dem Nachttisch steht.

„Irritiert einen das nicht?“ fragt die Schmiedfrau, ihren Dickwanst an der Brust.

„In gewisser Hinsicht schon, aber ich tue es mehr als gern.“

„Du“, sagt die kleine Frau Mikkelsen, „ich kannte einmal eine, die pumpte sich die Milch ab und verkaufte sie. Die hat damit *ein Vermögen* verdient.“

Die Schwester vom Spätdienst steht mitten im Zimmer und inspiziert ihre Truppen. „Na, das geht ja großartig.“

„Worauf du dich verlassen kannst“, sagt die Schmiedfrau.

Connie schleicht zu Marie, hat eine Hand vor dem Mund und kichert. „Eben hat ein Papierkorb im Aufenthaltsraum Feuer gefangen, daß die Flammen rausschlugen. Dieser Olfert der Schreckliche hatte schuld. Er hat eine glühende Kippe in ein paar Servietten geworfen. Du hättest mal sein Gesicht sehen sollen!“

Eine sehr große und schmale Hebamme mit kurzem Haar gleitet auf den weichen Sohlen ihrer Holzschuhe herein. Sie winkt Marie zu und geht zu der Schmiedfrau, die unter einer Nummer der Illustrierten „Hjemmet“ begraben liegt.

Die Schmiedfrau strahlt, ergreift die Hand der Hebamme und faßt mit der anderen nach dem Kinderbett.

„Nein, nein, nimm ihn nicht hoch“, sagt die Hebamme, „ich kann ihn auch von hier gut sehen.“

„Schön, daß du gekommen bist“, flüstert die Schmiedfrau. „Ich muß dich nämlich allerlei fragen.“

Sie steht in einem besonderen Abhängigkeitsverhältnis zu dieser jungen Frau, die ihr in der Nacht zum Freitag geholfen hat, ihr Kind zur Welt zu bringen. Vielleicht könnte man es auch als ein Liebesverhältnis bezeichnen.

Die Hebamme weiß das sehr genau, und sie ist gekommen, um dieses Verhältnis abzubauen. Das erreicht sie unter anderem dadurch, daß sie sich bemüht, dem Bedürfnis der Schmiedfrau nach einem Gespräch über ihre Niederkunft entgegenzukommen, denn das verspürt diese ebenso wie jede andere Wöchnerin. So werden Gefühle aufgefangen und in eine bestimmte Richtung gelenkt. „Was beschäftigt dich?“

„Ja, erinnerst du dich, als ich die Preßwehen hatte und ...“

Es ist unbedingt wichtig für eine Frau, über ihre Entbindung zu reden. Das ist ja das herausragende Erlebnis ihres Daseins. Sollte sie das wirklich für sich behalten?

Jahrhundertelang war diese kollektive Erfahrung beiseite gedrängt worden. Sie wurde als Ammenstubengeschwätz abgetan und blieb auf geschlossene Frauenkreise beschränkt. Zudem war diese Thematik mit verworrenen Vorstellungen, Tabus und Aberglauben belastet. Jetzt, da die Frauen im Begriff sind, sich ihrer eigenen Situation stärker bewußt zu werden, beginnt sich das Gesamtbild zu ändern.

Eine Frau, die entbunden hat, spürt das gleiche Bedürfnis, über dieses Erlebnis zu sprechen, wie andere das Verlangen haben, von ihren Auslandsreisen zu berichten.

Wie derjenige, der in Paris gewesen ist, gern seine Lichtbilder und Schmalfilme zeigen und über seine Beobachtungen reden möchte, so möchte die Frau über ihre Entbindung reden, die ihr weitaus authentischer erscheint als der Anblick des Eiffelturms.

Dieses Sich-Mitteilen dient verschiedenen Zwecken. Die Worte geben dem Gestaltlosen Gestalt. Die Eindrücke grenzen sich dadurch mehr voneinander ab, werden überschaubarer und lassen sich demzufolge künftig leichter handhaben. Etwas zu erzählen gibt einem Identität und Selbstvertrauen. Und es schafft außerdem eine gewisse Distanz zu Ereignissen, die zu starke Spuren gesetzt haben.

Man kann durchaus sagen, daß eine Hebamme eine umfassende und ungewöhnliche Aufgabe hat. Sie muß die Schwangere auf die Geburt vorbereiten und ihr während des dramatischen Geschehens beistehen, und sie muß der Wöchnerin helfen, das Erlebnis nachträglich zu verarbeiten und ihm einen angemessenen Platz im Bewußtsein zuzuweisen.

Die Hebamme der Schmiedfrau weiß das. Deshalb entsteht zwischen den beiden Frauen das Gefühl einer Solidarität, die weit über die gemeinsame Zeit hinausreicht.

Aber nicht alle können oder wollen sich äußern – und manche erhalten auch nicht die Gelegenheit dazu.

Obwohl die Situation der Wöchnerinnen viele gemeinsame Züge aufweist, ist ihr Zustand unmittelbar nach der Geburt doch sehr unterschiedlich.

Für die eine war die Entbindung ein Erlebnis, das ihr für viele Jahre Kraft und Selbstvertrauen geben wird. Für die andere war es eine Niederlage oder Demütigung, über die sie nicht so ohne weiteres hinwegkommen kann.

Die Geburt ist eine Enthüllung, im Guten wie im Bösen. Keine Lüge, keine Heuchelei, keine Verstellung kann vor der gewaltigen Naturkraft bestehen, die eine Geburt ist – selbst in unserer hochzivilisierten Gesellschaft.

Die Geburt ist ein Spiegel, der einer Frau ihren eigenen psychischen und physischen Zustand vor Augen führt, die Stärke ihres Milieus oder dessen Schwäche, um nicht zu sagen Verrat.

Es gibt Frauen, für die eine Entbindung ein ebensolcher Schock ist wie eine Vergewaltigung. Eine Erschütterung, die Dinge an die Oberfläche bringt, von deren Existenz bis dahin niemand etwas ahnte.

Ein vergessener Schmerz taucht auf. Ein qualvolles Gefühl der Einsamkeit bricht hervor.

Ein Beispiel dafür ist Sidenius.

Sie liegt in der dunkelsten Ecke des Zimmers und starrt mit großen Augen an die Decke. Fern. Ängstlich. Ganz langsam ergreift etwas Fremdes von ihr Besitz. Sie entgleitet ihrer Umgebung – und die scheint es nicht zu beachten.

Oder bemerkt das Personal dieses oder jenes? Immerhin sind es ja die Ärzte und Schwestern, die sich um ihr Kind kümmern, während sie apathisch daliegt.

Abends wird sie von ihrem Mann besucht. Schweigend und unsicher sitzt er am Kopfende ihres Bettes. Er weiß nicht, was er tun soll oder was man von ihm in dieser Situation erwartet. Er hält nur das Kind im Arm. Blickt es an. Sieht auf seine Frau, die ihrerseits an die Decke schaut. Wenn die Besuchszeit zu Ende ist, verabschiedet er sich.

Marie überlegt, ob sie zu Sidenius gehen und versuchen soll, ein Gespräch mit ihr anzuknüpfen. Aber sie bemerkt deutlich das Blinken eines Warnlämpchens. Soll sie es wagen?

Nein, sie wagt es nicht.

Sie verhält sich so wie die anderen, die einfach so tun, als existiere das Problem nicht.

„Leih mir mal dein ‚Ekstrabladet', Connie. Damit kann man so gut einschlafen."

„Da steht übrigens eine gruselige Geschichte drin."

„Ja, diese Menschen sollte man erschießen", meint Frau Holm und mischt sich unaufgefordert in das Gespräch.

Das Zimmer bereitet sich langsam auf die Nacht vor. Die Kinder sind schon auf den Flur gefahren worden. Nur die kleine Frau Mikkelsen kämpft noch tapfer mit ihrem Schreihals.

Marie knipst die Bettlampe über dem Kopfende an und entfaltet die Zeitung.

Was in aller Welt ist das?

Das Kind ist tot – und das – und das! Drei ausländische Kinder in derselben Arztfamilie. In einer Familie, von der Marie immer wieder in den Illustrierten gelesen hatte. Drei der Kinder sind tot! Ein viertes Kind ist stark entkräftet in ein Krankenhaus eingeliefert worden. Ein fünftes Kind wurde nach Vietnam zurückgeschickt. Vom Adoptivvater, der Oberarzt ist.

Tot? Drei? Das kann doch kein Zufall sein.

Im Mittelblatt der Zeitung sind Bilder von der großen Familie. Alle lächeln fröhlich. Die Bilder stammen aus der Zeit, als noch alles gut war. Die Eltern sitzen inmitten ihrer großen, farbigen Kinderschar, die sie – aus welchem Grund auch immer – später mißhandelt haben.

Marie schaut sich in dem dunklen Zimmer um. Alle Bettlampen sind gelöscht, nur ihre eigene brennt.

Vietnamesische, koreanische, thailändische Kinder. Draußen auf dem Flur stehen dänische. Drüben auf der Intensivstation für die Neugeborenen liegt ihr eigenes – ein Eskimokind.

Auch sie löscht das Licht.

Kinder sind nur wenige Jahre Kinder. Für die Erwachsenen ist die Kindheit eine überschaubare Periode. Für Kinder ist sie eine Ewigkeit.

Ein Kind zu sein ist äußerst riskant.

Besser, man wäre ein Baum.

Marie liegt auf dem Rücken, beide Hände auf der schlaffen Bauchhaut, und blickt zu der grauschwarzen Decke hinauf, wo sich die Schatten bewegen und wie Wassermassen vermischen.

Sie schließt die Augen. Ein unangenehmes, unerklärliches Bild erscheint auf der Innenseite der Lider. Ein schreckliches Nachbild, aus dem Zusammenhang gerissen. Es gleicht einem Haarbüschel in einem roten Hautspalt, das sich ganz sacht bewegt. Ein lebendiger Klumpen. Ein deformiertes Detail.

Marie drückt die Hände fest gegen die Augen, daß Sterne aufsprühen. Hält sie eine Weile so, damit sich das Bild auflöst. Aber es kehrt immer wieder, ebenso deformiert wie vorher.

Da setzt sie sich hin, sperrt die Augen weit auf, verharrt lange so und starrt ins Dunkel.

Dienstag, den 14. Januar

Wasserperlen sind in der Luft, und die Scheiben beschlagen.

Marie steht vor einer der beiden Duschen im Badezimmer und wartet, daß sie an die Reihe kommt. Sie lauscht dem warmen Wasser, das auf den Steinboden platscht. Hähne werden aufgedreht, Wasser poltert durch die Rohre und beginnt zu heulen.

Die beiden Frauen vor ihr sind schön und ihre Leiber eingesunken, wie bei Angehörigen eines Indianerstammes oder bei Katzen, die sich soeben mager von ihrem verborgenen Lager mit den neugeborenen Kleinen erhoben haben.

Leere Säcke, bereit, wieder gefüllt zu werden.

Neben den sauberen Kleiderstapeln liegen weiße Binden.

Es duftet nach Seife, Shampoo und Lotion. Die Frau, die zuerst unter der Dusche hervorkommt, ist rotfleckig wie ein gekochtes Schalentier.

Es ist der siebente Tag. Marie muß – mit einem Tag Verspätung – zu der routinemäßigen gynäkologischen Untersuchung. Sie steht in schneeweißem und gestärktem Krankenhauszeug, mit sauberem Körper und frisch gewaschenem Haar vor dem BEHANDLUNGSZIMMER und wartet darauf, hereingerufen zu werden.

Die Schmiedfrau kommt heraus.

„Was passiert da drinnen?" fragt Marie.

„Er steckt bloß einen Finger rein und sagt, du sollst zusammenkneifen. Und wenn du genäht bist, zieht er die Fäden. Dann redet er ein bißchen über Verhütung. Es ist wirklich nichts weiter. Das ganze dauert nur drei Minuten."

Im Behandlungszimmer sitzt der Oberarzt, den Marie so gut kennt. Sie freut sich, ihn wiederzusehen.

„Na, wie geht es?" fragt er und dreht sich ihr auf dem Büroschemel zu. – „Danke, gut."

Während sie sich auf den gynäkologischen Stuhl setzt, wendet er ihr den Rücken zu.

„Rück etwas weiter nach vorn", flüstert die Schwester.

Er beugt sich über sie. Marie schließt die Augen. Er führt die Finger in ihre Scheide ein, die kalt ist und rauh. Fühlt nach.

„Ist meine Gebärmutter noch immer so groß?"

„Nein, sie hat sich gut zusammengezogen", antwortet er, während sein Blick auf einen unendlich fernen Punkt über ihrem Kopf gerichtet ist. „Eigentlich unglaublich, wie gescheit die Natur alles eingerichtet hat, wenn man bedenkt, wie sehr die Gebärmutter geweitet war."

Marie holt tief Luft und versucht sich zu entspannen.

„Zusammenkneifen – ja, so."

„Werde ich je wieder ich selbst – innerlich?"

„Ja, natürlich. Danke, Sie können aufstehen."

Er setzt sich an den Schreibtisch, mit dem Rücken zu ihr, und sie zieht sich den Slip an.

„Haben Sie sich darüber Gedanken gemacht, was Sie benutzen wollen, um nicht sofort wieder schwanger zu werden?"

„Geht es mit einer Spirale?"

Er lächelt, während er etwas in der Krankengeschichte notiert. Marie begreift nicht, warum er lächelt.

„Rufen Sie im März hier an. Dann werde ich Ihnen eine einsetzen."

Marie merkt, daß sich das Gespräch dem Ende nähert, aber sie möchte es gern verlängern. Deshalb sagt sie: „Ist es nicht merkwürdig? Erst ist mein Kind in all dem Fruchtwasser geschwommen, und dann, drei Tage nach der Geburt, ist es völlig ausgetrocknet."

„So ist das Leben", sagt er schnell, noch immer über die Krankengeschichte gebeugt.

„Wenn ich nun gern wieder ein Kind haben will – glauben Sie, daß ich Gefahr laufe, das gleiche noch einmal zu erleben?"

„Das wäre sehr ungewöhnlich. Nein, das glaube ich nicht. Machen Sie sich deshalb keine Sorgen."

Er erhebt sich, und sie reicht ihm die Hand. „Ich bin Ihnen sehr dankbar für alles, was Sie getan haben."

„Das ist doch meine Arbeit."

Sie spürt plötzlich so etwas wie Verzweiflung, ohne im mindesten zu wissen, woher dieses Gefühl rührt oder was sie dagegen tun kann.

Seitlings bewegt sie sich aus dem Raum.

An diesem Tag kommt Marie der Weg durch die unterirdischen Gänge ein wenig kürzer vor. Der erste eisige Eindruck beginnt sich zu verlieren. Oder ist sie im Begriff, sich an die Situation zu gewöhnen?

Sie macht den Rücken gerade und schaut nach vorn. Ihr Körper ist gewissermaßen ein wenig elastischer.

In der Neonatalen Station wird sie aufgefordert, einen Augenblick zu warten. Sie steckt die Hände in die Taschen ihres Morgenmantels, lehnt sich gegen die Wand und schaut sich um.

Alles ist grau, weiß, niedrig und eigentlich recht gemütlich. Aus der Küche hört man das Klirren von Flaschen. Eine Tür wird zuge-

schlagen, gedämpfte Musik ertönt aus einem Radio, und es duftet nach Kaffee.

Ein junger Mann betritt den Flur, er trägt einen Islandpullover und weiße Maurerhosen, er bleibt stehen, zögert, blickt sich fragend um und geht dann zu der Tür mit der schmalen Scheibe.

Er nimmt ein zerknülltes Stück Papier aus der Tasche und hält es an die Scheibe. Kurz darauf wird hinter dem Glas eine Couveuse herangerollt.

Darin liegt ein winziges, nacktes Kind.

Der junge Mann drückt die Hände an die Scheibe und geht leicht in die Knie. Dann tippt er mit einem großen, krummen Finger ein kleines Morsesignal. Er versucht zu lächeln, doch das Lächeln löst sich auf. Sein Atem setzt sich wie eine weiße Wolke auf dem Glas ab.

„Nein, wie ähnlich er mir ist", murmelt er. „Du kleiner Schatz!"

Er blickt schräg in das halbmondförmige Gesicht der Krankenschwester, die Stirn an der Scheibe. Bittend.

Sie rollt die Couveuse an ihren Platz und schiebt den Stecker in die Dose.

Da steht er. Für den Bruchteil einer Sekunde blickt er Marie in die Augen. Dann dreht er sich auf seinen großen, fleckigen Holzschuhen um und verläßt die Station.

Marie wird aufgefordert, den Bettenraum zu betreten. Sie muß einen weißen Kittel anziehen – es kommt ihr wie eine Ehrenbezeigung vor.

Nun ist so viel Zeit seit der Entbindung verstrichen, daß man es wagt, sie hereinzulassen. Die Gefahr, daß sie eine Wochenbettinfektion einschleppen könnte, ist sehr minimal.

Marie schaut sich um. Die Kinder sehen überhaupt nicht krank aus. Plötzlich weiß sie, daß sie durchkommen werden. Jedenfalls die meisten von ihnen.

Sie geht zu dem hohen, hellgrauen Kastenbettchen, das ihr Kind beherbergt. Als sie das kleine Magerchen sieht, auf der Seite schlafend, durchfährt sie ein heißes Glücksgefühl. Da liegst du nun, mein kleiner Kamerad, denkt sie, mit deinem schönen, glänzenden Haar. Meine Muschelschale. Mein kostbarer Schatz. Mein Fleisch und Blut.

„Du darfst sie gern hochnehmen."

Die Schwester steht vor ihr. „Es geht ja sehr gut. Wir wechseln jetzt ab, jede zweite Mahlzeit bekommt sie die Flasche. Aber ich glaube, sie ist nicht besonders tüchtig im Saugen. Vielleicht müssen wir noch ihren Saugreflex untersuchen."

Marie blinzelt. Den Saugreflex! „Was ist mit der Gelbsucht?"

„Sie ist fast weg. Wollen wir sie wiegen?"

Marie zieht das Kind aus. Es ist, als entfaltete sie ein Stück Papier. „2280 Gramm? Das ist ja ebensoviel wie gestern!" ruft sie erschrokken aus.

„Na, dann wiegt sie eben morgen ein bißchen mehr. In der Regel geht es mit kleinen Intervallen aufwärts. Von morgen ab kannst du sie auch allein zurechtmachen. Dann gewöhnst du dich nach und nach daran."

„Bekommt das Kind eigentlich die Milch, die man ihm bringt?"

„Aber ja, natürlich", antwortet die Schwester, verdutzt über so viel Naivität. „Selbstverständlich kriegt das Kind die Milch, die du ihm bringst. Das kann ich dir wahrhaftig garantieren. Muttermilch – die kaufen wir für teures Geld. Siehst du die kleine Milchkanne dort? So eine kriegen wir jeden Morgen vom Fuglebakken. Sie kostet ein Vermögen. Und wenn dein eigenes Kind nicht die ganze Milch braucht, geben wir den Überschuß einem anderen. Das sind wahrhaftig kostbare Tropfen. Du mußt alles daransetzen, daß du sie nähren kannst, wenn du sie zu Hause hast. Du ahnst ja nicht, welche Bedeutung das hat, Hansen."

Als Marie sich niederbeugt, um die Strümpfe hochzuziehen, bevor sie sich auf den Rückweg macht, steckt sie fast den Kopf in einen blauen Morgenmantel. Yvonne steht vor ihr. Die Frau von Olfert dem Schrecklichen.

„Hej, was tust du denn hier?"

„Ich habe nach den Zwillingen geschaut."

„Meinen Glückwunsch noch dazu."

„Ja, danke."

„Wie geht es?"

„Nun ja, so einigermaßen ... Aber sie sind sehr klein. Der eine liegt in der Couveuse, und der andere ist gerade heute morgen in den Bettenraum verlegt worden."

„Gehen wir zusammen zur Wöchnerinnenstation zurück?"

„O ja. Ich graule mich allein in den Kellergängen. Ich habe fürchterliche Angst, daß mich einer überfallen könnte."

Sie gleiten mit dem Fahrstuhl ins Kellergeschoß hinab, und einen Augenblick später stehen sie in einem der langen weißen, unterirdischen Rohre.

„Wie fühlst du dich?" fragt Marie und strafft den Rücken.

„Ich komme mir vor wie gerädert."

Yvonne hat Tränen in den Augen. Sie geht sehr langsam, breitbeinig und mit steifen Knien. Marie will ihr den Arm reichen, aber Yvonne nimmt ihn nicht. Sie schaut starr geradeaus und sagt: „Der erste Zwilling wurde normal geboren, aber es dauerte lange und war sehr hart. In der Zwischenzeit wand und drehte sich der andere so verrückt, daß er nicht raus konnte. Da holten sie ihn durch einen Kaiserschnitt. Nun bin ich am Bauch und unten genäht. Das ist vielleicht ein Vergnügen!" Ihr Gesicht ist hart und eckig. „Mein Mann ist so ungeduldig und fragt andauernd, wann ich endlich nach Hause komme. Er kann überhaupt nicht begreifen, daß so was seine Zeit braucht." Sie wischt sich mit dem blauen Ärmel die Augen trocken.

Zwei Krankenpfleger in weißer Jacke und schwarzer Hose überholen sie in einem eleganten Bogen und verschwinden mit schnellen, langen Schritten.

„Unser Großer ist mit dem Rad gestürzt und hat sich den Arm gebrochen", fährt Yvonne fort, „und der Kleine ist so wild im Kindergarten, daß sie ihn bald nicht mehr nehmen wollen."

Es rauscht schwach in den Rohren. In der Ferne poltert es. Beide Frauen frösteln. Yvonnes Füße in den Hausschuhen sind weiß und knochig. Ihr Haar ist strähnig und der Rücken gekrümmt.

Für sie war die Niederkunft jedenfalls nicht einer der großen Höhepunkte ihres Daseins. Im Gegenteil. Sie gehörte eher in eine lange Reihe von Demütigungen und Enttäuschungen. Vielleicht war sie – alles in allem – sogar die niederdrückendste Begebenheit in ihrem bedrückten Leben.

Sie hatte nicht danach verlangt, schwanger zu werden. Sie hat sich überhaupt nicht auf die Entbindung gefreut. Die Zwillinge – das ist etwas, das ihr und ihrem Mann aufgezwungen wurde, gegen ihren Willen.

Marie und Yvonne biegen in den Nebengang ein, wo der Boden ganz leicht zu einer schweren, dunklen Tempeltür ansteigt.

Marie drückt auf den Knopf.

Da scheint sich Yvonnes Miene etwas zu erhellen. „Ich halte mich ein bißchen an die wenigen vernünftigen Menschen, die man hier trifft. Ich meine die Große da – du weißt schon." Sie schaut Marie ein wenig irritiert an. „Die Große, die auf der Kinderstation die Flaschen wäscht. Sie ist die *einzige*, die ich verstehen kann. Die anderen sagen ja nichts oder werfen mit lateinischen Brocken um sich."

Mit einem Seufzer sinkt der Fahrstuhl herab.

Sie öffnen die schwere Tür und gehen hinein.

In der großen Wöchnerinnenstube sind die meisten Frauen im Aufbruch. Nachdem sie fünf, sechs oder sieben Tage hier gelegen haben, sollen sie entlassen werden.

Die Schmiedfrau wendet sich an Marie. „Was ist mit dir?"

„Ich fahre morgen nach Hause", antwortet Marie.

Die Schmiedfrau hat ihre großen, kegelförmigen Beine in ein Paar hochhackige Schuhe mit Schrägriemen und Korksohle gepflanzt und zur Feier des Tages eine neue, stramm sitzende Bluse angezogen, die ihre saftstrotzende, üppige Brust besonders gut zur Geltung bringt. Sie hat in jedes Körbchen des großen Büstenhalters vorsorglich eine zusammengefaltete Serviette gelegt, damit die Strickjacke nicht völlig durchweicht ist, bevor sie zu Hause ankommt.

Die Stationsschwester hatte gefragt, ob sie nicht noch einen Tag bleiben wolle, bis die Spannung in ihrer Brust etwas nachgelassen habe, aber die Schmiedfrau war nicht zu halten. Nun habe sie lange genug auf der Station gelegen, meinte sie, jetzt müsse sie nach Hause zu ihren Jungs. Darauf hätten sich alle eingestellt.

Sie zieht ihren kleinen Dickwanst an. Das Zeug ist völlig neu. Violett und weiß. Sie hat es selbst gestrickt.

„Kriegt er nicht das, was die anderen abgelegt haben?" fragt Marie.

„Nein, er soll sein eigenes Zeug tragen!"

Sie setzt ihm eine Mütze auf. Mit Ohrenklappen, Bändern und Quasten. Die Händchen verschwinden in Strickhandschuhen ohne Daumen.

Der Schmied wirft die Tür mit einem Knall auf und betritt das Zimmer, als gehörte ihm die ganze Welt – was ja in gewisser Hinsicht auch der Fall ist. Er geht zum Fenster, hängt den Regenschirm an die Heizung, stellt die Babytasche auf den Wickeltisch und gibt seiner Frau einen Klaps auf die Hinterbacke.

Dann hebt er den jüngsten Sprößling hoch, schwenkt ihn herum, gibt ihm einen Schmatz auf den Mund und legt ihn vorsichtig in die Tragetasche unter die weiß-violett karierte Decke.

Er breitet die Arme aus und nickt nach allen Seiten. „Vielen, vielen Dank auch, ihr Mädchen. Und auf Wiedersehen bis zu unserem nächsten."

„Na, das könnte dir so passen!" sagt seine Frau, tippt sich mit dem Zeigefinger an die Schläfe, verdreht die Augen und schiebt die Zungenspitze hinaus.

Sie geht von Bett zu Bett, reicht jeder die Hand und drückt die Krankenschwester. „Vielen Dank für alles, Schatz. Du warst richtig lieb."

„Laß deinen Teddy doch hier", sagt die Schwester. „So einen kleinen Burschen wie den kann ich gut gebrauchen."

Nicht zu fassen, wie viele ein Auge auf den Jungen geworfen haben.

Der Schmied greift nach der Tragetasche, aber die Schwester schüttelt den Kopf und nimmt sie ihm ab. Sie hat das Kind die Treppe hinunter und an den Wagen zu bringen. Erst vor dem Hauptportal endet die Verantwortung des Krankenhauses.

Herr Holm schleicht am Wickeltisch entlang, den Spann gestreckt, die Babytasche in der linken Hand und den Hut in der rechten.

Er breitet den Inhalt der Tasche auf dem Tisch aus. Alles ist da. Federkissen, Unterzeug, die Ausfahrgarnitur, Handschuhe, eine Ersatzwindel und ein Wickeltuch, und alles ist hellblau, da Familie Holm ja einen Jungen erwartet hatte.

Herr Holm hat eine Kodak-Instamatic mit und macht pflichtschuldigst von Frau und Tochter eine Aufnahme nach der anderen. Plötzlich ruft Frau Holm mit allen Anzeichen der Empörung: „Du hast ja die Babydecke vergessen!"

„Was meinst du, liebes Marchen?"

„Du hast die Babydecke vergessen. Die *Ba-by-dek-ke*, hörst du? Du wirst noch mal nach Hause müssen, um sie zu holen."

„Ist das wirklich nötig?"

„Ja. Und sofort!"

Ihr Gesicht ist verzerrt, und sie beginnt, ihren dunklen, maßgeschneiderten Mantel wieder aufzuknöpfen.

Herr Holm setzt den weichen Hut auf seinen großen Schädel und schleicht auf Zehenspitzen am Wickeltisch entlang zur Tür.

Die Krankenschwester tritt ein. „Warum ist Ihr Mann weggegangen?“

„Er muß noch mal nach Hause fahren und die Babydecke holen.“

„Wo wohnen Sie?“

„In Birkerød.“

„Nein, wissen Sie was? Sie leihen sich eine von uns.“ Die Schwester eilt hinaus und kehrt kurz darauf mit dem verdatterten Ehemann zurück, der am ganzen Leibe zittert.

Frau Holm läßt beleidigt das Schloß ihrer Tasche zuschnappen.

Connie sieht eine Wöchnerin nach der anderen die Station verlassen. Die letzte war die magere Friseuse. Sie und die Kleine waren von der Großmutter abgeholt worden. Die beiden gingen durchs Zimmer und reichten allen zum Abschied die kalten Hände.

„Und dabei hat mir meine Mutter *fest versprochen* zu kommen“, sagt Connie, Tränen in den Augen. „Ist es nicht gemein, daß sie mich jetzt hier hocken läßt?“

„Du kannst dir bei uns alles leihen, was du brauchst“, sagt die Schwester. „Schickst es uns dann wieder zurück.“

„Aber wie soll ich denn bis nach Hundested kommen“, entgegnet Connie leise und schaut auf ihr Kind.

Im Laufe des Tages füllt sich die Wöchnerinnenstube von neuem. Mütter werden auf Tragen hereingerollt, ihr Neugeborenes im Arm.

Marie sitzt auf ihrem Bett. Sie ist nun ein alter Hase und kennt alles in- und auswendig, so daß sie die anderen willkommen heißen, ihre Fragen beantworten und sie einweisen kann.

„Wo ist dein Kind?“ will eine wissen.

„Ach, mit dem ist nichts weiter“, antwortet Marie und blickt zur Seite, „es ist nur drüben auf der Station für Neugeborene, damit es ein bißchen zunimmt. Das hat nichts zu sagen.“

Die anderen überläuft es kalt.

Am Spätnachmittag kommen Connies Mutter und ihre Große.

„Du kannst gern das ‚Ekstrabladet‘ behalten. Ich fahre jetzt nach Hause“, sagt Connie zu Marie.

Connies Mutter und Schwester sind klein von Wuchs und sehen

einander sehr ähnlich. Sie haben eine geflochtene Babytasche mit und einen Plastbeutel mit einer Menge Strickzeug. Sie gehen hin und her und sagen Connie, was sie tun soll. Dann öffnen sie die Türen und Schubladen ihres Nachtschränkchens, um sich zu überzeugen, daß Connie auch nichts vergessen hat. Anschließend windeln sie die Kleine auf dem Wickeltisch und fordern Connie auf, sich höflich zu verabschieden.

Es wird langsam dunkel, und sie müssen noch den Zug erreichen.

Connie geht in ihrer Lederjacke durchs Zimmer und reicht allen die Hand. „Hier hast du meine Adresse", sagt sie zu Marie. „Vergiß nicht, daß du in Hundested jemanden kennst."

Die Krankenschwester nimmt die Babytasche auf und verläßt vor den drei kleinen Frauen die Wöchnerinnenstube, sie geht durch den Flur, die Haupttreppe hinab und durch das Portal nach draußen.

Frauen begegnen einander im Krankenhaus – in der gleichen weißen Kleidung und aus dem gleichen Anlaß. Fünf Tage verbringen sie in derselben Wöchnerinnenstube. Sie nehmen die gleichen Mahlzeiten ein und tun im großen und ganzen das gleiche. Sie werden von den gleichen Menschen betreut und gleich behandelt. Am fünften oder sechsten Tag verlassen sie diese Wöchnerinnenstation, dieses Traumland, wo alle gleich waren oder wo es doch den Anschein hatte, als wären sie es. Sie kehren zu ihrer jeweiligen Klasse zurück, in ihr Fach, ihr Regal. Die Gemeinschaft löst sich unwiderruflich auf und läßt sich nie wiederherstellen. Sie hören nichts mehr voneinander. Im Höchstfall erfahren sie etwas von dieser oder jener aus der Statistik.

Sie leben in ihren verschiedenen Gesellschaftsklassen faktisch getrennt. Ohne Kenntnis vom Tun und Lassen der anderen.

Keine ahnt, wie es den anderen Frauen ergeht, was sie denken, glauben, fühlen. Sie wissen nicht einmal, ob sie die Geburt ihrer Kinder auf gleiche Weise erlebt haben.

Marie wird die Zeit lang. Eigentlich hat sie ja nichts mehr auf der Station verloren.

Sie schaut in Connies „Ekstrabladet".

Auf der ersten Seite ist eine große Überschrift: *„Die Kinder nachts in der Waschküche gefesselt."*

Das Mittelblatt wird von einer Luftaufnahme eingenommen, sie zeigt ein Haus, und die Unterschrift lautet: *„Das große Arzthaus in Klarup ist wie eine Festung – oder wie ein Gefängnis. Eine Riesenvilla, umgeben von einem massiven Holzzaun, und dahinter ein Garten, umgeben von Mauerwerk."*

Maries Gedanken schweifen ab.

Sie muß versuchen, sich von dem Krankenhaus freizumachen, und wenn es noch so schwer fällt. Das Krankenhaus hat sie behütet. Und das Personal hat ihr geholfen.

Nun fühlt sie sich in zwei Personen gespalten. Die eine will hinaus, nach Hause, zurück ins Leben, in den Alltag mit seinen Problemen.

Die andere will in dieser geschlossenen, wohlgeordneten Welt mit den scharf umrissenen Konturen bleiben. Sie könnte dort von Station zu Station wandern, sich bedienen lassen und sich um die Kleine kümmern. Sie würde Fürsorge und Aufmerksamkeit erfahren – und zu nichts Stellung nehmen müssen.

Marie schlägt die Seite achtundzwanzig auf.

„Die Pflegerinnen sind herzförmig rasiert und tragen ein sexy Korsett, Strumpfbänder und lange Stiefel mit echten Stilettabsätzen. Sie sind vollbusig und langbeinig. Französische Unterwäsche, Hüfthalter sowie Gummispezialitäten sind vorhanden. Besonderheiten: Französisches Schaumbad, wechselseitig griechisch, spanisch, italienisch, französisch mit und ohne, deutsch in milderem Grad."

Wie in aller Welt mag es den Neugeborenen ergehen, die ich hier gesehen habe? denkt Marie. Dem Kind der Friseuse? Dem kleinen Mulatten? Connies Kind? Yvonnes Zwillingen? Gertrudes, Olivias und Frau Holms Kleinen?

Sie werden auf jeden Fall unter sehr verschiedenen Bedingungen aufwachsen.

Einige von denen, die man hier stramm und rosig entläßt, werden im Laufe des nächsten halben Jahres physisch und psychisch angeschlagen sein, einem Zermürbungsprozeß ausgesetzt werden, der ihr ganzes Leben anhält.

Andere, die dieses Krankenhaus schwach und mit Untergewicht verlassen, werden zu starken, selbstbewußten Menschen heranwachsen, wenn ihre Umgebung genügend Möglichkeiten hat, sich ihrer so anzunehmen, wie sie es bedürfen.

„Die Zukunft vorausgesagt. Hitlers Schicksal. Zweiter Weltkrieg."

Die Mütter und Väter werden ja alles für sie tun, ob sie nun Mikkelsen, Erichsen, Holm oder Hansen heißen.

„Schwache Nerven und andere psychische Leiden werden behandelt. Entwöhnungskur für Raucher, Katalog gratis."

Aber die Möglichkeiten, etwas zu tun, sind von Familie zu Familie unterschiedlich.

Einige Eltern werden schon vierzehn Tage nach der Geburt ihres Kindes den heftigen Kampf der Geschlechter beginnen – niemand aus Maries Generation kann sich dem völlig entziehen.

Ein Kind wird vielleicht durch ein Unglück ums Leben kommen, ein zweites wird einfach ermordet werden und ein drittes schon nach kurzer Zeit sein eigenes Bankkonto haben und als Fotomodell für die Strickmoden einer Frauenzeitschrift figurieren.

Gentlemen! Looking for nice escort-girl to visit you at your hotel? Möchten Sie sich ein bißchen amüsieren? Außerhalb oder in Ihrem Hotel? Open every day!"

Eigentlich ist es gar nicht so schwer, wie man allgemein glaubt, das Schicksal der Neugeborenen vorauszusagen. Man braucht sich nur die Mütter und Väter der Kleinen und deren sozialen Hintergrund anzuschauen – dann offenbart sich alles andere wie von selbst.

„Hoppla, blonde Chili und dunkle Amber, wir beide für hundertfünfzig."

Was ist mit den Kindern, die auf der Neonatalen Station liegen? Viele sind schon in der Gebärmutter Gegenstand größter Aufmerksamkeit gewesen. Die Mütter wurden zur Entlastung auf die Schwangerenstation eingewiesen – lagen dort vielleicht monatelang. Dann kam das Kind zur Welt, im Beisein von Professoren, Oberärzten und Hebammen. Danach kam es auf die Neonatale Station, in die Couveuse. Dort wurde es unter Aufsicht von führenden Spezialisten mühsam auf Normalgewicht gebracht, durch eine tägliche Gewichtszunahme von fünfzehn Gramm.

Dann verabschiedet man sich mit dem Kind am Krankenhausportal.

Und weiter? Das Kind hat Eltern, die – *vielleicht* – nicht wissen, wie man mit einem Neugeborenen umgehen muß. Die sich nie damit beschäftigt, nie etwas darüber gelesen haben. Die mehr als genug mit sich selbst und ihren Problemen befaßt sind.

Nach vierzehn Tagen ist die Mutter nicht mehr imstande zu nähren. Sie geht zur künstlichen Ernährung über – und von da ab wird das Kind sein Leben lang nur noch Ersatz erhalten.

„Kredit wird nur gegen eigene Unterschrift gewährt. Prämienobligationen werden beliehen und gekauft. Ihr Geld wird mit zwölf Prozent verzinst. Abfertigungszeit: zwanzig Sekunden."

Nachdem sich das heilige Licht der Geburt verflüchtigt hat, wird das Kind von Erkältung, Mittelohrentzündung, Bronchitis befallen. Es wird aufgeschwemmt, nörglig und unansehnlich – und ein halbes Jahr später bereitet es keinem mehr Vergnügen.

In der Zwischenzeit hasten Mütter und Väter vom Heim zum Arbeitsmarkt und zurück. Je nachdem, wie viele billige Arbeitskräfte die Gesellschaft benötigt.

Notdürftige Wartung am Tag. Häufige Einweisung ins Krankenhaus. Überforderte Kindergärten. Überfüllte Grundschulklassen. Hilfsschulen. Schlechte Freizeitheime. Kleine Wohnungen. Mangelhafte Freizeitbeschäftigung. Ein Dasein ohne Sinn.

Hilflose Opfer von Reklame, Unterhaltung und politischer Demagogie.

Das Gefühl der Eltern, außerhalb zu stehen, abgeschnitten zu sein von jedem Überblick über und jeder Einsicht in ihr eigenes Dasein – dieses Gefühl der Ohnmacht, des Laß-es-laufen wird zum Erbe, das sie an ihre Kinder weitergeben.

Diese herrlichen, in der Couveuse umhegten Kleinen – was wird sie erwarten?

Auf den Tischen und hohen Fensterbrettern stehen die von den Patientinnen zurückgelassenen Blumen.

Dort, wo Frau Holm lag, ist ein kalter Garten von Blumen, die die Köpfe hängenlassen. Zwölf langstielige, schwarzrote Rosen, umwikkelt mit hellrotem Seidenband, sind mit einem kleinen Strauß welker Rosenknospen, die in einer anderen Vase stehen, verbunden. Frauenhaar, Freesien und Zierzweige hängen schlaff und bleich herab.

All das steht dort, weil man keine Blumen aus dem Krankenhaus mitnimmt. Das bedeutet Unglück.

Sie stehen dort, gehören allen und niemandem – bis das Personal sie hinauswirft.

Marie holt die Schneeglöckchen der Schmiedfrau und stellt sie auf ihren Nachttisch. Das wird doch wohl kein Unglück bringen?

Am nächsten Tag fährt Marie nach Hause. Die Neuen bleiben in der Wöchnerinnenstube zurück. Dann werden auch sie entlassen, und es kommt wieder eine Belegung. Der große Raum wird stets seine Kontinuität wahren, und immer werden Wöchnerinnen von der letzten Belegung da sein, die die neuen einweisen.

Und der Raum wird sich regelmäßig leeren und füllen, wie ein See.

Die kleine, dürre Schwester mit der gestärkten Haube zieht ihren Wagen voller klirrender Medizinflaschen vor das Zimmer und fragt, ob jemand etwas zur Nacht haben wolle.

„Eine Doriden."

„Ein Glas Mannasaft."

„Wie ist es mit Ihnen, Frau Vesterhavn. Hatten Sie Stuhlgang?"

Mittwoch, den 15. Januar

Früh am Morgen liegt Marie in ihrem Bett, die Arme unter dem Kopf, und nimmt gewissermaßen still für sich Abschied vom Krankenhaus.

Gegen Ende der nächsten Woche wird sie – allen Anzeichen nach zu schließen – ihre Kleine bekommen. Dann muß sie jede dritte Stunde rund um die Uhr gefüttert werden, bis sie bei 3000 Gramm angelangt ist. Das kann ein paar Wochen dauern. Eine harte Zeit steht Marie bevor.

Sie denkt daran, wie schön es wäre, das Angebot der Stationsschwester anzunehmen und sich wieder ins Krankenhaus einweisen zu lassen, wenn die Kleine die Neonatale Station verlassen darf. Das wäre eine unglaubliche Hilfe.

Aber kann man auf die Wöchnerinnenstation zurückkehren, wenn man keine Wöchnerin mehr ist, wenn man nicht mehr blutet und nicht mehr mit hängenden Schultern herumgeht? Kann man dort so einfach einen Platz belegen?

Im Grunde ist Marie gegenüber dem großzügigen Angebot der Stationsschwester hilflos. Sie weiß nicht, was sie will und was ihr und dem Kind am dienlichsten ist.

Sie hat ja noch nie entbunden und noch nie in einem Krankenhaus gelegen. Sie weiß nicht, welche Forderungen man als Patient stellen kann und was man annehmen darf.

Ja, aber warum so schüchtern? Die Stationsschwester wird doch wohl wissen, was sie tut. Sie wird doch nicht etwas sagen, was sie nicht meint.

Schön und gut – aber ob es nicht besser ist, zu versuchen, selbst mit allem fertig zu werden? Das haben doch Millionen anderer Frauen auch müssen.

„Ich fahre noch vor dem Mittag nach Hause", verkündet Marie.

„Ja, ja, wie du willst", sagt die Stationsschwester. „Du kannst jederzeit gern bei uns anrufen, wenn du eine Frage hast."

„Was meinst du, kann man sich darauf verlassen, daß eine Sozialfürsorgerin kommt?"

„Ruf gleich mal an, ja, jetzt sofort. Vom Schwesternzimmer aus."

„Und dann brauche ich noch einen Apparat zum Abpumpen der Milch."

„Den holst du dir bei Falck."

Maries altes Zeug ist ins Zimmer gebracht worden. Es hat einunddreißig Tage in der Krankenhausgarderobe gehangen.

Es sieht grau und ungepflegt aus und verströmt einen muffigen Geruch, der Marie ganz trübsinnig stimmt.

Am schlimmsten ist der alte Schafspelz, der einmal weiß war. Sie faltet ihn so oft wie möglich zusammen, legt ihn auf den Stuhlsitz, und schiebt diesen unter das Bett.

Die Hose ist viel zu groß. Marie hält an jeder Seite eine Menge überflüssigen Stoff in der Hand. Die Hose hat sie getragen, als sie hochschwanger war. Mit den großen Lederschuhen, die unten hervorragen, gleicht sie Charlie Chaplin.

Nun begreift Marie besser, warum alle Wöchnerinnen soviel Gedanken darauf verwenden, was sie wohl anziehen werden, wenn sie das Krankenhaus verlassen. Sie ist jedenfalls völlig unmöglich gekleidet.

Diesmal benutzt Marie nicht die unterirdischen Gewölbe, sondern geht über der Erde durch das Krankenhausgelände zur Neonatalen Station. Sie geht über Fliesen, Bordsteine und Asphalt und versucht sogar, auf einem langen Eisenrohr zu balancieren, das am Wegrand liegt.

Die Luft ist rauh und feucht.

„Sieh her. Du tauchst einen kleinen Wattetupfer in den Saft gegen die Mundfäule. Damit fährst du ihr über die Lippen. Das schmeckt ihr – sie leckt es ab! Dann tust du ein paar Tropfen Erdnußöl in ihr Badewasser und prüfst mit dem Unterarm, ob es die richtige Temperatur hat."

Marie trägt jedes Wort der Schwester in ein Notizbuch ein, damit sie ja nichts vergißt.

„Du darfst sie nicht mit Seife waschen, bloß ein bißchen am Po. Sonst spülst du sie nur mit dem warmen Wasser. So. Aber paß auf, daß sie kein Wasser in die Ohren kriegt. Dann nimmst du sie heraus, legst sie aufs Handtuch und tupfst sie ab."

An diesem Tag wiegt die Kleine 2230 Gramm. Sie wird von ihrer Mutter im Beisein der Schwester zurechtgemacht. Die Kleine öffnet die ruhigen, tiefblauen Augen und schaut vor sich hin.

„Und dann bürstest du das Haar – so, ganz vorsichtig, nicht? Willst du versuchen, ihr die Brust zu geben? Dann wiegen wir sie vorher zur Kontrolle. Mit Zeug."

Marie steckt das Notizbuch in die Tasche, knöpft ihre alte, unzweckmäßige Strickjacke auf und legt die Kleine an die Brust. Es bedrückt sie, daß sie das Kind dem Geruch des alten Kleidungsstückes aussetzt.

Die Schwester verläßt den Raum.

Marie streicht der Kleinen übers Haar und blickt gedankenverloren aus dem Fenster, auf graue Dächer und die unregelmäßigen Konturen der Stadt vor dem bleigrauen Januarhimmel.

Plötzlich merkt sie, daß die Kleine reglos, mit geschlossenen Augen in ihren Armen liegt. Sie befühlt ihre Stirn, die ist kalt. Das Blut gerinnt ihr in den Adern. Ihr Kind stirbt doch nicht etwa? Oder ist es schon tot?

Dann gähnt die Kleine, und Maries Muskeln entkrampfen sich.

Die Schwester kommt wieder herein. „Na, wollen wir sie wiegen?"

Sie legen die Kleine auf die Waage. „Mein Gott, mehr hast du nicht in sie reingekriegt?"

Die Kleine wiegt fünf Gramm mehr als vorher.

„Ja, was soll ich denn tun?"

„Nun, nun", sagt die Schwester versöhnlich, „du brauchst nicht soviel Angst um sie zu haben. Sie ist viel kräftiger, als du glaubst."

Marie richtet sich auf.

„Du hast sie ja auch eine Viertelstunde strapaziert. Sie ist bestimmt völlig ermattet. Ich werde dafür sorgen, daß sie bei der nächsten Mahlzeit etwas reinbekommt. Wenn nicht anders, dann mit der Sonde."

Wie in aller Welt soll ich zu Hause damit fertig werden? denkt Marie.

Marie bleibt draußen vor der Neonatalen Station stehen, denkt kurz nach, gibt sich einen Ruck und geht eine Etage höher, zu der Schwangerenstation.

Dort ist es grau und mäuschenstill. Marie geht am Aufenthaltsraum vorbei, wo eine Patientin sitzt, die sie nicht kennt. Sie passiert den Spülraum, das Schwesternzimmer und die Küche und langt ganz hinten auf dem Flur bei Zimmer 0 an, ihrem alten Quartier.

Drei Betten werden von fremden Frauen auf fremde Weise eingenommen. Im vierten erblickt sie Linda – auf ihrem Stammplatz am Fenster.

„Hej, Linda. Signe sagte mir schon, daß du zurück bist. Wie geht es dir?"

Marie stellt ihre Fragen beinahe schon im gleichen Tonfall wie das medizinische Personal.

„Gut. Meinen Glückwunsch noch. Wie sieht es mit deiner Kleinen aus?"

„Fein. Sie ist über den Berg und wird bestimmt in einer Woche entlassen. Hast du Wehen?"

„Das Wasser kommt schon, aber es ist noch ein Monat zu früh. Deshalb sagen sie ..., ja, also ich soll noch ein bißchen durchhalten." Es ist noch dieselbe bleiche Linda mit ihren dünnen, langen, halb unter der Decke herausragenden Beinen. Sie hat Tränen in den Augen.

„Allan und ich wollen uns scheiden lassen", flüstert sie.

„Was?"

„Ja, wir hatten die Hölle zu Hause. Während ich hier war, ist alles drunter und drüber gegangen. Keine einzige Rechnung war bezahlt. Aber er hatte sich eine Stereoanlage gekauft, für sechstausend Kronen, und bar bezahlt. Das ganze in einem unmöglichen Zustand – ein saumäßiger Ton. Außerdem trinkt er, weil er die Arbeitslosigkeit nicht ertragen kann. Und dann waren da auch andere Frauen. Ich wäre fast verrückt geworden.“ Lindas Mund zittert. „Meinst du nicht auch, daß es besser ist, wir ziehen auseinander, *bevor* das Kleine da ist?“

Marie schaut sie an. Sie weiß nicht, was sie sagen soll.

„Aber wie sollen wir das bloß alles regeln?“ fährt Linda fort. „Das sehe ich nicht. Er weiß nicht, wohin er soll. Er will nämlich nicht zu seinen Eltern zurück, das hat er gesagt. Und sein Vater ist auch arbeitslos. Aber ich brauche doch die Wohnung, wenn ich erst das Kleine habe. Meinst du nicht auch?“

„Kannst du darüber nicht mit einem Sozialberater sprechen?“

Linda lächelt auf einmal. „Aber nun will ich dir trotzdem mein Horoskop für diese Woche vorlesen:

‚Es scheint, daß Sie den Wald vor lauter Bäumen nicht sehen. Bauen Sie keine Luftschlösser. Sie können keine Wurzeln schlagen, wenn Sie den Boden unter den Füßen verlieren. Der Morgen und Vormittag des Mittwochs ist zur Lösung einiger praktischer Fragen hervorragend geeignet, besonders, wenn dies mit schriftlichen Dingen verknüpft oder studienbezogen ist.‘“

Sie legt die Romanzeitung auf den Nachttisch und faltet die Hände um die hochgezogenen Knie.

Einen Augenblick sitzen die beiden Frauen schweigend da.

„Wie geht es euch hier auf der Station?“

„Nun ja, so lustig wie damals, als wir alle abends vor dem Fernseher saßen, ist es nicht. Das hat aufgehört. Und wir trinken auch nicht mehr. Nein, hier ist es gewissermaßen etwas ruhiger geworden, wenn man das so sagen kann.“

Marie betrachtet Lindas bleiches, mageres Gesicht unter dem dünnen Haar. Sie ist erst einundzwanzig. In einem Monat oder noch eher wird sie ihr Kind gebären, von dem sie hofft, daß es ihrem ganzen Dasein eine Wende zum Besseren geben wird.

„Ich wünsche mir so, daß es ein Mädchen wird“, sagt sie. „Ich habe mir für sie den Namen Judith gedacht. Findest du den nicht schön? Hör dir mal an, was dazu in ‚Wie soll das Kind heißen?‘ steht.“ Sie blättert in dem kleinen Buch und liest vor:

„‚Judith. hebräisch: Jüdin. Judiths Buch im Alten Testament handelt von der Witwe Judith, die Holofernes tötete, der ihre Vaterstadt bedrohte. Ableitungen ... Englisch: Judy. Dänisch: Jutta, Jytte siehe dort.‘ Hast du schon einen Namen für deine Kleine?“

„Nein, mir ist noch gar nichts eingefallen."

Etwas später steht Marie draußen vor dem Schwesternzimmer.

„Nein, wie schön", sagt die Stationsschwester und schiebt den Stuhl zurück. „Setz dich. Wie geht es der Kleinen?"

„Gut, finde ich. Ich habe sie heute selbst gewindelt und auch versucht, ihr die Brust zu geben."

„Ist sie süß?"

„Sie ist das süßeste Kind, das ich je gesehen habe, ungelogen!"

„Was sagen sie sonst zu ihr?"

„Das sie all right ist. Ich werde heute entlassen. Bald. Zuerst fahre ich mit dem Taxi zu Falck und leihe mir einen Abpumpapparat. Ja, und dann muß ich mir immer die Milch abpumpen und sie ein- oder zweimal am Tag herbringen."

Die Stationsschwester klappt das Protokoll zu, mit dem sie sich beschäftigt hat.

„Ich bin gekommen, um mich zu bedanken", sagt Marie. „Ich fand die Behandlung auf der Station hier großartig."

„Na, das freut mich."

„Ach richtig", sagt Marie; ihr ist plötzlich etwas eingefallen. „Wie ist es eigentlich der Rothaarigen ergangen, der mit dem geschädigten Kind. Sie strickte immer und war so guter Laune. Ich konnte sie eigentlich gut leiden. Liegt sie noch immer hier?"

Die Stationsschwester schaut aus dem Fenster.

„Sie ist doch wohl nicht entlassen?"

„Nein."

„Wie geht es ihr also?"

„Wollen Sie das absolut wissen?"

„Ja, natürlich."

„Sie hat heute morgen ein Kind zur Welt gebracht. Es war tot."

„Nein!"

„Doch. Es tut mir leid – aber so ist es nun einmal."

Marie starrt die Stationsschwester aufgebracht an. „Aber wie kann das passieren? Hier im Krankenhaus war sie doch ständig unter Beobachtung?"

Die Stationsschwester zuckt die Achsel und blickt ihre alte Patientin lange und ruhig an. „So etwas geschieht nun mal, wenn auch selten. Man nennt es einen unerklärlichen intrauterinen Kindstod."

Die Rothaarige – sie ist sehenden Auges geradewegs in den Löwenrachen gelaufen.

Ich muß weg, denkt Marie.

Nun kann es ihr nicht schnell genug gehen.

Bald darauf steht sie wieder in der Wöchnerinnenstube, außer Atem und nervös.

Sie zieht den Stuhl unter dem Bett hervor und schüttelt ihren plattgedrückten Pelz. Dann sammelt sie ihre Utensilien zusammen und verstaut sie der Reihe nach in den großen, aufgenähten Ledertaschen des Kleidungsstücks. Das kleine grüne Heft mit dem ABC der politischen Ökonomie, Nerudas Erinnerungen und die Tageszeitung kommen in die eine Tasche, das Kästchen mit den Toilettensachen und die Sandalen in die andere.

Sie bündelt die kleinformatigen Fotokopien, die Broschüren und die Reklamezettel mit guten Ratschlägen für dieses und jenes, legt sie mit den Briefen vom Zacharias und den Eltern zusammen, rollt den weißen Morgenmantel darum und packt ihn in die Schultertasche.

Sie zieht den schäbigen Pelz an, wickelt sich den Strickschal zweimal um den Hals, setzt die Peruanermütze auf, schultert die Tasche, stellt sich mitten ins Zimmer, ruft: „Hej!" und verläßt schnell den Raum.

Im Schwesternzimmer steht die große blonde Stationsschwester in ihrer weißen, kurzärmligen Tracht und den roten Kniestrümpfen und spricht mit zwei Krankenschwestern. Marie lehnt sich gegen die Türfüllung und wartet.

„Na, ist es soweit?"

„Vielen Dank für alles", sagt Marie und umarmt die große Blondhaarige stürmisch und ungeschickt. Marie ist völlig aus dem Gleichgewicht und bringt kein Wort heraus. Die Wangen der Stationsschwester röten sich, sie stützt sich am Tisch, klopft Marie leicht auf die Schulter.

„Also, komm gut nach Hause."

Marie macht kehrt, stürzt auf den Flur und zur Ausgangstür. Dabei wäre sie beinahe in den blitzenden Aluminiumwagen gelaufen, der das Mittagessen bringt – Schweinebraten, Rotkohl, Kartoffeln, Erdbeerkompott und Senfgurken. Es duftet verlockend.

Verdammt, ich hätte noch eine halbe Stunde bleiben sollen! denkt Marie.

Aber nun führt absolut kein Weg zurück.

Marie kommt auf den Tagensvej hinaus und geht an dem alten Militärkrankenhaus entlang zu der kleinen, dreieckigen Anlage an der Kreuzung der Nørre Alle.

Auf dem Rasen steht ein Denkmal von Steno und ein kleiner, schwarzer Magnolienbaum. In ein paar Monaten wird er ausschlagen und seine merkwürdigen, hellroten Blüten an den kahlen Zweigen tragen.

Marie wartet am Fahrbahnrand, daß die Ampel auf Grün schaltet.

Der Himmel hängt niedrig, und der Verkehr braust durch die breite Einfallstraße, die über die Seen in die Innenstadt führt.

In Vorbereitung:

Tania Blixen

Gespensterpferde

Erzählungen

2. Auflage · 280 Seiten · Ganzleinen mit Schutzumschlag
Bestell-Nr. 522 588 7 · DDR 9,20 M

Leseprobe

Ein kleines Mädchen lag krank in einem großen Haus. Ihr Zustand besserte sich, aber plötzlich bekam sie einen Rückfall, und von nun an war es, als weigerte sie sich, gesund zu werden. Der berühmte Arzt, der aus der Stadt gerufen worden war, erklärte, daß sie die Krankheit überstanden habe und allmählich aufstehen könne. Aber das Kind lag in seinem Bett, so schlapp und lustlos wie eine Stoffpuppe. Wenn man sie ansprach, hielt sie die Augen geschlossen, aber wenn sie glaubte, daß niemand sie sehe, öffnete sie die Augen und starrte betrübt in die Luft, und große Tränen perlten unter den langen Wimpern hervor.

Sie wollte nicht essen, sie wollte nicht sprechen, und wenn ihre Kindermädchen sie dazu bringen wollten aufzustehen, schrie sie, daß es weh tat.

Das kleine Mädchen, auf den Namen Oenone getauft, aber gewöhnlich Nonny genannt, war sechs Jahre alt, reizend, mit blauen Augen und dunklen Locken. Sie war das einzige Kind ihrer Eltern und immer verwöhnt worden, und ihr Krankenbett war von allem nur erdenklichen herrlichen Spielzeug umgeben.

Das Haus, in dem sie krank lag, war zweihundert Jahre alt, ein würdiges, vornehmes Gebäude in einem großen Park. Es war seit vielen Generationen im Besitz derselben Familie, und einige seltsame Geschichten verbanden sich mit diesem Heim. Im Wohnzimmer hatte ein Vater einmal seine einzige Tochter beim „Pharao“ verspielt, in der Halle war ein Duell auf Leben und Tod ausgetragen worden. Und vor hundert Jahren war die junge Frau des Hauses mit ihrem schmucken Reitknecht davongelaufen und hatte den gesamten Familienschmuck mitgenommen.

Nonnys Mutter hatte das Haus von einer alten Tante geerbt, und sie hatte sich mit ihrem Mann ein ganzes Jahr lang damit beschäftigt, es in das Ideal einer modernen Wohnung zu verwandeln. Die Badezimmer suchten ihresgleichen, in jedem Zimmer war ein Radio, und die großen alten Ställe waren als glänzende Garagen auferstanden.

Der Doktor sagte zu Nonnys Mutter: „Wir stehen hier einem höchst ungewöhnlichen Fall gegenüber. Unmittelbar vor unseren Augen vollzieht sich eine bewußte Wahl zwischen Leben und Tod. Und diejenige, die diese Wahl treffen wird, ist sechs Jahre alt! Und wir dürfen nicht vergessen, daß Nonny eine ungewöhnlich willensstarke kleine Dame ist.“

„Großer Gott, Professor, was meinen Sie?“ fragte die Mutter.

„Ich werde Ihnen erklären, was ich meine“, sagte der Professor. „Die Welt eines Kindes ist oft ein kleines Sonnensystem, das eine einzige magnetische Persönlichkeit als Zentrum hat.

Es ist ja in Ordnung, daß diese Persönlichkeit die junge hübsche Mutter eines kleinen Mädchens ist. Nonny hat ihre Mutter drei Wochen lang ganz für sich allein gehabt, und nun will sie nicht, daß dieser glückliche Zustand jemals aufhört. Sie klammert sich an ihre Krankheit, um in Ihrem Leben, gnädige Frau, die Hauptperson bleiben zu können. Ja, sie kann sich entschließen zu sterben, um so sicher zu sein, daß sie, indem sie von Ihnen vermißt und betrauert wird, weiterhin die Hauptperson bleibt."

„Aber was soll ich da tun?" rief die junge hübsche Mutter heftig bewegt aus. „Und soll es denn immer so sein", fügte sie mit Tränen in den Augen hinzu, „daß man Unglück über die Menschen bringt, die man liebt?"

„Ich werde Ihnen sagen, was Sie tun sollen", antwortete der Doktor. „Sie müssen verreisen. Ihr Mann hat ein paarmal eine vierzehntägige Autotour durch Frankreich erwähnt. Wenn Sie meinen Rat beherzigen, brechen Sie morgen zu dieser Tour auf."

Sie sah ihn an und blickte dann aus dem Fenster.

„Sie lassen Ihr Kind in den allerbesten Händen", sagte der Professor. „Miß Anderson ist ein verantwortungsbewußter Mensch, und Miß Brown ist ausgebildete Krankenschwester. Und Ihr kleines schwedisches Kindermädchen scheint Nonny innig zugetan zu sein. Ich selbst", schloß er, „werde dem Fall meine ganze Aufmerksamkeit schenken und so oft wie nur möglich nach meiner Patientin sehen."

„Ja, vielleicht", sagte Nonnys Mutter langsam, „ja, vielleicht wäre es richtig zu verreisen."

„Wir vier", sagte der Doktor mit einem feinen Lächeln, „werden eine Verschwörung bilden und jeden Tag mit Nonny über ihre Mutter reden. Wir werden ihr begreiflich machen, daß Sie erst zu ihr zurückkommen, wenn sie ganz gesund ist. Aber dann werden Sie auch sofort da sein, und Mutter und Tochter sind wieder beieinander – für immer! Und so wird unsere zielstrebige kleine Patientin alle ihre Kräfte darauf konzentrieren, nicht zu sterben, sondern gesund zu werden."

„Aber ich habe gerade meinem Bruder in Paris telegraphiert", sagte Nonnys Mutter. „Er sollte morgen kommen."

„Ihr Bruder, der Maler?" fragte der Doktor. „Der charmante, sonderbare junge Mann, der für Nonny die so phantastischen Bilder gezeichnet hat? Das könnte gar nicht besser sein! Er kann Nonny von Tag zu Tag über Ihre Reise auf dem laufenden halten und sogar Illustrationen dazu anfertigen."

Nonnys Mutter reiste also nach Frankreich, mit ihrem Mann und in ihrem neuen großen Auto.

Nun traf es sich, daß sie bei ihrer Ausreise in Dover ihrem Bruder begegnete. Sie aßen zusammen zu Mittag, in einem Hotel mit einer schönen Aussicht auf den Kanal, und als Peter, der Ehemann, nach dem Essen hinausging, um nach dem Wagen zu sehen, ließen sich die Geschwister bei Kaffee und Zigaretten reichlich Zeit.

Der Bruder war zwei Jahre jünger als die Schwester und zu diesem Zeitpunkt dreiundzwanzig. Die beiden waren immer besonders gute Freunde gewesen. Cedric hatte seine Familie zuerst dadurch in Erstaunen versetzt, daß er Maler werden wollte, und danach dann durch die Tatsache, daß er sich als Maler wirklich so etwas wie einen Namen machte. Er hatte sich in Paris einem Kreis von Künstlern angeschlossen, von denen er eine sehr hohe Meinung hatte, aber was ihn selbst betraf, war er aufrichtig bescheiden. Er war ein schlanker junger Mann mit ausdrucksvollen Augen, etwas nachlässig in der Kleidung, aber von höflichem und freundlichem Wesen und mit dem seelischen Gleichgewicht, das junge Menschen auszeichnet, deren Familien durch mehrere Generationen auf dem gleichen ökonomischen Niveau gelebt haben, weder sehr hoch oben noch sehr tief unten.

Annabell erklärte ihrem Bruder, daß die Welt eines Kindes oft ein kleines Sonnensystem sei, das eine einzige magnetische Persönlichkeit als Zentrum habe, und daß sie auf dem Weg nach Frankreich sei, um Nonnys Leben zu retten. Nun müsse er ihr versprechen, mit Nonny jeden Tag über sie zu reden und ihr zu versichern, daß, wenn sie ganz gesund sei, ihre Mutter zu ihr zurückkommen und bei ihr bleiben werde – für immer! Und er müsse versprechen, ihr täglich Bulletins über den Genesungsprozeß an verschiedene Adressen in Frankreich zu schicken, die notiert wurden. Cedric versprach alles.

„Aber das war nicht der Grund, weshalb du mir telegraphiert hast", sagte er.

„Nein", sagte Annabell, „das war nicht der Grund." Sie schwieg einen Augenblick und sagte dann: „Da ist eine Sache, in der ich deinen Rat brauche." In den zurückliegenden Jahren hatte es oft solche Sachen gegeben, in denen sie seinen Rat brauchte.

„Ich werde tun, was ich kann", sagte er.

„Ja, du wirst tun, was du kannst", sagte Annabell. „Aber du mußt zuerst versuchen, mich zu verstehen. Die Sache ist die, daß Peter und ich in den letzten Jahren zuviel Geld verbraucht haben. Wir haben über unsere Verhältnisse gelebt, wie man wohl sagt."

„Tatsächlich?" rief Cedric erstaunt aus.

„Fang um Himmels willen nicht an, Moral zu predigen", sagte Annabell. „Es ist über alle Maßen unangenehm, über seine Verhältnisse gelebt zu haben, sage ich dir. Ich bin mit meiner Geduld am Ende. Und das wärst du auch."

„Ja, das wäre ich auch", sagte Cedric, der in Paris sehr spartanisch lebte.

„Da siehst du es selbst", sagte die Schwester. „Aber nun ist etwas geschehen, uns hat sich vor kurzem eine einzigartige Chance geboten. Du weißt, daß Peter sich immer eine richtige Arbeit gewünscht hat, um wirklich zeigen zu können, was in ihm steckt. Und nun hat plötzlich der größte Finanzmann des Landes angeboten, ihn in seine Firma zu nehmen. Das ist eine so kolossale Stellung, daß alle Leute staunen werden, er hat also Peters besondere Fähigkeiten erkannt. Das ist eine einzigartige Chance."

„Wer ist der größte Finanzmann des Landes?" fragte Cedric langsam.

„Sir Maurice Mendoza", sagte Annabell kurz und dann, ein wenig unsicher: „Und das ist doch eine einzigartige Chance, findest du nicht?"

„Doch, so kann man es gut nennen", sagte der Bruder.

„Ja, so kann man es gut nennen", wiederholte die Schwester. „Aber was ist mit mir?"

„Ja, was ist mit dir?" sagte er.

„Ach, Cedric", rief sie aus. „Versuch jetzt nicht den Idioten zu spielen. Sir Maurice bewundert mich."

„Wie wir alle", sagte Cedric.

„Nein", sagte sie. Sie rauchte ihre Zigarette zu Ende und sagte dann: „Nicht wie ihr alle."

„Und Peter gefällt es doch immer, daß du bewundert wirst", sagte er.

„Nein", entgegnete sie. „Ihm würde dies jetzt nicht gefallen, wenn er es überhaupt verstünde."

„Und was meinst du selbst dazu?" fragte er.

„Ja, Cedric", sagte sie. „Das ist es ja. Ich halte so schrecklich viel von Peter. Und jetzt habe ich sieben Jahre lang so schrecklich viel von ihm gehalten, daß ich das Gefühl habe, ich kenne ihn in- und auswendig. – Aber Sir Maurice, auf ihn verstehe ich mich überhaupt nicht. Bei allem, was er tut, ist eigentlich etwas Mystisches. Er ist nicht auf dieselbe Weise reich wie andere Menschen. Er ist unglaublich reich, man kann gewiß sagen, er ist auf eine mystische Weise reich – das ist Aladins Höhle mit Rubinen wie Kirschen und Smaragden und Saphiren wie Weintrauben! Ich mußte an das Märchen von Aladin denken, weil er sich so erstaunlich gut auf Edelsteine versteht. Gott, Cedric, wie sehr ich mir wünschte, daß Ur-Ur-Urgroßmutter Annabell ihren Familienschmuck zurückgelassen hätte, als sie mit ihrem Reitknecht davonlief!"

„Ja“, sagte Cedric langsam. „Irgendeine Unannehmlichkeit gibt es oft bei romantischen Liebesgeschichten.“

„Am Abend, bevor Nonny krank wurde“, fuhr Annabell fort, „haben wir bei ihm gegessen, und er zeigte mir einen großen Rubin – cabochongeschliffen, eine ganz unwahrscheinliche Farbe, Cedric –, den er in Holland gekauft hatte. Er fragte mich, ob er ihn mir in einem Armband verehren dürfe, wenn Peter und er nun einig würden – ‚als das rote Siegel‘, sagte er, ‚auf unserem Vertrag‘. Dann wurde Nonny krank, und dann habe ich lange keinen Menschen gesehen, und jetzt haben wir die nächsten vierzehn Tage in Frankreich Zeit, um zu überlegen und uns zu entscheiden. Ja, so steht es. Und was würdest du mir jetzt raten zu tun?“

„Kann ich auch die nächsten vierzehn Tage Zeit haben, um zu überlegen und mich zu entscheiden?“ sagte Cedric.

Sie schwieg einen Augenblick. „Ja“, sagte sie.

Zu diesem Zeitpunkt des Gesprächs sahen sie Peter, gutgekleidet und braungebrannt und wie immer in Form, auf ihren Tisch zukommen und wechselten das Thema.

„Du weißt“, sagte Annabell, „es ist seltsam. Denn in der ganzen ersten Zeit, als sie krank war, hat sie von Pferden gesprochen, immer von Pferden. Von Pferderennen und Jagd und von Stallarbeit, von Wagenpferden und Reitpferden. Und sie hat doch fast nie ein Pferd gesehen. Da sie unaufhörlich davon redete, kaufte Peter ihr ein herrliches großes mechanisches Pferd, mit Mähne und Schweif aus richtigem Pferdehaar, das auch wiehern kann. Es sah wirklich genau wie ein Pferd aus. Aber sie hat es überhaupt nicht beachtet.“

Hiermit trennten sie sich, und jeder reiste seines Weges. Cedric erhoffte sich eine ruhige Zeit auf dem Lande, denn er hatte ein großes neues Bild im Kopf und brauchte das Alleinsein.

Er war nie zuvor im Haus seiner Schwester gewesen, wenn sie selbst abwesend war. Ohne sie war es irgendwie ein anderes Haus, und indem er sich nun die Zeit nahm, darin herumzugehen und seine besondere Atmosphäre zu schnuppern, wurde es auf paradoxe Weise ein heimischer Ort, sein eigenes Haus.

Wenn es wirklich mein Haus geworden wäre, dachte er, so hätte ich es so gelassen, wie es zur Zeit der alten Tante Deborah war. Und wenn ich selbst seit damals darin gewohnt hätte, dann würde ich jetzt malen können wie Zoffany.

Er ging die breite Treppe zu Nonnys Zimmer hinauf, und es wurde ihm bewußt, daß sie noch reizender war, als er sie in Erinnerung hatte. Aber was hatte dieser strenge, vergrämte und hoffnungslose Ausdruck in dem kleinen Blumengesicht zu suchen? Es wirkte auf ihn, als wäre ihm eins seiner Bilder in Komposition oder Farbe mißlungen – schmerzhaft, wie ein Dorn im Finger.

Getreu den Anordnungen seiner Schwester, sprach er zu Nonny über ihre Mutter, beschrieb ihre große Reise durch Frankreich und versuchte, sie mit Hilfe von Papier und Buntstiften anschaulich zu machen. Nonny hörte ihm ohne das geringste Zeichen von Interesse zu und hatte für die Bilder nur einen einzigen flüchtigen, verächtlichen Blick übrig. Das imposante mechanische Pferd, dessen Schweif und Mähne aus richtigem Pferdehaar waren, stand an ihrem Bett. Er bewunderte es. Der Ausdruck ihres kleinen Gesichts wurde noch tragischer.

Wenn ich als Künstler auch nur das mindeste wert bin, sagte er zu sich selbst, muß ich dieses widerspenstige „Porträt eines Kindes“ in den Griff bekommen.

Er fragte sie: Was wollen wir spielen, wenn du aufstehen kannst, Nonny?“

Zum erstenmal bekam er eine Antwort. Nach einer kurzen Pause sagte sie: „Wir können nicht spielen!“

„Warum können wir das nicht?“ fragte er.

Wieder Schweigen und dann dieselbe Antwort, mit noch tieferer Verachtung als vorher. „Wir können nicht spielen, nicht du und ich.“

Er überlegte ein wenig, bevor er sagte: „Nein, nicht du und ich. Aber wer kann dann spielen?"

Sie antwortete: „Billy".

Er wollte sie nicht quälen und ließ es dabei bewenden.

Der Doktor kam in seinem blitzenden Auto, untersuchte die Patientin und erkundigte sich, ob sie aufgewesen sei. Da die Krankenschwester den Kopf schüttelte, gab er ihr zu verstehen, daß die Sache im Begriff sei, ernst zu werden, und daß sie bis zu seinem nächsten Besuch das Kind unbedingt auf die Beine bringen müßten. Nach dieser Äußerung fuhr er fort.

Cedric sagte zu Nonny: „Du würdest aufstehen, wenn du draußen mit Billy spielen könntest, nicht wahr?"

„Ja", sagte Nonny.

„Aber wie ist es dann möglich", fragte er wieder, „daß du es nicht tust?"

Das Gesicht des Kindes färbte sich dunkel vor Zorn.

„Das weißt du doch genau", sagte sie.

„Ich bin so lange in Paris gewesen, Nonny", sagte er. „Inzwischen ist viel geschehen, was ich nicht weiß. Willst du es mir nicht erzählen?"

„Weil Billy tot ist", sagte Nonny.

Cedric begann sich bewußt zu werden, daß er mehr an Nonny als an sein geplantes großes Bild dachte. Da er glaubte, bei dieser Aufgabe nicht mit der Hilfe von Miß Anderson oder Miß Brown rechnen zu können, wandte er sich an das kleine schwedische Kindermädchen Ingrid. Sie war eine Freude für sein Malerherz, denn mit ihrem weißen Kragen und dem Häubchen glich sie einem jungen Mädchen auf einem alten holländischen Gemälde. Jetzt suchte er sie, zum Schrecken des jungen Mädchens, in ihrem eigenen kleinen Zimmer auf und begann sie auszufragen. Sie gingen zuerst Nonnys Krankheit durch und wurden sich einig, daß sie gesund werden müsse, bevor ihre Mutter nach Hause komme.

„Aber sagen Sie mir doch", sagte Cedric, „wer ist Billy?"

...